BASTEI
LÜBBE

ED McBAIN
im Bastei-Lübbe-Taschenbuchprogramm

Romane um das legendäre 87. Polizeirevier
13 595 Graffti
13 616 Blutschwestern
13 650 Solange ihr zwei noch lebt
13 716 Lange nicht gesehen

Romane um den Staranwalt Matthew Hope
13 668 Mary, Mary
13 735 ›Es war einmal ein kleines Mädchen...‹

ED McBAIN

›Es war einmal ein kleines Mädchen...‹

Thriller

Ins Deutsche übertragen
von Uwe Anton

BASTEI
LÜBBE

BASTEI-LÜBBE-TASCHENBUCH
Band 13 735

Erste Auflage
April 1996

Deutsche Lizenzausgabe 1996
Bastei-Verlag Gustav H. Lübbe
GmbH & Co., Bergisch Gladbach
Originaltitel:
There was a little Girl
Lektorat: Iris Schmidt
Titelbild:
Archiv für Kunst und Geschichte,
Berlin
Umschlaggestaltung:
Quadro Grafik, Bensberg
Satz: KCS GmbH,
Buchholz/Hamburg
Druck und Verarbeitung:
Brodard & Taupin,
La Flèche, Frankreich
Printed in France

ISBN 3-404-13735-X

Dieses Buch ist
Richard und Patty Hunter,
meinem Sohn und
meiner Schwiegertochter gewidmet.

Kapitel 1

Es war einmal ein kleines Mädchen ...

Die erste Kugel traf Matthew Hope in die linke Schulter.

Die zweite traf ihn in die Brust.

Er war Anwalt und daher der tiefsitzenden Animosität ausgesetzt, die die Amerikaner diesem Beruf entgegenbrachten. Aber normalerweise war er kein Ziel für schießwütige Leute, die Anwälte nicht ausstehen konnten. Nun ja, er war einmal angeschossen worden, aber diesmal war es viel schmerzhafter als beim letzten Mal. Die Leute, die Filme drehten, sollten den Zuschauern mal sagen, wie weh es tat, angeschossen zu werden. Als er das letzte Mal angeschossen worden war, hatte er sich gerade vom Kotflügel eines Wagens abgestoßen, um einer Person, die von einem Detective verfolgt wurde, den Weg abzuschneiden. Dieses Mal kam er gerade aus einer Bar, übrigens im selben Stadtteil, falls das eine Rolle spielen sollte, trat gerade hinaus, um festzustellen, ob er die telefonische Nachricht falsch verstanden haben könnte – wollten sie sich *in* der Bar oder *davor* auf dem Bürgersteig treffen? –, als plötzlich die Schüsse fielen.

Als er das letzte Mal angeschossen worden war, war er noch bei Bewußtsein gewesen, als der Krankenwagen gekommen war. Diesmal kam zuerst der versengende Schmerz und dann ein Gefühl völliger Hilflosigkeit. Blut spritzte aus seiner Schulter und durchtränkte sein Hemd, die Beine versagten ihm den Dienst, die Arme hingen locker hinab, und er riß den Mund auf und schnappte nach Luft, als er durch die Schwingtüren zurück in die Bar geschleudert wurde. Alles verschwamm, wie in einem billigen Krimi, alles wurde immer dunkler, und jemand schrie. Leute, die Filme drehten, sollten ihren Zuschauern mal erklären, daß es so schmerzhaft war, angeschossen zu werden, daß man laut schrie.

Alles wurde schwarz.

Matthew lag in der Notaufnahme, als sein Partner Frank Summerville um 22 Uhr 37 an diesem Freitag abend im Krankenhaus eintraf. Der diensthabende Assistenzarzt erklärte ihm, daß Mr. Hope um 22 Uhr 22 bewußtlos eingeliefert worden war und im Augenblick für eine Notoperation vorbereitet wurde. Die Röntgenaufnahmen hatten eine relativ unbedeutende Schußwunde in der linken Schulter enthüllt, direkt oberhalb des Schlüsselbeins. Die Kugel hatte zum Glück die Lungenspitze verfehlt und statt dessen das weiche Schultergewebe durchschlagen. Die zweite Verletzung war ernsthafter. Der beträchtliche Blutverlust wies darauf hin, daß die Kugel zumindest ein großes Blutgefäß – eine der Lungenschlagadern oder vielleicht auch Venen – oder zahlreiche kleinere Arterien zerrissen hatte, was zu dem Schockzustand geführt hatte, in dem Mr. Hope sich zur Zeit befand. Sie verabreichten ihm zur Zeit eine Salzlösung, um den Blutdruck zu erhöhen, der nur noch bei dreißig zu null lag. Blut für eine Transfusion war von der Blutbank angefordert worden. Eine Probe seines eigenen Bluts war zur Feststellung seiner Blutgruppe, den allgemeinen Tests und einer Überprüfung seiner arteriellen Blutgase ins Labor geschickt worden. Ganz gleich, was die Ergebnisse zeigen würden, man würde ihn in den OP schaffen, sobald dieser für ihn vorbereitet worden war. Ein Brustkorbspezialist und zwei allgemeine Chirurgen hielten sich bereit.

Der Kittel des Assistenzarztes war blutverschmiert. Opfer von Un- oder Überfällen wurden auf Tragen hereingebracht. Rostfreie Tische wurden an ihnen vorbeigeschoben, aus Flaschen tropften Flüssigkeiten in lange Plastikschläuche. Immer wieder kamen Polizeibeamte zur Tür hinein oder gingen hinaus. Draußen waren die Rotlichter von Krankenwagen zu sehen. Verwirrt stand Frank mit dem Assistenzarzt inmitten dieses lauten, wirbelnden Mahlstroms, umgeben von den Verletzten, die in jeder amerikanischen Klein- oder Großstadt den Anfang eines Wochenendes einläuteten.

»Wie ist das passiert?« fragte Frank.

»Ich habe keine Ahnung, Sir«, sagte der Assistenzarzt.

Matthew wurde sich entfernt bewußt, daß überall Menschen um ihn herumhuschten. Er nahm verschwommen Bewegungen und Licht wahr. Die Personen unterhielten sich in ihm unbekannten Sprachen. Er wußte nicht, wo er war oder was mit ihm geschah.

Ernst und gedämpft unterhielten sie sich im Wartesaal des Krankenhauses. Warren Chambers wollte wissen, wo Matthew an diesem Abend gewesen war. Frank sagte, er wisse es nicht. Flüsternd.

Warren erkundigte sich bei der Aufnahme und bekam den Namen eines Beamten der Polizei von Calusa, der den Krankenwagen zum Krankenhaus begleitet hatte. Der Cop war schon lange wieder weg. Es war jetzt zehn nach elf; Matthew lag schon seit fast einer halben Stunde im OP. Warren rief von einem Münzfernsprecher auf dem Polizeirevier an. Eine Schwester, die einen Karren schob, rief »Vorsicht!« und preschte weiter, ohne irgendwelche Reaktionen abzuwarten. Warren steckte einen Finger in das freie Ohr. Der Sergeant, mit dem er sprach, teilte ihm mit, Officer Parks würde um 23 Uhr 15 im Revier abgelöst werden. Warren fragte ihn, ob er ihn über Funk erreichen könne, es sei wichtig. Der Sergeant fragte, mit wem er spreche.

»Warren Chambers«, sagte er. »Ich bin lizensierter Privatermittler. Ich arbeite oft für ...«

»Um welche Sache geht es, Mr. Chambers?«

Plötzlich war er wachsam, darauf bedacht, seine Leute zu schützen. Oder die seiner Kollegen im Polizeirevier.

»Es geht um das Opfer einer Schießerei, das heute um 10 Uhr 22 ins Good Samaritan eingeliefert wurde. Ein Weißer namens Matthew Hope. Officer Parks hat ihn eingewiesen.«

»Und?«

»Ich würde gern mit ihm sprechen.«

»Warum?«

»Ich habe für das Opfer gearbeitet.«

»Kommen Sie rüber, vielleicht erwischen Sie Parks bei der Ablösung.«

»Ich wüßte es zu schätzen, wenn Sie ihn vorher über Funk informierten, daß ich warte.«

»Wie war noch mal der Name?«

»Warren Chambers. Fragen Sie bei Detective Alston nach. Er kennt mich.«

»Nick Alston?«

»Ja.«

»Ich erkundige mich bei ihm.«

»Und dann informieren Sie Parks über Funk, ja?«

»Ich werde mit Nick sprechen«, sagte der Sergeant und legte auf.

Warren ging zu Frank zurück, der noch immer auf dem Gang auf und ab schritt. Wieder unterhielten sie sich flüsternd.

»Kommst du hier allein zurecht?« fragte Warren.

»Sicher, sicher«, sagte Frank.

Er machte aber nicht den Eindruck.

»Ich will mich sofort an die Arbeit machen«, sagte Warren.

»Ja, klar, mach nur.«

»Vielleicht solltest du Patricia anrufen.«

»Patricia?«

»Demming.«

»Ja. Mach' ich.«

»Bis später«, sagte Warren.

In Calusa, Florida, fuhren die Police Officers trotz der Zunahme an Attentaten auf Touristen überall sonst im Bundesstaat noch immer allein in ihren Streifenwagen. Officer William Parks stellte seinen Wagen um fünfundzwanzig Minuten vor zwölf an diesem Abend des 25. März auf dem Parkplatz hinter dem Polizeipräsidium ab, nahm seine Uniformschirmmütze vom Beifahrersitz, stieg aus und setzte die Mütze erst dann auf. Er trug die vorgeschriebene blaue

Nylonjacke mit dem blauen Kragen aus Fellimitat. Der März war in Florida manchmal etwas wechselhaft; wenn man garantiert Sonnenschein und tropische Temperaturen verlangte, suchte man sich kein sogenanntes semitropisches Klima aus, in dem es während der Wintermonate häufig Frost auf den Kürbissen gab.

Anscheinend hatte der Sergeant Parks *nicht* über Funk informiert.

Der Mann reagierte, wie jeder weiße Cop reagieren würde, wenn ihm in der Dunkelheit eines abgelegenen Parkplatzes ein großer, kräftig aussehender Schwarzer entgegentrat, selbst wenn dieser Parkplatz direkt hinter einem Polizeirevier lag.

»Wer ist da?« fragte er und legte die Hand auf den Knauf seiner Waffe im Hüfthalfter.

»Warren Chambers«, sagte Warren sofort. »Ich habe angerufen ...«

»Was wollen Sie?«

Die Hand lag noch immer auf dem Griff der .357er Magnum. Er zog die Waffe noch nicht, respektierte noch die Vorschriften, war aber bereit, sie zu benutzen, sollte Warren ihm auch nur einen schiefen Blick zuwerfen. Warren war nicht im geringsten überrascht. Parks sah hier schlicht und einfach einen Schwarzen, in einem Staat, in dem Schwarze und weiße Cops oft ein gemeinsames Problem hatten, aber jeweils vom genau entgegengesetzten Standpunkt aus. Es spielte keine Rolle, daß Warren gut gekleidet und gepflegt war, das Haar in einem ordentlichen Bryant-Gumbel-Schnitt trug und eine goldumrandete Brille auf der Nase sitzen hatte, die ihn wie einen gebildeten Buchhalter aussehen ließ. Es spielte auch keine Rolle, daß Warren mit geöffneten, an den Seiten hinabhängenden Händen dastand und die Handflächen dem Officer zeigten, daß seine Körpersprache *alles andere* als aggressives Verhalten ausdrückte. Das alles spielte keine Rolle. Warren Chambers war schwarz. Und ergo eine Bedrohung.

»Ich bin privater Ermittler«, sagte er.

»Zeigen Sie mir mal Ihre Lizenz«, sagte Parks. »Schön langsam. Ich kann Überraschungen nicht ausstehen.«

Warren zog behutsam sein Portemonnaie aus der linken Hosentasche, fischte eine mit Plastik überzogene Karte daraus hervor und gab sie Parks. Der Officer beugte sich in das schwache Licht, das durch ein vergittertes Fenster in etwa vier Metern Entfernung fiel. Die Karte, die gemäß Paragraph 493 des Bundesgesetzes von Florida ausgegeben worden war, verlieh ihrem Inhaber das Recht, bei einer Vielzahl krimineller und nicht krimineller Angelegenheiten, die das Gesetz im Detail aufführte, Ermittlungen vorzunehmen und Informationen zu sammeln. Warrens eigentliche Lizenz der Klasse A, im Staat Florida eine private Ermittlungsdetektei zu leiten, hing eingerahmt an einer Wand seines Büros. Die Karte bestätigte lediglich, daß er hundert Mäuse für die Lizenz bezahlt, sie am 30. Juni erneuert und eine Kaution von fünftausend Dollar hinterlegt hatte, wie die Absätze 493/08 und 493/09 es vorschrieben.

Parks schien nun überzeugt zu sein, mit einem ehrbaren Bürger und nicht mit jemandem zu sprechen, der ihm ein Bleirohr über den Schädel ziehen wollte, weil seine Schwester vor vierzehn Tagen wegen Drogenhandels verhaftet worden war. Er gab ihm die Karte zurück. »Was kann ich für Sie tun?« fragte er, doch sein Tonfall besagte: Mach schnell, Kumpel, ich habe nach einem langen, harten Tag endlich Feierabend.

»Sie haben heute abend das Opfer einer Schießerei ins Samaritan eingewiesen«, sagte Warren. »Sein Name war Matthew Hope, er ...«

»Ja?«

»Wo haben Sie ihn gefunden?«

»Warum?«

»Ich möchte herausfinden, wer auf ihn geschossen hat. Ich habe öfter für ihn gearbeitet und ...«

»Überlassen Sie das der Polizei, ja?« sagte Parks und wollte schon davongehen, als Warren sanft eine Hand auf seinen Arm legte.

»Er ist ein Freund«, sagte Warren.

Parks schaute ihn an. »Die Detectives sind schon an der Arbeit«, sagte er.

»Ich werde ihnen nicht in die Quere kommen.«

Parks betrachtete ihn einen Augenblick lang.

»Das Centaur an der Roosevelt und G«, sagte er dann.

»Was soll das heißen?« fragte Patricia.

»Er wurde angeschossen«, sagte Frank. »Ich bin hier im ...«

»Angeschossen?«

»Ja. Er wird gerade operiert, sie ...«

»Wo?«

»Im Good Samaritan.«

»Ich komme sofort.«

O Gott, dachte sie.

Warren kannte keinen der beiden Detectives, die vor dem Centaur Bar & Grill an der Roosevelt Avenue und G Street noch den Bürgersteig absuchten. Er begrüßte sie, stellte sich vor, sagte, das Opfer sei ein guter Freund für ihn, für den er oft gearbeitet habe ...

»Ja?« sagte einer von ihnen völlig desinteressiert.

... und ob sie so freundlich wären, ihm ein paar Fragen zu beantworten.

»Was für welche?« sagte der andere.

Es war kurz nach ein Uhr morgens, und sie mußten einen Schußwechsel bearbeiten, der jeden Augenblick zum Mordfall werden konnte, und hatten keine große Lust, mit einem Freund des Opfers zu quatschen, von dem sie von diesem Augenblick an übrigens annahmen, es sei ebenfalls ein Farbiger, wie sein guter Kumpel hier.

»Na ja, zuerst einmal«, sagte Warren, »was hatte er in dieser beschissenen Gegend zu suchen?«

»Was er hier *gemacht* hat?« fragte der andere, plötzlich sehr interessiert.

»Ermittlungen. Er ist Anwalt.«

Beide Cops nickten wissend, als geschehe es Anwälten recht, ob nun weiß *oder* schwarz, eine Kugel in die Schulter und eine in die Brust abzubekommen. Einer von ihnen schrieb etwas in sein Notizbuch; anscheinend hatten sie bislang nicht gewußt, daß das Opfer Anwalt war. Warren fragte sich, was sie *überhaupt* wußten. Er wünschte sich allmählich, Nick Alston hätte den Fall bekommen. Oder sogar Bloom und Rawles, mit denen er schon mal zusammengearbeitet hatte. Aber diese beiden …

»Name der Firma?« fragte der zweite Cop.

Er war der größere der beiden. Trug einen Plaidmantel, der seit den sechziger Jahren unmodern war. Eine Menge Leute, die nach Florida umzogen, packten ihre Wintersachen in den Abstellraum und kramten sie wieder raus, wann immer es mal kälter wurde. In jedem kalten Winter lief die Hälfte von ihnen herum, als wollten sie auf ein Kostümfest gehen.

»Meine oder seine?« fragte Warren.

»Die des Anwalts.«

»Summerville und Hope.«

»Und Ihre?« fragte der erste Cop.

Er trug eine Thermojacke von LL, die ziemlich neu aussah. Grün und blau, mit Reißverschluß vorn. Ihm schien wärmer zu sein als seinem Kumpel in dem Plaidmantel.

»Warren Chambers Investigations.«

»Hier in der Stadt?«

Nein, in Singapur, dachte Warren, sagte es aber nicht.

»An der Whittaker«, sagte er und nickte.

»Mit wem wollen Sie sprechen?«

»Mit jedem, der vielleicht etwas gesehen hat.«

»In *dieser* Gegend« sagte der in der Jacke, »werden Sie wohl kein Glück haben.«

Diese Gegend war schwarz.

Er lag noch im OP, als Patricia im Krankenhaus eintraf.

»Wie geht es ihm?« fragte sie sofort.

»Vor ein paar Minuten ist eine Schwester rausgekommen«, sagte Frank. »Die Kugel, die durch seine Brust ging, hat starke Blutungen verursacht. Es wird noch dauern. Ein paar große Arterien wurden verletzt.«

»Wer war es?« fragte sie.

Frank schüttelte den Kopf.

Sie zogen in der Dunkelheit wie eine Parade vorbei, der ganze Zirkus schmetterte, die Elefanten und Clowns, die Raubtierdompteure und die Drahtseilakrobaten, die Flieger und die Mädchen in ihren mit Ziermünzen benähten Trikots und Tops. All die Mädchen, die Matthew je geküßt oder nie geküßt hatte, zogen in der Dunkelheit vorbei, während Stimmen murmelten, wir haben einen Bluter, und die Blaskapelle sich ins Zeug legte. Ihm hatte der Zirkus noch nie gefallen, auch als Kind nicht, er hatte den Zirkus noch nie ausstehen können.

»Was hat er also hier gemacht?« fragte Warren.

Der Barkeeper zuckte mit den Achseln. »Wahrscheinlich auf jemanden gewartet«, sagte er.

Er war schwarz, wie Warren. Aber in dieser Gegend mischte man sich nicht in Polizeiangelegenheiten ein. Warren hatte sich lediglich als Freund des Opfers ausgegeben. Der Barkeeper war trotzdem auf der Hut, ob er nun einen Bruder vor sich hatte oder nicht. Dieser Stadtteil hieß Newtown und war bis vor ein paar Jahren lediglich von Schwarzen bewohnt gewesen; dann waren immer mehr Asiaten hierhergezogen und hatten in einem Viertel, das sowieso schon vor Rassenunruhen brodelte, eine noch gefährlichere Mischung erzeugt. Warren fragte sich, ob das, verdammt noch mal, je enden würde.

Er war kein Schwarzer, der es vorzog, sich Afroamerikaner

zu nennen. Er war in diesem Land geboren worden, wie auch seine Mutter und sein Vater und seine Großeltern, und wenn das ihn nicht zu einem hundertprozentigen Amerikaner machte, dann wußte er nicht, was noch dazu nötig war. Einer seiner befreiten Sklavenvorfahren, der in Ketten von der Elfenbeinküste hierhergeschleppt worden war, hätte sich mit einiger Berechtigung Afroamerikaner nennen können – schließlich stammte er ja tatsächlich aus Afrika –, aber die Bezeichnung traf einfach nicht auf Warren zu, und er wollte nichts damit zu tun haben, vielen Dank. Und er war auch nicht der Ansicht, wie es bei einigen Schwarzen der Fall war, daß *jede* Tat eines Schwarzen gerechtfertigt war, genauso wenig, wie jede Tat eines Menschen *überhaupt* es war. Er hätte diese Arschgeigen, die in Los Angeles diesen Lastwagenfahrer verprügelt hatten, am liebsten am nächsten Baum *aufgeknüpft*.

Wie Warren es sah, erschwerten Schwarze wie die da draußen es Schwarzen wie ihm nur, ein Taxi zu kriegen, wenn es regnete. So einfach war das. Wenn *irgendein* Schwarzer gegen die Zehn Gebote verstieß – so sah er es jedenfalls –, hatten *alle* Schwarzen darunter zu leiden. Warren Chambers war ein schwer arbeitender Mann, der sich der ›treuen und ehrlichen Ausübung‹ seines Berufes verschrieben hatte. Das waren die Worte gewesen, die auf der Kautionsurkunde über fünftausend Dollar gestanden hatten, die er unterschrieben hatte: *Gemäß der treuen und ehrlichen Ausübung des Berufes, die dem Antragsteller durch die Verleihung dieser Lizenz aufgetragen wird.* Warren Chambers Investigations. Das bin ich, dachte er. Und außerdem sah er noch verdammt gut aus.

»Hat er *gesagt*, daß er auf jemanden wartet?« fragte er den Barkeeper.

»Nein, aber er hat immer wieder auf die Uhr gesehen.«

»Wann ist er gekommen?«

»Gegen zehn.«

»Gegen zehn hat er die Bar betreten?«

»Ja.«

»Und was zu trinken bestellt?«

»Das ist doch eine Bar, oder?«

Warren sah ihn an.

»Ich glaube, ich habe Ihren Namen nicht verstanden«, sagte er.

»Mister, das alles haben die Cops mich schon gefragt.«

»Ich bin kein Cop. Und ich kenne Ihren Namen *noch immer* nicht.«

»Ich heiße Harry, und ich habe den Cops trotzdem schon alles erzählt.«

»Harry, mein Freund wurde schlimm angeschossen, *zweimal*, direkt vor Ihrer Bar ...«

»Es ist nicht meine Bar, ich arbeite hier nur. Und ich hab' nicht gesehen, wer auf Ihren weißen Freund geschossen hat. Ich hab' erst gemerkt, daß es Ärger gibt, als ich Schüsse hörte und er durch die Tür taumelte.«

»Was hat er zu trinken bestellt?«

»Einen Beefeater-Martini on the rocks, mit zwei Oliven.«

Warren wußte, was Matthew trank; er wollte nur bestätigt haben, daß er und der Barkeeper über ein und denselben Mann sprachen. Normalerweise waren die einzigen Weißen, die in das schwarze Viertel von Calusa kamen, auf was zu bumsen oder auf Crack aus.

»Wir haben keinen Beefeater, ich hab' ihn mit Gordon's gemixt«, sagte der Barkeeper.

»Also hat er sich gesetzt«, sagte Warren, »und einen Drink bestellt. Hat er irgend etwas gesagt, *nachdem* er den Drink bestellt hatte?«

»Er hat gesagt, Gordon's wäre in Ordnung.«

Ich muß ihm jeden Wurm einzeln aus der Nase ziehen, dachte Warren. Er hatte nicht übel Lust, ihm eins über die Rübe zu ziehen.

»Sonst noch was?«

»Hat mich gefragt, ob die Uhr richtig geht«, sagte der Barkeeper und deutete mit einer nachlässigen Bewegung auf die Uhr, die hinter ihm an der Wand hing, über dem Spiegel und den aufgereihten Schnapsflaschen. Warren überprüfte es, indem er auf seine Uhr schaute. Die Wanduhr ging zwei Minuten vor.

»Was haben Sie gesagt?«

»Daß sich noch nie jemand darüber beschwert hat.«

»Hat er gesagt, auf wen er wartet?«

»Er hat überhaupt nicht *gesagt*, daß er auf jemand wartet. Das habe ich *angenommen*. Er sah immer wieder auf seine Uhr, auf die an der Wand, und drehte sich um und schaute zur Tür. Aber ich habe nur *angenommen*, daß er auf jemanden wartet.«

»Aber er hat nicht gesagt, auf wen.«

»Nein, er hat nicht gesagt, auf wen. Zum *fünften* Mal«, sagte der Barkeeper.

»Wer zählt schon mit?« sagte Warren und ließ ein falsches und so breites Grinsen aufblitzen, daß man den Eindruck hatte, er hätte eine Banane quer essen können.

Der Barkeeper erwiderte das Grinsen nicht.

»Hat er etwas gesagt, bevor er hinausging?« fragte Warren.

»Nee. Ich hab' auch nur gedacht, er wollte gehen.«

»Warum? Hat er seinen Drink bezahlt?«

»Nein, aber ...«

»Wieso haben Sie dann gedacht, er wolle gehen?«

»Ich traue einfach keinem.«

»Was, ehrlich?« sagte Warren. »Also ist er einfach aufgestanden und wortlos zur Tür gegangen?«

»Ja. Und ich mag keinen Sarkasmus.«

Warren drehte sich auf seinem Hocker um. Die Bar hatte Türen, wie man sie in einer Bar im Westen fand, oder zumindest in einem *Film* über eine Bar im Westen, diese mit Latten versehenen, hölzernen Schwingtüren, die von der Taille bis zur Schulter gingen, wie geschaffen für das milde Wetter, dessen sich der Staat Florida in Katalogen und Werbebroschüren für potentielle Touristen rühmte, aber entschieden unangemessen für einen Tag im März wie diesen. Warren bemerkte, daß die Tische direkt neben der Tür unbesetzt waren. Kein Wunder. Er drehte sich wieder zu dem Barkeeper um.

»Haben Sie ihn *aufgefordert*, den Drink zu bezahlen?«

»Nein, habe ich nicht.«

»Obwohl Sie dachten, er wolle gehen?«

»Ich dachte, er wäre ein Cop.«

»Wie sind Sie darauf gekommen?«

»Er hatte den Bullengeruch an sich«, sagte der Barkeeper und zuckte mit den Achseln.

Warren fragte sich, ob auch er Matthew fälschlicherweise für einen Bullen gehalten hätte. Er wußte es nicht so recht. Matthew war etwa eins achtzig groß, schätzte er, vielleicht achtzig, fünfundachtzig Kilo schwer, so in der Gegend, dunkles Haar, braune Augen, ein Fuchsgesicht. Die meisten Cops, die Warren kannte, hatten Schweinsgesichter.

»Wann war das? Wann ist er rausgegangen?«

»Gegen Viertel nach. Ich hab' nicht auf die Uhr gesehen.«

»Wieviel später haben Sie die Schüsse gehört?«

»In dem Augenblick, in dem er durch die Tür gegangen ist.«

»Er hat die Schwingtüren aufgestoßen …«

»Ja, so macht man das normalerweise.«

Warren hätte ihm die Rübe am liebsten *eingeschlagen*.

»… und in dem Augenblick, als er rausging, fielen die Schüsse.«

Das hieß, jemand hatte draußen darauf gewartet, daß er rauskam.

»Wie viele Schüsse?«

»Drei.«

Es kam ihr noch wie Freitag abend vor, aber es war schon Samstag morgen. Halb zwei morgens, der unpersönlichen Uhr an der makellosen Krankenhauswand zufolge. Heute bei Sonnenuntergang fing Pessach an, das jüdische Osterfest. Obwohl er kein Jude war, hatte Patricia heute morgen bei einem Blumenladen angerufen – na ja, genaugenommen *gestern*, Freitag – und ein Dutzend Rosen bestellt, die um neun

Uhr morgens an Matthew geliefert werden sollten. In jetzt siebeneinhalb Stunden. Die Inschrift auf der Karte lautete:

Glückliches Pessachfest!
Ich liebe dich, Anwalt

Keine Unterschrift.

Matthew würde natürlich nicht zu Hause sein, sie nicht in Empfang nehmen können. Matthew lag noch im OP. Matthew wurde seit halb elf heute abend operiert, *gestern* abend, wann auch immer, verdammt noch mal, sie wußte nicht, welcher Tag es war, und es war ihr auch scheißegal, sie wußte nur, daß ihr Mann vielleicht …

Nein, dachte sie.

Nichts davon.

Hör auf.

Sie ballte die Hände auf dem Schoß zu Fäusten.

Am Samstagmorgen spielte Matthew immer Tennis. Er wäre direkt von seinem Haus auf dem Whisper Key zum Klub auf dem Festland gefahren und hätte dort gegen den einen oder anderen skrupellosen Anwalt, wie er auch einer war, gespielt, der ihn unweigerlich geschlagen hätte, weil Matthew in Wirklichkeit kein sehr guter Tennisspieler war. Kein sehr guter Sportler *überhaupt*, was das betraf. Er hatte sich einmal laut gefragt, warum man Billardspieler im Fernsehen als ›Sportler‹ bezeichnete. Billardspieler? Wie wäre es denn mit Dartspielern? Sie hatte nur einmal mit Matthew Billard gespielt, in einer dieser neuen Yuppie-Billardspielhallen, in denen sportliche Mädchen in Fick-mich-Kleidern sich über den Tisch beugten, um die schwarze Kugel einzulochen und gleichzeitig einen prall gefüllten BH und einen Arsch in einer knallengen Hose zu zeigen. Nicht Patricias Stil. Außer im Bett.

Wäre Matthew an diesem Morgen so gegen elf nach Hause gekommen – um diese Zeit kam er normalerweise vom Tennis zurück –, hätte er die Rosen vor der Haustür gefunden und sofort gewußt, wer sie hatte schicken lassen, obwohl keine Unterschrift auf der Karte war. Vor nicht mal drei Wochen hatten sie beiläufig darüber gesprochen, warum Frauen Männern niemals Blumen schickten. Wußten sie nicht, daß auch Männer Blumen mochten? Das war nur eine der Eigenschaften, die sie an diesem Mann liebte, die Tatsache, daß ihn dieser Machoscheiß gar nicht interessierte, der die meisten anderen Männer, die sie gekannt hatte, so stark belastete.

Sie schaute zur Wanduhr hinauf.

Sie schaute auf ihre Armbanduhr.

Frank war schon wieder Kaffee holen gegangen. Der Kaffee kam in Pappbechern aus dem Automaten. Seit sie hier eingetroffen war, hatte jeder von ihnen drei Becher des üblen Zeugs getrunken. Sie kannte Frank nicht sehr gut. Nur einmal waren sie und Matthew mit ihm und seiner Frau zum Abendessen ausgegangen. Ein Warteraum in einem Krankenhaus war nicht gerade der beste Ort auf der Welt, um Freundschaft zu schließen.

Sie schaute wieder auf ihre Uhr.

Er wurde jetzt schon seit über drei Stunden operiert. War das bei so einer Verletzung normal? Dauerte es immer so lange? Oder *stimmte* da drinnen *etwas nicht*?

... gesagt, Punkt zehn Uhr, aber vielleicht wollten sie sich ja *vor* der Bar treffen. Kühler Abend, Matthew fühlte, wie die Kälte unter der Tür der Bar hereinkroch, über der Tür der Bar, ein zu kalter Abend, um da draußen Jagd auf Löwen und Tiger und mutige junge Männer auf dem Trapez zu machen, zu kalt für kleine Mädchen, die auf funkelnden Bällen tanzten, und für Clowns, die sich im Sägemehl wälzten, er konnte den Zirkus nicht ausstehen. Warum war es hier drinnen so kalt? Was *machten* sie mit ihm? Warum standen sie alle *über* ihm? Laßt mich ... bitte. Laßt mich hier raus ... bitte! Stieß die Tür auf, spürte die kalte, scharfe Nachtluft, sah den Wagen am Bordstein stehen, mit laufendem Motor, ging auf den Wagen zu, nein, sah, wie das Fenster sanft hinabglitt, schnell hinabglitt, leise hinabglitt, o Gott, *nein* …

Die Nutte, mit der Warren sprach, dachte, er wolle eine Nummer schieben. Es war sehr kalt für diese Jahreszeit, viel kälter, als es eigentlich der Fall sein sollte. Viele Touristen waren jetzt schon wieder abgefahren, zum Osterfest, das nur noch acht Tage entfernt war, zurück in den Osten. Doch trotz der vorhergesagten untypischen nächtlichen Minustemperaturen und des sie begleitenden Frosts trug das Mädchen nur ein hautenges rotes Satinkleid, eine kleine, enge Jacke mit falschem, rot gefärbtem Pelz, eine rote Schultertasche aus Plastik, rote, hochhackige Riemchenschuhe und hellroten Lippenstift, der zum allgemeinen Farbkonzept paßte. Ihre Hautfarbe war schwerer zu bestimmen. Mehr oder weniger irgendwo im Bereich beige bis braun, doch ihre Augen und ihr feiner Knochenbau wiesen auf einen asiatischen Einfluß hin. Warren hielt sie für die Tochter eines schwarzen Soldaten und einer Vietnamesin. Sie sagte, ihr Name sei Garnet, was aber gar nichts zu bedeuten hatte; jede Nutte in der Stadt hatte einen Straßennamen. Als ihr klar wurde, daß er es nur auf Informationen abgesehen hatte, ging sie davon.

»*Waren* Sie auf der Straße, als die Schüsse fielen?« fragte er erneut.

»Was ist dir das wert?« fragte sie und drehte sich wieder zu ihm um.

»Kommt drauf an, was Sie gesehen haben«, sagte Warren. »Fangen wir mit einem Zehner an, ja?« sagte er, öffnete sein Portemonnaie und zog zwei Fünfer heraus.

»Nein, fangen wir mit fünfundzwanzig an«, sagte sie, was in Newton der übliche Preis für einmal Blasen war.

»Okay«, sagte er und zog einen Zehner und einen weiteren Fünfer hervor.

Das Mädchen – Warren schätzte, daß es achtzehn, neunzehn Jahre alt war – öffnete seine Handtasche, steckte das Geld in eine kleine Börse und ließ die Tasche wieder zuschnappen. Wagen fuhren langsam durch den frühen Morgen. Ihre Blicke folgten ihnen; sie war für eine Arbeit von etwa zehn Minuten bezahlt worden und wollte die Sache schnell hinter sich bringen, neue Freier suchen. Vor der Bar stand noch immer ein weißer Ford-Lieferwagen am Bordstein. Er gehörte zur Spurensicherung der Polizei, und Warren kannte einen oder zwei der Techniker, die in dieser Abteilung arbeiteten, sah im Augenblick aber keine vertrauten Gesichter. Was schade war, denn er wollte sich unbedingt nach dieser dritten Kugel erkundigen. Es war jetzt gegen zwei Uhr morgens, aber auf der Straße hatte sich noch immer eine Menge versammelt; die Leute drängten sich gegen die kalten Winde zusammen, die von der Bucht von Calusa aufs Landesinnere wehten.

»Ich höre«, sagte er.

»Es war gegen Viertel nach zehn«, sagte sie. »Normalerweise fange ich gegen zehn, halb elf an, um 'nen Vorsprung vor den anderen Mädchen zu haben, die erst um Mitternacht anfangen. Ich stand hier an der Ecke ... das ist mein Stammplatz, direkt neben der Bar hier, ich kriege die mit, die in die Bar reingehen und rauskommen, und auch den Verkehr in beiden Richtungen auf der Roosevelt und der G. Der Typ kam aus der Bar. Gutaussehender Weißer, groß, dunkelhaarig, trug 'nen Mantel, kein Hut. Ein Wagen stand da am Bordstein. Mit laufendem Motor.«

»Wer saß in dem Wagen?« fragte Warren.

»Keine Ahnung. Er hatte getönte Scheiben.«

»Was für ein Wagen?«

»Ein zweitüriger Mazda. Niedrig, glänzend, schwarz.«

»Wissen Sie, welches Baujahr?«

»Nein.«

»Haben Sie das Nummernschild gesehen? Florida, anderer Staat ...?«

»Hab' ich nicht drauf geachtet.«

»Na schön. Was ist passiert, als er aus der Bar kam?«

»Er sah den Wagen und ging auf ihn zu, als würde er ihn kennen. Dann ... na ja, dann zögerte er. Und schien zur Bar zurückgehen zu wollen, schien sich umdrehen zu wollen. Aber das ... das Fenster auf der Seite neben dem Bürgersteig wurde runtergedreht. Und eine Pistole kam raus. Ein Arm mit einer Pistole. Eine Pistole in einer Hand.«

»Weiß oder schwarz? Die Hand?«

»Die Hand selbst hab' ich nicht gesehen. Die Person trug einen *Handschuh*. Einen schwarzen Handschuh.«

»War diese Person ein Mann oder eine Frau?«

»Ich konnte nicht in den Wagen sehen.«

»Dann *wissen* Sie nicht, ob die Person weiß oder schwarz war?«

»Richtig, ich weiß es nicht.«

»Was für eine Pistole war es?«

»Ich kenne mich mit Waffen nicht aus. Aber es muß ein ziemlich schweres Kaliber gewesen sein. Hat ihn über den Bürgersteig und wieder durch die Tür gepustet.«

»Wie viele Schüsse?«

»Drei. Ich glaube, der erste ging daneben.«

»Wieso wissen Sie das?«

»Ich sah ihn zusammenzucken, aber er schien nicht getroffen worden zu sein. Er hat sich einfach nur geduckt, noch mal hingeschaut, als wolle er sich umdrehen oder davonlaufen oder ... was weiß ich. Dann kam noch ein Schuß, und er muß ihn in die Schulter getroffen haben, er warf ihn ein Stückchen zurück, und etwas zur Seite, und der nächste traf ihn dann irgendwo in die Brust. Er schien um sein Gleichgewicht zu kämpfen, schlug um sich, zappelte, mit den Armen, den Beinen, er schien von den Schüssen *davongetragen* zu werden, wissen Sie, was ich meine? Erinnern Sie sich an die Szene am Anfang von *Der weiße Hai*, als der Hai sie packt und *mit sich trägt?* So war es. Als würden die Schüsse ihn zurück über den Bürgersteig und durch die Schwingtür *tragen*. Es war einfach fürchterlich. Ich gehe *noch immer* nicht ins Wasser.«

»Was ist dann passiert?«

»Der Wagen fuhr davon.«

»Sofort?«

»Ja. Na ja … die Hand ging in den Wagen zurück, der Arm, die Hand mit der Pistole, und dann wurde das Fenster hochgefahren, und dann schoß der Wagen davon.«

»In welche Richtung?«

»Nach Westen. Die G ist 'ne Einbahnstraße.«

»Und dann?«

»Jemand kam aus der Bar gelaufen und rief nach der Polizei. Ich bin abgehauen. Die Bullen und ich kommen nicht gut miteinander aus.«

»Wann sind Sie zurückgekommen?«

»Vor 'ner halben Stunde. Dachte mir, mittlerweile müßte es wieder ruhiger sein.«

»Sie haben diesen Wagen nicht mehr gesehen, oder?«

»Nein.«

»Er ist nicht zurückgekommen? Der Fahrer wollte sich nicht vergewissern, daß er auch getroffen hat?«

»Nein. Hätten Sie das getan?«

Sie betrachteten erneut den fließenden Verkehr auf der Straße, drehte sich dann wieder zu ihm um. »Hören Sie«, sagte sie, »mehr habe ich nicht gesehen, und ich muß jetzt wirklich los. Ich glaube, was ich Ihnen gesagt habe, ist mindestens noch einen Schein wert, meinen Sie nicht auch?«

Warren gab ihr noch einen Zehner.

In Newtown der Preis für einmal Wichsen.

»Ein Klient in *Newtown*?« sagte Frank und runzelte leicht die Stirn.

Matthew hatte ihr einmal erzählt, viele Leute wären der Ansicht, er und Frank würden einander ähneln – doch Matthew konnte nicht die geringste Ähnlichkeit feststellen. Patricia auch nicht. Matthew war achtunddreißig Jahre alt, und Patricia schätzte, daß sein Partner vierzig oder vielleicht sogar noch älter war. Na schön, beide hatten braunes Haar und dunkle Augen, in etwa das gleiche Gewicht und die gleiche Größe – aber wenn sie genau darüber nachdachte, war Frank fünf oder zehn Zentimeter kleiner und vielleicht zwanzig Pfund leichter. Doch noch wichtiger war – und dabei griff sie auf ein Klassifizierungssystem zurück, das Frank selbst erfunden hatte –, daß Matthew ein ›Fuchsgesicht‹ und Frank eindeutig ein ›Schweinsgesicht‹ hatte. Überdies stammte Matthew ursprünglich aus Chicago, während Frank in New York geboren und aufgewachsen war, und beide gaben sich völlig verschieden. Also bestand in Wirklichkeit nicht die geringste Ähnlichkeit zwischen ihnen. Doch während Frank nun in dem schwach erhellten Warteraum über den Pappbecher gebeugt saß und ernst an seinem Kaffee nippte, das Gesicht müde und besorgt, waren alle scharfen New Yorker Kanten von der Besorgnis um seinen Partner und Freund geglättet worden.

»Wir haben heute zusammen zu Abend gegessen«, sagte Patricia. »Ich dachte, er wäre mit zu mir nach Hause gefahren, aber er hat gesagt, etwas sei dazwischengekommen, er müsse sich mit jemandem treffen. Ich nahm an, es wäre ein Klient. Ich hab' ihm gesagt, er solle später kommen, aber er meinte, er wisse nicht, wie lange das Treffen dauern würde.«

»Aber er hat gesagt, er würde nach *Newtown* fahren?«

Noch immer erstaunt. Verdammt, was hatte Matthew in *Newtown* gemacht?

»Nein, das hat er nicht gesagt«, erwiderte Patricia.

»Was hat er dann gesagt?«

»Eigentlich hat er gar nicht gesagt, wohin er fahren wollte.«

»Hat er jemanden angerufen, als ihr in dem Restaurant wart?«

»Nein.«

»Oder Anrufe bekommen?«

»Nein.«

»Was immer ihm also dazwischengekommen ist …«

»… muß vor dem Abendessen passiert sein.«

»Er hat Ihnen nicht gesagt, worum es sich handelt?«

»Nein. Doch wenn ich darüber nachdenke ... Er schien nicht ganz so wie sonst zu sein. Er war ruhig. Gedankenverloren.«

»So war er in letzter Zeit häufig«, sagte Frank und seufzte schwer. »Seit dem Barton-Prozeß.«

Mary Barton. Mary, Mary, ziemlich dumm, die ein Geschworenengericht des Mordes in drei Fällen für schuldig befunden hatte. Mary war Matthews Klientin gewesen. Der Prozeß hatte in den Wochen vor Weihnachten stattgefunden. Jetzt war Ende März. Eine lange Zeit, um darüber nachzudenken, was passiert war, besonders, wenn man die eigenartigen Umstände des Falles berücksichtigte.

»Er hat mir gesagt, er würde wahrscheinlich nie wieder einen Fuß in einen Gerichtssaal setzen«, sagte Frank.

Patricia sah ihn an. Das war ihr neu. Sie selbst war Stellvertretende Staatsanwältin des Zwölften Gerichtsbezirks von Florida hier in Calusa, und sie wußte, daß Matthew ein verdammt *guter* Prozeßanwalt war. Andererseits liebte sie den Mann auch.

»Nicht nach dem, was mit Mary Barton passiert ist. Er nimmt ja keine Klienten an, die er für schuldig hält ...«

»Ich weiß.«

»... und war *so* von ihrer Unschuld überzeugt. Nach dem, was dann passiert ist ... worauf er nun wirklich nicht den geringsten Einfluß hatte ...«

»Ja, ich weiß.«

»Aber er weiß es nicht. Und das ist das Problem. Ehrlich gesagt, Patricia, befürchte ich, er hat es ernst gemeint. Damit, daß er nie wieder einen Prozeß führen wird. Seit dem Fall Barton hat er ein halbes Dutzend Strafprozesse abgelehnt. Ich glaube, er hat das Vertrauen in seine Urteilsfähigkeit verloren. Wenn er niemanden verteidigen will, den er für schuldig hält ... wie kann er jetzt noch davon ausgehen, daß er die richtige Entscheidung über die *Unschuld* eines Klienten trifft? Nach Mary? Wie kann er nach Mary noch an *irgend etwas* glauben?«

»Das war eine ungewöhnliche Situation, Frank. Er weiß doch bestimmt ...«

»Nein, das weiß er nicht. Er macht sich Vorwürfe. Daß er sie überhaupt als Klientin akzeptiert hat, obwohl sie ja unschuldig war, wie sich herausstellte, oder? Und weil es dann so gekommen ist, wie es kam. Das war ja die gottverdammte *Ironie* dabei. Wissen Sie, was er getan hat, seitdem ihr zurückgekommen seid?«

»Ja, aber ich dachte ...«

»Immobilien«, sagte Frank.

»Ich weiß, aber ich dachte, das wäre nur vorübergehend.«

»Er versucht, für den Staat das *Kirmesgelände* zu vermieten«, sagte Frank und schüttelte den Kopf.

»Ja, das hat er erwähnt.«

»Eine schöne, ungefährliche Arbeit. Keine verrückten Frauen unter dem Bett oder im Gebüsch.«

»Tja, aber es hatte doch mit einem Selbstmord zu tun, oder?«

»Mit einem was?«

»Einem Selbstmord. Die Frau, der der Zirkus gehört hat. Hat sie nicht Selbstmord begangen?«

»Das hat er mir gegenüber nie erwähnt«, sagte Frank und schaute zur Wanduhr hoch. »Verdammt noch mal, was *dauert* das so lange?«

Warum erinnerte er sich an seine Schwester, die eine Puppe in den Armen hielt und zufrieden lächelte, während er unter dem Weihnachtsbaum mit der elektrischen Eisenbahn spielte? Warum erinnerte er sich an Chicago vor dreißig Jahren, was geschah mit ihm? Vielleicht lag er im Sterben, dachte er, und sein Leben passierte dabei noch einmal Revue. Die Stimmen waren schrecklich besorgt, jemand sagte, ich kann nichts sehen, saugt das Blut ab, was für Blut, wovon sprachen sie? Jemand sagte sechzig zu vierzig, jemand sagte eins zwanzig, jemand sagte Tupfer, ein Gorilla warf Gorillascheiße auf Gloria. Sie gingen den Gang in der Mitte entlang, von dem aus man die Tiere in ihren Käfigen sehen konnte. Matthew war acht, seine Schwester erst sechs, und ein Gorilla warf mit seiner eigenen Scheiße nach ihr. Sie blieb auf ihrem hellen gelben Kleid kleben und spritzte zu Boden, siebenundachtzig zu fünfzig, er bückte sich und nahm eine Handvoll Stroh und Scheiße auf und warf sie zu dem Gorilla zurück, der sich auf die Brust trommelte und sein Gebiß entblößte, und seitdem konnte er den Zoo und den Zirkus nicht mehr ausstehen. Jetzt klingelte etwas, etwas klingelte, jemand sagte, ach du Scheiße, wir haben 'ne Flatline, er hat einen Herzstillstand, ein anderer sagte Schrittmacher, jemand sagte Epinephrin, ein anderer sagte, halten Sie die Uhr im Auge, ein anderer sagte ein Kubikzentimeter, eins zu eintausend, jemand sagte, noch immer keiner, Matthew nahm das Telefon ab.

Cynthia Huellen teilte ihm mit, ein gewisser George Steadman sei auf Leitung fünf. Auf Matthews Schreibtisch stand ein kombinierter Digitalwecker mit Kalender. Das Datum war der 18. 3. Die Uhrzeit wurde mit 9:27 angegeben.

»Wer ist das?« fragte Matthew. »Was will er?«

»Er sagt, er wolle mit Ihnen über einen Grundstücksverkauf sprechen.«

»Ich nehme den Anruf entgegen.«

Um die Wahrheit zu sagen, er hätte alles angenommen, nur nicht mehr das Innere eines Gerichtssaals.

»Guten Tag, Mr. Steadman, ich bin Matthew Hope«, sagte er. »Was kann ich für Sie tun?«

»Äh, guten Tag, Mr. Hope, wie geht's, wie steht's?«

»Danke, bestens«, sagte er. »Und selbst?«

»Ebenso.«

»Sie wollten mit mir über eine Immobilie sprechen?«

»Ja, ich frage mich, ob Sie hier herausfahren können ...«

»Nun, Mr. Steadman, ich bin erst am Montag aus dem Urlaub zurückgekommen, und auf meinem Schreibtisch stapeln sich die Akten bis zur ...«

»Ich würde ja gern in die Stadt kommen, aber hier ist es

momentan auch sehr hektisch. Wir müssen noch jede Menge erledigen, bevor morgen das Zelt aufgestellt wird.«

»Wie bitte?«

»Das große Zelt. Ich bin George Steadman, vom Zirkus Steadman & Roeger. Haben Sie schon mal von mir gehört?«

»Ja, allerdings.«

»Hier herrscht derzeit also Hochbetrieb. Wir müssen alles in den Griff kriegen, bevor wir im April auf Tour gehen.«

»Ich verstehe.«

»Sonst würde ich natürlich nach Calusa kommen.«

»Das weiß ich zu schätzen, Mr. Steadman. Aber ... ist die Sache sehr dringend? Bei Immobilien geht es normalerweise nicht um Leben oder ...«

»Nein, nein, es ist ganz bestimmt nicht *dringend*. Aber ich bin ein Mann der Tat, Mr. Hope. Wenn ich erst mal einen Entschluß gefaßt habe, will ich es auch sofort erledigen. Wo waren Sie?«

»Wie bitte?«

»Im Urlaub.«

»Ach so. Little Dix Bay.«

»Ich fürchte, das kenne ich.«

»Auf Virgin Gorda. Die Jungferninseln.«

»Ah ja. Also, was meinen Sie? Können Sie heute hier rauskommen?«

»Ich weiß nicht, was ›hier draußen‹ ist. Und wie ich schon sagte, heute kommt es überhaupt nicht in ...«

»Wie wäre es denn mit morgen? Wir sind nur eine halbe Stunde von Ihnen entfernt«, sagte Steadman. »Timucuan Point Road, Sie wissen doch, das war früher die alte Jackson-Ranch.«

»Ja?«

»Da sind wir. Der Mietvertrag des Grundstücks, das wir seit zwanzig Jahren benutzen, wurde nicht verlängert, und deshalb muß ich im Augenblick damit auskommen. Darüber will ich ja mit Ihnen sprechen. Bitte kommen Sie zu uns raus, Mr. Hope. Es ist wirklich nur eine Fahrt von einer halben

Stunde. Und ich verspreche, ich werde Sie auch nicht lange aufhalten. Außerdem wollen Sie vielleicht mal sehen, wie ein Zirkus aufgebaut wird.«

Ohne Mr. Steadman gegenüber zu erwähnen, daß er nicht unbedingt sehen wollte, wie ein Zirkus auf- oder abgebaut oder was auch immer wurde, erklärte Matthew sich bereit, am nächsten Morgen um neun Uhr dort zu sein. Das Gespräch mit Steadman hatte genau zehn Minuten gedauert. Er notierte sich Steadmans Namen und die Dauer des Gesprächs, wenngleich er sie ihm erst in Rechnung stellen würde, wenn Steadman ihn tatsächlich anheuerte. Sinusrhythmus, sagte jemand. Gloria fing aus vollem Hals zu plärren an. Dreißig zu zehn, sagte jemand. Jemand rief, der kleine Junge habe den Affen mit Scheiße beworfen. Eins vierzig, sagte jemand. Der Gorilla trommelte auf seine Brust und lief im Käfig hin und her, zerrte an den Gitterstäben, lief wieder zurück, schlug sich auf die Brust, sprang auf und ab, brüllte Matthew seine Herausforderung zu, der auf dem strohbedeckten Boden stand und sich vor Angst fast in die Hosen machte. Sechzig zu vierzig, sagte jemand. Klammern, sagte jemand. Eins zwanzig. Wie spät ist es? fragte jemand. Zwanzig vor sechs, sagte jemand. Schweigen. Da ist noch eine, sagte jemand anders. Mein Gott, fünf Minuten, sagte jemand. Und vierzig, sagte jemand. Jetzt ganz vorsichtig, sagte ein anderer. Paß auf. Ich habe sie, sagte jemand. Stimmen. Jetzt vorsichtig. Klammern. Jetzt befestigen. Vernähen. Einhundert zu …

Die Straße, die zum behelfsmäßigen Zirkusgelände führte, war der unbefestigte Weg, der als Zufahrt zur Jackson-Ranch gedient hatte. Während Patricia und Matthew sich in der Karibik auf einem weißen Sandstrand gelümmelt hatten, hatte es hier in Calusa Tag und Nacht geregnet, und die Straße war jetzt schlammig und ausgefahren, und überall standen Pfützen und kleine Teiche, obwohl an diesem mäßig warmen Samstag im März die Sonne schwach schien. Während Matthew sich mit dem Lenkrad des Wagens herumschlug, einem

Acura Legend, der sich normalerweise unter fast allen Bedingungen ausgezeichnet handhaben ließ, und versuchte, nicht im Schlamm und Dreck steckenzubleiben, sah er zu seiner Rechten eine große freie Fläche, die gleichermaßen mit Schlamm bedeckt war und auf der Lastwagen und Wohnwagen in scheinbar planloser Anordnung abgestellt waren. In der Mitte dieses anscheinend zufälligen Kreises aus Fahrzeugen bemühten sich zahlreiche muskulöse, jeansbekleidete Männer, bis zur Taille nackt und mit Schlamm bedeckt, den Mittelpfosten des riesigen Zeltes aufzustellen, von dem Steadman gesprochen hatte. Matthew hatte keine Ahnung, wie weit ihre Arbeit schon gediehen war. Zu seiner Linken tauchte ein sperriges graues Etwas auf, und er drehte sich um und stellte verblüfft fest, daß ein Elefant an seinem Wagen vorbeitrampelte. Er drehte die Scheibe hinab, sagte »Verzeihung!« – nicht zu dem Elefanten, sondern zu dem Mann, der ihn führte –, und nachdem er dessen Aufmerksamkeit gewonnen hatte, fragte er, wo er Mr. Steadman finden könne.

»Im roten Waggon«, sagte der Mann und grunzte dem Elefanten etwas zu, der sich wieder in die Richtung in Bewegung setzte, in der die Männer den Pfosten aufrichten wollten.

Matthew schaute in die Richtung, in die der Mann verschwommen gedeutet hatte. Er konnte dort keine Waggons ausmachen, ob nun rote oder andersfarbige. Statt dessen stand dort ein langer, weiß lackierter Wohnanhänger an einem Trecker, der nicht nur als Transport-, sondern auch als Werbemittel für den Zirkus zu dienen schien. Am Führerhaus des Fahrzeugs standen die Worte ZIRKUS STEADMAN & ROEGER in schwarzen Lettern um einen brennenden Reifen herum, durch den ein furchterregender Tiger sprang. Dasselbe Logo fand sich – in viel größeren roten, gelben und schwarzen Lettern – auf der Seite des Anhängers, auf der das Wort *Zirkus* stärker hervorgehoben wurde als die Namen der Besitzer:

ZIRKUS STEADMAN & ROEGER

Am anderen Ende des Hängers stand direkt über einer Tür mit einer vergitterten oberen Hälfte in ähnlichen roten, gelben und schwarzen Lettern das Wort EINTRITTSKARTEN. Es überspannte drei Öffnungen, die nun mit in einem Weiß, das genau zu dem Wagen paßte, gestrichenen hölzernen Schlagläden bedeckt waren. Matthew hielt an, stieg aus und ging durch den Schlamm zu einer kleinen Plattform über drei hölzerne Stufen, die zu der Gittertür führten. Er sah keine Klingel. Also klopfte er.

»Herein!« rief eine Stimme.

George Steadman war ein großer, massiger Weißer mit breiten Schultern, einem dicken Bauch und fleischigen Händen, von denen er eine ausstreckte, als er um seinen Schreibtisch herumging. Sein Gesicht war breit, wettergegerbt und sonnengebräunt, und oben, unten, links und rechts von einem Schopf dichten, schwarzen Haars, einem dichten schwarzen Schnurrbart und allmählich weiß werdenden Koteletten umrahmt. Er tapste wie ein großer, wilder Bär auf Matthew zu, doch sein Lächeln war freundlich, und sein Händedruck überraschend weich.

»Kommen Sie rein, kommen Sie rein, Mr. Hope, sehen Sie mir das Durcheinander nach«, sagte er, »setzen Sie sich bitte«, und bot Matthew sofort einen Regiestuhl mit Leinwandrückteil an, auf dem in schwarzen Buchstaben das Wort BOSS stand. Das Innere des Wagens war als Büro eingerichtet und verfügte über einen richtigen Schreibtisch aus Metall, Aktenschränke aus dem gleichen Material, die alle amtsgrün lackiert waren, eingerahmte Zirkusplakate an den Wänden und eine – nun geöffnete – Metalltür, die man schließen konnte, wenn man von dem Kartenverkauf nebenan nicht gestört werden wollte.

»Einen Kaffee?« fragte Steadman. »Etwas zu essen? Wenn Sie Hunger haben, kann ich einen der Jungs zur Küche schicken, die Fahne ist noch oben. Haben Sie schon gefrühstückt?«

»Danke, ich habe schon gefrühstückt.«

»Dann aber einen Kaffee?«

»Danke, im Augenblick nicht.«

Steadmans Stimme war laut und nachhallend und paßte perfekt zu seinem gewaltigen Körper und dem polternden Gehabe. Er erzählte Matthew, daß die meisten Zirkusbesitzer ihr großes Zelt eine Woche aufstellten, bevor sie auf Tour gingen, was normalerweise am ersten April der Fall war. Die meisten probten eine Woche lang im Zelt und gingen dann auf Reisen.

»Nicht die *großen* Unternehmen natürlich, Ringling probt wochenlang. Und bei einigen der *sehr* kleinen, alten Unternehmen kommen die Artisten einen Tag vor Start der Tournee und gehen das Programm einmal durch, und damit hat sich's dann.«

Er fuhr mit der Erklärung fort, daß es ihm persönlich am liebsten wäre, wenn das Zelt *zwei* Wochen vor Beginn der Tournee im Winterlager aufgestellt werden würde und die Artisten so lange genug Zeit für die Proben hätten. Dann könne er sicher sein, daß Steadman & Roeger eine Show auf die Beine stelle, die doppelt so gut sei wie die der anderen Wanderunternehmen.

»Das ist kein sehr großes Zelt«, sagte er. »Ringling braucht ... wie viele sind es noch gleich ... achtzig *Eisenbahnwaggons*? Alles in allem kommt S & R mit fünfundzwanzig Trucks und Wohnwagen aus, höchstens neunzig, hundert Personen, je nachdem, wer die Show schmeißt. Ich will damit sagen, daß wir ganz bestimmt kein riesiges Unternehmen sind, obwohl hundert Leute nicht gerade wenig sind, wenn man auf Tour geht – und dazu kommen natürlich noch die Tiere.«

»Das klingt sogar nach einem sehr *großen* Unternehmen«, sagte Matthew.

»Nein, eigentlich nicht. Und wenn man das schon so

lange Jahre treibt, bekommt man den Kniff raus, oder? Ich will das Kirmesgelände haben, damit wir einen festen Standort haben und das ganze Jahr über Programm machen können. Ein festes Zelt aufstellen – Calusa ist eine Touristenstadt, oder? Hier sind den ganzen Winter über Leute, die Unterhaltung suchen. Wie viele Kinofilme können sie sich schon ansehen?«

Genug, dachte Matthew. Der letzten Zählung zufolge gab es in Calusa jede Woche dreißig Erstaufführungen zu sehen.

»Ich dachte, wenn ich von November bis März hier gastieren kann, muß ich mir nicht dauernd die Hacken nach Winterterminen ablaufen. Und wenn ich das Zelt im Sommer Schulkindern zur Verfügung stelle, die später mal den Zirkus zu ihrem Leben machen und ordentlich üben wollen, oder was auch immer, kriege ich wahrscheinlich außerdem einen Steuernachlaß. Was halten Sie übrigens davon? Meinen Sie, eine Steuerermäßigung wäre dafür drin?«

»Das müßte einer unserer Steuerberater mit Ihnen besprechen, Mr. Steadman. *Ich* bin hier, um ...«

»Das Gelände, ja. Jeder sagt ›das staatliche Kirmesgelände‹, obwohl es im Privatbesitz ist, was nur gut für uns ist. Der Staat vermietet das Gelände nur den Sommer über, aber an jeden, der es benutzen will. Jahrmärkte, Rodeos, Virginia-Slims-Tourniere, was auch immer.«

»Von wieviel Land sprechen wir?« fragte Matthew.

»Von dreißig Morgen, mit guten Verkehrsverbindungen sowohl an der Tamiami Trail *als auch* an die I-95. Achtzehn brauche ich als Parkplatz und die übrigen zwölf für Zelte – können Sie sich vorstellen, was für ein Zirkus *das* geben würde? Mehrere Buden mit einem Mittelgang und mehreren Nebengängen, eine ständige Tierschau, Karussells, Pferdereiten, ein Zelt mit *drei* Manegen, was für ein Zirkus! Ich habe Träume, Mr. Hope. Sehr große Träume. Aber natürlich muß ich zuerst das Land kaufen. Der Besitzer wird von einer Firma namens Florida Sun and Shore repräsentiert. So Namen hat man hier nun mal, was?«

»Das soll also heißen, Sie *wissen* nicht genau, wem das Land gehört?«

»Tut mir leid, das weiß ich nicht. Das würde ich alles Ihnen überlassen. Finden Sie heraus, wer der Besitzer ist, sagen Sie ihm, was wir bezahlen wollen, kommen Sie mit seinem Gegenangebot zu mir, und Sie führen dann die Verhandlungen, und wir bekommen das Land.«

Vielleicht, dachte Matthew. »Wer ist Roeger?« fragte er laut.

»Max Roeger, mein ehemaliger Partner. Er hat vor zehn Jahren seinen Anteil von fünfzig Prozent verkauft. Eigentlich gibt es Steadman *und* Roeger nicht mehr, nur noch Steadman. Kurz nachdem Max verkauft hat, ist er an Krebs gestorben. Deshalb ist er übrigens auch ausgestiegen. Er hat gewußt, daß er sterben würde. Wir haben den Namen behalten, weil er schon damals ziemlich bekannt war.«

»Wer ist *wir*?«

»Pardon?«

»Sie haben gesagt, Mr. Roeger habe seinen Anteil verkauft ...«

»Ach so. Ja. Willa. Willa Winkie. Aber sie ist auch schon tot.«

»Ich verstehe. Und was ist mit *ihrem* Anteil des Unternehmens passiert?«

»Ihr einziges Kind hat ihn geerbt. Eine Tochter. Maria Torrance.«

»Sie hat den Zirkusanteil ihrer Mutter geerbt?«

»Ja. Fünfzig Prozent.«

»Besitzt sie diesen Anteil von fünfzig Prozent noch?«

»Ja, sicher. Aber sie mischt sich nicht in meine Geschäftsführung ein. Das überläßt sie ganz mir. Jeder, der von mir eingestellt wird, ist mir direkt verantwortlich. Ich engagiere alle Mitarbeiter, und alle unterstehen mir. Die Artisten, die Arbeiter, die Leute, die die Buchungen, die Promotion, die Publicity, den Transport machen, alle, jeder kommt zu mir. Ich habe das letzte Wort. Maria hat nie etwas darüber gesagt, wie ich die Dinge handhabe.«

»Ist das eigentlich eine offene Handelsgesellschaft?«

»Ja, klar.«

»Gibt es einen Gesellschaftsvertrag?«

»Ja.«

»Zwischen Ihnen und dem verstorbenen Mr. Roeger?«

»Ja.«

»Wird darin genau bestimmt, was passiert, wenn der eine oder der andere der Partner sich entschließt, seinen Anteil zu verkaufen?«

»Jeder hatte das Recht, dem Verkauf an einen potentiellen Käufer zu widersprechen. Im Fall des Widerspruchs hatten wir das Recht, den Anteil zum ausgehandelten Preis selbst zu kaufen.«

»Haben Sie den Verkauf an Mrs. Winkie gebilligt?«

»Torrance. Mrs. Torrance. Winkie war ihr Zirkusname.«

»Ach? War sie Artistin?«

»Eigentlich Entertainerin. Aber eine *große* Attraktion, eine sehr große. Hier bei S & R, unserem Zirkus. Max und ich kannten sie schon lange, bevor er sich entschloß, an sie zu verkaufen. Wir alle waren sehr gute Freunde.«

»Also haben Sie den Verkauf gebilligt?«

»Ja, natürlich.«

»Und ich nehme an, alle Rechte, Rechtsansprüche und Beteiligungen von Mr. Roeger am Zirkus wurden dann auf sie übertragen.«

»Ja.«

»Sie wurde volle Teilhaberin, wie Mr. Roeger es vorher gewesen war?«

»Ja. Sie war übrigens eine sehr gute Geschäftsfrau.«

»Mr. Steadman, können Sie mir sagen, was der ursprüngliche Partnerschaftsvertrag für den Fall des *Todes* einer der Partner festlegte?«

»Meinen Sie damit, wer die Anteile erbt?«

»Ja. Ich nehme an, Miss Torrance hat dieselben Rechte, Rechtsansprüche und Beteiligungen bekommen, die ihre Mutter erworben hat …«

»Ja.«

»Ich möchte herausfinden, ob Miss Torrance etwas darüber zu sagen hat, wie die Aktiva der Gesellschaft angelegt werden.«

»Na ja, meine ursprüngliche Vereinbarung mit Max besagt, falls einer von uns stirbt, ist der andere verpflichtet, sich bei geschäftlichen Angelegenheiten mit den Erben des Verstorbenen zu beraten. Aber wie ich schon sagte, Maria hat mir in bezug auf die Geschäftsführung nie die geringsten Schwierigkeiten gemacht.«

»Aber bei einer Investition dieser Größenordnung ... dreißig Morgen ausgesuchtes Gewerbegebiet ... Wieviel wollten Sie für dieses Land bieten, Mr. Steadman?«

»Land in diesem Teil der Stadt wird zwischen hundert- und zweihunderttausend pro Morgen gehandelt. Wir bieten sehr wenig und schließen ganz tief ab. Ich schätze, drei Millionen für die dreißig Morgen. Keine Hypotheken, drei Millionen auf die Hand.«

»Ganz meine Meinung. Aber was wird sie davon halten, wenn Sie einen so großen Teil der Aktiva des Zirkus ausgeben? Für *Ihren Traum*, wie Sie ja gesagt haben?«

»Die endgültige Entscheidung obliegt mir«, sagte Steadman.

»Aber Sie haben doch gerade gesagt ...«

»Ja, aber Max und ich haben auch *daran* gedacht, Mr. Hope. Gute Freunde machen gute Verträge, und umgekehrt. Konsultation ist ja schön und gut, aber angenommen, Max' Tochter ... oder sagen wir ruhig, auch meine Tochter ... heiratet irgendein Arschloch, und er ist als einziger übrig, wenn einer von uns stirbt, und er ist Klempner oder Schuster, der nicht die geringste Ahnung hat, wie man einen Zirkus führt. Sollen wir uns dann darüber Sorgen machen, was *er* davon hält, wie wir unser Geschäft zu führen haben? Nur im Traum. Wir haben eine Klausel eingebaut, die besagt, daß im Falle eines Patts dem überlebenden Partner das Recht zufällt, die endgültige Entscheidung zu treffen. Diese Klausel haben wir zu unserem eigenen Schutz eingebaut.«

»Vielleicht sollte ich mir den ursprünglichen Vertrag mal ansehen«, sagte Matthew.

Das Zelt war aufgerichtet.

Arbeiter standen mit den Händen auf den Hüften herum, bewunderten ihr Werk, rauchten, unterhielten sich leise, kicherten manchmal, so wie Männer sich eben benehmen, wenn sie der Ansicht sind, durch eigene harte Arbeit etwas erreicht zu haben. Die Zeltleinwand, blau und weiß im Sonnenschein, flatterte in einer milden Brise, überall auf dem Zelt funkelten bunte Wimpel und Fähnchen, eine amerikanische Flagge wehte hoch oben auf dem Mittelpfosten. Der Mann, der zuvor den Elefanten an Matthews Wagen vorbeigeführt hatte, fütterte nun das Tier, das bei der Errichtung all dieser Pfosten wahrscheinlich die Hauptarbeit geleistet hatte.

Matthew konnte durch den offenen Eingang in das Zelt sehen, in dem Käfige und Gänge für die Raubtierdressur errichtet wurden, Trapeze und Plattformen für die Hochseilakrobaten, eine hölzerne Plattform für die Kapelle. Hierher – zum Haupteingang des großen Zelts – würde der Mittelgang zwischen den Buden führen, nachdem alle Buden und weiteren Attraktionen errichtet worden waren. Auf so einer Budengasse hatte vor all diesen Jahren der Gorilla in seinem Käfig Scheiße nach Matthews Schwester geworfen. Damals hatten sich dort – neben der Tierschau – Buden mit Leuten befunden, die man ›Freaks‹ oder ›Ungeheuer‹ genannt hatte und die heutzutage in den Reisezirkussen nicht mehr zur Schau gestellt wurden.

Während Steadman in dem alten Mosler-Safe des Wohnwagens nach dem ursprünglichen Gesellschaftervertrag zwischen ihm und Max Roeger gesucht hatte und dann nach dem Vertrag zwischen Roeger und Willa Torrance und dann nach einer Kopie des Testaments, mit dem Willa ihren Anteil ihrer Tochter vererbt hatte, hatte er Matthew erzählt, daß seine Einnahmen zwischen achttausend und neuntausend Dollar pro

Tag lagen. Das Zelt barg zweitausendfünfhundert Plätze, und eine Eintrittskarte kostete zehn Dollar. Wenn die Vorstellung ausverkauft war, nahm er also fünfundzwanzigtausend Dollar ein, doch Kinder hatten freien Eintritt, und so mußte er kalkulieren, daß nur die *Hälfte* der Eintrittskarten bezahlt wurde. Das belief sich auf zwölftausendfünfhundert Dollar pro Vorstellung. Davon mußte Steadman der städtischen Organisation, die die Show sponserte, zwischen zehn und vierzig Prozent abgeben – dem Lions Club, der Handelskammer, dem Sportverein, den Kaninchenzüchtern oder wem auch immer –, und so konnte er davon ausgehen, daß er bei zwei *ausverkauften* Vorstellungen pro Tag nach Abzug der Kosten allein durch die Eintrittsgelder auf sechstausend bis zwölftausend Dollar kam. Die sogenannte Budengasse beziehungsweise der Mittelgang brachte jedoch noch einen beträchtlichen Batzen zusätzlich ein.

Vergangen waren die Tage der siamesischen Zwillinge oder des Jungen mit dem Hundgesicht oder der dicken Dame oder des Schildkrötenmanns oder der Frau mit dem Maultiergesicht oder des Geschöpfs, das halb Mann und halb Frau war, oder des Zwergs, der Gewichte mit einem Haken in seiner durchstochenen Zunge hob, oder des Affenmädchens oder der tätowierten Frau oder des Gummimanns oder des menschlichen Nadelkissens oder des armlosen Wunders oder der Zwerge, die in Fingerhüte paßten, oder der Riesen, die größer als ein Baum waren, oder des Elefantenmenschen oder des Alligatorjungen oder der bärtigen Frau oder des Mannes mit den drei Augen, vergangen war die gesamte Bandbreite der Seltsamkeiten, die die Mittelgänge der Vergangenheit beherrscht hatten.

Doch Steadman hatte ihm erklärt, daß er ein Gelände suchte, das groß genug für ein großes Hauptzelt *und* eine anständige Budengasse war. Wenn er diesen Mittelgang dann eine oder zwei Stunden vor Beginn der Vorstellung öffnete, konnte er Pony- oder Kamel- oder Elefantenreiten – die Tiere gehörten ihm alle – für zwei oder drei Dollar pro Kind anbieten, je nachdem, in welcher Stadt man gastierte, und fünf Dollar pro Erwachsenem. Wenn pro Vorstellung tausend Leute auf den Tieren ritten, kam schon ein ganz schönes Kleingeld zusammen. Man öffnete die Budengasse um vielleicht fünfzehn Uhr, ließ dann zweitausend oder mehr Gäste ein, die die Animateure dann für armselige zwei Mäuse Eintrittsgeld in die kleineren Zelte lockten, in denen man Schwertschlucker oder Schlangenbeschwörer oder Zauberer oder Bauchredner oder Meister der tausend Verkleidungen bewundern konnte, keiner davon ein Ungetüm oder Freak, alles ganz normale Menschen, die erstaunliche, wunderbare und überraschende Leistungen darboten und die Leute dann mit großen Augen wieder nach draußen schickten, wo sie sich eine Limo für eins fünfzig die Dose oder einen Hot dog für zwei Mäuse (mit Senf, aber ohne Sauerkraut) oder Erdnüsse für einen Dollar die Tüte kauften (allein der Erdnußstand war eine Goldgrube). Danach gingen sie vielleicht noch für ein paar Mäuse auf ein Karussell, aßen Zuckerwatte oder heiße Apfeltaschen und kauften sich noch ein paar Souvenirs, und das alles, *bevor* die Leute die Eintrittskarten für die eigentliche Vorstellung kauften, ja, dann hatten sie ihren Spaß und gaben ihr Geld aus, bevor es überhaupt richtig losging. Und ehe man ›Manege frei!‹ sagen konnte, hatten die Verkäufer und Akrobaten schon zehn-, zwölf-, vierzehntausend Dollar pro Tag eingenommen, und vierzig Prozent davon gingen als Standmiete an Steadman.

»Wer behauptet denn, daß Buden tot sind?« hatte Steadman rhetorisch gefragt. »Die Budengasse von S & R ist jedenfalls sehr lebendig, und ich hoffe, daß das auch so bleibt.«

Matthew hatte plötzlich verstanden, warum der Mann drei Millionen Dollar für ein Stück unbebautes Land ausgeben wollte, auf dem er einen ständigen Zirkus errichten konnte.

»Hallo?«

Er drehte sich zu einem Campingfahrzeug um, das gerade neben seinem Acura angehalten hatte. Auf der Seite des Fahrzeugs standen in roten Buchstaben die Worte THE FLYING

MCCULLOUGHS. Ein Mann saß hinter dem Lenkrad und lehnte sich bei hinabgedrehtem Fenster auf den unteren Teil des Rahmens. Er war blond und kniff blinzelnd die blauen Augen zusammen, um den im Sonnenschein stehenden Matthew zu betrachten.

»Sind Sie der Platzwart?« fragte er.

Matthew vermutete, daß die Frage lediglich an ihn gerichtet worden war, weil er der einzige in Sichtweite war, der Anzug und Krawatte trug, eine Aufmachung, die ihm einen Anflug von Autorität verlieh.

»Nein, bin ich nicht«, sagte er. »Tut mir leid.«

»Ich will nur wissen, wo ich den Wagen abstellen soll«, sagte der Mann.

»Mr. Steadman ist in dem roten Wohnwagen«, sagte Matthew und zeigte darauf.

Der blonde Mann drehte sich zu der Frau um, die neben ihm saß. »Willst du George guten Tag sagen?« fragte er.

»Später«, sagte sie gereizt. »Stellen wir erst mal den Wagen ab.«

»Mal sehen, ob der Stellplan schon fertig ist«, sagte er, öffnete die Wagentür, schaute auf den Schlamm hinab, runzelte die Stirn und stieg vorsichtig aus.

»Sam McCullough«, sagte er und gab Matthew die Hand. Er trug ein kurzärmeliges blaues Hemd mit einem Krokodil an der linken Brust, braune Hosen, einen mit Borten besetzten Ledergürtel mit einer großen Silberschnalle und Ledersandalen. Das erste, was Matthew auffiel, war jedoch sein kräftiger Händedruck. McCullough hatte gewaltige Pranken und dicke Gelenke, und er schüttelte Matthews Hand, als habe er ihn gerade nach einem dreifachen Salto ohne Netz aufgefangen. Sein Brustkorb, der Nacken und die Schultermuskulatur waren ebenfalls deutlich ausgeprägt und ließen seinen sehnigen Körper überaus kräftig wirken. Matthew kam zu dem Schluß, daß Sam McCullough eine ausgezeichnete Wahl war, sollte er wirklich mal aufgefangen werden müssen, nachdem er die Sicherheit des Trapezes verlassen hatte.

»Matthew Hope«, sagte er. »Ich bin Anwalt.«

McCullough schaute nichtssagend drein und wandte sich dann brüsk ab. »Hast du Hunger, Marnie?« fragte er die Frau in dem Wagen.

»Ich könnte was vertragen«, sagte sie.

Auf ihrem Gesicht lag ein schmollender, verdrossener Ausdruck. Entweder hatten sie sich gerade fürchterlich gestritten, oder sie war notorisch schlecht gelaunt. Sie trug rot. Eine rote Bluse, rote Korallenohrringe, dazu passender Lippenstift. Ihr langes blondes Haar war zu einem Pferdeschwanz zurückgebunden und wurde von einer Spange in der Farbe der Ohrringe gehalten. Sie schaute stur geradeaus durch die Windschutzscheibe und ignorierte Matthew wie auch McCullough.

»Ich seh' nach, ob die Küche schon geöffnet hat«, sagte McCullough.

»Sie hat geöffnet«, sagte Matthew, dem Steadmans Angebot einfiel, von einem der Jungs etwas zu essen bringen zu lassen.

»Wissen Sie, wo sie ist?«

»Tut mir leid.«

McCulloughs Blick besagte: Was wissen Sie überhaupt? Er schaute noch einmal zu dem Schlamm hinab, schien zu überlegen, ob er die Sandalen ausziehen sollte oder nicht, und machte sich dann auf den Weg wie einer der Bogenschützen Heinrichs V. bei Agincourt. Die Blondine drehte sich um und sah Matthew an. Ihre Blicke trafen sich. Ihre Augen waren blau, seine braun. Ihr Blick war wie ein Peitschenhieb. Sie wandte sich fast sofort wieder ab.

Matthew stieg in den Wagen, ohne noch einmal zu ihr hinüberzuschauen, und fuhr durch den Schlamm und von dem großen Platz.

Beide lauschten eindringlich, als wollten sie die Worte des Arztes auswendig lernen. Er trug noch immer einen grünen Kittel, und die grüne Maske war hinter seinem Hals zusammengebunden und hing vorn hinab. Patricia bemerkte, daß auf dem Kittel zwar Blutflecke waren, aber nicht auf der Maske. Es war Viertel nach drei, und er erklärte ihr und Frank – kein sexistisches Schwein, dieser Arzt, ein Verfechter der Gleichberechtigung, er schaute beide ungeachtet des Geschlechts abwechselnd an –, erklärte ihnen beiden also, daß sie alle Blutgefäße, die zerrissen worden waren, als die Kugel durch Mr. Hopes Brustkorb gedrungen war, genäht hatten, daß sein Blutdruck wieder bei einhundertundzehn zu achtzig lag und sein Puls bei einhundert. Er lag jetzt auf dem Wachzimmer und müßte in ein … na ja, ein paar Stunden aus der Anästhesie erwachen, und dann konnten sie ihn sehen und mit ihm sprechen, und die Operation war völlig erfolgreich verlaufen, und sie rechneten nicht mit postoperativen Problemen. Aber er sollte ihnen wohl sagen …

Beide beugten sich vor.

»… daß Mr. Hope während der Operation einen Herzstillstand erlitten hat, was bedeutet, daß etwa fünf Minuten lang … fünf Minuten und vierzig Sekunden, um genau zu sein … sein Gehirn nicht mit Sauerstoff versorgt wurde. Das heißt, ins Gehirn wurde kein Blut gepumpt, der gesamte Blutkreislauf war ausgefallen. Er war klinisch tot, das EKG zeigte keine Werte mehr an, das Herz pumpte kein Blut mehr, sein Blutdruck war gleich null. Wir haben ihm sofort einen temporären Herzschrittmacher angesetzt und Adrenalin direkt ins Herz injiziert. Das brachte das Herz wieder zum Schlagen, aber wie ich schon sagte, gab es während dieser gut fünf Minuten des Herzstillstands keine elektrische Aktivität mehr, keinen Blutkreislauf.«

»Was hat das zu bedeuten?« fragte Patricia. »Kein Blutkreislauf?«

Sie wurde allmählich beunruhigt. Ihr gefiel die Vorstellung nicht, daß Matthews Gehirn über fünf Minuten lang nicht mit Blut versorgt worden war. Fünf Minuten und vierzig *Sekunden*. Das klang sehr beunruhigend.

»Nun ja«, sagte der Arzt, »bei einigen Fällen kann eine

Unterversorgung des Gehirns zu Schäden unterschiedlicher Schwere führen.«

»Schäden?« fragte sie sofort. »Was meinen Sie? Ein Gehirnschaden?«

»Ja. Wenn es sich um eine ausgedehnte Unterbrechung der Blutversorgung handelt.«

»Was meinen Sie mit ›ausgedehnt‹?« fragte sie. »Wie lange ist *ausgedehnt*?« Sie war unbewußt in den Tonfall verfallen, den sie annahm, wenn sie einen Zeugen der gegnerischen Seite ins Kreuzverhör nahm, beugte sich ganz dicht zu dem Arzt vor, ganz die Staatsanwältin, fixierte ihn. Sie wollte Fakten und nichts als Fakten.

»Alles über fünf Minuten könnte man als ausgedehnt betrachten.«

»Und Matthews Herz hat fünf Minuten und vierzig Sekunden lang ausgesetzt. Das haben Sie doch gesagt?«

»Ja, die Blutversorgung von Mr. Hopes Gehirn war solange unterbrochen. Sein Herz hat innerhalb dieses Zeitraums kein Blut gepumpt.«

»Sie haben von Schäden *unterschiedlicher* Schwere gesprochen«, sagte Patricia. »Unterschiedlich in welcher Hinsicht?«

»Das Gehirn verkraftet einen Verlust der Blutversorgung nur über einen kurzen Zeitraum. Als Daumenregel gehen wir davon aus, daß Schäden bei einer Unterversorgung von über fünf Minuten eintreten.«

Fünf Minuten und vierzig Sekunden, dachte Patricia.

»Aber jede Unterbrechung des Netzaktivierungssystems wird nur vorübergehend sein, wenn ...«

»Wie bitte? Netzaktivierung ...«

»Die Wechselwirkung der Neuronen mit der Großhirnrinde. Die Rinde steuert das Wachsein und Bewußtsein.«

Bewußtsein, dachte Patricia.

»Wir sprechen hier über ein Koma, nicht wahr?« fragte sie.

»Nein, nein. Nun ja, doch, wenn das Hirn über einen Zeitraum von fünf bis neun Minuten nicht mit Blut versorgt wird, tritt unweigerlich ein Koma auf. Aber das bleibt normalerweise befristet.«

»Was ist mit *über* neun Minuten?« fragte Frank.

»Wird die Blutversorgung zehn bis zwölf Minuten lang unterbrochen, ist es unwahrscheinlich, daß der Patient wieder zu Bewußtsein kommt.«

»Er würde permanent im Koma liegen«, sagte Patricia.

»Sehr wahrscheinlich.«

»Permanent«, wiederholte Patricia.

»Sehr wahrscheinlich«, wiederholte der Arzt.

»Was ist mit fünf Minuten und vierzig Sekunden?« fragte sie. »Was hat das für Folgen?«

»Sie müssen bedenken«, sagte der Arzt, »daß es starke Blutungen durch zahlreiche gerissene Arterien gegeben hat. Mr. Hope hat *ständig* geblutet, bis sein Herz zu schlagen aufhörte, und in dem Augenblick, da wir wieder einen Herzschlag hatten, fing er wieder zu bluten an. Oft genügt ein so ernster Blutverlust schon allein, um die Blutversorgung des Gehirns zu unterbrechen. In Mr. Hopes Fall …«

»Was ist mit fünf Minuten und vierzig Sekunden?« wiederholte sie.

»Das liegt offensichtlich am untersten Ende der Skala.«

»Welcher Skala?«

»Der Wahrscheinlichkeit.«

»Wahrscheinlichkeit wofür?«

»Eines permanenten Gehirnschadens.«

»Eines permanenten Komas?«

»Ja.«

Sie merkte, daß er allmählich verärgert reagierte, er hatte gerade viereinhalb Stunden in Blut gegraben, Gott weiß wie viele gerissene Blutgefäße gesucht und geklammert, und er war müde und hungrig und wollte duschen, in einem Pfannkuchenhaus frühstücken und dann nach Hause fahren und schlafen, aber hier war eine hartnäckige Schnecke, die unbedingt einen Grundkurs in Burstkorbchirurgie haben wollte. Aber zum Teufel mit ihm, *ihr* Mann lag bewußtlos auf dem

Wachzimmer, und sie wollte wissen, ob er sich in eine gottverdammte *Pflanze* verwandeln würde oder nicht.

»Ich muß hinzufügen, daß wir damit rechnen, daß er zu vollem Bewußtsein erwacht, sobald die Anästhesie nachläßt«, sagte der Arzt.

Verdammt, warum hast du dann ein *Koma* ins Spiel gebracht? fragte Patricia sich.

»Ich war lediglich der Meinung, Sie sollten wissen, was während der Operation geschehen ist«, sagte er, als hätte er ihre Gedanken gelesen, »damit es auch dann keine Überraschungen gibt, falls der schlimmste Fall eintreten sollte. Ach ja, lassen Sie sich nicht von den Geräten abschrecken, wenn Sie ihn sehen. In seiner Nase steckt ein Schlauch, der den Mageninhalt aufsaugt, und ein weiterer in seinem Mund, der seine Atmung erleichtert, und ein Katheter führt in seine Blase, und er wird über alle möglichen Schläuche und Röhren künstlich ernährt, und wir überwachen seine Lebensfunktionen. Sein Zustand ist stabil, aber er hat ein überaus schweres Trauma erlitten. Es ist keine Kleinigkeit, zweimal angeschossen zu werden. Also rechnen Sie nicht damit, daß er aufsteht und direkt einen Walzer mit Ihnen tanzt.«

Wann wird er wieder einen Walzer mit mir tanzen? fragte Patricia sich.

»Wie lange wird er auf dem Wachzimmer bleiben?« sagte sie laut.

»Zwei bis drei Stunden, würde ich sagen. Er müßte aus der Anästhesie erwachen um ... wie spät ist es überhaupt?« Er schaute auf seine Uhr, runzelte die Stirn, als wäre er überrascht, wie spät es schon war, und fuhr dann fort: »Gegen sechs Uhr? So in etwa. Vielleicht etwas später. Nachdem er zu sich gekommen ist, lassen wir ihn noch eine Weile im Wachzimmer liegen, und dann verlegen wir ihn auf die TIP-Station – die Trauma-Intensiv-Pflege. Ich muß jedoch noch einmal betonen, daß der Mann angeschossen wurde. Zweimal. Eine Kugel hat die Brust durchschlagen und dabei eine Hauptlungenschlagader und zahlreiche andere Arterien durchtrennt.

Das Trauma war daher sehr schwer. Wir werden erst nach einer Weile feststellen können, welcher Schaden dem Gehirn zugefügt wurde, falls überhaupt einer …«

Da war es schon wieder. Hirnschaden. Welcher Schaden dem Gehirn zugefügt wurde. Falls überhaupt einer.

»… aber sein Zustand ist stabil, und es besteht Grund zur Annahme, daß er aufwachen wird, sobald die Anästhesie nachläßt.«

»Wie sieht die langfristige Prognose aus?« fragte Frank.

Direkt heraus, im New Yorker Stil. Patricia wollte ihn küssen. Worüber sprechen wir hier, Doc? Wird er in Ordnung kommen oder nicht?

»Wie ich schon sagte, im Augenblick ist sein Zustand stabil. Was innerhalb der nächsten paar Stunden, der nächsten paar Tage geschieht …«

»Was *kann* geschehen?« beharrte Frank.

»Ich kann nicht mehr sagen, als ich Ihnen bereits gesagt habe«, erwiderte der Arzt, und dann murmelte er so leise, daß sie ihn kaum verstanden: »Der Mann ist angeschossen worden.«

Es gab nur Dunkelheit, es gab grelles Licht. Es gab unergründliche Schwärze, es gab versengenden Glanz. Es gab keine Gegenwart, alles geschah zugleich. Die Stimmen waren jetzt verschwunden, die besorgten Stimmen, die Stimmen verweilten in der Dunkelheit, die Stimmen wurden vom Jetzt und vom Licht verschluckt. Flüsternde Stimmen, trappelnde Schritte, nervöse Bewegungen, ein Kreisen von Motten. Überall Kälte, die in der Dunkelheit schmerzte, in der Dunkelheit zitterte, schwitzte und warm war, als er um die Ecke des Hauses bog. *Ich bin vielleicht hinter dem Haus,* hatte sie ihm am Telefon gesagt, *am Pool, gehen Sie einfach um das Haus rum.* Ein plötzlicher Schimmer von Sonnenlicht, ein schwarzer Schieferweg in einem weißen Kieselfeld, Dunkelheit und Licht, Bewegung und Tod. Lag er im Sterben, war er tot? Was war heute, wann war gestern? Er wußte, daß der Sonntag der 20. März war, aber das war damals, und damals war jetzt, also war Sonntag *heute*, und er ging auf schwarzem, in Weiß eingelassenem Schiefer ins Sonnenlicht, ging von den tiefen Schatten in den zerschmetternden Glanz, ging durch das Tal des Schattens des Todes, Matthew wußte, daß er im Sterben lag oder tot war, *ich bin vielleicht hinter dem Haus am Pool.*

Maria Torrance war nicht hinter dem Haus am Pool, zumindest konnte er sie nirgendwo sehen. Statt dessen glitt ein leuchtender kahler Kopf durch die Oberfläche des funkelnden blauen Wassers, dessen zum Teil untergetauchter Besitzer mit kräftigen Zügen zum anderen Ende des Pools kraulte, den Kopf in regelmäßigen Abständen zum Atmen drehte, dann das Gesicht wieder ins Wasser tauchte, als Matthew um die Ecke des Hauses bog und in das blendende Sonnenlicht trat, das schräg über den Golf hereinfiel.

Das Haus lag auf dem Fatback Key, nicht weit von Patricias Haus entfernt. Er hatte ihr gesagt, daß er nach seinem Termin um 16 Uhr bei Miss Torrance bei ihr vorbeischauen würde. Das Anwesen verlief von Osten nach Westen, eine Einfahrt schlängelte sich hindurch und zog einen Kreis zum Vordereingang des Hauses, der morgens Sonne hatte und einen Blick auf die Bucht von Calusa bot. Die Rückseite des Hauses öffnete sich zum Golf von Mexiko und den prachtvollen Sonnenuntergängen, die die kleinen Inseln zierten, wann immer es nicht regnete – und wenn man fair war, mußte man feststellen, daß es hier kaum regnete, trotz allem, was Frank Summerville immer sagte.

Matthew hatte den weißen Acura auf einer weißen Kiesauffahrt abgestellt, auf die Klingel im Türpfosten gedrückt und war dann, wie geheißen, um das Haus gegangen, zurück in den Sonnenschein, und dort auf den kahlköpfigen Mann gestoßen, der mit methodischen Bewegungen von ihm fortschwamm. Matthew kam das gleichmäßige, anmutige Kraulen des Mannes fast hypnotisch vor, ein Eindruck, der durch das Sonnenlicht verstärkt wurde, das die Wasseroberfläche des Pools scheckig färbte, und durch das Geräusch der Brandung am Strand des Golfs dahinter, und durch das Schreien der Seemöwen irgendwo in der Ferne. Er sah zu, wie der Mann das andere Ende des Pools erreichte, wendete und gemächlich zu der Stelle zurückschwamm, wo Matthew schwitzend im Sonnenschein stand, korrekt bekleidet mit einem Anzug aus leichtem, kreppartigem Leinen, einem weißen Oberhemd mit Krawatte, blauen Socken und frisch geputzten schwarzen Schuhen. Alles korrekt, wie es sich gehörte. Matthew kam sich wie ein korrekter blöder Depp vor.

»Hallo!« rief er. »ich suche Maria Torrance.«

Der Mann schwamm ruhig weiter. Gleichmäßig, bedachtsam, der kahle Schädel führte ihn wie eine Silberkugel, der Kopf hob sich rhythmisch zum Atmen, das Gesicht drehte sich rhythmisch wieder ins Wasser, die Arme zogen ihn voran, er trat regelmäßig mit den Beinen aus, schwamm ans flache Ende, fand mit den ausgestreckten Armen die Stufen und stieg aus dem Wasser.

Der kahlköpfige Mann trug einen wollenen, fleischfarbigen Dreß, der einen in jeder Hinsicht prachtvollen Körper zierte. Vorn tief ausgeschnitten, barg der Dreß kaum den üppigen Busen, den er ängstlich zu verbergen suchte. An den Oberschenkeln hoch geschnitten, betonte der Badeanzug lediglich eine prächtig geschwungene Hüfte und lange Beine. Matthew vermutete, daß die Frau – denn daran bestand nun nicht mehr der geringste Zweifel – mit nackten Füßen etwa eins fünfundsiebzig, eins achtundsiebzig groß war. Sie drückte die rechte Handfläche auf das rechte Ohr, sprang auf dem rechten Bein auf und ab, wiederholte das Manöver dann mit dem linken Ohr und dem linken Bein, hüpfte auf den Bodenfliesen, schüttelte das Wasser aus welchen inneren Kanälen auch immer, in die es beim Schwimmen eingedrungen war. Ihr kahler Kopf schimmerte in der Sonne, ihre blauen Augen fingen das Sonnenlicht ein und warfen es mit einem amüsierten Lächeln wieder zurück. »Hallo«, sagte sie und grinste, »ich bin Maria Torrance, Sie haben mich gefunden«, und sie reichte dem sprachlos dastehenden Matthew die Hand.

Er ergriff die Hand.

Sie war vom Wasser kalt.

Er stellte fest, daß er den Blick nicht von ihrem haarlosen Kopf abwenden konnte. Wie sehr er sich auch bemühte, die Aufmerksamkeit auf ihre fürwahr knisternden blauen Augen oder die perfekt geformte Nase oder die geschwungenen Lippen zu richten, sein Blick wanderte immer zu dieser glänzenden, glatten Kuppel zurück. Ihm kam plötzlich ein Gedanke: Sie unterzieht sich einer Chemotherapie. Der Gedanke beschämte ihn, und das daraus resultierende Schuldgefühl zwang ihn endlich, ihr in die Augen zu sehen. Sie waren noch immer erheitert. Bei ihm stellte sich plötzlich der Eindruck ein, daß sie es gewohnt war, wenn ein Besucher schockiert reagierte, wenn er sie zum erstenmal sah, und wie ein boshaftes Kind sogar Freude daran fand. Er nahm an, daß sie höchstens neunzehn Jahre alt war. Eigentlich noch ein Mädchen. Ein Mädchen mit dem Körper einer Frau und dem kahlen Kopf eines Mannes.

»Ich bin Matthew Hope«, sagte er.

»Ja«, sagte sie.

Sie lösten die Hände wieder voneinander.

»Kann ich Ihnen etwas anbieten?« fragte sie. »Einen Eistee? Limonade? Etwas Stärkeres? Wie spät ist es überhaupt?«

»Fast vier Uhr«, sagte er. »Ich habe mich etwas verspätet.«

»Na dann«, sagte sie, »ist es wohl noch etwas zu früh«, und Matthew nahm an, sie meinte damit, es sei noch zu früh für Alkohol. Aber sie ging trotzdem zu den Glasschiebetüren in der Rückseite des Hauses, zog eine davon auf und rief: »Helen? Würdest du uns bitte ... was möchten Sie?« fragte sie Matthew. »Tee oder Limonade?«

»Tee, bitte.«

»... einen Krug Eistee bringen, Helen?« rief sie und zog die Tür wieder zu, daß es knallte. »Bitte setzen Sie sich«, sagte sie zu Matthew. »Und machen Sie sich keine Sorgen um meinen Kopf, ja? Ich rasiere ihn.«

»Warum?« fragte Matthew.

»Aus geschäftlichen Gründen«, sagte sie.

»Ach ja?«

War sie Schauspielerin? Wurde hier in Calusa eine Folge von *Star Trek* gedreht?

»Ich verkaufe Perücken.«

Er sah sie an.

»Wirklich«, sagte sie. »Kein Scherz. Ich fahre durch das ganze Land und führe sie im Fernsehen vor.«

Matthew war der Meinung, daß ihre Einstellung weit über die normale Pflichterfüllung hinausging, sagte aber nichts.

»Damit haben Sie Probleme«, sagte sie.

»Nein, nein«, sagte er.

»Doch, doch«, sagte sie. »Warum rasiert sich eine junge und schöne Frau des schnöden Mammons willen den Kopf?«

»Na ja«, sagte er und zuckte mit den Achseln.

Ihm war aufgefallen, daß sie sich Frau genannt hatte. Vielleicht war sie älter als die neunzehn Jahre, auf die er sie schätzte. Oder vielleicht waren Teenager heutzutage dazu übergegangen, sich Frauen zu nennen. Damit hatte er Probleme. Zum Teufel mit der political correctness.

»Na ja«, sagte sie, »weil ich den Geruch des Geldes liebe, Mr. Hope, und mein Geschäft mir Tonnen davon einbringt. Wissen Sie, wie viele Leute in den USA unter *alopecia areata* leiden?«

»Tut mir leid«, sagte Matthew. »Ich weiß nicht, was das ist.«

»Alopezie. Gewöhnlich die Ursache für Haarausfall.«

»Ich verstehe.«

»Kommt bei beiden Geschlechtern vor«, sagte sie und schaute – vielleicht unbewußt – zu ihren schwellenden, wasserbefleckten Brüsten in dem rund ausgeschnittenen wollenen Badeanzug hinab, »bei Männern wie auch bei Frauen, normalerweise vor dem fünfzigsten Lebensjahr. Fängt im allgemeinen mit einer oder mehreren kleinen, runden, kahlen Stellen auf der Kopfhaut an, kann aber bis zu einem völligen Körperhaarverlust führen. Raten Sie mal, wie viele Leute darunter leiden.«

»Kann ich mir nicht vorstellen.«

»Etwa zwei Millionen Amerikaner.«

»Ich verstehe.«

»In siebeneinhalb Millionen amerikanischen Familien gibt es mindestens eine Person mit *alopecia areata*. Man vermutet, daß es sich um eine autoimmune Störung handelt.«

Matthew fragte sich, ob *alopecia areata* irgendwie mit der stinknormalen Kahlköpfigkeit verwandt war. Bei seinem Vater hatte der Haarausfall mit vierzig Jahren begonnen, und Matthew fürchtete, er würde in seine Fußstapfen treten. Man hatte ihm jedoch versichert, daß Kahlköpfigkeit nur durch die Gene der *Mutter* vererbt wurde, und Matthews Großvater mütterlicherseits war mit einem vollen weißen Haarschopf gestorben. Doch traf diese Information auch zu? Oder würde Matthew in ein paar Jahren wie Maria Torrance aussehen?

Eine der Schiebetüren wurde geöffnet, und eine außerordentlich schlichte, außergewöhnlich stämmige Frau, die einen mit grellen Blumen bedruckten Kaftan trug, kam aus dem Haus. Sie trug ein Tablett, auf dem sich ein Krug Tee, zwei hohe Gläser mit Eiswürfel darin, eine kleine Schüssel mit Zitronenscheiben, eine Zuckerschüssel und zwei lange Löffel befanden. Sie stellte das Tablett auf einen Tisch zwischen den beiden Gartenstühlen und ging ins Haus zurück, ohne auch nur ein Wort zu sagen. Maria schenkte ein.

»Zucker?« fragte sie.

»Nein, danke.«

»Bedienen Sie sich bei der Zitrone selbst.«

Matthew nahm eine Scheibe und drückte sie in seinen Tee aus.

»Nicht viele Leute wissen über *alopecia areata* Bescheid«, sagte Maria, »bis sie ebenfalls darunter leiden. Das klingt wie der Name einer Opernsängerin, nicht wahr? Alopecia Areata, heute als Mimi in La Bohème«, sagte sie und warf die Hände hoch, als würde der Name in bunten Lichtern über ihr erscheinen. Dann grinste sie, als fände sie die Anspielung amüsant. Sie senkte die Hände wieder, nahm ihr Glas Eistee und nippte bescheiden daran, völlig kahl geschoren und rasiert, während sie gegen die Tatsache völlig blind zu sein schien, daß ihre Titten sich überaus angestrengt bemühten, aus den Beschränkungen ihres Badeanzugs zu entkommen. Er konnte sich noch immer nicht vorstellen, daß sie sich wegen ihrer beruflichen Ambitionen absichtlich den Kopf rasierte. Doch anscheinend war dies die reine Wahrheit, so wahr Gott ihr half, denn nun setzte sie zu weiteren Erklärungen an.

»Bei leichteren Fällen dieser Störung können Kortisonbehandlungen helfen«, sagte sie, »doch im fortgeschrittenen Stadium, bei völligem Haarausfall, ist eine Perücke die beste Alternative. Und da kommt Hair and Now ins Spiel.«

»Here and now?« fragte Matthew verwirrt. »Hier und jetzt?«

»*Hair* and Now«, sagte sie. »Der Name meiner Firma.«

Matthew fragte sich, warum sie mit der Branche, für die sie sich entschieden hatte, unbedingt Scherze treiben mußte. Schließlich gab es auch Leute, die sogar Gräber auf dem Friedhof verkauften. Doch zuerst die Opernsängerin, und jetzt das lächerliche Wortspiel. Matthew fragte sich, ob sie sich zuerst den Kopf rasiert und *dann* ihr Geschäft aufgemacht hatte. Oder hatte sie ihn später rasiert, weil sie unter Schuldgefühlen litt, daß sie aus dem Elend anderer Gewinn zog? Die perverse Kombination aus üppigem Körper und rasiertem Kopf hatte etwas unbestreitbar Attraktives an sich. Sie beschwor Bilder von Kollaborateuren und Hexen, Vampiren und Dominatrices herauf. Maria schien sich ihrer bizarren Reize genau bewußt zu sein, drehte sich auf dem Gartenstuhl hierhin und dorthin, um flüchtige Blicke auf Brüste oder Schenkel zu gewähren, ein kühner Teenager, den es in dem wollenen Badeanzug anscheinend juckte. Ihm wurde in ihrer Gegenwart immer unbehaglicher zumute.

»Und natürlich gibt es auch Frauen«, sagte sie, »die ihre Haare aufgrund von Bestrahlung oder Chemotherapie verlieren. Hair and Now hilft ihnen allen. Meine Perücken gehen im Wasser nicht ab ...«

Wie hast du dann die deine verloren? fragte er sich.

»... und auch nicht auf einem Segelboot, im Fitneßstudio oder im Bett«, sagte sie und wackelte mit den Augenbrauen. »Kommen Sie, ich zeige es Ihnen«, sagte sie, erhob sich mit einer einzigen fließenden Bewegung, die einen Blick auf beide Brüste inklusive Brustwarzen bot und sie gleichzeitig auf die Füße brachte. Sie streckte die Hand aus. Er ergriff die Hand nicht, folgte Maria aber zu einem kleinen Häuschen auf der anderen Seite des Pools, das pastellgelb gestrichen war. Dort saß eine rote Perücke auf einem Perückenständer, die wie eine Ampel leuchtete.

»Menschenhaar«, sagte sie. »Europäisch. Farbe mittels einer Probe bestätigt. Damit sie genau zu meiner *natürlichen* Farbe paßt«, sagte sie und zog eine Braue hoch, womit sie seine Vermutung bestätigte, daß sie sich ihrer Sexualität genau bewußt war und sie schamlos, gewohnheitsmäßig und vielleicht sogar unbewußt einsetzte. Er fragte sich, ob sie so jung war, wie er vermutete, und verspürte die Versuchung, sie zu fragen. Aber er wußte, daß er damit den Eindruck erwecken würde, auf ihre sexuelle Anspielung, die hochgezogene Braue, die Erwähnung ihrer *natürlichen* Haarfarbe zu reagieren. Er ließ die Gelegenheit verstreichen. Sie nahm die Perücke vom Halter.

»Die Unterseite ist nach einem Gipsmodell gefertigt, das einer unserer Repräsentanten im Außendienst persönlich von Ihrem Kopf herstellt. Wir haben Repräsentanten in jeder größeren amerikanischen Stadt. Der Hersteller fertigt die Perücke nach diesem einzigartigen Abguß, und man probiert sie an, bevor unser patentiertes Vakuumsystem ...«

Sie hob die Perücke nun über Matthews Kopf, so daß er ihre Unterseite sehen konnte.

»... angebracht wird. Das System gewährleistet den perfekten Sitz und die perfekte Haftung. Wir garantieren, daß diese Perücke sich unter keinen Umständen löst, bis Sie sie *abnehmen*. Das ist eine wasserdichte Garantie mit Kaufpreiserstattung, und wir gewährleisten sie ohne Einschränkungen oder …«

»Wer ist wir?« fragte Matthew.

»Was?«

»Sie sagen immer wieder ›wir‹. Wer ist wir?«

»Ach so. Hair and Now. Die Firma. Es gibt kein *wir*. Ich bin die einzige Geschäftsführerin und Aktionärin.«

»Wie alt sind Sie?« fragte er.

»Zweiundzwanzig«, sagte sie. »Wie alt sind Sie?«

»Achtunddreißig«, sagte er.

»Schöner Altersunterschied«, sagte sie, blinzelte und setzte die Perücke auf. Sah nicht in einen Spiegel, zog sie einfach über den Kopf und darauf, als hätte sie dies schon hundertmal gemacht, oder tausendmal. Sie glättete sie mit schnellen, festen Bewegungen, wahrscheinlich um den Vakuumeffekt zu erzielen, von dem sie zuvor gesprochen hatte, und wo keine Minute vorher ein kahlköpfiger Teenager in einem enthüllenden Badeanzug gestanden hatte, stand nun eine zweiundzwanzig Jahre alte Rothaarige in demselben Badeanzug.

»Jetzt passen Sie auf«, sagte sie, trat auf den gefliesten Boden vor dem Häuschen und lief zum Pool. Die langen Haare blitzten, das rote Haar schwang hin und her, die Arschbacken auf beiden Seiten neben dem Riemen des Badeanzugs waren praktisch nackt, und dann machte sie einen Hechtsprung ins Wasser. Sie blieb so lange untergetaucht, daß Matthew sich schon Sorgen machte, doch dann brach ihr rotes Haar – oder das irgendeiner Europäerin – plötzlich durch die sich kräuselnde Wasseroberfläche, und sie kraulte schneller, als der kahlköpfige Mann es getan hatte, erreichte schnell das Ende des Pools, legte die Hände flach auf die geflieste Oberfläche unter dem Rand und schob sich mit geradegebogenen Armen aus dem Wasser. Dabei drehte sie sich mitten in der Luft, schwang die Hinterbacken herum und setzte sie dann fest auf die Fliesen. Sie zog die Knie zu den Brüsten hoch, erhob sich dann mit der gleichen fließenden Bewegung, die sie zuvor gezeigt hatte, wie eine Tänzerin, und schüttelte ihr langes, rotes Haar. Oder das einer anderen Person. Triefend naß, mit enganliegendem Badeanzug, ging sie zu dem Tisch zwischen den Stühlen zurück, auf dem sie ihren Tee stehengelassen hatte, beugte sich darüber, ergriff das Glas, drehte sich zu ihm um, zog die Brauen hoch, lächelte und sagte: »Sehen Sie?«

»Bemerkenswert«, sagte er.

Er konnte es nicht erwarten, hier herauszukommen. Er hatte das Gefühl, hier in sehr ernste Schwierigkeiten geraten zu können.

»Ich kann dieses Arschloch nicht ausstehen«, sagte sie.

Sie sprach über George Steadman, den Partner, den sie geerbt hatte. Es war jetzt fast halb sechs. Die hinter dem Haus untergehende Sonne warf bereits lange Schatten über den Pool. Sie hatte einen kurzen Bademantel von der Farbe des Badeanzugs übergeworfen. Sie war von Eistee zu Gin Tonic übergegangen. Matthew hatte einen Drink höflich abgelehnt. Er überlegte gerade, daß er, wenn er bei Patricia war, sich zu allererst einen Beefeater-Martini mixen würde. Hier bei Maria Torrance wollte er einen klaren Kopf bewahren.

»Ich werde *keinem* Geschäft zustimmen, das er sich ausgeheckt hat, und das können Sie ihm ruhig sagen.«

»Er ist der Ansicht, Sie haben nichts dagegen, wie er Steadman and Roeger leitet.«

»Das stimmt. Aber nur solange er mir jeden Monat eine Abrechnung und einen Scheck schickt«, sagte Maria und trank noch einen Schluck Gin.

»Außerdem hat er das Recht, bei allen geschäftlichen Angelegenheiten die letzte Entscheidung zu treffen.«

»Nein, das hat er nicht.«

»Doch, das hat er. Ich habe den Vertrag zwischen ihm und

Mr. Roeger gelesen. Die Bedingungen der ursprünglichen Vereinbarung laufen darauf hinaus …«

»Mir egal, was in seinem ursprünglichen Vertrag steht. Sie kommen hierher und erzählen mir, er will drei Millionen Dollar für ein Stück Land ausgeben …«

»Das stimmt.«

»Und ich sage Ihnen, das werde ich auf keinen Fall zulassen«, sagte sie und nickte nachdrücklich. Sie trug noch immer die rote Perücke. *Diese Perücke wird sich unter keinen Umständen lösen, bis Sie sie abnehmen.* Offensichtlich wollte sie sie noch nicht abnehmen. Matthew fragte sich, was darüber entschied, wann sie ohne Perücke und wann mit schwamm. Ging sie je ohne Perücke in die Öffentlichkeit? Zeigte sie bei diesen Fernsehauftritten, die sie erwähnt hatte, wie sie *Vorher und nachher* aussah? Und nahm sie die Perücke beim Bumsen ab?

Hier war es sehr gefährlich.

»Ich habe Mitspracherecht«, sagte sie. »Wenn er glaubt …«

»Aber er ist auf Ihre Zustimmung nicht angewiesen«, sagte Matthew. »Mr. Steadman hat das letzte Wort. Aber ich bin sowieso nur hier, um Ihnen seinen Vorschlag mitzuteilen. Ich bin hier, um mich mit Ihnen zu *besprechen*, Miss Torrance, wie der Vertrag es auch bestimmt.«

»Zum Teufel mit ihm *und* dem Vertrag«, sagte Maria und leerte ihr Glas. »Gehen wir ins Haus«, sagte sie. »Hier draußen wird es allmählich kühl.«

Sie stellte ihr Glas auf den Tisch zwischen den Gartenstühlen und erhob sich erneut mit den fließenden Bewegungen einer Tänzerin. Matthew folgte ihr zu der gläsernen Schiebetür, die ins Haus führte. Sie öffnete sich in ein Wohnzimmer, das in kühlen weißen und blauen Farben gehalten war, mit einem besonders prachtvollen Gemälde von Syd Solomon an der weißgetünchten Ziegelwand über dem Kamin, bunten Kissen, die den weiß gefliesten Boden nicht ganz so kalt wirken ließen, und einer großen Skulptur von John Chamberlain, die an einer Fensterwand stand, die den Blick auf eine Terrasse über dem Golf freigab. Die Sonne stand schon ziemlich tief am Horizont. Die Skulptur war fast in der Silhouette auszumachen.

»Ich bin noch immer naß«, sagte sie. »Ich bin gleich wieder da. Machen Sie sich einen Drink, die Bar steht gleich davor.«

Er machte sich keinen Drink. Er saß in dem ruhigen, kühlen, wunderschönen Wohnzimmer und beobachtete, wie die Sonne im Westen immer tiefer sank, sich dem Wasser näherte, der Himmel die Farben und Formen von vielen von Solomons Gemälden annahm, wenngleich das an der Kaminwand mit kobaltblauen und smaragdgrünen Farbtönen leuchtete. Der Himmel veränderte sich nun ziemlich schnell, ging von dem feurigen Rot und Gelb und den wirbelnden Formen, die noch vor einem Augenblick vorgeherrscht hatten, zu einem trüben Rotviolett und dann zu einem flacheren Purpur über. Eine dünne Farblinie zog sich über den Horizont hin. Das Wohnzimmer war dunkel.

Hinter ihm ging eine Lampe an.

Er drehte sich um.

Maria war in den Farben des Sonnenuntergangs gewandet, ihr rotes Haar wurde in tausend subtilen Schattierungen von den Fäden in dem Seidenkaftan untermalt, den sie angezogen hatte. Des weiteren trug sie rote und goldene, hochhackige Sandalen, die ihrer sowieso schon beeindruckenden Größe noch fünf Zentimeter hinzufügten. Sie schaute zum Meer, sagte »Wunderschön, nicht wahr?« und ging schnell zu der Bar in der Wand. Ganz offensichtlich war sie unter dem fließenden Gewand nackt. Sie mixte sich einen weiteren Gin Tonic, drückte eine Zitronenscheibe in das Glas aus, ließ ihn dann hineinfallen, hob das Glas und dann eine Braue und fragte: »Ganz bestimmt nicht?«

»Ganz bestimmt nicht«, sagte er.

»Trotzdem prost«, sagte sie achselzuckend und nippte an dem Drink. »Sehr gut«, sagte sie. »Ihnen entgeht etwas.« Sie ging zu dem Sofa, auf dem er saß, und setzte sich neben ihn. »Was halten *Sie* denn von dem Vorschlag?« fragte sie.

»Ich glaube, er hat seine Vorzüge. *Falls* ich das Land zu seinem Preis bekomme.«

»Und wird ihnen das gelingen?«

»Ich weiß es noch nicht. Ich bin noch an niemanden herangetreten. Aber ich bin nicht der Ansicht, daß Sie damit einen Fehler begehen, falls Sie das meinen.«

»Ich kann dieses Arschloch nämlich nicht ausstehen.«

»Habe ich mir gedacht. Warum nicht?«

»Ich habe den Zirkus geradezu geliebt, er war mein ganzes Leben, als ich aufwuchs, und ich habe auch Max geliebt, kam mit George aber nie klar. Meine Mutter war Künstlerin bei S & R, sehr bekannt, ziemlich berühmt, sie hatte Angebote von Ringling, Beatty, Vargas, praktisch von allen. Aber sie hat sich entschieden, bei George und Max zu bleiben, und hat ihm, Max, schließlich seinen Anteil abgekauft, als er erfuhr, daß er Krebs hatte. Ich muß damals zwölf, dreizehn Jahre alt gewesen sein. Meine Mutter trat weiterhin auf, nachdem sie Max aufgekauft hatte, wurde aber auch zu einer praktisch denkenden Geschäftsfrau. Na ja, schließlich gehörte ihr ja Steadman & Roeger zur Hälfte, und das war nicht gerade ein billiger kleiner Wanderzirkus. Er war zwar nicht besonders groß, aber sehr angesehen. Meine frühesten Erinnerungen sind, daß wir von einer Stadt zur anderen fuhren, das Zelt auf- und wieder abbauten, weiterzogen ...

... die Buchungsagenten hatten die Arbeit schon längst erledigt, bevor wir am ersten April loszogen. Es waren vier Agenten, sie waren Tag und Nacht am Telefon und riefen potentielle Sponsoren an, die Kiwianis-Klubs, die christlichen Jugendverbände und so weiter, die dann das Gelände und die Parkplätze zur Verfügung stellten und die nötigen Konzessionen besorgten und dafür zehn, zwanzig, manchmal sogar vierzig Prozent der Eintrittsgelder kassierten. George arbeitete die Strecken aus und hielt sie manchmal sogar vor Max geheim. Es sind nämlich jede Menge kleinerer Zirkusse unterwegs, die nur darauf warten, von der Arbeit zu profitieren, die man geleistet hat, von den Clowns und Elefanten, die man vorausgeschickt hat, die einem die ganze Werbung klauen und dann in die Stadt ziehen, als wären *sie* S & R, das Zelt auf einem Supermarkt-Parkplatz aufschlagen und einem die Gäste klauen. Die Strecken waren von Jahr zu Jahr verschieden, aber in Florida fingen wir hier in Calusa an und zogen dann über Sarasota, Naples, Bradenton, St. Pete und Tampa nach Norden weiter. Dann ging's durch die beiden Carolinas und Virginia, und wir bogen nach Westen ab durch Kentucky und Missouri, und dann wieder zurück nach Süden durch Tennessee, Alabama, Georgia und im Oktober, November, je nach Auftragslage, wieder nach Hause. Wir haben darauf geachtet, daß die Städte nie weiter als hundertfünfzig, zweihundert Kilometer voneinander entfernt lagen, und sind des Nachts oder sehr früh am Morgen gefahren, um vier, halb fünf, wenn kein starker Verkehr herrschte. Fünfundzwanzig Prozent der Eintrittskarten waren normalerweise schon verkauft, bevor wir die nächste Stadt erreichten, und dann haben wir darauf gehofft, daß das Papier auch die restlichen an den Mann bringt.

Papier ist das, was die Zirkusleute zu den Plakaten sagen, die wir anschlagen, den Wimpeln und Flaggen und den Gossenschnipseln – das sind die kleinen Plakate, die man auf die Rinnsteine klebt. Das alles ist das Zirkuspapier, die Werbung. Die Plakat-Agenten sorgen dafür, daß die Werbung in der betreffenden Stadt abläuft, lange bevor der Zirkus dort eintrifft, sie machen sich eine Woche, manchmal sogar zehn Tage vorher schon an die Arbeit. Der Vierundzwanzig-Stunden-Mann fährt dann voraus und stellt die Pfeile auf, denen die Wagen dann folgen. Während man in der einen Stadt noch die letzten Vorstellungen gibt, ist er schon unterwegs und erkundet die Strecke. Er weiß, wo der nächste Platz ist, einige sind wirklich am Arsch der Welt, und er heftet Pfeile an Telefonpfosten oder klebt sie an Straßenlampen, damit die Trucks wissen, welche Abzweigungen sie nehmen müssen, um auch ans Ziel zu kommen. Ich weiß noch, manchmal gastierten *zwei* Zirkusse gleichzeitig in einer Stadt, obwohl man natürlich versucht, so was bei der Streckenausarbeitung zu vermeiden. In solchen Fällen schlagen die beiden Unternehmen verschieden gefärbte Pfeile an, damit die Trucks den Weg finden, aber trotzdem landete man manchmal irrtümlich auf dem Platz des anderen Unternehmens, und dann mußte man wieder zurückfahren. Der Vierundzwanzig-Stunden-Mann besorgt auch die Anordnung des Platzes, bestimmt, wo die große Budengasse ist und das große Zelt steht – Sie wissen ja, S & R hat im Gegensatz zu den meisten kleinen Zirkussen noch immer einen großen Mittelgang. Er bestellt Heu für die Elefanten und Zucker für die Zuckerwatte und ist da, um einem zu sagen, wo man parken soll, wenn die Trucks und Wohnwagen eintreffen. Meine Mutter war ein Star, also parkten wir immer vorn auf dem Platz, neben Max' und Georges Wohnwagen.

»Ich habe den Zirkus immer geliebt«, sagte Maria. »Das ganze Durcheinander, das ganze Tohuwabohu, der Lärm und die Aufregung, das habe ich wirklich geliebt. Auch nach dem, was der Zirkus meiner Mutter angetan hat, habe ich ihn noch geliebt. Ich hätte meinen Anteil ja verkaufen können, die fünfzig Prozent, die sie mir hinterlassen hat. Aber aus Liebe zu ihr habe ich ihn behalten. Und aus Liebe zum Zirkus.«

Matthew zögerte einen Augenblick lang. Über dem Golf war nur noch eine hauchdünne Farblinie zu sehen, und der Himmel darüber war praktisch schwarzblau. Ein einziger Stern leuchtete.

»Was hat der Zirkus Ihrer Mutter angetan?« fragte er.

»Er hat sie umgebracht«, sagte Maria ohne das geringste Zögern.

Warren Chambers war um vier Uhr fünfzig morgens zu Patricia in den Warteraum des Krankenhauses gekommen, und die Uhr an der Wand zeigte jetzt Punkt sechs. Frank schlief neben ihr schnarchend auf einem Stuhl. Matthew war noch immer nicht aus der Betäubung erwacht, doch Patricia machte sich deshalb noch keine Sorgen, denn der Arzt hatte ja gesagt, zwei oder drei Stunden, gegen sechs Uhr, vielleicht etwas später. Sie berichtete Warren, was der Arzt ihnen gesagt hatte, die Blutungen, die die Kugel verursacht hatte, die zerrissenen Adern. Warren erwiderte, das würde ihn gar nicht überraschen. Er hatte schließlich mit einem der Labortechniker am Tatort gesprochen und erfahren, daß sie drei Kugeln vom Kaliber .22 gefunden hatten, eine davon so gut wie neu, die beiden anderen stark deformiert …

»… sehr wahrscheinlich die, die Matthew getroffen und durchschlagen haben«, sagte er. »Die Leute glauben fälschlicherweise immer, eine Kugel von einem kleinen Kaliber würde keine großen Schäden anrichten, aber das stimmt nicht. Die Kugel hat nicht so viel Durchschlagskraft wie eine aus einem Vierundvierziger oder Fünfundvierziger oder Neuner, aber das heißt nicht, daß sie einfach glatt durchgeht. Statt dessen prallt sie im Körper hin und her, wie ein Gummiball, der in einem Haus von allen Möbeln abprallt, bevor er durchs Fenster fliegt. Bis dahin hat er eine Lampe und eine Vase zerbrochen und ein Bild von der Wand gerissen. Genauso ist es auch mit einer Kugel. Sie prallt im Körper immer wieder ab und richtet jede Menge Schäden an, bevor sie wieder austritt.«

Den möglichen Gehirnschaden hatte Patricia noch nicht erwähnt.

»Ich habe herauszufinden versucht, was er in Newtown gemacht hat«, sagte er. »Nicht mal *ich* fahre nach Newtown.«

»Frank hat mich das auch schon gefragt«, flüsterte sie.

Beide flüsterten. Ein Warteraum in einem Krankenhaus ermutigte einen zum Flüstern. Die Tageszeit – sechs Uhr morgens – ebenfalls. Sie schaute wieder auf die Uhr. Zehn nach sechs. Sechs Uhr, hatte der Arzt gesagt. *So in etwa. Vielleicht etwas später.* Noch kein Problem, dachte sie. Hoffte sie. Betete sie. Zehn nach sechs war noch immer *gegen* sechs, war nur *etwas später* als sechs Uhr. Wann wird es zu spät sein? fragte sie sich. Warren gegenüber erwähnte sie nichts davon.

»Ihnen hat er nicht gesagt, daß er nach Newtown fahren muß, oder?« fragte er.

»Nein«, sagte sie.

Sie wollte nicht schon wieder zur Uhr hinaufschauen.

»Hat er Ihnen gesagt, woran er gearbeitet hat? Es war doch keine *Strafsache*, oder?«

»Nein, er hat versucht, Land für den Zirkus zu kaufen.«

»Was für ein Zirkus?«

»Steadman & Roeger.«

»Ach? Wirklich? Das ist ein guter Zirkus.«

»Ja.«

»Wo? Welches Land?«

»Das staatliche Kirmesgelände.«

»Hmm.«

Sie schaute zur Uhr hoch. Zwölf Minuten nach sechs.

»Was ist los?« fragte Warren.

»Es besteht die Möglichkeit eines Gehirnschadens«, sagte sie und seufzte schwer.

»Ach du Scheiße«, sagte er.

Er schaute auch auf die Uhr.

»Wann soll er zu sich kommen?«

»Jetzt«, sagte sie.

Sie schauten beide zur Uhr. Der Minutenzeiger hatte deutlich sichtbar einen Sprung gemacht, als wäre er sich ihrer forschenden Blicke bewußt.

»War da nicht irgendwas mit diesem Zirkus?« fragte Warren.

»Was meinen Sie?«

»Irgendein Skandal, ich weiß es nicht mehr genau. In St. Louis? Irgendwo. War da nicht irgend etwas?«

»Ja«, sagte Patricia. »Aber ich glaube, es war kein Skandal, sondern …«

»Ja?«

»Einer der Stars hat Selbstmord begangen.«

»Das war damit?«

»Wenn Sie das meinen.«

»Ich weiß nur noch, daß alle Zeitungen hier unten viel Aufhebens darum gemacht haben. Der Zirkus war gerade in diese Gegend gekommen. Es war eine große Story.«

»Ich habe damals noch in New York gewohnt.«

»Stand es in New York nicht in den Zeitungen?«

»Ich glaube schon. Aber nicht deshalb erinnere ich mich daran.«

»Weshalb denn sonst?«

»Matthew hat mir davon erzählt.«

»Von dieser Frau, die Selbstmord begangen hat?«

»Oder was sonst auch immer los war.«

»Was meinen Sie?«

»Er hat mir nur erzählt, was ihre Tochter gesagt hat.«

»Und, was *hat* sie gesagt? Wann war das überhaupt?«

»Vor einer Woche. Direkt, nachdem wir aus der Karibik zurückgekommen sind, am Sonntag nach unserer Rückkehr.«

»Wieso hat er darüber gesprochen?«

»Er hatte gerade ein Gespräch mit der Tochter gehabt.«

»Worüber?«

»Über den Zirkus, den er vertritt. Sie ist Miteigentümerin.«

»Ich verstehe«, sagte Warren.

Patricia schaute zur Uhr hoch und dann sofort wieder zu ihren Händen hinab. Sie hatte sie wie zum Gebet im Schoß gefaltet. Frank schnarchte plötzlich laut und scharf und weckte sich damit selbst auf.

»Wie spät ist es?« fragte er.

Die Zeit, dachte Patricia.

»Zwanzig nach sechs«, sagte sie.

»Dann müßte er bald zu sich kommen«, sagte Frank und überprüfte anhand seiner Uhr, ob die an der Wand auch richtig ging.

»Was hat Matthew Ihnen erzählt?« fragte Warren. »Über den Selbstmord. Darüber, was die Tochter davon erzählt hat.«

»Mal sehen, ob ich hier jemanden auftreiben kann«, sagte Frank und erhob sich abrupt. »Verdammt, ich finde raus, was hier vorgeht.« Er zog die Hosen hoch, sah noch einmal auf die Uhr und ging zum Schwesternzimmer.

Patricia wollte Warren das alles nicht erzählen, Patricia wollte statt dessen schreien. Es war bereits sechs Uhr zwanzig, ging auf die sechs Uhr einundzwanzig zu, und die Uhr tickte laut an der Wand gegenüber, während Warren Detektiv spielte und ihr Freund bewußtlos in einem Zimmer irgendwo den Gang entlang lag. Er wird um sechs Uhr aus der Anästhesie erwachen, hatte der Arzt gesagt, so etwa, vielleicht etwas später, aber es war bereits *etwas* später, und allmählich wurde es *viel* später. Sie saß da, die Hände im Schoß zusammengeballt, und Warren setzte sie nicht unter Druck, bedrängte sie nicht, saß einfach still und in erhabener Erwartung da, hoffte von ihr zu erfahren, wieso Matthew über eine Frau vom Zirkus gesprochen hatte, die vor einiger Zeit in einer anderen Stadt Selbstmord begangen hatte, vor fünf Jahren, oder? Vor sechs Jahren? In Boston? Oder Atlanta? Hier und jetzt auf diesem harten Sofa in einem leeren Zimmer mit einer Uhr, die gnadenlos die Minuten abtickte. Hier und jetzt war der zwanzigste März um sieben Uhr abends in Patricias Haus am Strand, während Matthew an dem Beefeater-Martini nippte, den sie für ihn gemixt hatte und ihr erzählte, daß eine kahlköpfige, fast nackte Frau an diesem Nachmittag für ihn geschwommen war, um ihm die Haftkraft einer Perücke zu demonstrieren, die aus dem Haar zahlloser Europäerinnen gefertigt war …

Das kannst du mir nicht erzählen, sagte Patricia.

Doch, ehrlich. Und sie ist erst zweiundzwanzig.

Du bist achtunddreißig, Matthew.

Hmm, ja. Sie hält das für einen schönen Altersunterschied.

Ich bringe sie um, sagte Patricia.

Es war rein geschäftlich, sagte er.

Für Matthew war es in der Tat rein geschäftlich, bis die junge Maria Torrance erwähnte, daß der Zirkus ihre Mutter umgebracht hatte, wobei es seltsamerweise sofort in seinem Kopf klickte und ihm sofort bewußt wurde, daß dieses

Ereignis noch gefährlicher sein konnte als die perückentragende Versuchung, die neben ihm saß und mit einem wohlgeformten Fuß wackelte, der in einer roten und goldenen Sandale mit hohen Absätzen steckte, die von ihrer Ferse gerutscht war und an den Zehen baumelte. Noch gefährlicher daran war seine eigene Neugier, die eigentlich schon fast eingeschläfert worden war, als er sich endlos langweilige Verhandlungen um ein Stück Dreck für drei Millionen Dollar vorgestellt hatte, ganz zu schweigen von der Notwendigkeit, eine zweiundzwanzigjährige dumme Ziege davon zu überzeugen, daß es sich wirklich um ein ausgezeichnetes Geschäft handelte, damit sie sich (trotz aller Dokumente, die das Gegenteil besagten) nicht entschloß, um ihr Mitspracherecht zu klagen, und damit alle möglichen rechtlichen Probleme schuf, die eine dunkle Wolke auf einen klaren Rechtsanspruch warfen und den Verkäufer vielleicht endgültig abschreckten – bei einem Geschäft, für das Matthew sowieso nichts übrig hatte.

Doch nun behauptete dieselbe zweiundzwanzigjährige dumme Ziege mit der vollen Überzeugung einer echten Erwachsenen, daß der Zirkus ihre Mutter umgebracht hatte, was natürlich die Frage aufwarf: »Warum sagen Sie das, Miss Torrance?«, worauf Maria erwiderte: »Das war kein verdammter *Selbstmord*, Mr. Hope.«

Ihre Antwort schreckte Matthew in mehrfacher Hinsicht auf.

Zuerst einmal hatte er gar nicht gewußt, daß es einen Selbstmord gegeben hatte, oder vielleicht auch nur einen *vermeintlichen* Selbstmord, wie Marias Antwort nun anzudeuten schien.

Und wenn Willa Torrances Tod weder ein erwiesener noch nur ein vermeintlicher Selbstmord gewesen war, mußte es sich um Tod durch natürliche Ursachen, Unfall oder Mord handeln. Etwas dazwischen gab es nicht, keine anderen Möglichkeiten. Marias Tonfall und der nachdrückliche Fluch schienen auf ein Gewaltverbrechen hinzuweisen. Obwohl er es eigentlich hätte besser wissen müssen, war Matthew sofort an der Sache interessiert.

»Erzählen Sie mir davon«, sagte er.

Berühmte letzte Worte.

Anscheinend war der ›Selbstmord‹ …

Jedesmal, wenn Maria das Wort in den Mund nahm, schürzte sie vor Abscheu die Lippen, was sie eher wie eine kahlköpfige Fechtmeisterin aus der ehemaligen DDR aussehen ließ statt wie eine umwerfende zweiundzwanzigjährige Frau mit einer roten Perücke und einem farblich dazu passenden Kaftan …

Der ›Selbstmord‹ hatte also in Rutherford, Missouri, stattgefunden, bevor Rand McNally diese Stadt als einen der angenehmsten Wohnorte in den gesamten Vereinigten Staaten von Amerika auserwählt hatte. »Es ist jetzt wirklich ziemlich schön dort«, sagte Maria und fragte Matthew, ob er gern die Zeitungsberichte über den »Selbstmord« ihrer Mutter sehen wollte; sie hatte Kopien von allen aufgehoben, einschließlich von denen im *Enquirer* und im *Star*, die beide auf den Titelseiten darüber berichtet hatten. Sie ging zu einem modernen Sideboard an der gleichen Wand, an der sich die Bar befand, kniete nieder, um eine Schublade zu öffnen, und holte einen ziemlich großen, grauen Karton daraus hervor, mit dem sie dann zum Sofa zurückkehrte. Sie wollte gerade den Deckel entfernen, als Matthew sagte, wenn sie nichts dagegen habe, würde er sie sich später ansehen. Im Augenblick interessiere er sich mehr dafür, warum sie andeutete, der vermeintliche Selbstmord ihrer Mutter sei in Wirklichkeit ein Mord gewesen.

»Ich sage Ihnen, warum«, erwiderte sie, legte den Karton neben sich auf das Sofa, schlug die Beine übereinander und drehte sich zu ihm um. »Im kommenden Mai vor drei Jahren«, sagte sie …

… hatte der Zirkus Steadman & Roeger seit drei Tagen in Rutherford gastiert und wollte planmäßig am elften Mai, einem Samstag, die Zelte abbrechen und weiterfahren …

»Es ist etwas ziemlich Unheimliches daran, mitten in der Nacht die Zelte abzubrechen«, sagte Maria. »Alle sind ganz leise, als hätten sie Angst, die schlafende Stadt aufzuwecken, die sie gerade noch mit ihren Darbietungen unterhalten hatten ...«

... in den frühen Morgenstunden die Sitze und Verstrebungen auseinandernehmen, die in ihren Käfigen auf und ab schreitenden Tiere auf Laster verladen, der Geruch von Kaffee aus der Küche, die Morgenröte ließ noch auf sich warten, Wohn- und Last- und Campingwagen fuhren los, bevor die Sonne aufging, bliesen Kohlenstoffmonoxydabgase in die Nachtluft, ein seltsam stiller, ernster und surrealistischer Anblick. Die Torrances, Mutter und Tochter, wohnten in einem ...

Matthew fiel auf, daß Maria noch kein einziges Mal ihren Vater erwähnt hatte.

... großen Wohnwagen, der einen bevorzugten Abstellplatz auf dem Gelände bekommen hatte, einer zehn Morgen großen Fläche mit genügend Parkplätzen, direkt an einer großen Durchgangsstraße und ganz in der Nähe eines riesigen Einkaufszentrums, das ihnen während des dreitägigen Gastspiels zusätzlich jede Menge Laufkundschaft einbringen würde.

Maria hatte ihren Wecker auf halb fünf morgens gestellt; ihre Mutter hatte ihr gesagt, sie wolle um sechs Uhr fertig und unterwegs sein, bevor der morgendliche Stoßverkehr anfing. Willa schlief gern und gestattete sich im allgemeinen das absolute *Minimum* an Zeit, das nötig war, um zu duschen, sich anzuziehen und in der Küche einen Becher Kaffee zu holen. Sie schlief noch, als Maria den Wohnwagen um fünf Uhr verließ. Ihr Wecker war auf Viertel nach fünf gestellt. Er ging allerdings nicht mehr los, da die Kugel, die Willa sich angeblich in die Schläfe jagte, ihren Schädel durchschlug, an der Metallwand des Wohnwagens abprallte und dann die Uhr durchschlug, die auf einer metallenen Kommode stand, die neben der Hintertür festgeschraubt war. Der Wecker blieb um zehn Minuten vor sechs stehen.

In dem Augenblick, in dem ihre Mutter starb, war Maria im Küchenzelt, saß auf der kurzen Seite, wie sie genannt wird …

»Das bezieht sich nicht auf die kurze Seite des *Zelts*«, erklärte sie Matthew nun. »Dort stehen die kürzeren *Tische*, die besseren, die für George und seine zahlreichen Verwalter und Speichellecker reserviert sind, die alle direkt am Eingang saßen. Es gibt im Zirkus nämlich eine Hackordnung, genau wie überall auf der Welt. Die Artisten und Künstler kommen in der Rangordnung direkt danach, und selbst *sie* sitzen ihrer Bedeutung gemäß. Die Kunstreiter stehen ganz oben auf der Leiter, Gott weiß warum, man sollte doch glauben, es wären die Hochseilakrobaten oder die Raubtierdompteure. An diesem Morgen war das Zelt …«

Es war ein ganz beschissener Morgen, Blitze und Donner durchdringen den Dauerregen, der in Strömen schräg auf das Gelände fällt. Der Boden hat sich noch nicht in Schlamm verwandelt, aber das miese Wetter hat viele der Leute, die beim Abbau nicht selbst Hand anlegen müssen, dazu bewogen, länger im Bett zu bleiben. Das Küchenzelt ist zu dieser frühen Stunde mit Männern von der anderen Seite eines Vorhangs gefüllt, der die Artisten und leitenden Angestellten von den Vorarbeitern, Arbeitern und Hilfskräften trennt. Maria sitzt mit Davey Sheed an einem der kürzeren Tische, der wach und schon auf ist, weil man eine gewisse Zeit und Sorgfalt braucht, um Raubkatzen zu verladen, ohne sie nervös zu machen, besonders bei so einem Gewitter, und der will, daß seine Tiere in aller Ruhe verfrachtet werden, bevor es mit dem Tumult des Aufbruchs so richtig losgeht.

»Ich hatte in dieser Saison mit Davey eine Affäre«, sagte Maria. »Er war der erste Mann, mit dem ich je intim war.«

Damals war sie neunzehn Jahre alt, dachte Matthew.

»Wir haben uns am Aufreißtag aufgegabelt«, sagte Maria. »Die erste Kostümprobe ist normalerweise der Aufreißtag. Da entscheiden sich alle, mit wem sie die Saison über Paare bilden.«

Matthew bemerkte den kleinen grammatikalischen Fehler zwar, sagte aber nichts.

»Wir waren die einzigen beiden auf der kurzen Seite des Zeltes ...«

Ansonsten ist diese Seite des Zeltes leer. Der ganze Lärm, das ganze Stimmengewirr der Gespräche, das Gelächter, das Klappern und Klirren von Bestecken auf billigem Porzellan, kommt von der anderen Seite des Vorhangs. Bei diesem Lärm im Küchenzelt hört niemand die Schüsse auf der anderen Seite des Geländes. Das behaupten später jedenfalls alle. Bei dem Krachen des Gewitters hört niemand die Schüsse im Wohnwagen der Torrances. Das behaupten später jedenfalls alle.

Der Leichenbeschauer sagte bei der gerichtlichen Untersuchung aus, daß der Autopsiebericht auf gewissen unbestreitbaren Tatsachen beruhte, die mit Selbstmord als Todesursache übereinstimmten. Zuerst einmal befand die Koje, in der Willa geschlafen hatte, sich auf der rechten Seite des Fahrzeugs. Willa lag mit dem Kopf zur Vorder- und mit den Füßen zur Rückseite des Fahrzeugs. Als die Leiche um 5 Uhr 35 von der Tochter gefunden wurde, lag sie auf der rechten Seite. Die Schulterträger ihres kurzen weißen Nachthemds waren mit Blutspritzern befleckt. Das Bettuch, das sie bis zum Hals bedeckt hatte, als Maria den Wohnwagen um fünf Uhr verlassen hatte, lag zerknittert bis zur Taille hoch, als Maria zurückkam.

Die Eintrittswunde der Kugel befand sich mitten in der Stirn, was mit einem selbst zugefügten tödlichen Schuß in den Kopf übereinstimmte, ob das Opfer nun Rechts- oder Linkshänderin war. In den meisten solcher Fälle befand die Mündung der Waffe sich in unmittelbarer Nähe der Haut, was bräunliche Verbrennungsspuren um das Einschußloch und manchmal versengte Haare darüber zur Folge hatte. In Willas Fall stimmten diese Spuren mit dem vermuteten Selbstmord überein. Überdies verschmierte ein schwarzer Pulverrückstand die Haut um die Eintrittswunde, und der Leichenbeschauer entdeckte nicht verbrannte Pulverkörner in den Hautporen um diese Stelle. Am überzeugendsten war, daß die Waffe – ein Colt Detective Special vom Kaliber .32 – in Willa Torrances Hand gefunden wurde. Der rechte Zeigefinger befand sich im Abzugsbügel und berührte den Abzug selbst. All diese Indizien stimmten mit Selbstmord als Todesursache überein – wobei diese merkwürdige Formulierung anscheinend ein Lieblingsausdruck des Gerichtsmediziners war.

Die Gerichtsmedizin war also zum Schluß gekommen, daß Willa Torrance auf der Seite gelegen hatte, die Mündung der Waffe gegen ihre Stirn gedrückt und dann einen tödlichen Schuß in ihren Kopf abgegeben hatte. Die Kugel hatte den Schädel in obere und leicht zur Seite abweichende Richtung durchschlagen, war von der Wand hinter der Koje abgeprallt und dann durch den Innenraum zum Heck des Wohnwagens geflogen, wo sie auf das Zifferblatt des Weckers auf der Kommode geprallt und in dessen Mechanismus steckengeblieben war, in dem man sie schließlich in überaus deformiertem Zustand entdeckte.

»Das Problem ist nur«, sagte Maria, »daß meine Mutter nie im Leben eine Waffe besessen hat.«

»Wurde das bei der Untersuchung zur Sprache gebracht?«

»Ja.«

»Und?«

»Heutzutage kann man in den USA ganz leicht an eine Waffe kommen. Selbst damals, vor drei Jahren, kam man zum Schluß, daß meine Mutter – die das Leben eines Zirkusmenschen führte – sich problemlos in einer der Städte, in denen wir gastierten, eine Waffe hätte besorgen können.«

»Waren auf ihrer Hand Blutspritzer?«

»Nein«, sagte Maria. »Nur auf den Trägern ihres Nachthemds. Und auf der Wand.«

»Hmm.«

»Wir haben sie in einem Sarg nach Hause gebracht und hier in Calusa begraben. Die Zeitungen waren voll davon. Die

Sache hat überall in den USA Schlagzeilen gemacht. Ich zeige es Ihnen«, sagte sie und griff nach dem grauen Karton neben sich.

Da Matthew damals nichts über den Selbstmord einer bekannten Zirkusartistin gelesen hatte, besonders hier in einer Zirkusstadt wie Calusa, dachte er darüber nach, wo er im Mai vor drei Jahren gewesen war. Aber nein, sie hatten nie ausdrücklich *Artistin* gesagt, sowohl Steadman als auch Maria hatten Willa Torrance als Entertainerin bezeichnet oder die Rolle, die sie im Zirkus spielte, lediglich umschrieben. War ein Entertainer jemand, der Elefanten einen Kopfstand beibrachte? Und waren diese Elefanten dann Artisten, Akrobaten oder Entertainer? Matthew hatte nicht den leisesten Schimmer. Er wußte nur, daß er sich an keinerlei Schlagzeilen im Zusammenhang mit Willa Torrances Selbstmord erinnern konnte. War er damals verreist gewesen? Hatte er in diesem Jahr Urlaub in Spanien gemacht? Vielleicht brachte ihn aber auch der Name Torrance ins Schleudern. Steadman hatte ihren Zirkusnamen erwähnt, aber er konnte sich nicht mehr genau daran erinnern. Wendell? Willa Wendell? Oder Wagner? Willa Wagner? Nein, das war es auch nicht. Winkler?

»Mr. Steadman hat den Zirkusnamen Ihrer Mutter erwähnt«, sagte er, »aber ich habe …«

»Winkie«, sagte sie.

»Ja, genau, danke sehr.«

Maria nickte, lächelte und setzte sich die graue Schachtel auf den Schoß. Sie hob den Deckel ab und entnahm der Schachtel ein eingerahmtes Foto, das ein kleines Mädchen von drei oder vier Jahren zeigte, das einen kurzen Plisseerock, eine weiße Bluse und schwarze Schuhe mit patentierten Klettverschlüssen trug. Das kleine Mädchen strahlte mit einem Lächeln, das dem Marias sehr ähnelte, in die Kamera. Es stand neben einem Holzstuhl, der dem Foto einen gewissen Maßstab verlieh; es konnte nicht größer als fünfundsiebzig Zentimeter sein. Auf dem Foto schien das Haar des kleinen Mädchens heller als das von Maria zu sein; es mochte rotblond gewesen sein. Matthew fragt sich, ob Maria ihm ein Foto von ihr selbst als Kind zeigte.

»Winzling Willa Winkie«, sagte Maria. »So hat man sie genannt, Mr. Hope.«

Matthew schaute noch mal hin. Das kleine Mädchen auf dem Foto hatte das reife Gesicht und die Augen, den von Lippenstift betonten Mund und das wissende Lächeln einer Frau. Das kleine Mädchen auf dem Foto hatte die festen Brüste, vollen Hüften und wohlgeformten Beine einer Frau. Matthew betrachtete Willa Torrance, er betrachtete Winzling Willa Winkie.

»Meine Mutter war eine der kleinen Leute«, sagte Maria. »Meine Mutter war ein Zwerg.«

Frank Summerville kam in den Warteraum getrampelt.

»Verdammt, keiner weiß was«, sagte er wütend.

Kapitel 2

... und das hatte eine kleine Locke ...

Warren hatte sich um kurz nach eins an diesem Sonntag mittag mit Toots Kiley verabredet. Sie trafen sich in einem dieser Grillrestaurants mit Bierausschank, die so eingerichtet waren, daß sie wie ein altmodischer Saloon in New York aussehen sollten, in Wirklichkeit aber nur so aussahen, wie ein Innenarchitekt aus Florida sich einen altmodischen Saloon in New York vorstellte. Alles war einfach ganz knapp daneben. Die facettierten Glasfenster waren etwas zu bunt, das Messing etwas zu grell, das Holz etwas zu weich. Authentisch waren lediglich die angestaubten Verzierungen, die noch vom St. Patrick's Day hängengeblieben waren, der am Siebzehnten des Monats begangen worden war.

In Calusa, Florida, hatte es am St. Patrick's Day keine Parade gegeben; hier unten verstrich der Feiertag Jahr für Jahr, ohne daß jemand groß etwas davon mitbekam. Abgesehen von den Kneipen. Die schmückten sich immer mit Grün. Einige servierten sogar grünes Bier. Vermutlich, um der weit verbreiteten Meinung Tribut zu zollen, Iren würden viel trinken. Warren wußte nicht, ob diese Vorstellung ein reiner Mythos oder eine absolute Tatsache war. Ehrlich gesagt war ihm das auch scheißegal. Weder er noch Toots waren hier, um etwas zu trinken. Matthew Hope war im Krankenhaus in ernsthaften Schwierigkeiten, und Warren brauchte sie, um herauszufinden, wer ihn angeschossen hatte.

»Als er um sieben Uhr noch nicht zu sich gekommen war«, erklärte er ihr, »fingen sie an, diese Tests mit ihm zu machen. Die Ärzte. Sie haben es uns erst später wissen lassen, es muß so gegen acht gewesen sein, und mittlerweile waren wir ...«

»Wer ist ›wir‹?« fragte Toots.

»Patricia und Frank und ich.«

»Patricia?«

»Demming. Die Stellvertretende Staatsanwältin, mit der Matthew geht.«

Toots nickte und griff nach ihrem Cheeseburger. Sie hätte liebend gern ein Bier dazu getrunken, war aber jetzt seit drei Jahren clean und würde sich nicht von einem lausigen Bier auf die Kokainstraße zurückwerfen lassen. Toots war sechsundzwanzig Jahre alt, eine große, schlanke, sonnengebräunte Blondine, die ihre Dauerwelle hatte herauswachsen lassen und das Haar nun lang und glatt auf die Schulter fallend trug. An diesem kühlen Sonntag, dem siebenundzwanzigsten März, der gleichzeitig von den Christen beziehungsweise Juden als Palmsonntag und Pessach begangen wurde, trug Toots einen rosa Sweater mit einem weißen Lätzchenkragen, der etwas vom Halsansatz sehen ließ, verblichene Jeans und Cowboystiefel. Warren mußte eingestehen, daß sie hervorragend aussah. Sie fiel wie ein verhungernder Wolf über den Cheeseburger her.

»Sie haben zuerst mal die Reflexe in seinen Armen und Beinen überprüft, dafür gibt es einen bestimmten Begriff, aber ich weiß nicht mehr, was für ein Wort er benutzt hat, ein Test der Extremitäten jedenfalls. Sie bekamen sehr schwache neurologische Reaktionen, also haben sie … haben sie … mir fällt es schwer, darüber zu sprechen«, sagte er, hob die Hand vor die Augen und saß eine beträchtliche Weile ganz still da, die Augen von der Hand bedeckt, den Kopf gesenkt. Toots sagte nichts.

Warren schluckte, nahm die Hand von den Augen und wischte mit dem Handrücken darüber. »Sie haben uns erklärt, daß sie dann seine Lider zurückgezogen haben«, fuhr er schließlich fort, »und mit einer hellen Lampe in seine Augen geleuchtet haben, zuerst in das eine, dann in das andere, um festzustellen, ob die Pupillen reagieren. Das war Gott sei Dank der Fall, was bedeutet, daß er seine Reflexe nicht völlig verloren hat, der hintere Teil des Gehirns noch … noch arbeitet. Die Rinde oder der Hirnstamm, ich weiß nicht mehr genau, was was ist … was …«

Er verliert wieder den Faden, dachte Toots.

Aber dem war nicht so.

»Dann haben sie ... haben sie ein Stück Baumwolle über die Kornea gezogen, die Hornhaut berührt, um festzustellen, ob sie einen Schutzreflex auslösen, und das haben sie tatsächlich, aber er hat nur ganz ... nur ganz schwach reagiert. Versteh mich nicht falsch, er liegt nicht im Koma, es gibt noch Gehirnaktivität, aber er ist auch nicht ganz wach und bei Bewußtsein. Das sind zwei Begriffe, die sie benutzen, wach und bei Bewußtsein. Wachsein bezieht sich auf die Bewußtseinshöhe. Bei Bewußtsein bezieht er sich auf den Bewußtseinsinhalt. Es gibt nämlich verschiedene Bewußtseinsstadien. Koma ist das schlimmste, ein Mensch, der im Koma liegt, ist völlig weg. Aber es gibt auch Stupor und Obtun ... ich weiß nicht mehr, wie haben sie es genannt, Obtunation? Oduntation? Lethargie ist noch so ein Zustand. Das ist der schwächste. Das sind alles Begriffe, mit denen man die ... die verschiedenen Ebenen des ... des Wachseins und Bewußtseins beschreibt. Matthew ist nicht völlig wach, und er ist auch nicht bei Bewußtsein.«

»Wann wird er wieder zu sich kommen?« fragte Toots.

»Sie wollen ihn noch einen Tag lang oder so beobachten und feststellen, ob das Gehirnwellenmuster besser wird. Sie haben kein völlig *flaches* EEG, aber es gibt auch nicht besonders viel elektrische Aktivität. Sie müssen abwarten. Was passiert. Morgen oder übermorgen. Peripher, so heißt das. Eine Untersuchung der Arme und Beine. Eine periphere neurologische Untersuchung.«

Warren seufzte, nickte dann und schaute zu seinem Teller hinab, auf dem seine Spiegeleier bereits kalt geworden waren. Er nahm die Gabel und stach damit in ein Eigelb. Die Flüssigkeit verlief über den Teller.

»Ich will das Arschloch kriegen, das es getan hat«, sagte er.

»Amen«, sagte Toots.

»Wir sind eine Woche hinter Matthew zurück«, sagte er. »Alles, was er getan hat, alles, was er herausgefunden hat, wir hinken eine Woche hinterher. Am letzten Sonntag, dem Zwanzigsten, hat er mit der Tochter der Frau gesprochen, die Mitbesitzerin von diesem Zirkus war, mit einer gewissen Maria Torrance. Ich möchte, daß du sie heute aufsuchst, herausfindest, was sie ihm erzählt hat, was ihn vielleicht veranlaßt hat, das zu unternehmen, was er danach unternommen hat. Denn, Toots, ich bin mir ganz sicher, was auch immer das gewesen sein mag, *deshalb* wurde er gestern abend angeschossen. Er wäre nicht nach Newtown gefahren, hätte ihn nicht irgend etwas nach Newtown *gelockt*. Und was auch immer er dort wollte, das war der Grund, weshalb er angeschossen wurde.«

»Ich rufe sie an«, sagte Toots und stopfte sich eine Gabel Pommes in den Mund. »Hast du ihre Nummer?«

»Patricia hat mir gesagt, daß sie auf dem Fatback Key wohnt, und ich habe im Telefonbuch nachgeschlagen. Sie heißt Maria Torrance …«

»Das hast du mir schon gesagt.«

»Hier, ich schreibe dir die Nummer auf«, sagte er, holte einen Zettel aus seiner Geldbörse und schrieb die Telefonnummer auf eine Seite seines Notizbuchs ab.

»Zufälligerweise hat er am Freitag abend mit Patricia gegessen, ihr dann gesagt, es sei etwas dazwischengekommen, und ist dann irgendwo hingefahren. Wohin, hat er nicht gesagt, aber wie sich dann später herausgestellt hat, ganz offensichtlich nach Newtown. Und der Schütze hat einen schwarzen, zweitürigen Mazda gefahren.«

»Alles klar«, sagte Toots, nahm die Seite, die er aus seinem Notizbuch riß, und warf einen Blick auf die Nummer. »Und was machst du?« fragte sie dann.

»Ich fahre jetzt zur Zeitung«, sagte er, »und suche im Archiv nach diesem Selbstmord vor drei Jahren. Danach fahre ich nach Hause. Wann, kann ich noch nicht sagen. Solange ich eben brauche, um etwas zu finden.«

»Ich ruf' dich später an und halte dich auf dem laufenden«, sagte Toots. »Ich weiß, du willst dich an die Arbeit machen, also fahr los. Ich lade dich ein.«

»Nein, du hast schon beim letztenmal bezahlt.«

»Nein, da hast du mich eingeladen. Ist ja auch egal. Hau schon ab.«

»Toots ...«

»Ich weiß. Du willst dieses Arschloch festnageln.«

Er hatte nicht gewußt, daß Willa Torrance ein Zwerg war, bis er die Artikel im *Calusa-Herald-Tribune* über ihren Selbstmord durchstöberte. Winzling Willa Winkie, so hatte man sie genannt. Er grübelte darüber nach, wie dieser Kinderreim noch ging. Aber der Name war nicht Willa gewesen, oder? Was ...? Willie. Ja. Winzling *Willie* Winkie.

... läuft durch die Stadt,
rauf und runter,
flink und munter ...

Willa Torrance hatte ein kurzes Nachthemd getragen, als sie sich erschossen hatte. Blutspritzer auf beiden Schulterträgern.

... weil er's sehr eilig hat.
Klopft an alle Fenster.
Ruft: »Sind die Kinder schon im Bett?
Das wäre wirklich nett.
Denn gleich kommen die Gespenster!«

Ihr Wecker war um genau fünf Uhr zehn durch den Einschlag einer .32er Kugel zum Stillstand gebracht worden. Das Geschoß war durch das Zifferblatt eingedrungen und dann im Uhrwerk steckengeblieben, also nicht mehr ausgetreten. Sie hatte zu diesem Zeitpunkt auf der Seite gelegen, sich aber ausgerechnet in die Stirn geschossen. Der Wecker war auf Viertel nach fünf gestellt. Ihre Tochter hatte die Leiche um fünf nach halb sechs gefunden. Die verschiedenen Zeitungsartikel zitierten Maria, ihre Mutter habe vorgehabt, um sechs Uhr unterwegs zu sein, ›bevor der morgendliche Stoßverkehr einsetzt‹. Maria hatte des weiteren ausgesagt, ihre Mutter habe noch geschlafen, als sie den Wohnwagen um fünf Uhr verließ.

Warren fragte sich, ob er nach Missouri fahren und dort mit den Gerichtsmedizinern sprechen mußte.

Er hoffte, daß es sich vermeiden ließ.

In Missouri gab es Wunder in rauhen Mengen zu erkunden, unvorstellbare Freuden zu entdecken, aber nicht, während er eine Woche hinter den Entdeckungen herhinkte, die Matthew gemacht hatte, Entdeckungen, von denen Warren überzeugt war, daß sie zu dem Anschlag auf sein Leben geführt hatten.

Alle Zeitungen bezeichneten den Selbstmord als ›Tragödie‹ und sprachen von einem großen Verlust für die Zirkuswelt. Offensichtlich war Winzling Willa Winkie viel mehr gewesen als ein Zwerg, der in einer kleinen Bude auf dem Schoß eines Riesen saß, damit die jeweiligen Größen auch besser zur Geltung kamen. Sie war eine ungewöhnlich schöne Frau in Miniatur gewesen, eine perfekt proportionierte, fesselnde Verführerin, die genausogut sang wie tanzte. Viele Artikel bezeichneten sie als ›Liliputanerkönigin der Schaubuden‹ und beschrieben ihre Vorstellung als besser als alles, was damals auf dem Broadway gezeigt wurde – aber Calusa, und insbesondere die *Calusa-Herald-Tribune*, neigten zu unglaublichen Übertreibungen, wenn sie die kulturellen Attraktionen der Stadt beschrieben, und bezeichneten einen Künstler, der gerade mal einen Monat lang einen Gastauftritt absolvierte, schon als ›Einheimischen‹.

In allen Nachrufen und Features wurde Willas Alter zur Zeit ihres Todes mit siebenunddreißig Jahren angegeben, ihre Größe mit dreiundachtzig Zentimetern und ihr Gewicht mit neunundzwanzig Pfund. Einer der Artikel ging bei den Umständen ins Detail, die zu ihrer Kleinwüchsigkeit geführt hatten. Die Tatsache, daß sie im Alter von sechs Jahren zu wachsen aufgehört hatte, wurde einer Fehlfunktion der Hypophyse zugeschrieben, die das Wachstumshormon produziert. Der medizinische Fachbegriff dafür lautete ›hypopituitaristisches Zwergentum‹, eine Definition, die Willas Kleinwüchsigkeit von den neunundneunzig anderen in den Vereinigten Staaten vorkommenden Arten unterschied. Bei vielen davon wurde eine Knochenstörung vererbt, die zu unproportioniert kleinem Wuchs mit großem Kopf und kleinen Gliedmaßen führte. Bei anderen waren schmerzhafte Unregelmäßigkeiten des Rückgrats die Ursache. Im Volksmund war Willa – im Gegensatz zur medizinischen Terminologie – ein ›Zwerg‹, ein reifer Erwachsener, der wie eine winzige Frau aussah, deren Proportionen denen jeder normalen, voll ausgewachsenen Frau ähnelten.

Der Artikel fuhr damit fort, daß es heutzutage nicht mehr viele Zwerge zu sehen gab, weil vierzehntägliche Injektionen eines Wachstumshormons zu einem normalen Wachstumsmuster führten, wenn die Behandlung über einen Zeitraum von zehn Jahren durchgeführt wurde. Der Artikel war vor drei Jahren geschrieben worden, zum Zeitpunkt von Willas Tod. Er führte aus, daß diese Behandlungen nun überall in den Vereinigten Staaten problemlos verfügbar waren. Doch noch 1971, als Willa fünfundzwanzig Jahre alt gewesen war, boten lediglich eine Handvoll Forschungsprogramme die Behandlung an, und damals war sie schon viel zu alt gewesen, um noch damit beginnen zu können.

Alle Nachrufe erwähnten, daß sie als Willa DeMott geboren worden und in Lancaster, Ohio, aufgewachsen war. Alle Nachrufe erwähnten, daß sie in Lancaster von Max Roeger entdeckt worden war, als sie auf einem Festzug der örtlichen High-School auf einem Plattformwagen auftrat und einen Taktstock schwang, der größer als sie selbst war. Alle Nachrufe erwähnten ihre kurze Ehe mit einem gewissen Peter Torrance, einem ›Mann vom Zirkus‹. Alle Nachrufe schrieben: ›Miss Torrance‹, auch wenn die genauen Formulierungen etwas voneinander abwichen. Warren fragte sich, wie die Tochter ihren zweiten Vornamen bekommen hatte. Und während die Nachrufe über Marias körperlichen Zustand ansonsten Schweigen bewahrten, erwähnten *alle* Artikel hingegen, daß sie, was ihre Größe betraf, völlig ›normal‹ war.

Erst irgendwann nach fünfzehn Uhr an diesem Nachmittag stieß Warren auf den ersten wesentlichen Hinweis auf Willas Exmann. Im März des letzten Jahres hatte die *Trib* mehrere Tage lang eine Artikelserie über die Zirkusszene in Calusa und der Umgebung gebracht. Der erste Beitrag gab einen Überblick über die Geschichte des Zirkus vom Römischen Reich bis zur Gegenwart und schloß mit einem Glossar von Zirkusfachausdrücken für die Uneingeweihten ab. Bevor Warren den Artikel in dieser Ausgabe las, hatte er nicht gewußt, daß eine ›Grapschbude‹ ein Hamburger-Stand, ein ›Stangenakt‹ die Vorführung eines Hochseilartisten und ein ›Risley-Akt‹ eine Darbietung war, bei dem drei Akrobaten auf dem Rücken lagen und einen vierten mit den Füßen herumwarfen. Man lernt eben nie aus.

Der zweite Beitrag berichtete über einige der alten Künstler von Big Bertha, die noch immer in Venice, Calusa, Sarasota oder Bradenton lebten. Hier erfuhr Warren, daß Big Bertha der Zirkusname für *Den Großen* war, wobei es sich natürlich um Ringling handelte. Schließlich konzentrierte die Zeitung sich im letzten Beitrag der Serie über den kleineren Zirkus Steadman & Roeger, der – zum Zeitpunkt des Erscheinens – seit neunzehn Jahren sein Winterquartier in Calusa aufgeschlagen hatte.

Kein Rückblick auf S & R wäre vollständig gewesen, ohne auf den ›tragischen‹ Tod von Willa Torrance zu sprechen zu kommen, die unter den Namen Winzling Willa Winkie aufgetreten war. In der Tat war ein Großteil des Artikels ihrem viel zu frühen Tod vor – erneut zum Zeitpunkt des Erscheinens der Ausgabe – zwei Jahren in Rutherford, Missouri, gewidmet. Doch während alle Nachrufe erwähnt hatten, daß Willa Torrance mit lediglich siebzehn Jahren in Lancaster, Ohio, entdeckt worden war, hatte kein einziger davon berichtet, daß sie, kurz nachdem sie zum Zirkus gegangen war, den Mann kennengelernt hatte, den sie später heiraten würde.

Peter Torrance, der ›Mann vom Zirkus‹, war eigentlich der Marketing-Direktor von S & R gewesen, als Willa Torrance vor etwa dreiundzwanzig Jahren als Siebzehnjährige an Bord gekommen war. Er wurde in dem Artikel als ›großer, stabiler Mann mit einem Hauch des Charmes und der Kultiviertheit der Alten Welt‹ bezeichnet, eine Beschreibung, die keinen Zweifel daran offenließ, ob er auch ein Zwerg gewesen war oder nicht, sondern den Ursprung seines an die Alte Welt erinnernden Benehmens im unklaren ließ. *Torrance* klang nicht besonders europäisch. Vielleicht war er Engländer. Oder aber sein Name war – wie es bei unzähligen Einwanderern der Fall war, die die mit Gold gepflasterten Straßen der USA suchten –, nach seiner Ankunft von den Einwanderungsbehörden verändert worden, die keine Zeit oder ganz einfach auch keine Lust gehabt hatten, sich mit dem polnischen *Trzebitowski*, dem japanischen *Tsuboi*, dem norwegischen *Tonnensen* oder dem isländischen *Tryggvason* herumzuschlagen.

Der Artikel beschrieb ausführlich die Pflichten, die Torrance erfüllen mußte, als er Max Roegers neueste Entdeckung und sofortigen Star kennengelernt hatte. Anscheinend war der Marketing-Direktor eines Zirkus ein PR-Experte, ein Mann, der, ein paar Monate nachdem die Buchungsagenten telefonischen Kontakt aufgenommen hatten, jede gebuchte Stadt aufsuchen mußte, normalerweise zwei bis drei Wochen bevor der Zirkus selbst eintraf. Er war sozusagen das wesentliche Verbindungsglied zwischen Städter und Künstler, der Mann, der den Weg für eine für beide Seiten erfreuliche und profitable Begegnung pflasterte. Und als letzter, der jede Stadt verließ, in der man Vorstellung gegeben hatte, manchmal erst einen oder zwei Tage nachdem alle anderen schon fort waren, gehörte es zu seinen Aufgaben, dafür zu sorgen, daß der Zirkus hinter sich aufgeräumt hatte und einen guten Eindruck hinterließ, die Visitenkarte für die Rückkehr in der nächsten Saison.

Daß Torrance die Zeit fand, der neuen Zwergenkönigin den Hof zu machen, ganz zu schweigen davon, auch tatsächlich ihr Herz zu gewinnen, war ein genauso großer Tribut an seine Management-Fertigkeiten und Leidenschaft. Den Hof machte er ihr, und ihr Herz gewann er – und das alles während einer einzigen Saison, die allen Berichten zufolge die erfolgreichste von S & R bislang gewesen war. Das Paar heiratete sechs Monate nachdem Willa zum Zirkus gekommen war; sie war gerade achtzehn geworden, und Torrance war fünfundzwanzig. Ihr erstes und einziges Kind, Maria, wurde zehn Monate später geboren.

Ein Jahr nach ihrer Geburt wurden sie geschieden.

Wenn man auf Dope ist, tut man alles, was man tun kann, kennt man Leute, die man zuvor nie kennen wollte, lernt man, sich für das zu verachten, was man sich selbst antut. Man lernt schnell zu lügen und fast genauso schnell zu stehlen. Ob Mann oder Frau, man lernt, daß man immer Sex für die Drogen tauschen kann, die man braucht, um auf dem Damm zu bleiben. Na ja, eigentlich nicht man selbst. Wirklich nicht man selbst. Dieser Fremde, den man am Leben hält, ist lediglich eine weitere Person, die den eigenen Körper bewohnt und in diesem Körper nach dem schreit, was dieser Fremde zum Überleben braucht. Wenn das Lügen und Stehlen nicht genügt, um diesen Fremden in einem zufriedenzustellen, muß man manchmal andere Menschen körperlich verletzen, ihnen abnehmen, was man braucht, um das Kokain zu kaufen, um den Fremden zufriedenzustellen, der irgendwo in diesem Körper wohnt und der äußerlich irgendwie genauso aussieht – na schön, etwas dünner vielleicht, ein wenig hager sogar; mit einem gehetzten, manchmal fast heimgesuchten Blick in den Augen; der Mund etwas verkniffen, vielleicht sogar ein wenig abgespannt –, ein Körper, von dem man weiß, daß er von diesem Fremden darin konfisziert worden ist, ein Körper, der von diesem Fremden mißbraucht wird, auf den man nicht mal spucken würde, wäre man clean.

Der Fremde, auf den man nicht mal spucken würde, ist man selbst.

Man beschimpft sich für das, was aus einem geworden ist, und dafür, daß man zugelassen hat, daß so etwas aus einem geworden ist, und man sagt sich, *hätte* ich doch nur die Willensstärke, um damit aufzuhören, *könnte* ich doch nur irgendwo einen anständigen Job finden, ich würde sofort mit diesem Scheißdreck aufhören, ich würde keinen fremden Männern in Gassen, die nach Urin stinken, einen blasen, ich würde nicht mehr jeden um einen kostenlosen Schuß anbetteln nur dieses eine letzte Mal, ich versprech's dir, ich würde mein Leben ins reine bringen, ich würde wieder clean werden, *würde doch nur …*

Für Toots Kiley war das ›Würde-doch-nur‹ der Augenblick gewesen, da Otto Samalson, der private Ermittler, für den sie arbeitete, herausfand, daß sie kokste, und sie auf der Stelle feuerte. Sie respektierte Otto, sah ihn fast als Ersatzvater an. Ihr richtiger Vater war in dem Augenblick, da ihre Mutter gestorben war, zu einem lebenden Geist geworden. Otto brachte ihr alles bei, was man über Ermittlungen wissen mußte, machte sie zu einer der besten Privatschnüffler in dieser Stadt. Ein Cop namens Rob Higgins brachte ihr alles bei, was man über Kokain wissen mußte, machte sie zur größten Koksnase in dieser Stadt. Sie sniffte Tag und Nacht Kokain. Zog Kokain schließlich dem Essen oder Bumsen oder allem anderen auf diesem Planeten vor, nahm Kokain lieber, als wieder sie selbst zu sein, das unschuldige junge Mädchen, das ihr Vater nach dem Harmonikaspieler Toots Thielemans Toots genannt hatte. Sie wollte Kokain heiraten, mit Kokain den Rest ihres Lebens verbringen, Kokain lieben, ehren und gehorchen, bis daß der Tod uns scheidet. Kokain war ihr ein und alles. Kokain oder Schnee oder C oder Koks oder Staub oder Toot oder Peruanische Lady oder weißes Mädchen oder Flocke oder Glücksstaub oder Nasenzucker oder Eis oder sogar C17H21N04, ein Derivat von Erythroxylon coca. Oder einer der anderen hübschen kleinen euphemistischen Kosenamen, die Higgins ihr für eine Droge beibrachte, die einem das Gehirn braten konnte, ob man sie nun durch die Nase zog oder in einer Crackpfeife rauchte.

Sie brauchte zwei Jahre, um von der Sucht loszukommen.

Sie wollte Otto besuchen, ihn fragen, ob der alte Job noch zur Verfügung stand, als er bei der Beschattung einer launischen Gattin umgebracht worden war. Statt dessen war es Warren Chambers gewesen, der ihr den ersten Job gegeben hatte, den sie seit ihrem ersten Zug durch die Nase zwei Jahre zuvor gehabt hatte.

Erzählen Sie mir was über den Job, ja? hatte sie gesagt.

Sagen Sie mir zuerst, daß Sie clean sind, hatte Warren gesagt.

Warum? Sehe ich so aus, als wär' ich's nicht?

Sie sehen gebräunt und gesund aus. Aber das schließt Koks nicht aus.

Das Wort gefällt mir. Ausschließen. Wie sind Sie darauf gekommen?

Wie gefällt Ihnen das andere Wort? Koks?

Mir hat es mal sehr gut gefallen. Ich denke gelegentlich noch immer daran. Aber das geht wieder vorbei. Ich bin clean, Mr. Chambers.

Seit wann schon?

Seit fast zwei Jahren. Seit Otto mich gefeuert hat.

Und jetzt sind Sie clean.

Jetzt bin ich clean.

Bestimmt? Denn wenn Sie noch auf Kokain sind, wäre es besser, wenn Sie es mir sagen.

Ich bin nicht auf Kokain. Oder um es anders auszudrücken, ich nehme kein Koks mehr. Ich bin clean. S-a-u-b-e-r. Was brauchen Sie noch, Mr. Chambers? Eine eidesstattliche Erklärung? Sie haben mein Wort. Ich glaube, das ist noch einiges wert.

Es gab mal eine Zeit, als es nichts wert war.

Das war damals, heute ist heute. Mr. Chambers, wollen Sie mir einen Job anbieten, oder wollen wir uns den ganzen Morgen herumstreiten?

Nennen Sie mich Warren, hatte er gesagt und gelächelt.

Nach all ihren Jahren der Erfahrung mit Kokain hatte Toots Kiley angenommen, sie würde einen Kokser erkennen, wenn sie einen sah.

Aber ihr wurde erst klar, daß Maria Torrance Koks nahm, als sie ihr eine Toot anbot.

Es war kurz vor vier. Sie saßen auf der Veranda, die einen Blick auf die Bucht von Calusa und den Kanal bot. Toots trug einen Denimrock, eine gelbe Bluse und blaue Turnschuhe, Maria enge weiße Shorts, weiße Sandalen und ein weißes T-Shirt ohne BH. Ihr rotes Haar war zu einem Pferdeschwanz zusammengebunden. Als Toots ihren Wagen vor dem Haus abgestellt hatte, stand ein Mercedes-Benz-Kabrio in der gleichen roten Farbe mit dem bezeichnenden Nummernschild MT-1 auf der Auffahrt.

Die See war an diesem Sonntag nachmittag unruhig, aber das hinderte die Wochenend-Kapitäne Calusas nicht daran, ihrem Hobby zu frönen. Auf dem Kanal drängten sich die Motorboote, auf der Bucht dahinter wimmelte es vor unter Wind stehenden dreieckigen weißen Segeln. Toots hatte nie verstanden, welchen Reiz diese Boote ausübten. Sie persönlich hatte ihren größten Spaß an diesen Dingern, wenn sie, wie in diesem Augenblick, einfach auf dem Ufer saß und sie *beobachtete*. Maria hatte die letzte halbe Stunde damit verbracht, Toots über ihre Mutter ins Bild zu setzen, und dann das Gesprächsthema auf ihren Vater, Peter Torrance, verlagert.

»Ich habe ihn kaum gekannt«, sagte sie. »Er ließ uns im Stich, als ich erst ein Jahr alt war, wirklich noch ein Baby. Gewissermaßen habe ich ihn in Wirklichkeit *gar nicht* gekannt.«

»Wissen Sie, wo er jetzt ist?« fragte Toots.

»Nach allem, was ich weiß, ist er tot«, sagte Maria. »Als Mutter starb, kam ein Brief von ihm. Er wollte wissen, ob er in ihrem Testament bedacht war, können Sie sich das vorstellen? Er wollte wissen, ob sie ihm etwas *hinterlassen* hatte. Er war all diese Jahre fort und wollte wissen, ob er etwas geerbt hatte. Ich habe den Brief ihrem Anwalt gegeben.«

»*Hat* sie ihm etwas hinterlassen?«

»Keinen Cent.«

»Ich nehme an, sie haben sich nicht gerade einvernehmlich getrennt?«

»Einvernehmlich? Er ist mit einer der McCulloughs durchgebrannt, hat sich wie ein verdammter *Gelegenheitsarbeiter* benommen, den man für eine Saison eingestellt hat. Und er war angeblich ein angesehenes Mitglied der Geschäftsführung. Der Marketing-Direktor. Ein verheirateter Mann mit einer kleinen Tochter! Hat nicht mal eine Nachricht hinterlassen. Ist einfach mitten in der Nacht mit Aggie McCoullough verschwunden, einer der Trapezakrobatinnen. Wollen Sie einen Drink?«

»Danke, ich trinke nicht«, sagte Toots.

Maria sah sie an.

»Wie wäre es statt dessen mit Toot?« fragte sie.

Toots fragte sich, wie sie es wissen konnte. Stand etwas auf ihrem Gesicht geschrieben, etwas in ihren Augen, das allen verriet: *Ich bin eine cleane Kokserin, stellen Sie mich ruhig auf die Probe.* Oder hatte Maria ihren Namen falsch verstanden? Toots hatte ihn auf jeden Fall richtig ausgesprochen, als sie sich vorgestellt hatte. Das ›Toots‹ reimte sich auf ›puts‹ und nicht auf ›boots‹. Aber wenn Maria sie irrtümlich falsch verstanden hatte, war sie vielleicht davon ausgegangen, daß es sich dabei lediglich um einen Spitznamen handelte, der sich auf den Slangausdruck ›toot‹ für ›koksen‹ bezog, und sie so hieß, weil sie eben ›Toot‹ nahm. Wenn die Lady ›Toot‹ nimmt, kann man sie ja ruhig ›Toots‹ nennen.

»Nein, danke«, sagte sie.

»Ganz bestimmt nicht?«

Sie beobachtete sie noch immer. Der Blick der blauen Augen klebte geradezu an ihrem Gesicht.

»Ganz bestimmt nicht.«

»Ich glaube, ich gönne mir was«, sagte Maria, wandte sich

ab und ging ins Haus. Toots saß da, beobachtete die Boote auf dem Wasser und fragte sich, ob Maria sich einen Drink mixte oder eine Linie sniffte. Als sie wieder herauskam, war ganz offensichtlich, daß sie beides getan hatte. In der rechten Hand hielt sie einen Gin Tonic, aber ihre Augen waren glänzender als noch vor fünf Minuten, ihr Lächeln war betörender, ihr Gang zuversichtlicher, ihre Stimmung wesentlich heiterer. Die Brustwarzen hatten sich unter dem weißen T-Shirt aufgerichtet.

»Immer noch nicht?« erkundigte sie sich erneut, ließ die Eiswürfel im Glas klirren und wackelte mit den Brauen.

»Wirklich nicht«, sagte Toots erneut und hoffte, daß sie diesmal mit ihrer energischen Ablehnung klargemacht hatte, daß sie es ernst meinte. »Wie haben sie sich kennengelernt?« fragte sie. »Ihre Eltern?«

»Durch den Zirkus. Er kam ursprünglich aus Irland, hatte in Europa in Zirkussen gearbeitet, bevor er nach Amerika ging. Kennen Sie den Zirkus Marateo in Italien? Sehr berühmt. Bei dem war er vier Jahre lang Buchungsagent. Torrance ist eine irische Form von Terrence. Kommt aus dem Lateinischen, heißt ›sanft, gut und gnädig‹. Ist das nicht ein Witz? Der Mann läßt seine Frau und seine einjährige Tochter sitzen. Ich war ein richtig süßes Kind, heißt es. Mein Vater war sehr groß, hat man mir erzählt, aber alle hatten fürchterliche Angst, daß ich einfach zu wachsen aufhöre, wie es bei meiner Mutter mit sechs Jahren der Fall gewesen war. Aber ich bin ziemlich normal geworden, oder?« sagte sie, wackelte mit ihrem in der Sandale steckenden Fuß und grinste Toots über den Rand ihres Glases boshaft an.

Augenblicklich stellten sich bei Toots Bilder von einem sehr großen Mann ein, der mit einer Zwergin schlief. Sie mußte an einen versauten Witz denken, den sie mal gehört hatte, und hätte ihn fast erzählt, doch ihr fiel gerade noch rechtzeitig ein, daß die Frau, die neben ihr saß, zufällig die *Tochter* eines Paars war, das so wenig zusammenzupassen schien wie das Pärchen in dem Witz. Irgendwie wurde sie die

Vorstellung nicht los. Bilder von Maibäumen tanzten in ihrem Kopf.

»Haben Sie das alles auch Mr. Hope erzählt?« fragte sie.

»Das von meinem Vater, meinen Sie? Ja.«

Toots fragte sich, ob sie auch ihm ein paar Linien Koks angeboten hatte.

»Als Ihr Vater Ihnen schrieb«, sagte sie, »wo hat er da gewohnt?«

»In Los Angeles.«

»Mit der Frau, mit der er durchgebrannt ist?«

»Mit Aggie? Nein, das hat nicht lange gedauert. Schon in der nächsten Saison war sie wieder beim Zirkus.«

»Was hat Ihre Mutter davon gehalten?«

»Sie wurden sehr gute Freundinnen.«

»Ich nehme an, die McCulloughs sind eine Akrobatentruppe.«

»Hochseilartisten, ja. Luftakrobaten. Aggies Brüder und einige ihrer Kinder sind noch bei S & R. Und ihr Sohn und ihre Schwiegertochter. Sie sind wirklich sehr gut. Aggie lebt jetzt im Ruhestand, sie wohnt mit ihrem dritten Ehemann, der früher Bärendompteur war, in Bradenton. Das sind wirklich die schlimmsten Raubtiere für eine Dressur. Sehr gefährlich. Sehen einen an und beißen einen schon in der Mitte durch«, sagte Maria, ließ den Mund zuschnappen, daß die Zähne laut aufeinanderschlugen, und lächelte Toots unmittelbar darauf an. Toots fragte sich plötzlich, ob sie lesbisch war. Keine durchstochenen Ohren mit jeder Menge Ringe darin, keine so unverhohlenen Zeichen, auch keine subtilen, eine zaghafte Berührung, das kurze, erkundende Ruhen einer Hand auf einem Arm, nichts dergleichen. Aber trotzdem …

»Wann haben Sie zum letztenmal von ihm gehört? Nachdem Ihre Mutter starb?«

»Ja.«

»Hat er vorher je versucht, Kontakt mit ihr aufzunehmen?«

»Nicht, daß ich wüßte.«

»Zum Beispiel, nachdem sie ihren Anteil vom Zirkus gekauft hat?«

»Nein. Warum?«

»Na ja, wenn ein Mann aus heiterem Himmel wieder auftaucht und sich erkundigt, ob seine geschiedene Frau ihn in ihrem Testament bedacht hat, muß man sich fragen, ob er auch zu ihren Lebzeiten versucht hat, sie um Geld anzumachen. Mehr will ich damit nicht sagen. Sie ist jetzt Mitinhaberin eines Zirkus, und vielleicht hat er sie für eine leichte Beute gehalten. Aber Ihnen ist nicht bekannt, daß er Kontakt mit ihr hatte, nachdem er sie sitzengelassen hat?«

»Nein. Meine Mutter hat nie erwähnt, von ihm etwas gehört zu haben.«

»Standen Sie ihr sehr nah?«

»Sehr.«

»Sie hätte es Ihnen also gesagt, oder?«

»Ja, sie hat mir alles erzählt.«

»Hat sie Ihnen auch erzählt, daß sie Selbstmord begehen wollte?«

»Nein. Es war kein Selbstmord. Jemand hat sie umgebracht.«

»Haben Sie *das* auch Mr. Hope gesagt?«

»Ja.«

»Wie hat er reagiert?«

»Er wollte wissen, ob ich eine Ahnung hätte, wer es getan hat.«

»Und hatten Sie eine?«

»Ja.«

»Haben Sie es ihm gesagt?«

»Ja.«

»Was haben Sie ihm gesagt?«

»Ich habe ihm gesagt, daß Davey Sheed meine Mutter erschossen hat.«

»Davey ...«

»Sheed. Der Raubkatzendompteur von S & R.«

Die Schwester, die Matthew Hopes Blutdruck und Puls überwachte, bekam bei beidem im wesentlichen normale Werte. Einhundert zu siebzig beim Blutdruck, fünfundneunzig beim Puls. Aber sie wußte, daß das EEG gestörte elektrische Aktivitäten gezeigt hatte und die Ärzte hinter vorgehaltener Hand bereits von einem Koma sprachen. Sollten die Werte sich beim nächsten EEG nicht ändern, war dies ein Anzeichen dafür, daß die Großhirnrinde nicht mehr arbeitete. Je länger er im komatösen Zustand blieb, desto geringer waren seine Chancen, daraus wieder zu erwachen. Zeigte das EEG zwei Tage hintereinander nur noch eine flache Linie, konnte man davon ausgehen, daß er gehirntot war und seine Chancen für eine Erholung im Prinzip bei Null lagen. Dann würde man die Familie hinzuziehen und fragen, was sie bezüglich der Lebenserhaltungssysteme vorschlugen.

Die Schwester fragte sich, was in seinem Kopf vorging.

In seinem Kopf war eine Schwärze, die riesig und leer wie eine sibirische Ebene war. In seinem Kopf war eine Kälte, und ein scharfer Wind fegte über die kieselbedeckte Ebene. Die Dunkelheit wurde von krachenden Geräuschen und plötzlichen Lichtblitzen durchdrungen. Ein elektrischer Sturm entlud sich über der kalten, dunklen Ebene. Jedesmal wenn ein Blitz krachte und zuckte, sah er eine schwarze Peitsche, die sich aus der Dunkelheit entrollte. Jedesmal wenn der Wind heulte, hörte er das Brüllen eines Tigers. Bilder blitzten auf und verschwanden wieder. Jetzt ein blaues und weißes Zelt. Jetzt ein schwarzer, monströser Laster mit einem Generator, der in einem dunkleren Schwarz rumpelte. Stimmen hallten in einem riesigen Echoraum. Weitere Blitze. Und das elektrische Knistern der Peitsche. Und ein Tigerkopf, der im mitternächtlichen Himmel hing, Lichtblitze, die den prächtigen Kopf kurz erhellten …

… Kiefer, die sich weit öffneten, als Davey Sheed sich der Tigerin näherte. Matthew stand vor dem Käfig, George Steadman an seiner Seite. Der Zirkusbesitzer beugte sich zu ihm, überschrie das Knallen der Peitsche und das Brüllen der

Raubkatzen und das schimpfende, schmeichelnde, ermutigende Plappern des Dompteurs. Steadman roch nach Old-Spice-Rasierwasser. Der Käfig roch nach Tigerpisse und Menschenschweiß und etwas, das man nicht genau identifizieren konnte, vielleicht nach Angst.

»Man braucht lange, um den Käfig und die Gänge aufzubauen«, brüllte Steadman. »Deshalb kommt die Raubtiernummer bei jeder Vorstellung zuerst. Davey Sheed, König der Raubtiere. So nennt er sich. Sobald er fertig ist, kommen die Clowns raus, während wir den Käfig abbauen, und dann geht es in der Luft mit der Trapeznummer weiter, damit wir notfalls noch etwas Zeit haben, um den Käfig … *upps*!« sagte er und richtete seine volle Aufmerksamkeit auf die Tigerin, die Sheed gerade von ihrem Sockel gelockt hatte und ihm nun gefährlich nah gekommen war.

»Es gibt eine Linie, die sie nicht überqueren dürfen«, flüsterte Steadman. »Diese Grenze wird von der Länge der Peitsche oder des Stocks gebildet, den der Dompteur benutzt. Man bringt ihnen bei, auf keinen Fall näher zu kommen. Sie rückt an ihn heran, sehen Sie das? Und er läßt sie wissen, daß er das nicht duldet. Hören Sie zu.«

»*Sakti!*«

Der Name knallte wie ein Peitschenhieb.

»*Nein*, Sakti!« rief Sheed, als tadelte er eine Hauskatze, die auf den Teppich gepinkelt hatte, und kein dreihundert Pfund schweres Raubtier, das verächtlich den Kopf zurückwarf und mit der rechten Tatze nach der Peitsche krallte. Sheed, ein stattlicher, dunkelhaariger, muskulöser Mann von mittlerer Größe, arbeitete mit nacktem Oberkörper, nur mit Jeans und Stiefeln bekleidet. In dem Käfig befanden sich vier weitere Tiger; die drei jungen Löwen waren noch nicht hineingelassen worden. Steadman hatte erklärt, daß männliche Katzen weniger aggressiv waren, weshalb Dompteure für ihre sogenannten Kampfnummern Weibchen benutzten. Bei den fünf Tigern, die mit Sheed im Käfig waren, handelte es sich, wie Steadman ihm erklärt hatte, um ein junges Männchen, zwei ausgewachsene Weibchen und zwei ältere Männchen. Auf die beiden Weibchen muß man acht geben, hatte er gesagt, und eins davon kauerte jetzt vor Sheed auf dem Boden und schien die Reviere neu abstecken zu wollen. Das andere Weibchen schien die Angelegenheit mit scharfem Interesse zu betrachten, die Schultern gekrümmt, den Hals gereckt, die beiden Hauptakteure nicht aus den Augen lassend. Matthew hatte das Gefühl, daß sie jeden Moment in der Auseinandersetzung mitmischen würde.

»Rauf mit dir, Sakti, wo du hingehörst«, sagte Sheed und hielt den Griff der Peitsche nicht mehr ganz so fest. Er schien sich auf kein Tauziehen mit einem klauenbewehrten Widersacher einlassen zu wollen. Er hatte die Stimme nun gesenkt, nachdem er mit seinem vorherigen Brüllen ihre ungeteilte Aufmerksamkeit bekommen hatte, reduzierte den Hader auf einen persönlichen Streit zwischen ihnen, mit dem die anderen Tiere im Käfig nichts zu tun hatten, besonders nicht das andere Weibchen, das sich so duckte, wie Matthew es schon mal bei Hauskatzen gesehen hatte, bevor sie im Garten eine kleine Eidechse ansprangen.

»Geh jetzt da rauf«, sagte Sheed, und Sakti beobachtete ihn. Ihr Schwanz zuckte, aber sie schlug nicht mehr nach der Peitsche. Er senkte die Peitsche völlig. Trat einen Schritt auf sie zu. Er ist verrückt, dachte Matthew. Noch einen Schritt. Noch näher. Das andere Weibchen legte die Ohren flach an den Kopf. Matthew befürchtete, daß es im nächsten Augenblick springen würde. Offensichtlich hatten die beiden Helfer Sheeds, die außerhalb des Käfigs standen, denselben Eindruck. Sie bewegten sich rastlos, bereit, sofort einzugreifen und den Käfig zu betreten, sollte es zum Äußersten kommen. Einer von ihnen hielt eine Pistole in der Hand.

»Jetzt hör schon auf«, sagte Sheed, trat ganz nah an den Tiger heran und fuhr mit leiser, weicher Stimme fort: »Schluß damit, wir müssen arbeiten. *Hoch!*«, und er schnippte zwei Zentimeter vor Saktis Nase mit den Fingern, und die große Katze drehte sich um und sprang wieder auf den Sockel. Das andere Weibchen sah noch einen Augenblick lang zu und schien dann völlig das Interesse zu verlieren. Gähnend wandte es sich ab. Das Gähnen schien ansteckend zu sein. Beide älteren Männchen fielen ein, und dann einer der jüngeren Tiger.

»Wir füttern sie vor der Vorstellung nämlich nicht«, sagte Steadman. »Wir lassen sie hungern, bis Davey seine Dressur vorgeführt hat. Erst wenn er mit ihnen fertig ist, kriegen sie was zu fressen.«

Matthew konnte sich nicht vorstellen, gern Raubtierdompteur zu sein.

Während Sheed seine Katzen die Kunststücke vorführen ließ, die sie schon tausend- und abertausendmal geprobt hatten, während er seinen Helfern zurief, sie sollten die drei jungen Löwen hereinlassen, und sie dann in die Dressur einbaute, so daß sich nun eine flüchtige Mischung aus Tigern und Löwen und einem einzigen tapferen Mensch in dem Käfig befand, erklärte Matthew dem Zirkusbesitzer, daß er am Vortag Maria Torrance aufgesucht hatte, um mit ihr über den vorgeschlagenen Landkauf zu sprechen. Er war nun zuversichtlich, daß sie keinen Einspruch erheben würde, womit für ihn der Weg frei war, sich mit Steadmans Eröffnungsangebot an die Firma Florida Sun and Shore zu wenden. Er hatte sogar schon für den späten Nachmittag einen Termin mit einem Angestellten der Firma namens Lonnie McGovern gemacht.

»Ich möchte Mr. Sheed vorher ein paar Fragen stellen«, sagte Matthew, »und dann werde ich ...«

»Ach?« sagte Steadman. »Worüber?«

»Ich habe gehört, daß er Willa Torrance ziemlich gut gekannt hat.«

»*Alle* haben Willa ziemlich gut gekannt«, sagte Steadman. »Was hat das mit dem Erwerb des Geländes zu tun?«

»Maria hat vorgeschlagen, daß ich mit ihm spreche«, sagte Matthew ausweichend, »und herausfinde, was er davon hält.«

»Wovon?« fragte Steadman.

»Es wäre vielleicht keine schlechte Idee, wenn Sie sie in den nächsten Tagen selbst mal anrufen würden«, sagte Matthew und umging die Frage damit. Schließlich war er nicht umsonst ein gerissener Rechtsverdreher. »Erklären Sie ihr Ihren Plan, behandeln Sie sie wie eine echte Partnerin mit einem guten Sinn für Geschäfte.«

»Maria?« sagte Steadman und runzelte die Stirn. »Die hat doch keine Geschäfte im Kopf.«

»Ich glaube doch«, sagte Matthew und mußte unwillkürlich lächeln. Sie hatte nicht nur Geschäfte im Kopf, sondern auch einen Kopf für Geschäfte. Schließlich hatte sie sich ja den Schädel glattrasiert, um den unbestreitbar guten Kopf zu bekommen, den sie brauchte, um die Wirksamkeit der Perücken vorzuführen, die sie verkaufte. Doch das Lächeln erstarrte auf seinem Gesicht, als die andere Tigerin von ihrem Hochsitz sprang und auf ihren Dompteur zustürmte.

Sheed zögerte keine Sekunde lang.

Er drehte den bleiüberzogenen Griff der Peitsche so, daß er ihn wie eine Keule in der Hand hielt, und gerade als das Tier zum Sprung ansetzte, schlug er ihm damit auf die Nase, *zack*, rief scharf ihren Namen, *»Rahna!«*, und gab ihr noch einen Hieb, während er rückwärts vor ihr zurückwich, der Käfigtür entgegen, an der bereits einer seiner Helfer stand, bereit, sie in dem Augenblick aufzuziehen, da Sheed sie erreichte. Rahna kauerte nun nieder, hatte die Ohren flach angelegt, ihr Schwanz zuckte, und sie beobachtete ihn aus Augen, die so gelb geworden zu sein schienen wie ihr Fell.

Einer seiner Helfer, ein massiger Kerl mit muskulösen tätowierten Armen und der Brust eines Gewichthebers, die sich in einem schmierigen T-Shirt wölbte, zerrte die Tür auf. Sheed glitt durch die schmale Öffnung, und der Mann rammte die Tür wieder zu, als Rahna sprang und mit der abgespulten Kraft von über vierhundert Pfund gegen die Gitterstäbe prallte. Sheed drehte sich um und schaute wieder in den

Käfig. Er atmete schwer. Rahna lief nun etwa zwei Meter von der Tür entfernt mit wütend zuckendem Schwanz auf und ab und musterte ihn mit Augen, die wie zwei gelbe Laser aussahen. Sheed streckte die Hand aus und hielt sie mit der Fläche nach oben dem zweiten Helfer hin. Zuerst schien der Mann ihn nicht zu verstehen. Dann schaute er die Pistole in seiner Hand an, begriff, was Sheed wortlos sagte, und drückte dem Dompteur die Pistole in die Hand.

Er wird sie erschießen, dachte Matthew.

Sheed nickte dem ersten Helfer zu, der den Kopf schüttelte. Nein, sagte er. Sheed nickte erneut, diesmal nachdrücklich. Ja. Erneut schüttelte der Helfer den Kopf.

»*Mach auf!*« fauchte Sheed.

Er geht wieder rein, dachte Matthew. Er ist verrückt.

Zögernd warf der Helfer die Riegel des Käfigs zurück. Rahna fuhr herum, als sie das metallische Klicken hörte. Vorsichtig öffnete der Helfer die Käfigtür. In dem Augenblick, da Sheed durch die schmale Öffnung und in den Käfig glitt, riß Rahna den Kopf zu ihm herum. Sie legte die Ohren wieder an und ging wieder in die Hocke.

»Nein, Rahna!« rief er und hob die Pistole über den Kopf. »*Nein!*«

Das Wort schien keine Bedeutung für sie zu haben. Sie riß das Maul auf und brüllte trotzig, noch immer gebückt, die Schultern gekrümmt, die Ohren angelegt.

Sheed schoß in die Luft.

Rahna sprang aus der Hocke, schien sich in der Luft zu drehen, landete etwa einen Meter entfernt wieder auf den Füßen und drehte sich unmittelbar erneut zu Sheed um.

»Jetzt hör damit auf«, sagte er.

Rahna neigte den Kopf, als lausche sie seinen Worten.

»Geh wieder rauf«, sagte er.

Sie blinzelte.

»Rauf«, sagte er.

Sie öffnete das Maul, aber das Brüllen war jetzt eher wie ein Knurren.

»Nun mach schon«, sagte er. »Sofort«, sagte er. »Rauf«, sagte er und ließ die Peitsche knallen, und sie drehte sich augenblicklich um und lief zu ihrem Hochsitz und sprang hinauf. Rahna saß da wie eine fügsame Hauskatze auf ihrem Lieblingskissen, blinzelte erneut, zuckte mit den Ohren und gähnte dann wie zuvor.

»Braves Mädchen«, sagte Sheed, wandte sich dann von ihr ab und zeigte der Tigerin verächtlich den Rücken. Er hob beide Arme über den Kopf und schaute nacheinander in alle Bereiche des Zelts, als würde er sich für den Applaus einer unsichtbaren, tobenden Menge bedanken.

»Bravo«, sagte Steadman mit leiser Anerkennung, und Matthew wurde plötzlich klar, daß der gesamte Disput zwischen Sheed und den beiden großen Weibchen inszeniert und Gott weiß wie oft geprobt worden war, ein sorgfältig choreographierter Krawall, der den Dompteur, seine beiden ungestümen Katzen, die anderen aufmerksamen, aber im Prinzip desinteressierten Tiere im Käfig und die beiden ängstlichen Männer draußen umfaßte – eine kunstvolle Darbietung, die demonstrieren sollte, wie unbekümmert mutig Davey Sheed, der König der Raubtiere, war.

Matthew konnte es plötzlich nicht abwarten, sich mit ihm zu unterhalten.

Warren fand ihn in einem weißen Wohnwagen, auf dessen Seite in roten Lettern die Worte standen:

DAVEY SHEED
* KÖNIG DER RAUBTIERE *

Er stieg die paar Stufen hinauf, die zur Tür am hinteren Ende des Fahrzeugs führten, klopfte, wartete, klopfte erneut und rief dann: »Mr. Sheed?«

Schweigen.

»Mr. Sheed?«

Ein Poltern im Wohnwagen, so ähnlich wie das leise Knurren einer von Sheeds Raubkatzen.

Warren drückte das Gesicht an die Tür. »Ich bin's«, sagte er. »Warren Chambers. Wir haben vor einer Weile miteinander telefoniert.«

»Mrpf«, kam es aus dem Wohnwagen.

»Mr. Sheed?«

»Ja, warten Sie doch mal 'nen Augenblick, verdammt.«

Warren wartete.

Er glaubte, im Wohnwagen jemanden pinkeln zu hören. Er glaubte, eine Toilettenspülung zu hören. Er wartete. Er hörte Wasser rauschen. Sheed wusch sich die Hände. *Hoffte* Warren. Einen Moment später wurde die Tür geöffnet.

Davey Sheed sah etwas älter aus, als man es beim König der Raubtiere erwartet hätte. Ohne jeden Grund hatte Warren damit gerechnet, daß der Mann Ende Zwanzig oder Anfang Dreißig war; wer sonst wäre schon so töricht, in einen Käfig voller wilder Tiere zu treten? Aber der Mann, der mit einem Stirnrunzeln auf seinen vom Schlaf durchweichten Zügen auf der Schwelle des Wohnwagens stand, schien Mitte Fünfzig zu sein. Dunkelhaarig und mit buschigen Brauen und haselnußbraunen Augen, die das Kopfgerüst sozusagen wie Messingkanonen aufstemmten, stand er barfuß und mit muskulöser nackter Brust in knappen Jockey-Shorts da und funkelte Warren an, als hätten sie keinen Termin für halb zwei an diesem Nachmittag ausgemacht. Zufällig war es nun halb zwei. Seine Brust und Arme waren mit alten Narben überzogen, vielleicht die Folge von Streitigkeiten mit Katzen, die er gekannt hatte, und vielleicht ein beisteuernder Faktor seines etwas verdrossenen Benehmens.

»Mr. Sheed?« fragte Warren.

»Sie haben mich geweckt«, sagte Sheed.

»Das tut mir leid, ich dachte, wir hätten gesagt ...«

»Kommen Sie rein, kommen Sie rein«, sagte Sheed und trat zur Seite, um Warren einzulassen. Er kratzte sich an den Eiern, als er tiefer in den Wohnwagen ging, zu der Eß- und

Kochnische vorn. Wenn man sich mit Katzen abgibt, dachte Warren, benimmt man sich schließlich selbst wie eine.

»Wir *haben* doch halb zwei gesagt, oder?« fragte Warren.

»Ich bin eingeschlafen«, sagte Sheed und tat die Frage damit ab. »Setzen Sie sich. Wollen Sie ein Bier?«

»Nein, danke«, sagte Warren und sah sich nach einem Fleckchen um, auf dem er Platz nehmen konnte. Fast jede Oberfläche im Wohnwagen war mit schmutziger Wäsche bedeckt. Von vielen der Kleidungsstücke stieg der Gestank von Katzen empor. Wenn man sich mit Katzen abgibt, dachte er wieder. Er dachte nicht im Traum daran, eine von Sheeds schmutzigen Unterhosen oder Socken zu berühren.

»Wo?« fragte er.

»Wo Sie wollen«, sagte Sheed, fuhr mit der Hand über den Eßtisch und fegte die darauf liegende Kleidung zu Boden. Er ging zum Kühlschrank gegenüber des Tisches und der Sitzbank davor, holte eine Dose Bier heraus, riß sie auf, schloß die Tür und hob die Dose an den Mund. Warren bemerkte, daß der Abfluß in der Küchenzeile neben dem Herd mit zusammengedrückten Papiertellern und Plastikbestecken vollgestopft war. Er wünschte, er wäre Sheeds Mutter; dann würde er ihn ohne Nachtisch auf sein Zimmer schicken.

»Mr. Sheed«, sagte er und setzte sich vorsichtig auf die Bank links vom Tisch, den Sheed frei geräumt hatte, »wie ich Ihnen am Telefon sagte ...«

»Ja, ja.«

»... versuche ich, Matthew Hopes Schritte ...«

»Ja, ja.«

»... der letzten Woche nachzuvollziehen, um herauszufinden ...«

»Ja«, sagte Sheed.

»... weshalb jemand auf ihn geschossen hat. Polizisten konzentrieren sich normalerweise auf die vierundzwanzig Stunden vor dem Mord ...«

»Warum?« sagte Sheed. »Ist er tot?«

»Nein«, sagte Warren, »aber er liegt in sehr kritischem Zustand im Good Samaritan.«

»Tut mir leid, das zu hören«, sagte Sheed und rülpste.

»Ja«, sagte Warren. »Und auf die vierundzwanzig Stunden *danach*, denn das sind die wichtigsten Zeiträume. Die vierundzwanzig Stunden *davor*, weil sie uns verraten, wo er war und mit wem er gesprochen hat ...«

»Aber Sie sind kein Cop«, sagte Sheed. »Sie haben doch gesagt ...«

»Das stimmt, ich bin privater Ermittler. Der mit ihm zusammengearbeitet hat. Er ist ein guter Freund von mir.«

»Na schön«, sagte Sheed und nickte.

»Aber ich war mal Cop. In Boston.«

»Oha.«

»Daher weiß ich, wie das läuft«, sagte Warren. Er kam sich wie der letzte Depp vor, das alles erklären zu müssen. »Auf jeden Fall sind die vierundzwanzig Stunden *danach* wichtig, weil der Täter in diesem Zeitraum seinen Vorsprung vergrößert. Dann kann eine Spur allmählich kalt werden.«

»Hm, hm«, machte Sheed und kratzte sich erneut am Sack. Offenbar war er zu Tode gelangweilt. Er hatte diesen Scheiß wahrscheinlich mal in einem billigen Krimi gelesen und wollte ihn in der Heiligkeit seines nach Katzenpisse stinkenden Wohnwagens nicht noch mal hören. Er stellte die Bierdose auf den Tisch, griff nach einer Jeans, die zusammengeknüllt auf der anderen Bank lag, und zog sie an.

»Ich schätze, ich hinke ihm eine Woche hinterher«, sagte Warren. »Heute ist der achtundzwanzigste, ich bin also eine Woche zurück. Und damit hat derjenige, der auf ihn geschossen hat, einen *sehr großen* Vorsprung.«

»Ja, klar, das ist eine Schande«, sagte Sheed.

Kein Sarkasmus in der Stimme, keine Langeweile, er sagte die Worte einfach unbeteiligt daher, keine Betonung, kein Gefühl, kein gar nichts. Vielleicht wurde man so, wenn man in einem Käfig voller wilder Tiere arbeitete. Vielleicht konnte man dann auf gar nichts mehr gefühlsmäßig reagieren. Wenn man *außerhalb* des Käfigs Gefühle zeigte, lief man Gefahr, die Kontrolle ebenfalls zu verlieren, wenn man bei den Katzen war und es darauf ankam. Wenn man ihnen irgend etwas zeigte, das sie riechen oder spüren konnten, würden sie einen in Stücke reißen. Das konnten Sheeds Narben bezeugen.

»Sie haben mir am Telefon gesagt, daß er Sie am letzten Montag aufgesucht hat«, sagte Warren.

»Ja, stimmt«, sagte Sheed, zog seinen Reißverschluß hoch, schlüpfte dann ohne Socken in ein Paar Slipper, griff wieder nach der Bierdose und trank noch einen Schluck.

»Können Sie mir sagen, worüber Sie gesprochen haben?«

»Hauptsächlich über Willa.«

»Torrance?«

»Ja. Worum geht es überhaupt?«

Es ging darum, daß Maria Toots erzählt hatte, Matthew habe vorgehabt, so schnell wie möglich mit Sheed zu sprechen. Es ging darum, daß Matthew am vergangenen Montag hiergewesen war. Es ging darum, daß Maria zuerst Matthew und dann Toots erzählt hatte, der Bursche, der da drüben am Abfluß Bier trank, habe ihre Mutter ermordet. Darum ging es in Wirklichkeit. Aber genau das durfte Warren nicht verraten.

»Hat Mr. Hope es Ihnen nicht gesagt?« fragte er.

»Er hat mir gesagt, daß jemand ihr Testament anfechtet ...«

»Ja, stimmt«, log Warren.

»Und er wollte etwas über ihren Geisteszustand vor dem Selbstmord wissen.«

»Sie haben sie damals doch gekannt, oder?«

Er führte ihn drei Jahre zurück in die Vergangenheit, als Willa Torrance sich angeblich eine Kugel mitten in die Stirn geschossen hatte, eine Schlußfolgerung, die ihre Tochter zugunsten der Theorie zurückwies, Sheed habe sie erschossen und dann die Waffe in ihre leblose Hand gedrückt.

»Hören Sie«, sagte Sheed, »haben Sie was dagegen, wenn wir hier rausgehen? Ich kann es nicht ausstehen, in dieser Müllkippe eingesperrt zu sein.« Er warf die leere Bierdose auf den Unrat, der sich bereits angesammelt hatte, womit er zusätzlich zur Vermüllung des Wohnwagens beitrug, und ging dann sofort zur Tür im hinteren Teil, ohne eine Antwort abzuwarten. Nur mit Jeans und Schuhen bekleidet, noch immer mit nacktem Oberkörper, ging er hinaus. Warren folgte ihm.

Was zehn Minuten zuvor ein großes, blaues und weißes Zelt gewesen war, scheinbar inmitten eines unbefestigten Parkplatzes für Wohnwagen gelegen, der von einer Woche ausdörrenden Sonnenscheins festgebacken und verhärtet worden war; was um halb zwei scheinbar ein Autofriedhof gewesen war – keine Menschenseele in Sicht, kein Blatt bewegte sich an diesem windlosen, dampfenden Tag in Florida –; was gerade noch schlaftrunken und ruhig gewesen war, hatte sich nun in einen geschäftigen Jahrmarkt verwandelt. Warren nahm an, daß sie Siesta gehalten hatten, doch nun waren alle wach und auf den Beinen.

Als Sheed ihn zur anderen Seite des Geländes führte, auf der seine Katzen untergebracht waren, wimmelte es vor Künstlern in Trikots und Strumpfhosen, Jeans und Bikinis, Tops und Shorts, Trainingsanzügen und – zumindest in einem Fall – einem unglaublich zerfetzten Tutu. Wie ein Kind, das mit weit aufgerissenen Augen durch ein Zirkus-Wunderland ging, das man wie durch Zauberei seines leuchtenden Putzes entkleidet hatte, obwohl die Akrobaten in ihrer Probenkleidung trotzdem zu erkennen waren, folgte Warren dem Dompteur zu dem Zelt, ging an springenden Akrobaten und herumhuschenden Clowns vorbei, an Ballettänzerinnen, die mühsam Schritte übten, an Jongleuren, die Bälle und Keulen und brennende Fackeln warfen, an Männern und Frauen, die auf Wippen hochsprangen und auf leuchtenden Bällen rollten, an einem Dompteur, der ein halbes Dutzend kleine Hunde hektisch hin und her schickte, an einem anderen Dompteur, der mit wenig Erfolg versuchte, ein Pony über eine Hürde zu locken …

»Das Pferd macht's nicht«, erklärte Sheed. »Das gehört alles zur Vorstellung, bringt 'ne Million Lacher. Gehen wir durch das Zelt.«

... an einem Bauchredner, der mit einer Puppe arbeitete und in die Luft sprach und gleichzeitig ein Glas Wasser trank, alldieweil um sie herum in einem hektischen Chaos Akrobaten sprangen und hechteten und Purzelbäume schlugen und balancierten.

»Ist 'ne Abkürzung«, erklärte Sheed und schritt durch den breiten Eingang, dessen Krempen zurückgeschlagen und festgezurrt waren, in einen weiteren Bereich der hektischen Aktivität, diesmal einer auf mehreren Ebenen, wie ein dreidimensionales Schachbrett. Auf dem Boden, in einer der beiden Manegen, probte eine Frau, die ein halbes Dutzend reiterloser Pferde Schritt laufen ließ ...

»Ihre freilaufenden Pferde«, kommentierte Sheed. »Keine Reiter.«

... zuerst in einer Reihe, dann immer zwei zu zweit und schließlich zu dritt donnerten die prachtvollen Tiere durch den Ring, die Hufe flogen im Einklang, während die brünette Dompteuse in Jeans und Cowboystiefeln sie mit lockenden, ermunternden Worten führte. Im zweiten Ring drängte ein Dompteur – assistiert von einer großen Brünetten in Shorts und einem rosa T-Shirt – drei riesige Elefanten dazu, sich auf die Hinterbacken zu setzen und die Vorderbeine und Rüssel zu heben.

»Die Helferin ist seine Frau«, sagte Sheed.

Bei den beiden Manegen, aber außerhalb, kletterten junge Mädchen unaufhörlich Taue hinauf, und andere Akrobaten baumelten an Leitersprossen kopfüber hinab oder hingen in der Luft, einer sogar an einem Beißstück zwischen seinen Zähnen. Auf der zweiten Ebene, auf halber Höhe zwischen dem Boden und den Trapezen ganz oben, bewegte sich langsam, bedächtig und vorsichtig, aber auch sicher, eine Pyramide aus Seiltänzern über ein Stahlkabel, das sich auf etwa zehn Metern von einer Plattform zur anderen erstreckte. Die Basis des Dreiecks bildeten zwei Männer auf Fahrrädern, von denen jeder einen langen Balancestab hielt. Über ihnen hockte ein dritter Mann auf einer schmalen Planke, die an den Brustkörben der beiden Radfahrer befestigt war. Auch er hielt eine lange Stange. Auf *seinen* Schultern stand, bekleidet mit einem Trikot und Strumpfhosen, der typischen Trainingskleidung, ein langhaariger Rotschopf, die Hände wie ein großer Vogel im Flug zur Zeltspitze ausgebreitet.

»Die Familie Zwonkowa«, sagte Sheed. »Vom Moskauer Staatszirkus. Sie kannten Willa viel besser als ich.«

Hoch über dem Boden, noch höher als die Seiltänzer, probten die Trapezartisten. Warren mußte den Hals recken und die Blicke über die Spitze des Zelts streifen lassen, um beobachten zu können, wie eine blonde Frau in schwarzen Strumpfhosen und einem rosafarbenen Top sich auf ein leeres Trapez konzentrierte, das zu ihrer Plattform zurückschwang. Sie schätzte ihr Timing gegen das eines ebenso blonden Mannes ab, der kopfüber an einem weiteren schwingenden Trapez baumelte, und dann ging es los, sie schnappte sich die Stange und flog ins Nichts, zurück, wieder vorwärts, zurück, wieder vor, verschaffte sich das richtige Timing und ließ die Stange schließlich los, machte einen Salto, einen zweiten, und noch einen, griff nach den ausgestreckten Händen des Fängers – und verfehlte sie.

Während sie wie ein Stein in das Netz tief unter ihr fiel, zuckte Sheed mit den Achseln. »Sie probieren den großen Trick, den dreifachen. Marnie beherrscht ihn genausogut, wie sie ihren Namen schreiben kann, ihr Timing war bloß um ein Haar daneben.«

Die Blondine prallte mit ausgestreckten Armen vom Netz wieder ab, berührte es dann mit den Füßen, wurde erneut hinaufgeworfen, ging schnell zur Seite, ließ sich vom Netz auf den Boden gleiten und ging sofort wieder zu der Strickleiter, die auf ihre Plattform hinaufführte. Sie schaute zu dem blonden Mann hoch, der nun aufrecht auf seinem Trapez saß und etwas gelangweilt dreinschaute, rief: »Tut mir leid, Sam!« und kletterte hinauf.

Auf der anderen Seite des Zelts stimmte sich gerade eine achtköpfige Band ein. Alle Musiker trugen Jeans und T-Shirts.

Die Keyboardspielerin stimmte immer wieder ein erniedrigtes B für die Trompete, Tuba, Posaune und das Tenorsaxophon an. Der Flötist spielte sowohl Altflöte wie auch Klarinette; er stimmte zuerst die Klarinette auf das erniedrigte B ein, und dann spielte die Frau ihm dieselbe Note für die Altflöte. Die Bass- und Gitarrenspieler hielten sich in ihrer eigenen Welt auf und führten unablässig einen Saitendialog, während der Drummer halblaute und gedämpfte Wirbel schlug und versuchte, das ganze Universum zu übertönen. Als die Kapelle gerade eine fröhliche Marschmelodie anstimmte, gingen Sheed und Warren durch eine offene Zeltklappe in den strahlenden Sonnenschein hinaus. Obwohl erst der 28. März war, kam Warren sich vor wie am ersten Mai.

Die Großkatzen waren gerade gefüttert worden und lagen dösend in ihren Käfigen. Sheed ging von einem Käfig zum anderen, ließ die Hände beiläufig durch die Gitterstäbe gleiten, kratzte sanft die gewaltigen Köpfe von Tigern und Löwen, murmelte nacheinander ihre Namen, erklärte Warren, daß es keine *gezähmten* Tiere gab, diese Katzen seien lediglich *dressiert*.

»Ich halte sie aber für meine Freunde, stimmt doch, Simba?« fragte er, kratzte einen Löwen hinter dem linken Ohr, und das Tier leckte seine Hand. »Mit Löwen läßt sich leichter arbeiten als mit Tigern«, sagte er, »ja, Simba, ja, Löwen sind Herdentiere, sie ziehen in Gruppen umher. Ihre Tiger sind Einzeljäger, sie gehören nicht gern einem Rudel an. Sie treffen ihre eigenen Entscheidungen, lassen sich nichts anmerken, bevor sie einen anspringen, sehr gefährliche Tiere, ja, Simba, so ist brav. Aber die meisten meiner Narben habe ich von Leoparden, die sind schlimmer als Ihre Bären, mit denen arbeite ich nicht mehr.«

»Ihre Bären?« fragte Warren, das Possessivpronomen übernehmend.

»Nein, Ihre Leoparden«, sagte Sheed. »Auch Ihre Panther, was das betrifft. Schnell, unzuverlässig, weniger vorhersagbar als all Ihre anderen Katzen. Aber Ihre Bären stammen von einer völlig anderen Welt. ›Ein Bär hegt einen Groll‹, das ist ein alter Zirkusspruch. Man beleidigt einen Bär, behandelt ihn in irgendeiner Hinsicht schlecht, gibt ihm irgendeine Entschuldigung, sauer zu sein, und er *erinnert* sich daran, er wartet seine Zeit ab, bis er mit dem Betreffenden abrechnen kann. Man muß verrückt sein, mit einem Bären in den Ring zu steigen. Haben Sie je einen Zirkusbären ohne Maulkorb gesehen? Wissen Sie, wie ein Pitbull sich in ein Bein verbeißt? Oder eine Muräne um eine Hand zuschnappt, wenn man sie in ihr Versteck schiebt? Das ist Ihr Bär. Er läßt erst los, wenn er sie abgebissen hat. Nichts in den Augen, nichts auf dem Gesicht, nicht das geringste Zeichen, daß er angreifen wird, und *zack!*, fällt er über einen her und läßt nicht mehr los.«

Warren wollte über Willa Torrance sprechen.

»Was können Sie mir also über ihren Geisteszustand sagen?« wechselte er wieder gnadenlos und abrupt das Thema.

»Willa, meinen Sie?«

Nein, deine Bären und Tiger und Löwen, dachte Warren, sagte es aber nicht.

»Sie kam mir völlig in Ordnung vor«, sagte Sheed und zuckte mit den Achseln, »aber wer weiß schon, was im Kopf einer Frau vor sich geht, was? Sich einfach so erschießen? Das hätte ich nicht gedacht.«

»Damals hat sie nichts bedrückt? Sie hat keine Sorgen gehabt?«

»Nicht, daß ich wüßte. Da war natürlich die Sache mit Aggie, aber das war schon längst Schnee von gestern.«

»Aggie?«

»McCullough. Sams Mutter. Sie haben gerade gesehen, wie er Marnie da oben auffing. Die besten Hände in der Branche. Willas Mann ist mit ihr durchgebrannt. Das habe ich jedenfalls gehört. Ich war damals noch nicht bei S & R, ich habe erst später davon gehört.«

»Wissen Sie zufällig, wie er hieß?«

»Peter Torrance, ein Vierundzwanzig-Stunden-Mann oder so, ich weiß es wirklich nicht.«

»Aber Sie sagen, das war schon lange, bevor …«

»O ja, *Ewigkeiten* vorher. Aggie kam aber zum Zirkus zurück, und sie und Willa wurden gute Freundinnen. Sie hat ihr also nichts übelgenommen, es war nicht wie bei dem Bären, der einen Groll hegt.«

»Was ist aus Torrance geworden?«

»Ich habe keine Ahnung.«

Sie gingen jetzt zum Wohnwagen zurück. Alle, denen sie begegneten, schienen versessen darauf zu sein, Sheed zu grüßen, und waren geschmeichelt, wenn eine Berühmtheit seiner Statur mit einem Winken oder Lächeln reagierte. Hier hatte der Dompteur ein Heimspiel, hier schien er genauso selbstbewußt zu sein, wie er es in einem Käfig voller wilder Tiere war – Davey Sheed, in der Tat der König der Raubtiere.

»Wie gut haben Sie sie gekannt?« fragte Warren.

»Willa?« sagte er. »Oder Aggie?«

»Willa.«

»Ziemlich gut.«

»Wie gut ist das?«

»Finden Sie es doch heraus«, sagte Sheed und lächelte.

Sie hatten seinen Wohnwagen jetzt erreicht. Sheed ging die Stufen zur Tür hinauf. Soweit es ihn betraf, war die Fragestunde beendet.

»Wann haben Sie sie zum letztenmal gesehen?« fragte Warren.

»Warum?«

»Ich bin nur neugierig.«

»Wissen Sie, das hab' ich schon mal durchgemacht«, sagte Sheed und griff nach der Klinke. »Sie erzählen mir irgendeine Scheiße, jemand wolle ihr Testament anfechten, aber in Wirklichkeit sind Sie hier, um mich zu fragen, ob ich sie umgebracht habe, oder?«

»Haben Sie sie umgebracht?« fragte Warren.

»Klar. Genau das habe ich auch der Polizei in Rutherford erzählt. Ich habe Willa Torrance umgebracht, Jungs, also führt mich ab und sperrt mich ein. Jetzt hören Sie aber auf, ja? Sie hat sich vor drei Jahren erschossen. Wer, zum Teufel, würde denn jetzt noch ihr Testament anfechten? Sie und Ihr Kumpel sollten sich eine neue Geschichte ausdenken.«

»Mein *Kumpel* liegt im Krankenhaus«, sagte Warren.

»Ja, das ist sehr schlimm«, sagte Sheed. »Aber ich habe ihn nicht hineingebracht.«

»Was für einen Wagen fahren Sie, Mr. Sheed?«

»Einen gelben Cougar«, sagte Sheed und öffnete die Tür. Ein schwacher Geruch von Katzenpisse wehte in die stille, sonnenhelle Luft hinaus. »Schuster, bleib bei deinen Leisten«, fügte er hinzu, lächelte erneut und ging hinein.

Ein Cougar war ein Puma.

Detective Morris war erst an diesem Montag aus dem Urlaub zurückgekommen, und bei diesem und jenem, was zu erledigen war, hatte er erst um halb drei an diesem Nachmittag erfahren, daß Matthew Hope am Freitag abend angeschossen worden war und in kritischem Zustand im Krankenhaus Good Samaritan lag.

Er traf um drei Uhr dort ein. Patricia Demming war noch im Warteraum. Er kannte sie gut, hatte Dutzende von Fällen für sie bearbeitet, seit sie bei der hiesigen Staatsanwaltschaft war. Sie erläuterte ihm Matthews Zustand und erklärte ihm, daß er jetzt jeden Augenblick zu sich kommen müsse. Sie sah nicht allzu überzeugt aus. Sie schaute zur Uhr hoch, seufzte und fragte dann: »Welche Ihrer Leute bearbeiten den Fall?«

»Kenyon und Di Luca *haben* ihn bearbeitet«, sagte Bloom. »Ich habe ihn persönlich übernommen.«

»Gut«, sagte sie und nickte.

»Haben Sie eine Ahnung, was er in Newtown gemacht hat?«

Dieselbe Frage, immer und immer wieder. Was hatte er in Newtown gemacht, verdammt noch mal?

»Nein«, sagte sie. »Warren Chambers ist am Freitag abend hingefahren, hat die Nachbarschaft abgegrast ...«

»Hat es was gebracht?«

»Eine Nutte hat den Wagen des Schützen gesehen. Sie konnte ihm aber nur sagen, daß es ein schwarzer, zweitüriger Mazda war.«

»Kein Baujahr?«

»Wußte sie nicht.«

»Nummernschild?«

»Nicht drauf geachtet.«

»Hat sie den Schützen gesehen?«

»Nur eine Hand. In einem schwarzen Handschuh.«

»Ich rufe Warren an. Mal sehen, was er noch herausgefunden hat.«

»Toots arbeitet auch daran.«

»Könnte mir keine besseren Leute wünschen. Ich will nur nicht, daß wir doppelte Arbeit leisten, weil ...«

»Ja, Sie sollten mit ihm sprechen.«

Sie verstummte wieder.

Sie dachte daran, wie sie Matthew Hope zum erstenmal gesehen hatte ...

... eine Katze war plötzlich im strömenden Regen erschienen, ein flinkes, graues, ausgemergeltes Geschöpf, das wie einer der dürren Waschbären aussah, die es hier unten gab, war vom Bordstein und auf die Straße gesprungen. Sie hatte sofort auf die Bremse getreten, und der kleine rote Volkswagen, den sie damals gefahren hatte, war ins Schleudern geraten und gegen den linken hinteren Kotflügel eines glänzenden blauen Wagens geprallt, der am Straßenrand stand. »Ach, du meine Güte«, sagte sie, stieg aus dem Volkswagen aus und sah sich den zusammengedrückten Kotflügel an, als ein barfüßiger Mann in einem weißen Frotteebademantel aus dem Haus gestürmt kam, wie eine Furie durch den strömenden Regen rannte, die sie erwürgen wollte. Sie stand in ihrem kurzen roten Seidenkleid und den roten hochhackigen Pumps da, tropfnaß, während der Regen auf die Straße spritzte und überall um sie herum niederprasselte, und ihr langes blondes Haar wurde immer nasser und nasser, und angesichts seines monumentalen Zorns fiel ihr nur ein, »Es tut mir schrecklich leid!« zu sagen. »Ja, ja, es tut Ihnen leid«, sagte er.

Er war um die eins achtzig groß, wie sie feststellte, mit dunklem Haar, das jetzt an seinem Kopf klebte, und dunkelbraunen Augen, die vor Wut schwelten.

»Ich wollte die Katze nicht überfahren«, sagte sie.

»Welche Katze?« sagte er.

Und natürlich war die verdammte Katze schon längst weg, soviel zu ihrer Begründung.

»Sie rannte auf die Straße«, sagte sie lahm. »Ich trat auf die Bremse, und ... Es tut mir leid. Wirklich.«

Er erweckte nicht den Eindruck, als würde er etwas darum geben, ob es ihr leid tat oder nicht. Er starrte lediglich seinen teuren Wagen an, von dem sie vermutete, daß er nagelneu oder zumindest noch sehr neu war, während sie vom Kotflügel des Wagens – bei dem es sich, wie sie jetzt sah, um einen Acura handelte – zur Schnauze ihres niedrigen VW und dann zu der Schleuderspur auf dem nassen Asphalt schaute. Aus der Spur konnte man klar erkennen, welchen Weg ihr kleiner Wagen genommen hatte, bevor er diesen Schaden angerichtet hatte. Schuldig im Sinne der Anklage, Euer Ehren. Sie schüttelte den Kopf, als könne sie es noch immer nicht fassen, aber er kaufte ihr ihre Unschuld und Arglosigkeit nicht ab, er war stinksauer, auch wenn er dabei irgendwie nett wirkte.

»Ich bin Anwältin«, sagte sie sofort, um ganz schnell etwas Eindruck zu schinden, bevor er ...

»Ich bin auch Anwalt«, sagte er.

So hatte es angefangen.

»Nachdem Matthew am letzten Montag mit Sheed gesprochen hatte, fuhr er sofort zu Sun and Shore hinüber.«

»Hast du das von Sheed?« fragte Toots.

»Von Steadman. Sheed wollte mir nicht mal die Uhrzeit sagen.«

»Wie heißt der Bursche da drüben? Bei Sun and Shore.«

»Lonnie McGovern.«

»Bin schon unterwegs«, sagte Toots. »Wo wirst du sein?«

»Im Krankenhaus. Mal sehen, was Matthew bei sich hatte, als er eingeliefert wurde.«

»Und dann?«

»Kommt darauf an, was ich rausfinde. Übrigens, Sheed fährt einen gelben Cougar.«

»Maria fährt einen roten Benz.«

»Damit wäre das auch klar.«

»Ich rufe dich später zu Hause an.«

»In Ordnung«, sagte Warren und legte auf.

Der Mann von Florida Sun and Shore stand auf Blondinen.

Er erzählte Toots Kiley fast sofort, daß seine Frau und seine drei Töchter blond waren und er sein Leben lang Blondinen bevorzugt hatte – obwohl er selbst unglücklicherweise braunes Haar hatte, wie man klar und deutlich sah.

Schütteres braunes Haar, stellte Toots fest, sagte es aber nicht.

»Es ist immer ein Vergnügen, mit einer Blondine zu sprechen«, sagte er und lächelte breit.

Außer dem sich lichtenden braunen Haar hatte er leider auch noch wässrige blaue Augen, einen dünnlippigen Mund und eine Nase wie aus dem Katalog einer Firma, die lustige Nasen mit schwarz umrandeten Brillen und zottigen schwarzen Schnurrbärten verkaufte. Zufällig trug er eine schwarz umrandete Brille und einen zottigen schwarzen Schnurrbart. Sein Name war Lonnie McGovern, und er erzählte Toots, daß er nicht nur Blondinen zu schätzen wußte, sondern auch die Stadt Cincinnati in Ohio, aus der er ursprünglich stammte.

»Die Frau und ich sind vor sechs Jahren mit den Kindern hierhergezogen«, sagte er und betrachtete bewundernd ihre Beine, dann ihre Brüste und schließlich das blonde Haar, das ihm so gefiel. Toots fragte sich, wie er darauf kam, ein Recht dazu zu haben, sagte aber nichts. Sie war hier, um herauszufinden, worüber McGovern und Matthew während ihres Treffens am vergangenen Montag gesprochen hatten.

»Sie haben mir am Telefon gesagt«, sagte McGovern, »daß Sie in dieser Schießerei …«

»Ja …«

»… ermitteln …«

»Ja, die vom Freitag abend«, sagte Toots.

»Ja, aber ich verstehe nicht, was das mit Sun and Shore zu tun hat. Oder mit mir.«

»Wir vollziehen seine Schritte nach«, sagte Toots.

»Verzeihung?«

»Wir versuchen herauszufinden, ob irgend etwas, das er getan oder gesagt hat, die Schüsse vielleicht provoziert hat.«

»Na ja, ich kann Ihnen versichern«, sagte McGovern, und seine buschigen Brauen hoben sich zu seinem zurückweichenden Haaransatz, »daß nichts, was in diesem Büro gesagt wurde, auch nur *im entferntesten* …«

»Vielleicht können Sie mir einfach sagen, *was* gesagt wurde«, schlug Toots vor. »Dann kann ich das selbst beurteilen.«

McGovern schien Blondinen plötzlich nicht mehr so sehr zu schätzen, wie es gerade eben noch der Fall gewesen war. Es war ja gut und schön, wenn sie mit ihrem hübschen kleinen Arsch in dem Lederstuhl gegenüber von seinem Schreibtisch saß, die prächtigen Beine übereinandergeschlagen, das blonde Haar, das er soeben noch so gewürdigt hatte, bis auf die Schulter fallend, ein Gegenstand, den man bewundern und dem man vielleicht sogar schöne Augen machen konnte – bis man eben in diese Augen sah. Sie waren braun und unnachgiebig. Die Augen paßten zu dem Mund, der kein Lächeln zeigte und McGovern wissen ließ, daß es sich hier um ein ernstes Gespräch handelte, wie blond Toots auch sein mochte, wie sehr McGovern auch auf Blondinen stehen mochte. Bis jetzt auf jeden Fall. Nun betrachtete er sie über den Schreibtisch hinweg und fragte sich, wie dieses weiche blonde Haar sich so plötzlich in einen polierten goldenen Helm hatte verwandeln können.

Frauen, dachte er, seufzte schwer und sagte: »Mr. Hope ist mit einem Angebot zu mir gekommen. Im Namen vom Zirkus Steadman and Roeger.«

»Könnten Sie mir sagen …«

»Ich sehe mich außerstande, die Bedingungen des Angebots offenzulegen.«

»Ich weiß bereits, daß Mr. Steadman das staatliche Kirmesgelände kaufen wollte.«

»Woher wissen Sie das?«

»Maria Torrance hat es mir gesagt. Sie ist Miteigentümerin des Zirkus und weiß genau …«

»Dann fragen Sie *sie*, wie das Angebot aussah.«

»Mich interessiert wirklich nicht die Summe, Mr. McGovern.«

»Mr. Hope ist mit einem Angebot zu mir gekommen«, wiederholte McGovern. »Mehr kann ich zu diesem Zeitpunkt wirklich nicht verraten.«

»Wann werden Sie mir denn mehr verraten können?« fragte Toots.

»Es tut mir leid, Miss Kiley, aber Sie verstehen sicher, daß die finanziellen Angelegenheiten, die wir in diesem Büro besprochen haben …«

»Ich bitte Sie nicht, mir zu verraten, wieviel *Geld* für das Land geboten wurde«, sagte Toots. »Ich möchte herausfinden, ob Mr. Hope von dem Grundstück einmal abgesehen auf einen anderen Punkt zu sprechen gekommen ist.«

»Zum Beispiel?«

»Zum Beispiel, ob jemand oder etwas den Kauf verhindern will.«

»Er hat keinerlei Hindernisse erwähnt. Ich verstehe auch nicht, wieso er das hätte tun sollen. Wenn er ein Grundstück erwerben will, wird er den Verkäufer bestimmt nicht auf etwaige Hindernisse hinweisen …«

»Hat der Verkäufer *ihn* auf solche Hindernisse hingewiesen?«

McGovern sah sie weiterhin an.

»Mr. McGovern«, sagte sie, »haben Sie mit Mr. Hope über irgendwelche Hindernisse gesprochen, die dem Erwerb dieses Grundstücks im Wege stehen könnten?«

»Ja«, sagte McGovern. »In der Tat ...«

... kam das Problem kurz nach Matthews Eintreffen zur Sprache. Am Telefon hatte er McGovern nur gesagt, daß er für eine Gesellschaft tätig war, die am Erwerb der dreißig Morgen Land interessiert sei, das im allgemeinen als staatliches Kirmesgelände bekannt sei. Er hatte herausgefunden, daß Florida Sun and Shore ...

»Ja«, hatte McGovern gesagt.

»... den oder die Besitzer dieses Grundstücks repräsentiert, und ich würde irgendwann am Montag nachmittag gern vorbeikommen ...«

»Am Montag habe ich nur noch um sechzehn Uhr einen Termin frei«, sagte McGovern.

»Also um sechzehn Uhr«, sagte Matthew.

Zehn Minuten nach Matthews Eintreffen erklärte McGovern ihm, daß der Rechtsanspruch nicht ganz geklärt war. Der Besitzer des Geländes, ein Investor aus Florida, der Grundstücksspekulationen betrieb ...

»Wie heißt er?« fragte Matthew.

McGovern zögerte einen Augenblick lang und überlegte, ob er den Namen der Partei, die seine Firma repräsentierte, verraten durfte. Anscheinend hatte er keine gegenteiligen Anweisungen bekommen. Er nahm seine schwarz umrandete Brille ab ... Matthew rechnete halbwegs damit, daß die Nase und der Schnurrbart ebenfalls abgehen würden.

... putzte die Gläser mit seiner Krawatte, setzte die Brille wieder auf, sagte »John Rafferty« und hob voller Erwartung die buschigen Brauen, als rechnete er damit, daß Matthew den Namen kannte. Matthew kannte ihn nicht.

»Vor fünfzehn Monaten«, sagte McGovern, »hat Rafferty sich bei einem Tennisklub übernommen, den er in Lauderdale baute. Er wandte sich an einen Freund hier in Calusa, um sich zwei Millionen Dollar zu borgen ...«

Matthew hatte keine Freunde, die ihm zwei Millionen Dollar leihen konnten. Er sagte nichts.

»Ein sehr erfolgreicher Geschäftsmann hier unten«, erklärte McGovern, »wenn ich Ihnen den Namen sagte, wüßten Sie sofort Bescheid.«

»Warum sagen Sie ihn mir dann nicht?« fragte Matthew und lächelte ermutigend.

Erneut schien McGovern darüber nachzudenken, ob er diese Informationen preisgeben durfte oder nicht. Offensichtlich kam er erneut zum Schluß, daß damit keine Gefahr verbunden war. »Andrew Byrd«, sagte er. »Ihm gehören die Hälfte des Geländes auf Lucy's Circle und mehrere Morgen Land in der Nähe des Flughafens.«

Matthew nickte. Er hatte Byrds Namen zwar nicht sofort erkannt und nicht sofort Bescheid gewußt, aber Lucy's Circle war eine künstliche Insel, die als luxuriöses Sprungbrett zwischen dem Festland und zwei bevorzugten Inselgemeinden diente. Wenn Calusa sich eines wirklich exklusiven Einkaufszentrums rühmen konnte, dann Lucy's Circle. Matthew hörte auch weiterhin genau zu.

Anscheinend hatte Rafferty Byrd um ein Darlehen über zwei Millionen Dollar gebeten und versprochen, dafür die gesetzliche Zinshöchstrate von fünfundzwanzig Prozent jährlich zu zahlen. Byrd hatte dies für ein gutes Geschäft gehalten. Er hatte mit Rafferty schon öfter Geschäfte gemacht, und der Mann hatte seine Schulden stets auf Heller und Pfennig zurückgezahlt. Doch als Sicherheit für das Darlehen hatte er Rafferty um eine Hypothek ersten Ranges auf das Grundstück von dreißig Morgen gebeten …

»… das Land an der Barrington und Welles, das sogenannte staatliche Kirmesgelände«, sagte McGovern.

Matthew war ihm bereits einen Schritt voraus. Rafferty war mit der Rückzahlung zweifellos in Verzug geraten, und Byrd hatte eine Zwangsversteigerung beantragt. Da ›der Rechtsanspruch nicht ganz geklärt‹ war, wie McGovern ihm gerade mitgeteilt hatte, vermutete Matthew, daß noch kein Urteil erlassen, aber ein Prozeß eingeleitet worden war. Ansonsten hätte McGovern nicht von ungeklärten Verhältnissen, sondern von einem Pfandrecht auf den Besitz gesprochen. Kurz und knapp, McGovern warnte ihn, daß …

»… das Grundstück mit einer Hypothek ersten Ranges belastet ist und diese Hypothek befriedigt werden muß, bevor das Land verkauft werden kann.«

»Eine bereits bestehende Hypothek fällt nicht unter die Verantwortung des Käufers«, sagte Matthew.

»Das ist richtig. Mr. Rafferty müßte die Hypothek ablösen.«

»Über zwei Millionen Dollar, sagen Sie.«

»Ja. Plus fünfundzwanzig Prozent Zinsen für die fünfzehn Monate, die die Hypothek schon besteht. Sowie einen vernünftigen Profit für seine Investition.«

»Ich bin ermächtigt, zwei Millionen Dollar für das Grundstück anzubieten«, sagte Matthew.

»Das würde nicht mal die Hypothek decken«, sagte McGovern.

»Werden Sie Mr. Rafferty das Angebot unterbreiten?«

»Ich weiß, daß er solch ein Angebot ablehnen wird.«

»Ich wüßte nicht, warum. Land in diesem Teil der Gemeinde ist nur hunderttausend pro Morgen wert.«

»Doch wohl eher *zwei*hunderttausend«, sagte McGovern.

»Sechs Millionen wären ein ungeheuerlicher Preis für dieses Grundstück.«

»Mr. Rafferty hat bereits Angebote über vier Millionen abgelehnt.«

»Was hat Mr. *Byrd* denn davon gehalten?«

»Mr. Byrd kann noch kein Gerichtsurteil vorweisen. Und Sie haben nicht mal ein annähernd akzeptables Angebot vorgelegt.«

»Was wäre denn akzeptabel?« fragte Matthew.

»Byrd will seine zwei Millionen plus Zinsen sowie die bisherigen Anwaltskosten herausbekommen. Und, wie ich schon sagte, einen vernünftigen Profit machen. Würden Sie in diesem Augenblick ein akzeptables Angebot machen – und ehrlich gesagt, Mr. Hope, zwei Millionen sind lächerlich – würden wir trotzdem erst in … ja, wann … in einem Monat abschließen können. Oder noch später. Sagen wir der Bequemlichkeit halber, wir würden am 1. Mai abschließen. Bis dahin würden die Zinsen sich bei sechzehn Monaten und knapp über vierzigtausend pro Monat, über den Daumen gerechnet, auf insgesamt sechshundertsechsundsechzigtausend Dollar plus ein paar Gequetschte *zuzüglich* der Anwaltskosten belaufen – und wir beide wissen ja, was Anwälte heutzutage kosten, nicht wahr? Nehmen wir noch eine Sicherheit für die Bürgschaft über die zwei Millionen zu sechs Prozent hinzu, befinden wir uns irgendwo knapp bei vier Millionen.«

»Ich würde sagen, irgendwo bei gut *drei* Millionen«, erwiderte Matthew. »Was würde Mr. Rafferty denn von einer vollen Barzahlung ohne Hypothek halten?«

McGovern sah ihn an.

»Angenommen, Ihr Klient sackt eine halbe Million ein, und Byrd bekommt den Rest«, sagte Matthew. »Beide würden einen endlosen Prozeß vermeiden und viel Zeit und Geld dabei sparen, und …«

»Ich repräsentiere Mr. Byrd nicht«, sagte McGovern.

»Na ja, was würde Mr. *Rafferty* denn davon halten, eine halbe Million einzustreichen? Wenn Byrd den Prozeß gewinnt und es zu einem Zwangsverkauf kommt, geht Ihr Klient vielleicht völlig leer aus.«

»Hmm«, machte McGovern.

»Was meinen Sie?«

»Ich müßte ihn fragen.«

»Würden Sie das bitte tun? Und wenn Sie mir sagen, wo ich Mr. Byrd erreichen kann, werde ich persönlich mit ihm Kontakt aufnehmen.«

»Sein Büro ist in Newtown«, sagte McGovern.

Das Licht des späten Nachmittags fiel durch die Fenster hinter McGovern. Toots blinzelte.

»Newtown?« fragte sie.

»Andrew Byrd ist schwarz«, sagte McGovern.

Der alte Drache von Krankenschwester, der den Lagerraum des Krankenhauses unter sich hatte, trug einen weißen Kittel wie alle anderen Schwestern auch, und auf ihrem kleinen Plastik-Namensschild stand DOROTHY PIERCE, E. K., also eine examinierte Krankenschwester, doch Warren fragte sich, warum sie eine qualifizierte Kraft in einer Abteilung verschwendeten, in der die persönlichen Besitztümer der Patienten aufbewahrt wurden. Das ging irgendwie über seinen Horizont.

Er hatte sich beim Empfang nach Matthews Zustand erkundigt und war dann mit dem Fahrstuhl in die Tiefen des Krankenhauses gefahren, in denen Dorothy Pierce, E. K., mit eisernem Besen herrschte. Dorothy Pierce, E. K., erklärte Warren Chambers gerade, daß er sich Matthew Hopes Terminkalender *nicht* ansehen durfte. »Warum nicht?« fragte er. »Sie haben mir doch gerade gesagt, daß er ihn bei der Einlieferung dabeihatte.«

»Genau«, sagte sie. »*Er* hatte ihn dabei.«

»Was?« sagte Warren.

»Damit ist er sein *persönliches* Eigentum«, sagte sie.

»Ich will ihn mir doch nur *ansehen*«, sagte Warren.

»Zu welchem Zweck?«

»Um mir seine Termine abzuschreiben und ...«

»Das wäre eine Verletzung der Rechte des Patienten.«

»Sie haben mich nicht aussprechen lassen.«

»Ich habe genug gehört, um zu wissen, was ...«

»Aber sie wissen doch gar nicht genau, was ich abschreiben will.«

»Was wollen Sie denn abschreiben?«

»Seine Termine der letzten Woche.«

»Das wäre ein Verstoß gegen die Vorschriften«, sagte sie. »Ich will nicht mal etwas davon *hören*.«

»Miss Pierce ...«

»*Mrs.* Pierce.«

»Mrs. Pierce, ein sehr guter Freund von mir ist sehr schwer verletzt worden, und ich versuche herauszufinden, ob er letzte Woche etwas getan hat, das dazu geführt haben kann, daß Schüsse auf ihn abgegeben worden sind. Wenn Sie mir seinen Terminkalender nicht geben ...«

»Das werde ich nicht tun.«

»Dann werde ich seinen Partner in der Kanzlei bitten, mir einen Gerichtsbeschluß zu besorgen ...«

»Jetzt machen Sie mir aber angst, Jungchen«, sagte sie.

»Entweder seinen Partner oder einen von einem Dutzend Detectives bei der Polizei, die ich zufällig kenne.«

»Wen denn, zum Beispiel?« sagte Mrs. Pierce.

»Zum Beispiel mich«, sagte Morris Bloom auf der Türschwelle hinter ihr.

Matthews Terminkalender war ein schönes, in braunes Leder gebundenes Ringbuch, das er in einem der Läden auf Lucy's Circle gekauft hatte. Es war aufgeklappt etwa zehn Zentimeter breit und sechzehn Zentimeter lang, und das Kalendarium teilte jede Woche praktisch in zwei Hälften, die vier Tage von Montag bis Donnerstag auf der linken Seite der Ringheftung, die restlichen drei Tage auf der rechten. Warren kopierte diese Seiten auf einem Gerät im Schreibbüro des Krankenhauses, wo die Einwände eines zweiten Drachen von Krankenschwester schnell verstummten, als Bloom ihm seine Dienstmarke zeigte.

In dem ersten linierten Abschnitt, den für Montag, den 21. März, hatte Matthew die Worte *Felicity Codlow, FSU anrufen* geschrieben. Mehrere Zeilen darunter stand *Zirkus 14.00 Uhr* und unmittelbar darunter *Lonnie McGovern, Sun & Shore, 16.00 Uhr*. Als Warren die Einträge nun betrachtete, vermutete er, daß Matthew die Erinnerung an das Telefonat geschrieben hatte, *nachdem* er am Sonntag mit Maria Torrance gesprochen hatte, aber *bevor* er am Montag zum Zirkus gefahren war.

Warren hatte keine Ahnung, wer Felicity Codlow war, aber er wußte, daß FSU für Florida State University stand, und er wußte auch, daß es eine Zweigstelle der Universität in Sarasota gab, ganz in der Nähe vom neuen Drei-Städte-Flughafen Calbrasa.

Nachdem Bloom mit Matthews Terminkalender in der Hand in sein Büro zurückgefahren war, schlug Warren um zwanzig nach sechs an diesem Abend im Telefonbuch von Sarasota/Bradenton/Calusa die Nummer der FSU nach, und bat die Dame, die seinen Anruf entgegennahm, ihn bitte mit Miss Codlow zu verbinden.

»*Mrs.* Codlow, ja«, sagte sie, »einen Augenblick bitte.«

Warren wartete.

»Geschichte«, sagte eine Frauenstimme.

»Ja, hallo«, sagte Warren. »Ich möchte bitte mit Mrs. Codlow sprechen.«

»Wer spricht dort, bitte?«

»Warren Chambers.«

»Darf ich ihr sagen, worum es geht, Sir?«

Das *Sir* besänftigte Warren nicht; er konnte es nicht ausstehen, wenn man so mit ihm verfuhr. Arzthelferinnen hatten diese Unsitte perfektioniert. Man rief in einer Praxis an, weil man mit dem *Arzt* sprechen wollte und nicht mit einer wichtigtuerischen Helferin, die unbedingt wissen wollte, worum es ging.

In solchen Fällen war Warren versucht, einfach zu sagen: »Mein Penis tropft.«

»Es ist eine persönliche Angelegenheit«, sagte er.

»Einen Augenblick.«

Er wartete erneut.

»Stuart England«, sagte eine geschäftsmäßige Stimme.

»Ich wollte mit Mrs. Codlow sprechen«, sagte Warren.

»Sie sprechen mit ihr.«

Er wußte genau, daß sie sich mit Stuart England gemeldet hatte, ging aber nicht darauf ein. »Hier spricht Warren Chambers«, sagte er. »Ich bin Ermittler, der für Matthew Hope arbeitet …«

»Ja, mein Gott, wie geht es ihm? Ich habe es neulich in den

Abendnachrichten im Fernsehen gesehen, Gott im Himmel, was ist passiert?«

»Nun, wie Sie wissen …«

»Ich habe erst am letzten Montag mit ihm gesprochen. Was …?«

»Deshalb rufe ich ja an …«

»… kann ihn nur dazu gebracht haben, zu dieser Tageszeit nach *Newtown* zu fahren?«

»Ich weiß, daß er Sie anrufen wollte …«

»Ja, das hat er getan.«

»Worum ging es, Mrs. Codlow?«

»Nun ja, er weiß, daß ich englische Geschichte lehre … Mein Mann und ich kennen ihn nämlich privat, ihn und auch Susan, kannten wir schon, bevor sie geschieden wurden. Ich vermute, er ging davon aus, daß ich einiges über Schmachtlocken weiß.«

»Verzeihung, einiges über …?«

»Schmachtlocken.«

»Was … Es tut mir leid, Mrs. Codlow, aber ich weiß nicht, was das bedeutet, Schmachtlocken.«

»Schmachtlocken waren eine Männermode des siebzehnten Jahrhunderts. Eine ganz bestimmte Frisur.«

»Eine Frisur?«

»Ja. Die Mode wurde in England populär, als James I. … Ich habe nämlich einen Lehrstuhl für das England der Stuarts …«

»Ich verstehe.«

»1603 bis 1700.«

»Ich verstehe.«

»James I. ließ auf seiner linken Kopfseite eine Locke viel länger als sein übriges Haar wachsen. Sie wurde Liebes- oder Schmachtlocke genannt. Sie wurde vom Nacken nach vorn gekämmt und hing normalerweise lässig über die Vorderseite der Schulter. Einige Männer schmückten sie mit einem zu einer Schleife gebundenen Band. Das wurde zur ganz großen Mode.«

»Ich verstehe. Und … Matthew hat angerufen, um sich nach dieser … äh …«

»Schmachtlocke, ja. Der puritanische Schriftsteller William Prynne schrieb eine lange Abhandlung über den Stil. Er nannte sie ›Das Geschmeiße der Schmachtelocken‹. Das wurde damals, 1628, noch mit ›e‹ geschrieben. Möchten Sie gern hören, was er geschrieben hat?«

»Äh … nun ja … ja«, sagte Warren.

»Er schrieb, und ich zitiere wörtlich: ›Unendlich und mannigfaltiglich sind die sündig seltsamen und monströsen Eitelkeiten, die dieses unser unbeständiges, eingebildetes, phantastisches, müßiges, stolzes, verweichlichtes und ausgelassenes Zeitalter ausgebrütet und in allen Ecken und Enden der Welt hervorgebracht hat …‹«

»Ja, aber was hat er *tatsächlich* davon gehalten?« sagte Warren.

»In der Tat«, sagte Mrs. Codlow und trällerte ein erfreutes Jungmädchenlachen. »Er fuhr fort: ›Ich habe mich entschlossen, für den Augenblick eine einzige sündige, schändliche und ungeziemende Eitelkeit auszuwählen, mit der ich mich befassen will, die in letzter Zeit viele verweichlichte, lockere, zügellose, sonderbare und eitelsüchtige Personen unseres maskulinen und edleren Geschlechts befallen hat; nämlich das Hegen, Pflegen und Tragen unnatürlich schändlicher und geschmeißiger Schmachtelocken, oder Liebeslocken, wie sie sie bezeichnen. Diese Schmachtelocken wurden vom Teufel selbst auf die Welt gebracht!‹ Auf diese Art und Weise zieht er auf insgesamt *dreiundsechzig* Seiten über die Schmachtlocke her, oder die Lovelock, wie sie ursprünglich hieß, und zwar auf eine Art und Weise, die jeder Vernunft oder Logik spottet. In der Tat, das *edlere* Geschlecht!«

»Hat Matthew gesagt, *weshalb* er etwas über eine Haarmode in Erfahrung bringen wollte?«

»Nun ja, anscheinend hatte er schon ein paar Hausaufgaben gemacht.«

»Was für Hausaufgaben?«

»Ich vermute, er ist in die Bibliothek gefahren. Er hat mir erklärt, er wisse bereits, daß Lovelock, so der Originalbegriff, wie ich bereits sagte, eine Stadt in Nevada ist, und daß Lovelock auch der Name eines olympischen Leichtathletik-Stars war, der mit neununddreißig Jahren ums Leben kam, als er …«

»Ums Leben kam?« sagte Warren sofort.

»Ja, als er in Brooklyn unter die U-Bahn kam. Das war 1949. Sein voller Name war Dr. John E. Lovelock …«

»Ach so«, sagte Warren.

»Pardon?«

»Er wollte herausfinden, was es mit ihrem Mittelnamen auf sich hatte.«

»Es tut mir leid, was …?«

»Er wollte etwas über ihren zweiten Vornamen in Erfahrung bringen. Lovelock. Das ist der Mittelname einer bestimmten Person.«

»Ach ja?« sagte Mrs. Codlow.

»Ja. Eine Frau, mit der er am Tag zuvor gesprochen hat.«

»Ich verstehe«, sagte sie, aber ihr Tonfall deutete an, daß sie Warren nicht ganz folgen konnte. »Auf jeden Fall hat er *mich* angerufen, weil er auch einen Verweis auf die *Lovelock* oder Schmachtlocke als *Mode* gefunden hat, und er wollte mehr darüber erfahren. Ihm fiel ein, daß ich englische Geschichte lehre …«

»Ja.«

»Und er dachte, ich wüßte vielleicht etwas über diese Mode.«

»Was auch der Fall war.«

»Ja. Die Geschichte hat nämlich auch ihre amüsanten Streiflichter. Außerdem war König James' Zwist mit den Puritanern von gewaltiger historischer Bedeutung.«

»Sie haben Matthew also gesagt …«

»Ich hatte keine Ahnung, daß er einem Namen auf der Spur war.«

»Ja, ich verstehe.«

»Ich habe ihm einfach erklärt, was eine Schmachtlocke ist.«
»Sie haben ihm gesagt …«
»Eine Art Locke. Ein Zopf aus langem, gelocktem Haar.«
»Eine Locke«, wiederholte Warren.
»Ja. Ganz einfach eine Locke.«

Kapitel 3

... mitten auf der Stirn.

Bloom war Matthew Hope zum erstenmal hier in diesem Büro im zweiten Stock des Gebäudes begegnet, das die Stadt Calusa diskret und euphemistisch Öffentliche Sicherheitsverwahrung nannte. Aber dabei handelte es sich lediglich um ein stinknormales Polizeirevier, um eine Wache aus Ziegelsteinen in unterschiedlichen Brauntönen, dessen architektonisch strenge Fassade lediglich von schmalen Fenstern aufgelockert wurde, die an Schießscharten in einer Festungsmauer erinnerten – keine schlechte Neuerung in einem Klima wie dem von Florida.

Man betrat das Gebäude durch bronzene Türen und fuhr zum Empfangsraum im zweiten Stock hinauf, in dem sich ein gelber Fahrstuhl wie ein übergroßes Periskop aus dem Boden erhob. Man teilte der uniformierten Polizistin mit, die an einem Schreibtisch vor der getäfelten Wand saß, daß man mit Detective Morris Bloom sprechen wollte, und sie rief ihn über das gerade installierte ›Kommunikationszentrum‹ auf ihrem Schreibtisch an und erklärte einem dann, daß man zum Büro am anderen Ende des Korridors gehen mußte, und da saß Bloom dann, ein schwergewichtiger Mann Mitte Vierzig, eins achtzig und ein paar Gequetschte groß. Nach seinem jüngsten Urlaub im Norden wog er an die zwei Zentner.

An dem Tag, an dem er Matthew kennengelernt hatte, hatte Bloom, wenn er sich recht entsann, so ziemlich das gleiche getragen, was er an diesem Tag trug, einen zerknitterten blauen Anzug, ein zerknittertes weißes Oberhemd und eine blaue Krawatte. Die Eleganz in Person, aber so sah er nun mal aus, ob es einem paßte oder nicht, wenn er im Anzug geschlafen hatte, wie es in der vergangenen Nacht der Fall gewesen war. Er war heutzutage wahrscheinlich ein paar Pfund schwerer als damals, aber das Fuchsgesicht war noch dasselbe, und auch die Nase, die ein paarmal unsanft Bekanntschaft mit dem harten Straßenpflaster geschlossen hatte, und die zottigen schwarzen Brauen und die dunkelbraunen Augen, die ihn aussehen ließen, als wolle er jeden Augenblick losheulen, auch wenn er nicht besonders traurig war – eine üble Schwäche bei einem Polizisten.

An diesem Dienstag morgen war er allerdings besonders traurig, weil er gerade im Krankenhaus angerufen und erfahren hatte, daß Matthew Hopes Zustand ›stabil, aber kritisch‹ war, was auch immer das zu bedeuten hatte. Nun saß er hier und wartete auf einen Mann namens Andrew Byrd, schaute zur Uhr hinauf – Byrd müßte eigentlich in fünf Minuten hier antanzen – und dachte unwillkürlich an die ersten beiden Sätze, die Matthew je zu ihm gesagt hatte: »Ich bin Anwalt. Ich kenne meine Rechte.«

Bloom kannte viele Klugscheißer von Taugenichtsen, die *ebenfalls* ihre Rechte kannten, und so schindete es keinen besonders großen Eindruck bei ihm, daß dieser Mann, dem seine Rechte ebenfalls geläufig waren, Anwalt war. Ob nun Anwalt oder nicht, in der Nacht, bevor Bloom ihn zum erstenmal erblickt hatte, hatte Matthew Hope mit einer Frau geschlafen, die kurz darauf totgeschlagen worden war.

»Nun ja, Mr. Hope«, hatte Bloom gesagt, »wie ich es sehe, habe ich Sie rein formal in Gewahrsam genommen und bin *verpflichtet*, Sie über Ihre Rechte zu belehren. Ich bin jetzt seit fast fünfundzwanzig Jahren Polizist, und nichts wurmt mich mehr, als ständig Miranda-Escobedo erklären zu müssen. Aber wenn ich über Verhöre eins gelernt habe, dann, daß es besser ist, auf Nummer Sicher zu gehen, als es später zu bereuen. Wenn Sie also nichts dagegen haben, spule ich den Spruch eben ab, und dann haben wir es hinter uns gebracht.«

»Wenn Sie sich dann besser fühlen«, sagte Matthew.

»Ich fühle mich niemals sehr gut, wenn ich einen Mord untersuchen muß, Mr. Hope, aber zumindest machen wir damit einen Anfang und verfahren genauso, wie das Oberste Bundesgericht es vorschreibt. Einverstanden?«

»Na schön«, sagte Matthew.

Eingebildetes Arschloch, hatte Bloom gedacht.

Aber irgendwann während des Verhörs hatte er seine Meinung geändert. Und schließlich hatte er gefragt: »Und Sie behaupten also, sie hat noch gelebt, als Sie gingen?«

»Sie war noch sehr lebendig«, sagte Matthew.

»Vielleicht war sie das wirklich«, sagte Bloom und nickte.

Matthew betrachtete ihn.

»Mr. Hope«, sagte er, »in diesem Beruf entwickelt man, was Ernest Hemingway einen eingebauten Scheißedetektor genannt hat. Sie kennen Ernest Hemingway? Den Schriftsteller?«

»Ich bin mit ihm vertraut.«

»Man spürt irgendwann, ob jemand die Wahrheit sagt oder lügt. Ich bin überzeugt, in Ihrer Branche ist es genauso. Ich glaube, Sie sagen mir die Wahrheit.«

Matthew betrachtete ihn noch immer.

»Verklagen Sie mich, wenn ich mich irren sollte.«

Er hatte sich nicht geirrt.

Der Summer auf seinem Schreibtisch brummte.

Er hob ab.

»Die Ballistik auf Leitung sechs«, sagte eine Frauenstimme.

»Danke, Lois«, sagte er, drückte auf den sechsten Knopf und sagte: »Bloom.«

»Maury, hier ist Ed Raines, wie geht's so?«

»Danke, Ed, was hast du?«

»Kommt drauf an, was du bereits weißt«, sagte Raines. »Wie ich es sehe, haben deine Leute am Tatort die Kugeln bereits als Zweiundzwanziger erkannt, was völlig richtig ist. Drei Kugeln aus einer Zweiundzwanziger mit langem Lauf, zwei arg deformiert, die dritte sauber wie Neuschnee. Keine Patronenhülsen gefunden, stimmt doch, oder?«

»Genau.«

»Was zu dem paßt, was wir hier rausgefunden haben.«

Was bedeutete, Raines wußte, daß es sich nicht um eine automatische Waffe handelte. Wenn man eine automatische

Waffe abfeuert, stößt sie dabei eine leere Patronenhülse aus. da der Schütze selten die Zeit oder Absicht hat, hinter sich aufzuräumen, werden diese Hülsen normalerweise am Tatort gefunden. Doch wenn ein Revolver abgefeuert wird, bleibt die leere Patronenhülse in der Trommel. Bloom wußte, daß die Leute in der Ballistik eine unbekannte Feuerwaffe entweder anhand einer Kugel *oder* anhand einer Hülse identifizieren konnten. *Wie* sie das machten, war eine ganz andere Sache.

Genau, wie Anwälte und Ärzte Geheimsprachen erfunden hatten, die nur sie verstanden, wodurch es möglich wurde, exorbitante Gebühren für eine im Grunde simple Übersetzung zu fordern, hatten Ballistiker eine geheimnisvolle Ausdrucksweise entwickelt, die Kodeworte wie Windung und Furche und Feld und Neigung und Winkel und Verschluß und Mündung und Züge und Richtung und Achse und Auszieher und Rand und Auswerfer und Schnauze benutzte.

Trotzdem wußte Bloom, daß bei jeder Feuerwaffe desselben Kalibers und Modells vier Faktoren unveränderlich blieben. Die Ballistiker maßen die Breite und Anzahl der Furchen auf der Kugel und die Richtung und den Grad der Windung. Breite, Anzahl, Richtung und Grad. BARG. Das klang so ähnlich wie ein berühmter Donald-Duck-Zeichner. Eins, zwei, drei und vier, und diese Faktoren überprüften sie dann anhand verschiedener Tabellen und Diagramme, und *voilà* …

»Die Waffe war ein stupsnasiger Iver Johnson Trailsman«, sagte Raines, »Modell Sechsundsechzig. Ist erhältlich als achtunddreißiger Kaliber, als zweiunddreißiger oder als zweiundzwanziger mit langem Lauf – und darum hat es sich gehandelt. Trommel mit acht Schuß …«

Von denen drei auf Matthew abgefeuert worden waren, dachte Bloom.

»… besteht vollständig aus gehärtetem, blauschwarzem, geschliffenem Stahl, Chromverkleidung im Lauf, absolut bruchsicher. Die Stupsnase wiegt siebenhundertfünfzig Gramm und hat einen Lauf von sieben Zentimetern. Das wär's für den Augenblick. Laß es uns wissen, wenn du etwas hast, womit wir ein Probeschießen veranstalten können.«

Halali, dachte Bloom.

»Danke, Ed«, sagte er.

»War mir ein Vergnügen«, sagte Raines und legte auf.

Direkt nachdem auch Bloom den Hörer wieder aufgelegt hatte, summte das Gerät erneut. Er hob sofort ab.

»Mr. Byrd ist da«, sagte Lois.

»Schicken Sie ihn rein«, sagte Bloom.

Sie hatte das mit Matthew am Samstag morgen erfahren, als sie zum Aerobic gefahren war und die Nachricht im Radio gehört hatte. Doch obwohl sie im Krankenhaus angerufen hatte, um sich nach seinem Zustand zu erkundigen, hatte sie sich erst heute entschlossen, zu ihm zu fahren.

Sie war noch immer nicht sicher, damit die richtige Entscheidung getroffen zu haben.

Dem Auf und Ab ihrer Ehe war eine gallige Scheidung gefolgt. Selbst als sie sich zwei Jahre später auf einer Party getroffen hatten, waren sie kaum zu einer zivilisierten Unterhaltung imstande gewesen.

»Bist du noch immer wütend?« hatte sie gefragt.

»Worüber?«

»Über Joannas Schule.«

Die Scheidungsvereinbarung hatte ihr das Recht gegeben zu bestimmen, auf welche Schule ihre gemeinsame Tochter ging. Sie hatte eine in Massachusetts ausgesucht. Und nun fragte sie ihn, ob er noch wütend war.

»Vielleicht ist es ganz gut für sie«, sagte er. »Von *uns beiden* wegzukommen.«

Sie trug ein feuerrotes Kleid, das von ihren Brüsten und nichts anderem gehalten wurde. Dunkle Augen in einem ovalen Gesicht, braunes Haar, das allerdings zu einer neuen Frisur geschnitten, Ohrringe mit schwarzen Perlen. Diese Ohrringe hatte er ihr zum zehnten Hochzeitstag geschenkt. Drei

Jahre später waren sie geschieden. Jetzt, zwei Jahre darauf, standen sie auf einer Terrasse und schauten über einen Strand hinweg bis zum Meer. Ein Vollmond warf einen silbernen Glanz auf das Wasser. Von irgendwo unter der Terrasse wehte der Geruch von Jasmin in die Nacht hinauf. Ein paar junge Leute spielten auf dem Strand Gitarre. Genau wie in jenem Sommer am Lake Shore Drive in Chicago. Nur daß es an jenem Abend vor langer Zeit, an dem sie sich kennengelernt hatten, Mandolinen und Mimosen gewesen waren.

»Ich wußte, daß du heute abend hier sein würdest«, sagte sie. »Muriel hat mich angerufen und gefragt, ob ich was dagegen hätte, wenn sie dich auch einlädt. Hat sie dir gesagt, daß ich auch kommen werde?«

»Nein.«

»Wärest du dann gekommen? Wenn du es gewußt hättest?«

»Wahrscheinlich nicht«, sagte er. »Aber jetzt bin ich froh, daß ich gekommen bin.«

Sie hätte der Frau am Empfang fast gesagt, sie sei seine Ehefrau. Nach all diesen Jahren hielt sie sich irgendwie noch immer für seine Frau. »Wir waren verheiratet«, sagte sie statt dessen. »Ich hatte gehofft …«

»Mr. Hope darf noch keinen Besuch empfangen«, sagte die Frau.

»Können Sie mir sagen, wie es ihm geht?«

»Sein Zustand ist stabil.«

»Ist sein Arzt zufällig da?«

»Ich frage nach«, sagte die Frau und griff nach dem Telefon. Sie drückte mehrere Knöpfe, wartete und sagte dann: »Mary, ist Dr. Spinaldo bei euch oben?« Sie lauschte, nickte und sagte dann: »Ich habe Mr. Hopes Ex hier, sie möchte ihn sprechen. Spinaldo, ja.«

Susan sagte nichts.

»Ja, hier am Empfang«, sagte die Frau ins Telefon. »Soll ich sie raufschicken?« Sie hörte erneut zu und sagte dann: »Nein, seine *Ex*. Kann Spinaldo mit ihr sprechen? Gut. Ja, ich schicke sie sofort rauf.« Sie legte den Hörer auf. »Warteraum der TIP-Station«, sagte sie, »dritter Stock«, und gab Susan eine Karte mit der Aufschrift BESUCHERAUSWEIS.

»Danke«, sagte Susan und ging an einem uniformierten Wachmann vorbei und schnellen Schrittes zum Fahrstuhl. Die Türen öffneten sich, und eine Horde schnatternder Krankenschwestern in gestärkten weißen Kitteln strömte heraus.

Die Party war piekfein, alle Männer trugen weiße Dinnerjackets, alle Frauen elegante lange Kleider. Der Schlagzeuger der Kapelle war zum Strand gegangen, um die Jugendlichen zu vertreiben, die dort Gitarre spielten, und dann zu dem Klavierspieler und dem Bassisten auf dem Hof unter der Terrasse zurückgekehrt. Sie spielten jetzt ›It Happened in Monterey‹. Der Vollmond schien. Der Golf von Mexiko leuchtete darunter wie Glasscherben.

»Was denkst du?« fragte Susan.

»Man würde mich verhaften«, sagte Matthew lächelnd.

»So schlimm?«

»So gut.«

»... a long time ago«, sang der Sänger.

»Du siehst heute abend wunderschön aus«, sagte er.

»Du siehst prächtig aus.«

»Danke.«

»... lips as red as wine«, sang der Sänger.

»Allerdings hast du in einem Dinnerjacket *immer* hervorragend ausgesehen, Matthew.«

Er musterte sie schon wieder.

»Ist was?« sagte sie.

»Ja, verschwinden wir von hier«, sagte er heiser.

Die Fahrstuhltüren öffneten sich. Eine Krankenschwester schob auf einem fahrbaren Bett einen alten Mann heraus, und Susan folgte ihr in den dritten Stock. Sie suchte nach einem Schild, fand eins, das ihr verriet, daß die Trauma-Intensiv-Pflege-Station rechts war, und ging den Korridor entlang. Sie hatte plötzlich schreckliche Angst, befürchtete, der Arzt würde ihr sagen, daß Matthew entweder im Sterben lag oder schon tot war.

Die erste Person, die sie im Warteraum sah, war Patricia Demming. Sie überlegte, ob sie wieder gehen sollte. Statt dessen ging sie zu ihr, streckte die Hand aus und sagte: »Hallo, Patricia, wie geht es Ihnen?«

»*Haben* Sie sich mit Mr. Hope getroffen, wie er es vorgeschlagen hat?« fragte Bloom.

»Ja«, sagte Byrd.

Er war ein großer, muskulöser Mann Mitte Dreißig, wie Bloom schätzte, konservativ gekleidet, leichter brauner Anzug, Hemd von der Farbe von süßem Mais und eine schokoladenbraune Krawatte, die mit einer schlichten goldenen Nadel in der Form eines winzigen Schildes am Hemd befestigt war. Die Buchstaben AB schmückten das Schild wie eine antike Schriftrolle mit einer winzigen, schnörkeligen Schrift. Die Farbe von Andrew Byrds Haut ähnelte der der Krawatte.

Er nahm vor Blooms Schreibtisch Platz und schlug die langen Beine lässig übereinander. Seine Körpersprache kündete von der bedingungslosen Bereitschaft zur Kooperation. Byrd wurde praktisch von Belegen von Blooms kühnen Taten umgeben, die an drei der Wände des Raums hingen oder auf Regalen ruhten, die an diesen Wänden angebracht waren: eingerahmte Fotos der Detective-Abteilung, deren Vorgesetzter Bloom im Norden gewesen war; die Ernennungsurkunde zum Chief der Detectives des Bezirks Nassau; und zwei in Plastik eingeschweißte Titelseiten der New Yorker *Daily News* und der *Newsday*-Ausgabe von Long Island, deren Schlagzeilen die mutige Festnahme von zwei Bankräubern in Mineola, Long Island, durch einen jungen Polizisten namens Morris L. Bloom beschrieben. Des weiteren eine Boxtrophäe, die Bloom während seines Dienstes in der Marine bekommen hatte, und eine Snoopy-Puppe, die sein damals neunzehnjähriger Sohn ihm zum Vatertag geschenkt hatte. Auf dem handgeschriebenen Schild, das um den Hals des Beagle hing, stand: *Für den besten Bluthund auf der ganzen Welt. Mit Liebe, Marc.*

Das alles hätte normalerweise die bösen Buben eingeschüchtert oder nervös gemacht, die Bloom in diesem Büro verhörte, doch Andrew Byrd war keiner dieser bösen Buben. Statt dessen war er ein angesehener und sehr geschätzter Geschäftsmann aus Calusa, der laut einer Ausgabe von *Forbes*, die Bloom nach einigem Suchen in der Stadtbibliothek Calusa aufgetrieben hatte, etwa sechshundert Millionen Dollar schwer war. Er war schlank und gepflegt, trug einen gutgeschnittenen Anzug und sprach mit einer Stimme, die ein wenig an die Karibik erinnerte. Mit einer schwachen jamaikanischen Betonung, einem bahamischen Redefluß berichtete er Bloom, daß Matthew ihn am späten Montag nachmittag, dem Einundzwanzigsten, angerufen und mit ihm einen Termin für den nächsten Morgen, den Zweiundzwanzigsten, vereinbart hatte.

Auf Blooms Schreibtisch lag Matthews aufgeschlagener Terminkalender und bestätigte diese Daten. Ins Kästchen des 22. März hatte er mit blauer Tinte zuerst *Andrew Byrd, 9:00*, und darunter mit Bleistift *John Rafferty 12:00*, eingetragen. Darunter stand, erneut mit Bleistift: *Telefon MEMO*. Was, zum Teufel, war ein Telefon-Memo?

»Er war also um neun Uhr bei Ihnen?«

»Auf die Minute pünktlich«, sagte Byrd.

»Wo ist Ihr Büro, Mr. Byrd?«

»In Newtown, 1217 Kensington Circle. In dem dortigen Einkaufszentrum. Ich habe dieses Einkaufszentrum gebaut, Mr. Bloom. Es ist eins der erfolgreichsten Einkaufszentren in ganz Calusa. Das in der Innenstadt, das vor fünf Jahren gebaut wurde, steht noch leer, dort kann man die Ladenlokale nicht mal verschenken. Das Kensington ist in Newtown, bedenken Sie das, nicht unbedingt im besten Viertel Floridas, aber in meinem Einkaufszentrum gibt es *jede Menge* erstklassige Geschäfte. Ich habe sogar Lord & Taylor dort, kennen Sie irgendeine andere Filiale von Lord & Taylor in Calusa? Lord & Taylor, Victoria's Secret, The Coffee Connection, The Sharper Image, Laura Ashley, Barnes & Noble, was Sie wollen, alles, was Sie in einem Einkaufszentrum in Palm Beach zu finden erwarten, habe ich in Newtown. Ich muß Ihnen nicht sagen, daß in einigen Abschnitten Newtowns Ihr Leben keinen Pfifferling mehr wert ist, wenn Sie sich des Nachts auf die Straße wagen. Na ja, sehen Sie sich an, was mit Ihrem Mr. Hope passiert ist. Aber das Einkaufszentrum Kensington zieht Leute aus allen drei Städten an – Weiße, Schwarze, Lilafarbene, sie alle kommen zu meinem Einkaufszentrum. Die Sicherheit dort ist schlicht und einfach die beste in ganz Florida. Sie können einen Caddy dort abstellen, einen Lexus, einen Beemer, einen Mercedes, den luxuriösesten Wagen, der Ihnen in den Sinn kommt, sogar einen Rolls, was Sie wollen, und wenn Sie mit Ihrem Einkaufsbummel fertig sind, finden Sie ihn in genau demselben Zustand vor, in dem Sie ihn abgestellt haben. Ich selbst fahre einen Jaguar, Mr. Bloom, und wenn ich morgens zur Arbeit fahre, stelle ich ihn in der Tiefgarage des Einkaufszentrums ab, und da steht er den ganzen Tag lang sicher wie in Abrahams Schoß. In meinem Einkaufszentrum gibt es keine Rowdies, keine Teenager, die auf Ärger aus sind. Das Kensington ist keine Straßenecke, an der man einfach so herumhängt. Es ist ein Ort für Leute, die in einer sicheren und angenehmen Umgebung einkaufen wollen. Ich bin sehr stolz darauf, was ich dort geschaffen habe. Ich habe in ganz Calusa gebaut … verdammt, in ganz *Florida,* wenn man es genau nimmt, mir gehört die Hälfte des Grundbesitzes auf Lucy's Circle, das wissen Sie wahrscheinlich …«

»Ja, das weiß ich.«

»Klar, das wird überall erwähnt, das Juwel in der Krone. Aber am stolzesten bin ich auf das, was ich in Newtown bewerkstelligt habe. Ich habe einen Ort geschaffen, an dem Weiße und Schwarze in Frieden und Sicherheit einkaufen können. Welcher Weiße, der noch bei Verstand war, wäre nach Newtown gefahren, bevor ich dieses Einkaufszentrum gebaut habe? Klar, sicher, auf dem Weg zum Flughafen, aber das war es auch schon. Und jetzt kommen sie in Schwärmen her. Und auch die Schwarzen kommen, nicht, weil es in der Nähe ist, sondern weil es ihnen etwas gibt, worauf sie stolz sein können, direkt hier in Newtown, etwas, auf das sie mit gehobenem Kopf und voller Selbstachtung schauen können.«

Byrd erzählte eine lediglich schwach ausgeschmückte Version der Wahrheit. Das Einkaufszentrum Kensington war in der Tat eins der profitabelsten, das in den letzten Jahren in Calusa eröffnet worden war. Es *war* sicher und sauber und gut beleuchtet und genauso exklusiv, wie Byrd behauptet hatte. Und es zog tatsächlich Kunden aus dem gesamten Drei-Städte-Gebiet an, schwarze wie auch weiße. Aber das Einkaufszentrum befand sich fast sieben Kilometer von der Stelle entfernt, an der Matthew am Freitagabend niedergeschossen worden war, und es war zweifelhaft, daß jemand, der in der Gegend Roosevelt und G herumhing, an irgendeinem Freitagabend in Kensington in der Filiale von Godiva Chocolatier einkaufen würde.

»Worüber wollte er mit Ihnen sprechen?« fragte Bloom.

Toots Kiley hatte ihm bereits berichtet, was Matthew zuvor herausgefunden hatte, nämlich, daß Byrd den Besitzer des Grundstücks verklagt hatte und hoffte, eine Zwangsversteigerung durchsetzen zu können.

»Über das Land an der Barrington und Welles«, sagte Byrd. »Das sogenannte staatliche Kirmesgelände. Er vertrat eine Partei, die es kaufen wollte. Sun and Shore hat ihm mitgeteilt – Florida Sun and Shore, ein großer Grundstücksmakler drüben an der Pineapple –, daß ich den Besitzer des Landes vor Gericht gebracht habe. Sie haben gewußt, daß er es sowieso herausfinden würde, wenn er sich erst mal ernsthaft erkundigt, es war also keine Indiskretion ihrerseits. Ich habe Mr. Hope gesagt, daß das Problem auf keinen Fall bei mir liegt, sondern bei Rafferty.«

»Rafferty?« fragte Bloom.

»John Rafferty. Alleiniger Besitzer der Parzelle von dreißig

Morgen, bevor er mir das Land verpfändet hat. Mr. Hope schien zu verstehen, daß nicht *ich* einem möglichen Verkauf des Grundstücks im Wege stehe. Es ist *Rafferty*, der ...«

... diese Sache vor Gericht verschleppte, erklärte Byrd Matthew, weil er nicht im Traum daran dachte, das Land zu verschenken, nur um eine Schuld zu tilgen.

Matthew saß Byrd in dessen Büro im obersten Stockwerk des Einkaufszentrums Kensington gegenüber. Der Digitalkalender auf Byrds Schreibtisch verkündete 22. MÄRZ, das Licht des frühen Morgens fiel durch die Fenster hinter ihm, auf der Dachterrasse dahinter war praktisch ein Dschungel angepflanzt. Das Einkaufszentrum würde erst um zehn Uhr öffnen. Byrd war seit acht Uhr hier, wie jeden Morgen außer Sonntag, wie er Matthew erklärt hatte.

»Ich versuche jetzt seit drei Monaten, die Zwangsversteigerung durchzusetzen. Ich habe eine Hypothek über zwei Millionen Dollar auf dieses Grundstück und will mein verdammtes Geld zurück. *Plus* Zinsen bis zur Zwangsversteigerung, falls es *je* dazu kommen sollte, *plus* Anwalts- und Gerichtskosten, die ich ausgegeben habe, um die Versteigerung durchzusetzen. Die Hypothek beläuft sich auf fünfundzwanzig Prozent jährlich, den Höchstsatz für ein Geschäftsdarlehen von über fünfhunderttausend Dollar ... na ja, Sie kennen die gesetzlichen Vorschriften bestimmt.«

»Allerdings«, sagte Matthew.

»Natürlich kennen Sie sie«, sagte Byrd. »Ich habe das Geld Raffertys Firma geliehen, wodurch der höhere Zinssatz möglich wurde. Damit wurde es zu einem *geschäftlichen* Darlehen. Alles über fünfundzwanzig Prozent ist in diesem Staat einfach Wucher. Gegen Wucherzinsen geht man hier sehr streng vor ...«

»Ja, ich weiß.«

»Natürlich wissen Sie das. Man kommt nicht nur ins Gefängnis, sondern verliert auch das zur Verfügung gestellte Darlehen. Was noch schlimmer ist, als ins Gefängnis zu gehen«, sagte Byrd und brach in Gelächter aus.

Matthew glaubte ihm. Für Andrew Byrd wäre es ein schlimmeres Schicksal, Geld zu verlieren, als ins Gefängnis gehen zu müssen.

»Das ursprüngliche Darlehen belief sich auf ein Jahr«, sagte Byrd, »zwei Millionen Dollar zu fünfundzwanzig Prozent, was es zu einer anständigen Investition machte. Das sind fünfhunderttausend Dollar Zinsen, gutes Geld für ein Jahr. Na schön, als Rafferty seinen Verbindlichkeiten nicht nachkam, schuldete er mir bereits die halbe Million, und in den drei Monaten, die seitdem verstrichen sind, haben sich *weitere* hundertfünfundzwanzigtausend angehäuft. Darauf beläuft es sich bei den bedungenen 2,08 Prozent pro Monat.«

»Sind sie Anwalt?« fragte Matthew.

»Um Gottes willen«, sagte Byrd und lachte wieder los, als ihm einfiel, daß ihm ein Anwalt gegenübersaß. »Wie kommen Sie denn darauf?«

»Na ja, Sie haben das Wort ›bedungen‹ benutzt, was ...«

»Aber das ist doch ein ganz normales Wort, oder?« fragte Byrd und lachte lauter, als ihm klar wurde, daß er gerade das Fachchinesisch der Juristen herabgewürdigt hatte.

»Ich glaube schon«, erwiderte Matthew lächelnd. »Aber Sie werden keinen Anwalt finden, der statt des Begriffes ›bedungen‹ den Begriff ›vereinbart‹ benutzen würde.«

»Ich habe das Gefühl, daß Sie keiner dieser Anwälte sind«, sagte Byrd.

»Nur vor Gericht«, sagte Matthew.

Wie Byrd es sah, schuldete Rafferty ihm bereits zwei Millionen sechshundertfünfundzwanzigtausend Dollar *plus* die Anwaltskosten, die er bereits ausgegeben hatte, um die Zwangsversteigerung zu beantragen. Er freute sich auf den Tag, an dem der Sheriff um elf Uhr morgens auf den Stufen des Gerichts stand – zu dieser Stunde wurden im Bezirk Calusa die Zwangsversteigerungen vorgenommen – und eine öffentliche Versteigerung der dreißig Morgen großen Parzelle an der Barrington und Welles durchführte. Dann würde Byrd die zwei Millionen sechshundertfünfundzwanzigtausend

Dollar bieten, die er bereits für das verdammte Kirmesgelände ausgegeben hatte, das Land zugesprochen bekommen, eine Woche später die Übertragungsurkunde in der Post haben und dann einen Grundstücksmakler mit dem Verkauf des Landes beauftragen. Wenn der Makler den geforderten Preis bekam, würde Byrd sich die Hände reiben. Wenn er weniger als das bekam, was Byrd bereits ausgegeben hatte, würde er erneut gerichtlich gegen Rafferty vorgehen und eine Schadensersatzklage für den Fehlbetrag einreichen. Byrd mochte zwar kein Anwalt sein, kannte die ihm zur Verfügung stehenden Rechtsmittel jedoch sehr genau.

»Wie ich es verstehe«, sagte er zu Matthew, »bietet Ihr Klient drei Millionen für das Land. Ich würde das Angebot sofort akzeptieren. Meine Ausgaben wären gedeckt, und Rafferty könnte den Rest behalten. Eine wunderbare Sache. Aber bis ich dieses verdammte Urteil habe, sind mir die Hände gebunden. *Rafferty* ist derjenige, der …«

»Das ist mir klar. Aber ich dachte, wenn ich zu ihm gehe und ihm sage, daß Sie die Klage zurückziehen und sich außergerichtlich …«

»Sie verstehen nicht. Rafferty *will* dieses Land im Augenblick nicht verkaufen. Er würde es gern bis zum Jüngsten Tag behalten und zusehen, wie es im Wert steigt. Hier in Florida steigt ja früher oder später *alles* im Wert.«

»Nicht alles«, sagte Matthew.

»*Fast* alles«, gestand Byrd ein. »Des Pudels Kern ist … na ja, denken Sie selbst darüber nach. In Wirklichkeit gehört *mir* mehr von diesem Land als ihm. Es kommt nur darauf an, das Gericht dazu zu bringen, endlich ein Urteil zu sprechen. In dem Augenblick, in dem ich das Darlehen gewährte, habe ich es ins Grundbuch eintragen lassen. Es steht niemand hinter mir, ich bin Raffertys alleiniger Gläubiger. Aber ich komme an das Land nicht ran, oder an irgendein anderes Grundstück, das ihm gehört, obwohl er persönlich für das Darlehen gebürgt hat. Ich kann das fünf Millionen Dollar teure Haus vergessen, das ihm auf dem Whisper Key gehört, das wird durch das Heimstättengesetz geschützt. Aber er hat Grundstücke in *ganz* Florida, und an die komme ich nicht ran, bis ich den Prozeß gewonnen habe. Es ist geradezu lächerlich, wie seine Anwälte diese Sache verschleppen. Verzeihen Sie mir, aber ich kann Anwälte nicht ausstehen, wirklich nicht. Man sollte doch meinen, sie würden ihrem Klienten diese Gerichtskosten ersparen ... das kostet *ihn* doch auch eine Stange Geld, oder? Sie könnten mir dafür die Übertragungsurkunde aushändigen, und die Sache wäre gegessen. Aber nein, Rafferty will diese Sache ausfechten, bis wir beide alt und grau sind.«

»Außer ich sagte ihm, daß Sie sich mit den zweieinhalb Millionen zufriedengeben. Dann bleiben ihm ...«

»Sie verstehen *noch immer* nicht«, sagte Byrd und schüttelte den Kopf. »Dieses Arschloch macht das, weil ... na ja, ist auch egal.«

»Was wollten Sie sagen?«

»Ich bin schwarz, nicht wahr? Das wollte ich sagen. Und ich bin erfolgreicher als er. Wer hat Kensington gebaut? Etwa Rafferty? Na klar. Rafferty hat Geld in das Einkaufszentrum in der Innenstadt gesteckt, *das* hat er getan. Und steht wie alle anderen mit leeren Händen da. Er will nicht, daß ein erfolgreicher *Schwarzer* sein Land bekommt, mehr steckt nicht dahinter. Gegen Geld von einem Schwarzen hatte er nichts einzuwenden, als er es gebraucht hat, aber er will nicht, daß ein Schwarzer das Land in die Hände bekommt, von dem er glaubt, daß es ihm noch immer gehört.«

Matthew sagte nichts.

»Und es gehört ihm in der Tat noch immer, bis das Gericht etwas anderes bestimmt. So läuft es nun mal, Mr. Hope. Wenn Ihr Klient dieses Land haben will, muß er mit Rafferty verhandeln. Im Augenblick hat er als einziger das Recht, es zu verkaufen. Und das wird er nicht, das verspreche ich Ihnen. Ihr Angebot über drei Millionen Dollar akzeptieren und den Großteil davon dann mir aushändigen? Nichts da. Da wird er lieber bis zum Sankt Nimmerleinstag prozessieren. Sprechen Sie mit ihm. Sie werden es ja sehen.«

Matthew schwieg einen beträchtlichen Augenblick lang.

»Sie behaupten also, das sei eine persönliche Angelegenheit ...«, sagte er dann.

»Sie ahnen nicht, *wie* persönlich sie ist.«

»Sie behaupten, die Vorurteile des Mannes stünden einem Verkauf im Weg ...«

»Ach, er *weiß* ja nicht mal, was für ein Rassist er ist«, sagte Byrd. »Wenn Sie ihn fragen, wird er Ihnen sagen, ich sei sein bester Freund. Verdammt, wir sind gemeinsam auf die High-School gegangen, ich kenne ihn seit Ewigkeiten.«

»Aber Sie meinen, er ist *nicht* Ihr Freund.«

»Ich meine, er haßt mich.«

»Warum hat er sich dann wegen des Geldes an Sie gewandt?«

»Weil er keinen anderen hatte, an den er sich wenden konnte. Er war am Ende des Weges angelangt. Schauen Sie, ich habe ihm auch früher schon Geld geliehen – was er übrigens immer zurückbezahlt hat. Doch diesmal steckt er zu tief drin. Er steckt gewaltige Summen in diesen Tennisklub, das ist ein Faß ohne Boden, das kann er auf keinen Fall retten. Das frißt ihn auf, deshalb hat er es auf den Prozeß ankommen lassen. Er *weiß*, daß er im Verzug ist, er *weiß*, daß er diesem verdammten Zwangsverkauf zustimmen sollte, das weiß er alles. Aber es nagt an ihm, daß *ich* hier in diesem schmucken Büro in der obersten Etage des erfolgreichsten Einkaufszentrums in der Stadt sitze, während ihm nicht mal das Schwarze unter den Fingernägeln bleibt. Das treibt ihn vor Wut bald in den Wahnsinn. Und deshalb wird er das Angebot Ihres Klienten *niemals* akzeptieren.«

»Ich bin trotzdem verpflichtet, ihm das Angebot zu machen«, sagte Matthew.

»Nur zu. Sie werden allerdings kein Glück haben.«

»Weil es sich um eine persönliche Angelegenheit handelt, wie Sie glauben.«

»Ja.«

»Aber es war kein persönliches *Darlehen*.«

»Nein, nein, meine Firma hat ihm das Darlehen gewährt. Lawson-Byrd Investments.«

»Wer ist Lawson?«

»Meine Frau. Das ist ihr Mädchenname. Sie ist gleichzeitig meine Partnerin.«

»Dann schuldet Rafferty das Geld in Wirklichkeit also Ihnen beiden?«

»Und glauben Sie ja nicht, das würde *nicht* an ihm nagen.«

»Wie meinen Sie das?«

»Es nagt an ihm, mehr nicht. An ihm nagt einfach alles.«

»Und er würde deshalb ein Angebot ablehnen, das ihn von seinen Schulden befreit ...«

»Das ist ihm völlig egal.«

»Ihn vom Haken nimmt ...«

»Was interessiert ihn das schon?«

»... und ihm weitere Gerichtskosten erspart?«

»Dem Mann ist das einfach völlig gleichgültig.«

»Sie glauben wirklich, er würde sich selbst die Kehle durchschneiden, um ...«

»*Mir* die Kehle zuerst durchzuschneiden«, sagte Byrd.

Patricia fragte sich, warum der gute Dr. Spinaldo den Großteil des Gesprächs mit Susan Hope bestritt, statt sie gleichermaßen mit Aufmerksamkeit zu bedenken. Nahm der liebe Doktor etwa an, daß Matthew und Susan noch verheiratet waren? Glaubte er, daß die heiligen Bande der Ehe ewig und unauflösbar waren, einmal Mann und Frau, immer Mann und Frau? Seine Benehmen war unmißverständlich. Er behandelte Susan als Ehefrau und ignorierte Patricia als ...

Was?

Und das heutzutage?

»... keine wahrnehmbare Veränderung seines Zustands«, sagte er zu Susan. Er hatte sich ihr zugewandt und Patricia praktisch den Rücken zugedreht. »Seine Lebenszeichen sind noch stabil, und seine Reaktionen auf äußerlich angewandte

Stimuli bleiben unverändert. Sie müssen verstehen, Mrs. Hope, daß ...«

Patricia registrierte, daß sie ihn nicht korrigierte.

»... wir es hier mit veränderten Bewußtseinsstadien zu tun haben, in denen der Wachzustand und der Komazustand an den äußersten Enden eines Verhaltenskontinuums liegen. Ihr Gatte ...«

Erneut verbesserte Susan ihn nicht.

»... ist nicht wach, liegt aber auch nicht im Koma. Die beiden anderen Punkte dieses Kontinuums sind Lethargie und Stupor. Wir benutzen den Begriff ›Stupor‹, um einen Zustand zu beschreiben, aus dem der Patient nur mit energischen und häufigen Stimuli erweckt werden kann. Ich bin der Ansicht, daß der Zustand Ihres Gatten in diesem Spektrum etwas über dem Stupor liegt. Semikoma ist ein höchst unwissenschaftlicher Begriff, und ich benutze ihn nicht gern. Trotzdem beschreibt er seinen Zustand wahrscheinlich am besten.«

»Danke, Herr Doktor«, sagte Susan, und dann, wie ein nachträglicher Einfall, als sie den Raum verließ: »Es war schön, Ihnen mal wieder zu begegnen, Patricia.«

Patricia hätte sie erwürgen können.

»Mr. Rafferty, bitte«, sagte Bloom ins Telefon.

»Am Apparat.«

»Detective Morris Bloom, Polizei von Calusa«, sagte Bloom.

»Ja?«

»Mr. Rafferty, wir ermitteln in einer Schießerei, die sich am vergangenen Freitag abend zugetragen hat ...«

»Matthew Hope, richtig.«

»Sie sind mit dem Zwischenfall vertraut?«

»Es war in allen Fernsehnachrichten. Ich habe mich schon gefragt, wann Sie mit mir sprechen wollten.«

»Warum dies, Mr. Rafferty?«

»Ich nahm an, daß Sie jeden überprüfen wollen, mit dem er in letzter Zeit zu tun gehabt hat.«

»Das stimmt, Sir, das tun wir gerade.«

»Und ich nehme des weiteren an, Sie wissen, daß er am vergangenen Dienstag nachmittag bei mir war.«

»Das steht in seinem Terminkalender, Sir.«

»Und jetzt haben Sie sich gemeldet.«

»Ja, Sir. Mr. Rafferty, ich frage mich, ob ich irgendwann bei Ihnen vorbeikommen könnte, um ein paar ...«

»Klar, das habe ich erwartet.«

»Wann würde es Ihnen denn passen, Sir?«

»Wie wäre es mit sofort?«

»Na ja, ich warte auf ein Ferngespräch ...«

»Ich bin den ganzen Morgen über hier«, sagte Rafferty. »Was meinen Sie denn, wann könnten Sie es schaffen?«

»Wie wäre es mit elf Uhr?«

»Na schön, ich werde Sie erwarten. Wissen Sie, wo ich bin?«

»Ich weiß, wo Sie sind«, sagte Bloom.

Warren und Toots gingen den Loop entlang. Das war ein beliebter Zeitvertreib in Calusa, besonders an Regentagen, wenn man nicht an den Strand konnte und die Wahl hatte, ins Kino oder einkaufen zu gehen. An diesem Dienstag morgen regnete es jedoch nicht. Eigentlich war es sogar ein schöner, sonniger Tag für einen Vormittagsspaziergang über Lucy's Circle. Warren mochte keine Gespräche in seinem Büro, weil es so groß wie ein Schuhkarton war und sich bei den Leuten bald Klaustrophobie einstellte. Als er an diesem Morgen im Büro eingetroffen war, hatte er zuerst im Krankenhaus angerufen. Dann hatte er Bloom angerufen und schließlich Toots und hatte sie gebeten, sich hier mit ihm auf dem Circle auf eine Tasse Kaffee zu treffen. Sie gingen jetzt den Loop entlang, Toots in gelben Jeans, Sandalen und einem orangefarbenen Top, Warren in leichten grauen Hosen, blauen Turnschuhen und einem kurzärmeligen dunkelblauen Hemd. Beide trugen Sonnenbrillen. Keiner von ihnen sah sich die Schaufenster an. Sie versuchten einzuordnen, was sie bereits herausgefunden hatten, und dann herauszubekommen, wie sie jetzt fortfahren mußten.

Warren bekümmerte am meisten der sogenannte ›Doppelte Twostep‹. Im Prinzip vollzogen sie lediglich alles nach, was Matthew in der letzten Woche getan hatte. Indem sie in seinen Fußstapfen wandelten, wollten sie in Erfahrung bringen, was *er* in Erfahrung gebracht hatte. Sobald sie das wußten, bekamen sie vielleicht heraus, warum jemand auf ihn geschossen hatte. Doch Matthew war zwei *verschiedenen* Spuren gefolgt, dem aktuellen Grundstückskauf und einem fraglichen Selbstmord, der vor drei Jahren stattgefunden hatte.

Maria Torrance hatte, ohne die geringsten Zweifel daran zu lassen, klipp und klar behauptet, daß jemand – sogar eine bestimmte Person, Davey Sheed, König der Raubtiere – ihre Mutter ermordet hatte. Falls dies stimmte, hätte es sich für Matthew als gefährlich erweisen können, in einem Fall herumzustochern, den die Polizei von Missouri vor drei Jahren als Selbstmord zu den Akten gelegt hatte. Andererseits hatte sich herausgestellt, daß der Erwerb des staatlichen Kirmesgeländes ebenfalls eine überaus komplizierte Angelegenheit war.

Am Telefon hatte Bloom an diesem Morgen Byrds Schilderung seines Gesprächs mit Matthew in der letzten Woche nacherzählt, und nun hatte es den Anschein, daß Matthew auf eine übel schwärende Situation gestoßen war, in die er Klarheit bringen wollte. Die Bleistifteintragung in seinem Terminkalender war zweifellos gemacht worden, *nachdem* er sich mit Byrd getroffen hatte. Er hatte am vergangenen Dienstag morgen um neun Uhr den Termin mit Byrd gehabt. Sein Termin mit Rafferty lautete auf zwölf Uhr am gleichen Tag. Er hatte des weiteren eine seltsame Notiz eingetragen, die auf …

»Klingelt bei dem Begriff ›Telefon-Memo‹ bei *dir* etwas?« fragte Warren.

»Nein.«

»Auf jeden Fall spricht Bloom heute morgen noch mit Rafferty«, sagte Warren. »Ich würde gern herausfinden, was sich zwischen diesen beiden abspielt. Der eine haßt den anderen dermaßen, bittet ihn aber um zwei Millionen Dollar?«

»Und *bekommt* sie auch, vergiß das ja nicht.«

»Und dann weigert er sich, sie zurückzuzahlen. Wie paßt das zusammen?«

»Warum hat Byrd ihm das Geld überhaupt geborgt?«

»Fünfundzwanzig Prozent Zinsen, deshalb.«

»Die oberste Grenze, bevor es zum Wucher wird.«

»Ein verdammt einträgliches Geschäft.«

»Aber würdest du jemandem Geld leihen, der dich haßt?«

»Byrd behauptet, es liegt daran, daß er schwarz ist.«

»Wenn man Schwarze haßt, haut man sie nicht um Geld an«, sagte Toots und zuckte mit den Achseln.

»Aber er hat es getan.«

»Und er hat das Geld *bekommen*. Obwohl Byrd weiß, daß er ein Rassist ist.«

»Oder *behauptet*, er sei einer. Ich würde wirklich gern wissen, was sich zwischen den beiden abspielt«, sagte Warren.

»Ich würde gern wissen, was Bloom von Missouri bekommt.«

»Was glaubst du denn? ›Fall abgeschlossen, behelligen Sie uns nicht mehr damit.‹«

»Vielleicht nicht.«

»Fahren wir noch mal zum Zirkus«, sagte Warren. »Vielleicht erinnert sich ja jemand daran, was in Rutherford, Missouri, passiert ist.«

»Das ist drei Jahre her, Warren.«

»Wenn man ihr im Wohnwagen direkt nebenan das Gehirn aus dem Kopf geschossen hätte, würde ich mich auch noch daran erinnern, oder?«

»Nicht, wenn ich sie erschossen habe«, sagte Toots.

»Mitten in die gottverdammte Stirn«, sagte Warren.

Das R-Gespräch aus Rutherford, Missouri, kam an diesem Morgen um sieben Minuten nach zehn. Der Anrufer bat, mit Detective Morris Bloom sprechen zu dürfen, und identifizierte sich dann als Dr. Abel Voorhies, einer der Gerichtsmediziner, die vor drei Jahren den offiziellen Bericht über Willa Torrance angefertigt hatten. Bloom nahm den Anruf entgegen. Voorhies fuhr damit fort, damals habe er einige Zweifel an den Schlußfolgerungen gehabt, die die Gerichtsmedizin gezogen habe, aber die Meinung der Mehrheit ...

»Der Mehrheit?« fragte Bloom. »Wie viele Leute waren denn mit der Autopsie beschäftigt?«

»Nun ja ... Entschuldigung, aber hat Mr. Hope Sie auf mich hingewiesen?«

»Nein. Was soll das heißen?« fragte Bloom sofort. »Sprechen Sie von *Matthew* Hope?«

»Ja. Er hat nämlich letzte Woche hier angerufen und praktisch dieselbe Frage gestellt. Ich dachte ...«

»Sie haben letzte Woche mit Mr. Hope gesprochen?«

»Ja, am vergangenen Dienstag.«

Also *das* war es gewesen. Telefon MEMO. Gerichtsmediziner – Medical Examiner – Von Missouri anrufen. MO war die postalische Abkürzung für diesen Bundesstaat.

»Was hat er gewollt?« fragte Bloom.

»Na ja, er hat gesagt, Mrs. Torrances Testament spiele jetzt bei irgendeiner Verhandlung über einen Grundstückserwerb eine Rolle ...«

»Ich verstehe«, sagte Bloom.

»Ja, und er wolle die Einzelheiten über ihren Selbstmord vor drei Jahren wissen. Anscheinend besagt eine Klausel in ihrem Testament ... na ja, das spielt wohl keine Rolle. Wir bekommen jedes Jahr ähnliche Anfragen, immer an ihrem Todestag, Zeitungen und Fernsehreporter, die in der Vergangenheit wühlen, hier in Rutherford sind wir schon daran gewöhnt. Sie wissen ja, das ist die Bezirksstadt ...«

»Das habe ich nicht gewußt«, sagte Bloom.

»Ja, und deshalb haben wir hier genügend Personal und

können diese Anfragen beantworten. Mr. Hope wollte wissen, ob es uns Kopfzerbrechen bereitet hat, daß es keinen Abschiedsbrief gab ...«

»Ja, was ist damit?« fragte Bloom.

»Ich habe ihm gesagt, was ich auch *allen anderen* gesagt habe, die sich danach erkundigen. Und glauben Sie mir, es kommen zahlreiche Anfragen. Ich habe ihm gesagt, ja, ich sei stutzig geworden, weil es keinen Abschiedsbrief gab. Aber andererseits hinterlassen nicht alle Selbstmörder Abschiedsbriefe, wie Sie ja sicher wissen.«

»Das stimmt, aber ...«

»Und nicht alle rechtshändigen Selbstmörder schießen sich in die rechte Schläfe. Es gibt bestimmt genügend, die sich mitten in die Stirn schießen. Wie Willa Torrance es getan hat. Haben Sie in vielen Selbstmorden ermittelt, Mr. Bloom?«

»Es waren schon einige.«

»Tja, würden Sie sich da nicht auch fragen, wenn jemand sich das Leben nehmen will und diese Person eine Waffe in der rechten Hand hält – wo die Waffe sich ja befand, als ihre Tochter um 5 Uhr 35 die Leiche fand – und diese Person auf dem Rücken lag, während sie darüber nachdachte, was sie beabsichtigte, und ihren Entschluß dann endgültig und unwiderruflich in die Tat umsetzt – würden Sie sich da nicht auch fragen, warum sie ihren Entschluß in einer so *unangenehmen* Lage verwirklicht?«

»Was für eine Lage war das, Dr. Voorhies?«

»Nun ja, sie lag auf der rechten Seite.«

»Und?«

»Warum sollte sie ihr Handgelenk so unbeholfen verdrehen, um sich ausgerechnet in die *Stirn* zu schießen? Warum hat sie nicht einfach den Kopf gedreht und sich in die rechte Schläfe geschossen? Oder sich mit dem ganzen Körper umgedreht, so daß sie auf dem Rücken lag? In *beiden* Körperhaltungen hätte sie ihr Vorhaben viel leichter ausführen können – und das hätte übrigens auch besser zu der Statistik über rechtshändige Selbstmörder gepaßt, die sich erschießen: die

Waffe in der rechten Hand, die Schußwunde in der rechten Schläfe. Können Sie mir folgen?«

»Ja, allerdings. Fahren Sie fort, Herr Doktor. Ich höre zu und mache mir Notizen.«

»Ich habe mich einfach gefragt, warum sie den Arm ausgerechnet im Ellbogen einknickte, die Hand dann in einem Winkel von fast neunzig Grad zum Arm verdrehte und sich die Kugel in dieser seltsamen Haltung in die Stirn jagte. Kommt Ihnen das nicht auch seltsam vor?«

»Allerdings.«

»Und auch der Wecker hat mich gestört.«

»Der Wecker?«

»Sie hat den Wecker nämlich gestellt. Meiner Erfahrung zufolge – ich gestehe natürlich ein, ich bin ein einfacher Landarzt, Mr. Bloom – aber meiner Erfahrung zufolge entschließt sich niemand, der Selbstmord begehen will, es um diese und jene Zeit am *folgenden Morgen* zu tun. Mein Gott, ich fasse den Entschluß, morgen um Viertel nach fünf Selbstmord zu begehen, stelle mir den Wecker, um nicht zu verschlafen, stehe in aller Herrgottsfrühe auf, um mich in die Stirn zu schießen, während ich auf der Seite liege. Nein, Mr. Bloom. Meiner Erfahrung nach ist Selbstmord meistens die Folge von monatelanger Verzweiflung, und der endgültige Entschluß kommt ganz plötzlich, nach einer finsteren und langen Periode der Unsicherheit und des Zögerns.«

»Das ist auch meine Erfahrung, Herr Doktor.«

»Ja. Aber der Wecker war trotzdem gestellt. Ihre Tochter hatte ihren eigenen Wecker auf halb fünf gestellt und bei der gerichtlichen Untersuchung ausgesagt, daß ihre Mutter noch schlief, als sie den Wohnwagen um fünf Uhr verließ. Doch zehn Minuten später war Mrs. Torrance so wach, daß sie die Hand in die unbeholfene Position verdrehen konnte, die nötig war, um sich in die Stirn zu schießen, während sie auf der Seite lag. Fünf Minuten *bevor* der Wecker losgegangen wäre. Das klingt mir gar nicht nach Selbstmord, Detective Bloom.«

»Aber trotzdem hat die gerichtsmedizinische Abteilung auf Selbstmord befunden.«

»Drei Ärzte haben die Leiche untersucht, Mr. Bloom. Meine beiden Kollegen kamen zum Schluß, daß es Selbstmord war. Ich schrieb einen anderslautenden Bericht, aber die Mehrheit hat sich durchgesetzt.«

»Was stand in Ihrem Bericht?«

»Ich habe geschrieben, ich hielte Mord für eine entschiedene Möglichkeit, und habe weitere Ermittlungen empfohlen.«

»Hat die Polizei je ...?«

»Nein, es fand ein gerichtliches Verfahren zur Untersuchung der Todesursache statt, und dann wurde der Fall abgeschlossen.«

In der Leitung machte sich ein langes Schweigen breit.

»Das alles habe ich letzte Woche schon Mr. Hope erzählt«, sagte Voorhies dann. »Sie hätten ihn fragen sollen. Dann hätten Sie sich die Kosten für das Ferngespräch sparen können.«

Die Nachricht von den Schüssen auf Matthew war am vergangenen Freitag abend schon kurz nach der Tat im Radio bekanntgegeben worden. Die Fernsehnachrichten hatten am Samstag morgen darüber berichtet, und in beiden Ausgaben der Sonntagszeitungen hatte dieser Zwischenfall die Schlagzeile abgegeben. Aber im Verlauf des Wochenendes hatte der Tumult sich wieder gelegt, und bis zu diesem Morgen, an dem auf der ersten Seite der *Trib* ein Bericht darüber erschien, hatte es keine weiteren Meldungen darüber gegeben. Die Schlagzeile der Story lautete: ANWALT IM KOMA. Das Fettgedruckte darunter besagte: KEINE WEITEREN HINWEISE ÜBER SCHÜSSE. Die Story war von einem fest angestellten Reporter geschrieben worden, der sich für Jimmy Breslin oder Pete Hamill hielt, in Wirklichkeit aber nur George N. Marley war.

Calusa war kein winzig kleines Fischerdorf; es war eine

geschäftige Gemeinde mit etwa fünfzigtausend ständigen Einwohnern, und man konnte nicht erwarten, daß jeder von ihnen Matthew Hope kannte. Doch Marleys Artikel schien offensichtlich eine bestimmte Saite anzuschlagen, denn plötzlich wurde die Telefonzentrale des Krankenhauses von den Anrufen Wildfremder blockiert, die wissen wollten, wie es dem Anwalt ging. Man teilte den Anrufern mit, daß Mr. Hopes Zustand stabil, aber kritisch war. Viele Leute waren der Ansicht, ›kritisch‹ bedeute, er läge im Sterben. Einige von ihnen sagten: »Oh, der Arme!« oder so etwas Ähnliches. Keiner von ihnen kannte Matthew, und keiner von ihnen kannte die Person, die sie unpersönlich über seinen Zustand informierte. Aber sie hielten es für nötig, *irgend jemanden* wissen zu lassen, daß sie *irgend etwas* für diese Person empfanden, die wie so viele andere Menschen in den USA bei einer völlig sinnlosen Tat angeschossen worden war und nun in einem Koma lag, wie Marley fälschlicherweise berichtet hatte.

»Wie ist sein Zustand?« fragten die Anrufer.

»Stabil, aber kritisch.«

»Ach, das tut mir ja so leid«, sagten die Anrufer.

Sie konnten Matthew nicht von Captain Jean-Luc Picard unterscheiden.

Sie sprachen einfach nur so vor sich hin.

John Rafferty war ein Mann von Mitte bis Ende Dreißig, schätzte Bloom, etwa zwei oder drei Jahre älter als Andrew Byrd, womit es durchaus möglich war, daß sie gemeinsam auf die High- School gegangen waren, wie Byrd erwähnt hatte. Er war ein korpulenter Mann mit einem Kranz bereits ergrauenden rotbraunen Haars um den kahlen Schädel, und sein sommersprossiges Gesicht wies darauf hin, daß er einmal völlig rothaarig gewesen sein könnte. Er trug einen gelben Pulli über einem weißen, am Hals offenen Hemd und dunkelgrünen Hosen. Weiße Schuhe. Keine Socken.

Sie saßen im Wohnzimmer seines luxuriösen Hauses auf

dem Whisper Key, von dem Byrd behauptet hatte, es werde durch das Heimstättengesetz geschützt. Rißzeichnungen lagen auf einem großen Beistelltisch mit Glasplatte vor einem mit einem knotigen weißen Stoff gepolsterten Sofa. Gläserne Schiebetüren gaben den Blick frei auf einen großen Patio, einen riesigen Swimming pool und das Wasser der Bucht von Calusa dahinter. Byrd hatte gesagt, das Haus sei fünf Millionen wert. Bloom glaubte es ihm.

»Haben Sie auch schon mit Andy gesprochen?« fragte Rafferty.

»Mit Andy?«

»Byrd.«

»Ach so. Ja, er war schon gestern bei mir.«

»Kam er aus eigenem Antrieb?«

»Er hatte in der Nähe zu tun, und da schaute er mal eben vorbei.«

»Nett von ihm«, versetzte Rafferty trocken. »Ich dachte, Sie hätten ihn zu sich bestellt. Ihr Mr. Hope kam direkt zu mir, nachdem er mit ihm gesprochen hatte, und da dachte ich, Sie würden demselben Muster folgen. Ein verdammter Mist, der da passiert ist, nicht wahr?«

»Ja«, sagte Bloom.

»Jetzt fangen die Verrückten an, nach einem schärferen Waffenkontrollgesetz zu schreien. Sie begreifen nicht, daß so ein Gesetz nicht den Verbrechern die Waffen aus der Hand nimmt, sondern Leuten wie Matthew Hope.«

Bloom sagte nichts.

Er fragte sich, ob John Rafferty eine Waffe besaß.

Genauer gesagt fragte er sich, ob John Rafferty einen stupsnasigen Iver Johnson Trailsman vom Kaliber .22 besaß, Modell Sechsundsechzig.

»Worüber haben Sie und Mr. Hope gesprochen?« fragte er. »Als er letzte Woche hier war?«

»Ein Klient von ihm will Land drüben an der I-95 kaufen, das mir gehört. Das staatliche Kirmesgelände. Er hat mir ein Angebot unterbreitet.«

»Haben Sie es akzeptiert?«

»Nein, Sir, das habe ich nicht.«

»War es ein vernünftiges Angebot?«

»Ist das nur Neugier, Detective Bloom? Denn ich weiß verdammt genau, daß ich solche Fragen nicht beantworten muß.«

»Sie müssen *überhaupt keine* Fragen beantworten, Mr. Rafferty. Das ist nur ein freundlicher Besuch.«

»Davon bin ich überzeugt. Was aber nicht bedeutet, daß ich irgendwelche meiner geschäftlichen Transaktionen enthüllen muß.«

»Natürlich müssen Sie das nicht«, sagte Bloom und lächelte freundlich. »Aber ich weiß bereits, daß man Ihnen drei Millionen für dieses Land geboten hat.«

Rafferty blinzelte.

»Ich weiß auch, daß Sie wegen einer nicht beglichenen Schuld verklagt wurden«, sagte Bloom.

»Darüber hat ein Richter zu befinden.«

»Nein, die nicht beglichene Schuld ist eine Tatsache. Der Richter muß darüber befinden, ob Andrew Byrd die Klage auf Zwangsversteigerung gegen Sie durchsetzen kann. Sollte es ihm gelingen, wird er Matthew Hopes Angebot sofort annehmen.«

»Aber er hat noch kein Gerichtsurteil.«

»Noch nicht, das stimmt«, sagte Bloom. »Wie hat Mr. Hope übrigens auf Ihre Ablehnung reagiert?«

»Er ist Anwalt. Was *glauben* Sie denn, wie er reagiert hat? Die Aufgabe eines Anwalts ist es, einen zu überzeugen, daß sein Klient recht hat. Hope wollte mich überzeugen, daß das Angebot über drei Millionen ein gutes ist. Als wüßte ich nicht, was das Land wert ist.«

Bloom nickte. »Das stimmt, Sie haben bereits eins über *vier* Millionen abgelehnt, nicht war?« sagte er.

»Genau«, sagte Rafferty und blinzelte erneut. »Woher wissen Sie das?«

»Haben Sie Mr. Hope gesagt, daß Sie bereits ein Angebot über vier Millionen abgelehnt haben?«

»Das hat er bereits gewußt. Haben Sie mit ihm gesprochen?«

Im Augenblick kann *niemand* mit Matthew sprechen, dachte Bloom.

»Oder war es Andy?« fragte Rafferty. »Hat *Andy* Ihnen gesagt, daß ich die vier Millionen ausgeschlagen habe?«

»Vielleicht hat er es flüchtig erwähnt«, sagte Bloom.

»Verdammt, das geht ihn sowieso nichts an«, sagte Rafferty und schritt vor der langen Glaswand auf und ab. Draußen, hinter dem Swimming pool, stakste ein stattlicher blauer Reiher behutsam zur Bucht. »Andy will, daß ich dieses Land für jede Summe verkaufe, die gewährleistet, daß er sein Geld zurückbekommt. Sie wissen wahrscheinlich, daß er mir zwei Millionen geliehen hat ...«

»Ja.«

»Die will er natürlich zurückhaben, plus Zinsen versteht sich, und jetzt auch zuzüglich der Gerichtskosten, weil er die Sache vor Gericht gebracht hat, statt sie einfach eine Weile ruhen zu lassen. Er weiß, daß er sein Geld früher oder später zurückbekommen wird. Verdammt, worüber macht er sich Sorgen?«

»Vielleicht will er es lieber früher als später zurückbekommen«, sagte Bloom.

»Ja, sicher, zum Teufel mit ihm. Wir werden sehen, was der Richter darüber zu sagen hat. Bis dahin verkaufe ich dieses Land an *niemanden*. Auch nicht an Mr. Hopes Klienten, wer auch immer das sein mag ...«

»Hat er das nicht gesagt?«

»Nein. Großes Geheimnis. *Anwälte*«, sagte Rafferty und verdrehte die Augen. »In zwei, drei Jahren wird dieses Land zehn, zwölf Millionen Dollar wert sein. Warum sollte ich es jetzt verkaufen? Nur um *sie* zufriedenzustellen?«

»Wen meinen Sie mit ›sie‹, Mr. Rafferty.«

»*Sie*, was glauben Sie denn? Meine *Gläubiger*. Andy und Jeannie. Sie können einfach nicht warten, obwohl sie geradezu im Geld schwimmen.«

»Wer ist Jeannie?«

»Seine Frau. Vor ein paar Jahren hat ihnen nicht mal das Schwarze unter den Fingernägeln gehört.«

Denselben Ausdruck hatte Byrd benutzt, um Raffertys derzeitige finanzielle Lage zu beschreiben. Mal abgesehen von dem Haus im Wert von fünf Millionen Dollar.

»Kaum haben sie es zu etwas Geld gebracht, machen sie auf vornehm«, sagte Rafferty. »Ich fahre einen verdammten Pontiac, von ihnen fährt jeder einen Jaguar. Einen weißen für sie, einen schwarzen für ihn. Richtig süß, oder? Lawson war ihr Mädchenname. Jeannie Lawson. Ich kannte sie, als sie noch auf der High-School war, ich habe ihr einen Teilzeitjob in meinem Büro gegeben, sie muß sechzehn, siebzehn gewesen sein. Sie hat einen ganzen Sommer lang für mich gearbeitet. Ich war derjenige, der es ihr ausgeredet hat, mit dem Zirkus durchzubrennen.«

Bloom war plötzlich ganz Ohr.

»Wann war das?« fragte er.

»Ich hab' Ihnen doch gesagt, als sie noch auf der High-School war. Ich war der einzige, der Andy damals auch nur gesagt hat, wie spät es ist. Florida ist nämlich der *Süden*, ganz gleich, wie viele Strände oder Palmen wir hier haben. Hier sind die Bürgerrechte einen Dreck wert, hier ist ein Nigger noch immer ein Nigger. Ich war der einzige, der sich mit Andy angefreundet hat. Und er hat es mir zurückgezahlt, indem er sie mir gestohlen hat.«

Bloom lauschte immer aufmerksamer.

»Keiner wollte mehr was mit ihr zu tun haben. Das war vor fünf oder sechs Jahren. Ein weißes Mädchen ließ sich mit einem *Schwarzen* ein? Hier im *Süden*? Der überdies noch fünfzehn, zwanzig Jahre *älter* ist als sie? Er hat als Bauarbeiter gejobbt, als meine Firma eine Siedlung baute. So haben sie sich kennengelernt. Sie nennen sich jetzt Afroamerikaner, so eine Scheiße, die müßten sich langsam mal entschließen, was sie wollen. Eine Blondine, Sie sollten sie mal sehen. Sie ist noch immer blond, aber ich glaube, sie ist jetzt Partnerin bei Revlon.«

Vor fünf Jahren, dachte Bloom. Damals war Maria Torrance siebzehn gewesen, etwa genauso alt wie die junge Jeannie Lawson.

»Und sie wollte mit dem Zirkus durchbrennen?« fragte er.

»Ja. Eine völlig verrückte Idee. Na ja, sie war ja auch völlig verrückt, oder? Sich mit Andy einzulassen ...«

»Was kam zuerst? Ließ Sie sich zuerst mit Andy ein, oder wollte sie zuerst mit dem Zirkus durchbrennen?«

»Andy. Die jungen Leute an der High-School von Calusa wollten sie *beide* mit Schimpf und Schande aus der Stadt jagen. Sie wollten Andy die Eier abschneiden, beide teeren und federn und dann aus der Stadt jagen. Sie hat mich eines Abends angerufen und mir gesagt, sie wolle mit dem Zirkus durchbrennen. Sie hat mir gesagt, sie könne mit den Elefanten arbeiten, auf dem Rücken eines Elefanten durch den Ring reiten. Ich habe sie gefragt, wer sie denn auf so eine verrückte Idee gebracht habe, und sie hat gesagt, sie habe mit dem Besitzer gesprochen, er hätte gesagt, sie habe gute Beine, und mit etwas Übung könne er sie zu einem guten Elefanten-Mädchen machen.«

»Was für ein Zirkus?« fragte Bloom.

»Ringling, glaube ich. Warum?«

»Wissen Sie das genau?«

»Vielleicht auch der andere hier, der kleine. Wer erinnert sich schon daran? Das ist schon lange her.«

»Fünf oder sechs Jahre, haben Sie gesagt ...«

»Ja, mindestens.«

»Wann genau war das?«

»Ich bin jetzt siebenunddreißig, also muß es ... Andy ist jünger als ich, das ist noch so 'ne Sache, die mich angekotzt hat, sie fing nicht nur was mit einem *Nigger* an, sondern auch mit einem Burschen, der *jünger* war als ich! Er muß damals achtundzwanzig, neunundzwanzig gewesen sein. Sie war siebzehn. Wie lange ist das also her?«

Bloom wartete.

»Ich war zweiunddreißig, ja, also ist es fünf Jahre her.

Schließlich haben sowohl Andy *als auch* Jeannie die Stadt verlassen. Tja, Andy mußte wirklich abhauen, sonst hätten sie ihn umgebracht.«

»Wohin sind sie gegangen?« fragte Bloom.

»*Er* nach Südamerika. *Sie* ist ein paar Monate später tatsächlich zum Zirkus gegangen.«

»Aber ... jetzt sind sie verheiratet«, sagte Bloom verwirrt.

»Ja, klar, sie sind verheiratet. Jeannie kam direkt nach dem Ende der Saison zurück. Sie war es leid, Elefantenscheiße zu schaufeln. Andy kam zwei Jahre später zurück. Mit einem Vermögen. Hat überall rumerzählt, er wolle jetzt seine kleine Braut heiraten. Das einzige Problem war, daß sie da schon verheiratet war.«

»Mit wem war sie verheiratet?« fragte Bloom.

»Mit mir«, sagte Rafferty.

Er wußte, daß er nicht tot war, weil er sich immer wieder an etwas erinnerte. Wenn man tot war, konnte man sich an nichts mehr erinnern, oder? Er war nicht der Ansicht. Er sah immer wieder Dinge, die gelb und zerklüftet in der Schwärze in seinem Kopf aufblitzten, aber er erinnerte sich auch an Dinge, an all die Gespräche, die er geführt hatte, an alles, was man ihm berichtet hatte. Gesprächsfetzen trieben durch die Dunkelheit, geflüsterte Geheimnisse, Dinge, die man ihm verraten hatte, Dinge, die er Stück um Stück zusammengesetzt hatte, ein gelbes Blitzen, dann noch eins, und noch eins, und noch eins, und er fiel, er erinnerte sich an alles.

Das Zirkusgelände.

Es wimmelte an diesem Dienstag nachmittag vor hektischer Betriebsamkeit. Steadman benahm sich, als sei er der Gutsherr, der Matthew über das Anwesen führte. Künstler grüßten ihn und unterbrachen ihre Proben, um etwas zu plaudern. Hier herrschte noch eine gewisse Zurückhaltung. Sie würden erst am 2. April auf Tour gehen, und das hieß, die Artisten hatten noch fast zwei Wochen, in denen sie ihre Vorstellung perfektionieren konnten. Also näherten sie sich ihren Nummern – und in der Tat auch einander – an, als wären es alte Freunde, bei denen es doch noch eine Zeitlang dauern würde, bis man sich wieder an sie gewöhnt hatte. Die Mädchen fielen viel zu oft von den riesigen Bällen, auf denen sie rollten, die Jongleure griffen bei viel zu vielen nicht angezündeten Fackeln daneben, und hier unter dem großen Zelt – in dem Steadman, an einer Zigarre paffend, neben Matthew saß – übten zehn Akrobaten, die unter dem gemeinsamen Namen Toy-Chen-Truppe bekannt waren, immer wieder ihre Eröffnung.

Dieser Stunt war genauso beeindruckend wie anspruchsvoll. Die jüngste der Chens, ein winziges Mädchen, das in Trikot und Strumpfhosen probte, sprang durch einen bis zum Boden hängenden, in der Mitte geteilten roten Seidenvorhang, kam laufend auf dem Boden auf und machte sofort einige Salti, die sie bis zum anderen Ende der Manege brachten. Als sie dort wieder auf die Füße sprang und die Arme zur Spitze des Zelts ausstreckte, lief die zweite Chen durch den geteilten Vorhang. Sie war nur ein paar Zentimeter größer als ihre jüngere Schwester. Sie kam auf dem Boden auf und schlug ebenfalls Salti, und ihr folgte ein wiederum etwas größerer Chen durch den Vorhang. Jedes nachfolgende Familienmitglied war wieder ein Stück größer, bis schließlich nacheinander die drei ältesten Chen-Brüder herauskamen, gefolgt von Papa Chen, dem größten von allen. Sie machten Salti bis zum Ende der Schlange; die winzigste Chen stand vorn, der größte hinten.

Dabei kam es darauf an, erklärte Steadman, einen gewissen Schwung und Gleichklang zu bewahren, so daß es fast den Anschein hatte, ein und derselbe Akrobat käme immer wieder von neuem durch diesen Vorhang und sei dabei jedesmal ein Stück gewachsen. Hier war – wie bei jeder Zirkusnummer – das Timing von ausschlaggebender Bedeutung. Der neue Sprungartist mußte durch den Vorhang kommen und in genau dem Augenblick den ersten Salto machen, in dem sein Vorgänger den letzten beendete und in die Luft sprang.

»Sie kommen aus Schanghai«, sagte Steadman. »Die besten Akrobaten auf der ganzen Welt kommen aus China. Da drüben entwickelt man allmählich auch ein paar gute Trapeznummern. Die haben bei ihnen nämlich keine Tradition, ganz im Gegensatz zu den Akrobaten, aber sie werden langsam sehr geschickt darin. Sie werden sehen, in zwei, drei Jahren habe ich chinesische Trapezkünstler, die genauso gut wie die McCulloughs sind.«

Matthew wurde plötzlich klar, warum er den Zirkus nicht mochte.

Er mochte ihn nicht, weil er langweilig war.

Er beobachtete, wie die Familie Chen Gott weiß wie oft ihren Auftritt probte, immer und immer wieder, bis es den Anschein hatte, daß nicht zehn, sondern *zehntausend* Chinesen zunehmender Größe in empfindungslos machender Abfolge durch den roten Vorhang sprangen, wiederholt Salti durch das Zelt machten, unaufhörlich auf die Füße sprangen und die Arme immer wieder gen Himmel rissen, während wie durch Zauberei ein Grinsen auf den zehn strahlenden asiatischen Gesichtern erschien, Papa Chen dann mit den Fingern schnippte und eine Hand hochriß, um den nächsten Stunt einzuleiten – doch nein, die nächste Übung wurde noch einmal zurückgestellt, während alle Chens erneut hinter jenen geheimen Seidenvorhang huschten (der jetzt ein tolles Geheimnis barg) und sich darauf vorbereiteten, ein letztes Mal (wie Matthew hoffte) die Eröffnung zu proben, die er mittlerweile mindestens ein Dutzend Mal gesehen hatte.

Diesmal war die Kapelle dabei.

Es lebe die Kapelle, dachte er.

Und diesmal schnarrte der Trommelwirbel und blies die Trompete, als die erste Chen, dieses winzige, drei oder vier oder fünf Jahre alte kleine Herzchen, mit hoch in die Luft gereckten Armen durch den Vorhang sprang, den ersten dieser verdammten Salti machte, zum Klang der Trommel durch die Manege sprang, einmal, zweimal, dreimal, viermal, fünfmal und *bingo*! Bei einer lauten Trompetenfanfare kam es auf den Füßen zu stehen, während die nächste, etwas größere Chen im gleichen Augenblick mit einem Grinsen, das *Hallo, Leute, da bin ich! Überraschung!* besagte, durch den Vorhang sprang. Matthew hatte den Eindruck, jederzeit einspringen und mitmachen zu können.

Es erinnerte ihn an den alten Witz über den Fremden in New York, der sich auf der Straße bei einem Einheimischen erkundigte: »Wie komme ich zur Carnegie Hall?«

»Durch viel Übung«, erwiderte der Einheimische.

Matthew wurde klar, daß es nur eine Sache der Übung war. Übung und Wiederholung. Und das machte es auf lange Sicht so langweilig vorhersagbar. Wenn man einen Zirkus gesehen hat, dachte er, hat man alle gesehen. Man weiß, daß es die große Eröffnungsnummer geben wird – mit den Proben dafür würden sie, wie Steadman ihm bereits mitgeteilt hatte, in der nächsten Woche beginnen, und nächste Woche Freitag war dann die Kostümprobe dran, das ›Spektakel‹, wie sie es nannten; dabei würden alle Artisten voll kostümiert auftreten. Und nach der Einleitung kam die Raubtiernummer, und dann kamen die Clowns, die das Publikum vom Abbau der Käfige ablenkten, und dann eine Trapeznummer, und dann wieder was mit Tieren, entweder Hunde, Pferde, Seelöwen, Elefanten oder Einhörner, und dann all die Sprungartisten, die durch die Manege hechteten und flogen und sprangen und tanzten und hüpften, ungeheuer wagemutige Stunts, die einen vom Hocker reißen sollten, während sie einen in Wirklichkeit langsam einschläferten.

Übung, Übung, Übung.

Matthew wollte etwas über die siebzehnjährige Ausreißerin namens Jeannie Lawson wissen. War *Steadman* der Besitzer, der ihr gesagt hatte, ›mit etwas Übung könne er sie zu einem guten Elefanten-Mädchen machen‹? Und hatte er gewußt, daß sie nun mit einem Mann namens Andrew Byrd verheiratet war, der eine Hypothek auf das Land besaß, das

Steadman kaufen wollte, und eine Zwangsversteigerung durchsetzen wollte?

Steadman schaute überrascht drein.

Er hatte die Zigarre aus dem Mund genommen, hielt sie zwei Zentimeter von den Lippen entfernt in der Hand, sah genauso aus wie ein unerfahrener Schauspieler, der Überraschung vortäuschen wollte, den Mund zu einem kleinen O geöffnet, die Stirn gerunzelt, während die Chens zum zweiten Teil ihrer Vorstellung übergingen, der ebenfalls zehntausendvierhundertundsiebenundzwanzigmal geprobt wurde, damit sie jene hohe Ebene der Perfektion erreichten, die nötig war, um *vollendete* Langweile zu verbreiten. Matthew fiel plötzlich ein schmutziger Limerick über Langeweile ein, und er hätte fast laut gelacht, als er ihm durch den Kopf ging.

Es war ein Mädchen in einer Abtei,
dessen Leben war großes Einerlei.
Es zählte die Härchen
auf seinem Bärchen
Und kam auf viertausenddreihundertundzwei.

Steadman mußte auf Matthews Gesicht den Ansatz eines Lächelns entdeckt haben. Sein Ausdruck der Überraschung wandelte sich in einen der schwachen Verwirrung. Oder versuchte er, einen Zusammenhang zwischen dem vielleicht längst vergessenen Elefanten-Mädchen namens Jeannie Lawson und dem aktuellen Gläubiger namens Andrew Byrd herzustellen?

»*Wer*?« sagte er.

Wen meint er den jetzt? fragte Matthew sich.

»Jeannie Lawson«, sagte er. »Jeannie Byrd. Andrew Byrds Frau.«

Damit war wohl jeder Zweifel ausgeschlossen.

»Wie ich Ihnen schon gesagt habe, ich *weiß* nicht, wem das Gelände gehört. Ich habe die Information, daß Sun and Shore …«

»Ja.«

»Wollen Sie etwa behaupten, daß das Land jemandem namens Andrew Byrd …«

»Nein, es gehört ihm nicht. Er hat eine Zwangsversteigerung beantragt.«

»Und Sie behaupten, er sei mit einer Frau verheiratet, die einmal *Elefanten-Mädchen* bei Steadman & Roeger war?«

»Vielleicht.«

»Wie lange ist das her?« sagte Steadman und paffte wieder an seiner Zigarre. Sie war ausgegangen. Er holte ein Streichholzheftchen aus seiner Weste – Matthew fragte sich, wie viele Männer in den USA noch Westen trugen – und zündete die Zigarre wieder an. Dichte Rauchschwaden verpesteten die Luft. In der Manege sprangen die Chens wieder durch Reifen, immer und immer und immer wieder. Viertausenddreihundertundzweimal.

»Sie müßte vor fünf Jahren zu Ihnen gekommen sein«, sagte Matthew. »Und sie blieb …«

»Und Sie erwarten, daß ich mich noch daran erinnere …?«

»… nur eine Saison lang. Sie behauptet, der Besitzer hätte ihr gesagt, er könne sie zu einem guten Elefanten-Mädchen machen.«

»Der *Dompteur* heuert die Leute an, die bei seiner Elefantennummer mitmachen«, sagte Steadman. »Nicht der Zirkusbesitzer.«

»Hatten Sie damals eine Elefantennummer?«

»Wir hatten *immer* eine Elefantennummer. Ich glaube, ich habe Ihnen gesagt …«

»Ja.«

»… daß die Elefanten und Raubkatzen etwa vierzig Prozent des Publikums anlocken.«

»Ja. Erinnern Sie sich noch, *welche* Elefantennummer Sie damals hatten?«

»Vor fünf Jahren«, sagte Steadman und paffte nachdenklich an der Zigarette. Während die Chens auf die Schultern ihrer Geschwister sprangen, versuchte der Schlagzeuger, das

Zelt mit einer Reihe Wirbeln auf der Baßtrommel zum Einsturz zu bringen. »Das war also … mal überlegen.« Er paffte erneut an der Zigarre und stieß eine riesige Rauchwolke aus. Matthew rechnete halbwegs damit, daß eine der kleineren Chens versuchen würde, durch die Schwaden zu springen. »Ja, das muß Rudi Kroner gewesen sein. Der beste Elefanten-Dompteur in der Branche. Sein Sohn ist jetzt bei Beatty-Cole. Hans Kroner, fast so gut, wie sein Vater es war.«

»Wo ist der Vater jetzt?«

»Tot.«

»Erinnern Sie sich vielleicht, ob er ein junges Mädchen namens Jeannie Lawson eingestellt hat?«

»Rudi hatte für junge Mädchen was übrig«, sagte Steadman. »Er hat ihnen ganz knappe Kostümchen angezogen und sie auf die Bullen gestellt. Blaue Kostüme, er … Augenblick mal, Augenblick mal. War sie diejenige, die irgendwelchen Ärger mit einem *Schwarzen* hatte?«

»Ich bin mir nicht sicher, ob man es *Ärger* nennen könnte, aber …«

»Sie mußte aus der Stadt verschwinden, bevor man ihr die Haut bei lebendigem Leib abzog? War sie das?«

»Ja«, sagte Matthew.

»O ja, an *die* erinnere ich mich, allerdings«, sagte Steadman. »Jeannie Lawson, ganz genau. Ein wildes kleines Ding. Stieß im März dazu, schon ziemlich am Ende der Saison. Willa hat versucht, sie unter ihre Fittiche zu nehmen … na ja, sie hat versucht, jedes junge Tanzmädchen zu bemuttern, das ihr unter die Augen kam …«

Und während Steadman nun Wolken von galligem Rauch in die Luft schickte, die Chens unaufhörlich eine Übung nach der anderen probten und die Trompete, das Schlagzeug und die Posaune jede ihrer komplizierten Bewegungen unterstrich, grub Steadman in seinem Gedächtnis nach einer schon fünf Jahre vergangenen Zeit und versuchte Matthew sich diese Willa Torrance vorzustellen, eine gerade mal fünfundachtzig Zentimeter große Frau, die diese jungen Mädchen *bemutterte*, die fern der Heimat waren. Sozusagen das berühmte kleine Mädchen des Zirkus, das Mädchen, die jünger – wenn auch nicht unbedingt kleiner – als sie waren, Trost und Führung bot, Fünfzehn- und Sechzehnjährigen, manche sogar *noch* jünger, die mit einem *Zirkus* reisten – was nicht ganz dasselbe war, als Novizin beim Konvent der Heiligen Tränen der Mutter Gottes zu sein. Manchmal mußte man …

… Zwölf- oder Dreizehnjährige mit dem Kopf nach unten an einem Seil aufhängen, in einem Kostüm, das so eng war, daß es jede Spalte zeigte, die das Mädchen hatte. Jeannie Lawson war ein hübsches kleines Ding, lange Beine, gute Brüste, und es kam mit einem Ruf zum Zirkus, der ihr wie eine Kanonenkugel vorauseilte. Rudi kleidete all seine Helferinnen in Blau, eine gute Komplementärfarbe zum Grau seines Elefantenbullen. Er mußte seine Tiere scheren, damit die rauhen Borsten nicht die Kostüme der Mädchen aufrissen, und verpaßte ihnen ihre Frisuren mit einem Flammenwerfer.

Die wichtigste Eigenschaft der sogenannten Chor- oder Show- oder Ballett-Girls war eine Figur, die in einem engen Trikot gut aussah. Es gab noch eine Eigenschaft, die ein *Elefanten*-Mädchen darüber hinaus aufweisen sollte: Mut. Es kam einem womöglich ganz einfach vor, auf dem kuppelförmigen Kopf eines Elefanten zwischen dessen Ohren zu sitzen, mit so gut wie nichts bekleidet, einen Arm gehoben, um dem Publikum fröhlich zuzuwinken, aber wenn man die unbestreitbare Tatsache in Betracht zog, daß ein normal ausgewachsener afrikanischer Elefantenbulle zwischen vier und fünf Tonnen wiegen und einen in einem Sekundenbruchteil zertrampeln konnte, ohne mit der Wimper zu zucken, war es vielleicht verständlich, warum ein zartes Ding von fünfundfünfzig Kilo es sich zweimal überlegte, ob es auf dessen Rücken klettern sollte. Und genau deshalb waren Elefanten-Mädchen so begehrt. Nicht, daß Jeannie Lawson beim Schauspiel *Die Schöne und das Biest* noch irgendwelche Hilfe gebraucht hätte.

Am Aufreißtag hatte Jeannie, wenn Steadman sich recht

entsann, nicht einen, sondern *zwei* junge Burschen ausgewählt. Nachdem sie gerade dem Schicksal entkommen war, die goldenen Locken kurzgeschoren zu bekommen, mit einem scharlachroten N auf der Stirn gebrandmarkt, mit heißem Teer und flauschigen weißen Federn bedeckt und dann mit Schimpf und Schande aus ihrer toleranten Heimatstadt Calusa in Florida gejagt zu werden, schien sie nun aus ihrem zweifelhaften Ruhm einen eigensinnigen Stolz zu gewinnen. Nicht jedes weiße Mädchen im Süden konnte sich brüsten, mit einem Schwarzen ins Bett gegangen zu sein. Damals gab es zwei schwarze Hilfskräfte, die für S & R arbeiteten, und Jeannie begann ihre knospende Karriere mit ihnen, nahm sie buchstäblich an ihren Busen, zuerst nacheinander und dann gleichzeitig, und warf sie wieder aus ihrem Wohnwagen, als Rudi Kroner sie dann für sich beanspruchte; er hatte der siebzehnjährigen High-School-Abgängerin nicht umsonst versprochen, sie ›mit etwas Übung zu einem guten Elefanten-Mädchen zu machen‹.

Offensichtlich übten sie den gesamten April, Mai und Juni über, inner- *und* außerhalb der Manege. Aber am fünfzehnten Tag eines sowieso schon sehr heißen und schwülen Junis war Jeannie der – denn darauf lief es hinaus – wilden Ehe mit einem viel älteren Mann überdrüssig und bändelte zuerst mit Jewgenji Zwonkowa – Onkel von Boris, der heutzutage gemeinsam mit seiner Frau Rimma Chef der Zwonkowa-Familie war – und dann mit dem ortsansässigen Raubtierdompteur an, Davey Sheed, König der Raubtiere. Das Wunder war, daß Rudi der jungen Jeannie keinen Tritt in den hübschen kleinen Arsch verpaßte und sie aus der Elefantennummer warf. Aber zu jener Zeit war die Saison schon gut in Fahrt, und schließlich *hatte* er sie ja ausgebildet, und es wäre schwierig, wenn nicht sogar unmöglich gewesen, sie in diesem späten Stadium des Spiels zu ersetzen. Außerdem begünstigte sie ihn noch mit ihrer Anwesenheit in seinem Wohnwagen, wann immer der Sinn ihr danach stand oder sie etwas juckte.

In der Zirkussprache galt Jeannie als ›Spezialistin‹. Damit war nicht gemeint, daß sie ein gutes Elefanten-Mädchen war – was sie übrigens in der Tat zu sein schien, sie schien eine sofortige, natürliche Zuneigung für die riesigen Tiere zu haben. Nein, es bedeutete, daß sie angeblich gierig Organe verschlungen oder sonstwie eingeführt hatte, die größer als die Trompeten der Blaskapelle waren, einschließlich das von Andrew Byrd, eine Fähigkeit, wegen der sie jeder Zirkusmann im Umkreis von einem Kilometer bereitwillig ins Herz schloß. Ihr Geruch schien ihnen so sicher in die Nasen zu dringen wie die klebrige Substanz, die die Drüsen der Elefantenkühe absonderten, wenn sie zeitweilig vor Begehren entflammt waren. Jeannie Lawson schien *ständig* vor Begehren entflammt zu sein. Was vielleicht der Grund war, weshalb Willa Torrance sie zur Seite nahm, um ein kleines Gespräch von Herz zu Herz, sozusagen von Mutter zu Tochter, zu führen.

Willa hatte keine Ahnung, daß viele der Leute, die mit S & R reisten, sie als Kleine Miss Wohltäterin vor dem Herrn bezeichneten, ein Spitzname, der erstens auf einer unnachgiebigen Hingabe an den lieben Gott beruhte, die ihr ihre Methodisteneltern in Ohio eingepaukt hatten, die übrigens beide von völlig normalem Wuchs waren, und zweitens auf dem missionarischen Eifer, bei den dem Alkohol nicht abgeneigten Hilfskräften und den gerade geschlechtsreif werdenden Teenagern, die bei jedem Zirkus mitreisten, Sozialarbeit zu leisten.

Die junge Jeannie Lawson wollte nichts davon wissen.

Mit nicht unbestimmten Ausdrücken erklärte sie Willa, sie sei eine *erwachsene* Frau, die keinen Rat von jemandem brauche, der ihr gerade mal bis an die Kniekehlen ging – zumindest drückte sie sich so ähnlich aus –, und schlug vor, daß Willa sie in Ruhe ließ, wenn nicht eine von Daveys Großkatzen sie in einer dunklen und stürmischen Nacht mit einem einzigen Bissen verschlingen sollte. Willa war zwar Mitbesitzerin des Zirkus, brachte aber nicht den Mut auf, dessen Hauptattraktion und größten Star zu feuern, mit dem Jeannie nun mal zufällig bumste. Sie machte einen Rückzieher. So hieß es zumindest.

Jeannie blieb beim Zirkus, bis er im Oktober nach Calusa zurückkehrte. Dann verabschiedete sie sich von ihren zahlreichen Bettgefährten – zu denen nun, am Ende der Saison, gerüchteweise auch einige der jüngeren Mädchen gehörten – und ging lächelnd in den Sonnenuntergang davon. Steadman hatte sie nie wiedergesehen.

»Ich nehme an, sie hat wieder ein Stadtleben geführt«, sagte er nun zu Matthew. »Obwohl ich Ihnen sagen muß, wenn man erst mal auf den Geschmack gekommen ist, ist es nicht immer einfach, wieder ein bürgerliches Leben aufzunehmen. Aber jetzt sagen Sie mir mal ...«

»Ja. Sie ist mit einem Mann namens Andrew Byrd verheiratet, der ...«

»Ich kenne den Namen nicht.«

»Er ist der Schwarze, den Sie gerade erwähnt haben.«

»Tja, Sie wissen doch, wie es so schön heißt.«

»Nein, wie heißt es denn so schön?«

»Sobald eine Frau erst mal Geschmack an Lakritze gefunden hat ...«

Steadman beendete den Satz nicht. Er runzelte die Stirn, lächelte wissend und wollte an seiner Zigarre ziehen, doch sie war schon wieder ausgegangen. Matthew sah ihm zu, wie er sie anzündete. Die Chens machten gerade ihren Abtritt durch den roten Seidenvorhang. Wie es dem ältesten Chen als Patriarch gebührte, schritt er mit königlicher Haltung aus der Manege.

Zwei der Frauen trippelten ein paar Schritte hinter ihm her. Das kleinste Chen-Mädchen rollte den Vorhang auf. Zwei Trapezartistinnen in Trikots, Strumpfhosen und Ballettschuhen stampften flachfüßig durch den Ring zu einer Leiter, die gut einen Meter über ihren Köpfen hing. Eine von ihnen löste ein Seil aus seiner Klampe und zog die Leiter hinab, während die andere die Hände in die Hüften stemmte und zusah. Die beiden waren höchstens fünfzehn Jahre alt. Matthew dachte noch immer über Jeannie Lawsons einzige Saison beim Zirkus nach.

»Vielleicht sehen Sie sie wieder«, sagte er zu Steadman.

»Wieso?«

»Wenn Byrd den Zwangsverkauf durchsetzen kann und Sie das Land noch immer haben wollen ...«

»Natürlich will ich es haben«, sagte Steadman.

»Na ja, sie ist nicht nur seine Frau, sondern auch Teilhaberin seiner Firma.«

»Kleine Welt, nicht wahr?« sagte Steadman.

Susan rief um 14 Uhr 37 an diesem Dienstag nachmittag ihre Tochter an. Sie hatte das Krankenhaus um zehn Uhr morgens verlassen, aber so lange gebraucht, um den Mut dazu aufzubringen. Sie lauschte nun, während am anderen Ende der Leitung das Telefon klingelte. Als sie das letztemal mit Joanna gesprochen hatte, hatte ihre Tochter ihr erzählt, daß es dort oben in Massachusetts schneite. »Aber andererseits«, hatte Joanna hinzugefügt, »schneit es hier oben in Massachusetts *immer.*«

Das Telefon hing im Gang des Wohnheims, aber Joannas Zimmer lag genau am anderen Ende des Korridors. Susan wartete.

»Wohnheim Logan«, sagte ein junges Mädchen atemlos.

»Hallo, dürfte ich bitte mit Joanna Hope sprechen?« sagte Susan.

»Wer ist da, bitte?«

»Ihre Mutter.«

»Sekunde, ich sehe nach, ob sie auf ihrem Zimmer ist.«

Susan wartete.

Einen Augenblick später erklang die Stimme eines anderen Mädchens. »Hallo, ist da jemand?« fragte es.

»Ja«, sagte Susan. »Ich warte auf Joanna Hope.«

»Oh, tut mir leid«, murmelte das Mädchen. »Ich dachte, jemand hätte den Hörer nicht eingehängt.«

»Nein, hier ist jemand«, sagte Susan.
»Tut mir leid«, wiederholte das Mädchen.
Susan hörte ihre Schritte, die sich durch den Gang entfernten. Sie wartete weiterhin.
»Hallo?«
Joannas Stimme. Gott sei Dank.
»Schatz«, sagte sie.
»Was ist los?« fragte Joanna sofort. »Was ist passiert?«
»Schatz ...«
»O Gott, nein«, sagte Joanna. »Was ist los? Hat er einen Herzanfall oder so gehabt?«
Sie wunderte sich, wie immer, über die intuitiven Kräfte ihrer Tochter, wenn es um irgend etwas ging, das Matthew betraf, verspürte erneut den leichten Anflug von Eifersucht, den sie immer fühlte, wenn sie erkannte, wie tief ihre Liebe zueinander war.
»Dein Vater liegt im Krankenhaus«, sagte sie.
Seit der Scheidung nannte Susan ihn nicht mehr ›Dad‹ oder ›Daddy‹, wenn sie mit ihrer Tochter sprach. Er war formell zu ›deinem Vater‹ geworden. Dein Vater liegt im Krankenhaus.
»Was ist passiert?« fragte Joanna. Derselbe gebieterische, ungeduldige Tonfall.
»Er wurde angeschossen.«
»Was?«
»Jemand hat auf ihn geschossen.«
»Wann? Was meinst du damit? Angeschossen? Wie ...?«
»Am Freitag abend. Er hat sich mit jemandem in Newtown getroffen ...«
»In Newtown ...«
»Und er wurde angeschossen. Er liegt jetzt im Semikoma.«
Es war besser, den höchst unwissenschaftlichen, laienhaften Begriff zu benutzen, als ihr die verschiedenen Bewußtseinsebenen zu erklären.
»Was soll das heißen?« fragte Joanna sofort. »Semikoma?«
»Er ist weder wach, noch liegt er im Koma. Der Arzt hat gesagt ...«

»Wer? Welcher Arzt?«

»Spinaldo.«

»Wer ist das?«

»Der Mann, der deinen Vater operiert hat.«

»Wo wurde er angeschossen?«

»Schulter und Brust.«

»Wie kann er dann im *Koma* liegen?« fragte Joanna. Ihre Stimme wurde lauter. »Ich dachte, nur bei Kopfverletzungen …«

»Er liegt *nicht* im Koma. Sie könnten ihn aufwecken. Aber …«

»Ist er also bei Bewußtsein?«

»Nein. Aber …«

»Dann liegt er im Koma.«

»Nein, Schatz. Der Arzt …«

»Mom, liegt er im Koma oder nicht?«

»Der Arzt hat das Wort Semikoma benutzt. Das ist das Wort, das ich auch benutzt habe. Es ist kein wissenschaftlicher Ausdruck, beschreibt den Zustand deines Vaters aber am besten. Das ist genau das, was der Arzt gesagt hat.«

»Ich komme nach Calusa, Mom. Ich …«

»Nein, ich glaube, das ist nicht notwendig.«

»Ich erkundige mich, wann die nächste Maschine fliegt, und reserviere einen Platz.«

»Schatz, ich glaube, das ist noch nicht nötig.«

»Was meinst du mit ›noch nicht‹?«

»Ich meine, es besteht nicht die Gefahr, daß dein Vater …«

»Ja, was?«

»Daß er *sterben* wird oder so. Der Arzt hat nicht …«

»Ich will bei ihm sein, wenn er aufwacht.«

»Na schön, Schatz.«

»Kann ich das Ticket mit meiner Visa-Karte bezahlen?«

»Ja, in Ordnung. Ruf mich an, wenn du weißt, wann die Maschine hier landen wird. Ich hole dich dann vom Flughafen ab.«

»Das mußt du nicht. Ich nehme mir ein Taxi direkt zum …«

»Ich will es aber.«
»Mom?«
»Ja, Schatz?«
»Mom … wie schlimm ist es?«
»Ich weiß es wirklich nicht.«
»Na schön, Mom, ich klemme mich jetzt hinters Telefon.«
»Ruf mich an, wenn du weißt, welchen Flug du bekommen hast.«
»Mach' ich. Hoffentlich kriege ich heute nachmittag noch einen.«
»Ruf mich an.«
»Ja, Mom. Später.«
In der Leitung klickte es.
Susan legte den Hörer auf.
Sie wünschte, sie würde wissen, was sie nun fühlte.

Als Warren und Toots an diesem Dienstag nachmittag auf dem Zirkusgelände eintrafen, erfuhren sie, daß Steadman in einer Konferenz mit seinen Marketing-Leuten war und erst gegen vier oder fünf Uhr Zeit für sie haben würde. Auf Warrens Digitaluhr war es 2 Uhr 57.

»Was meinst du?« fragte er Toots. »Sollen wir warten?«

»Sprechen wir inzwischen doch mal mit den McCulloughs«, sagte Toots.

»Warum?«

»Erkundigen wir uns nach Sams Mutter.«

»Sams *was*?«

»Seine Mutter. Aggie. Die Frau, mit der Peter Torrance durchgebrannt ist.«

»Ach so. Ja. Warum?«

»Ich mag Leichen im Keller. Du nicht?«

»Nicht besonders.«

»Ich liebe sie geradezu«, sagte Toots. »*He, Sie!*« rief sie einem Burschen zu, der mit einem Mop und einem Eimer Wasser an ihnen vorbeiging. »Wo finden wir die McCulloughs?«

»Welche?« sagte der Mann. »Hier gibt es insgesamt sechs Stück davon.«

»Sam und ... wie heißt sie noch gleich?«

»Marnie?«

»Ja, kann sein.«

»Sie fliegen wahrscheinlich gerade durch das Zelt«, sagte der Mann und fing unerwarteterweise an zu kichern.

Warren sah ihn an. »Wo sind sie, wenn sie nicht fliegen?« fragte er.

»Im Wohnwagen ganz vorn«, sagte der Mann. »Sie finden ihren Namen in roten Buchstaben auf der Seite. The Flying McCulloughs. So nennen sie sich.«

»Danke«, sagte Warren.

»Sie sollten aber zuerst mal im Zelt nachsehen«, sagte der Mann. »Sie proben praktisch Tag und Nacht.«

»Danke«, sagte Warren noch einmal.

Mit der ungezwungenen Vertrautheit eines Mannes, der schon unzählige Male hiergewesen war (in Wirklichkeit einmal) und den Weg kannte, führte er Toots zu der Öffnung in dem großen Zelt und dann hinein. Das Zelt war leer bis auf sechs Leute, die etwa zwölf Meter über dem Boden auf Plattformen standen. Sie trugen hautenge rosa Kostüme. Je ein Mann und eine Frau standen auf den Podesten rechts und links, zwei weitere Männer saßen auf Trapezen, die bewegungslos zwischen den Plattformen hingen. Warren vermutete, daß es sich um die Flying McCulloughs handelte. Um alle sechs. Er und Toots nahmen auf einer Bank ohne Lehne Platz und schauten hinauf. Der Mann auf dem rechten Podest sagte etwas zu der Frau neben ihm. Toots war gerade aufgefallen, daß alle McCulloughs blond waren. Sie fragte sich laut, ob sie gefärbt waren. Warren nahm es an. »Gehört zu ihrer Nummer«, sagte er. Er wünschte, er könne hören, was sie dort oben redeten. Er mochte alle Arten von Fachsprachen, alle Insiderjargons. Er liebte sogar die Gaunersprache. Regionale Dialekte, Slangs, Geheimsprachen, das alles faszinierte ihn, was er Toots nun verriet. Sie sah ihn an und sagte: »Ach?«

»Wirklich«, sagte er.

Sie sahen sich einen Augenblick lang in die Augen.

»Mich auch«, sagte sie, wandte sich ab und schaute zu dem Podest hinauf, das hoch über ihnen war. Der Mann darauf hatte sich nun auf ein Trapez geschwungen und es in Bewegung gesetzt.

»Nur noch ein letztes Mal den doppelten Passiersprung«, rief er den beiden Männern zu, die noch immer ziemlich gelangweilt auf den beiden mittleren Trapezen saßen. Warren vermutete, daß sie die Fänger waren, obwohl sie noch nicht mit den Köpfen nach unten hingen. Er und Toots schauten wieder zu den Podesten rechts und links, zwischen denen sich ein beträchtlicher Abstand aus leerer Luft befand. Die beiden sogenannten Fängertrapeze teilten diesen Leerraum in Drittel. Zuerst kam das rechte Podest, dann in einiger Entfernung und etwas tiefer das erste, dann wieder in einiger Entfernung das zweite Fängertrapez und schließlich das linke Podest. Das alles zwölf Meter über dem Boden des Zeltes. Blonde Menschen, wohin man schaute. Und rosa Trikots. Ein blonder Mann und eine blonde Frau auf jeder Plattform, und die beiden blonden Fänger auf ihren Trapezen, die sie nun in Bewegung setzten.

Nun sahen die beiden dort oben vier sich bewegende Pendel, die hin und her schwangen, zuerst aufeinander zu, dann voneinander fort, in einem Rhythmus, von dem Warren wußte, daß er genau berechnet und getimt war. Er vermutete, daß sie dort oben leise vor sich hinzählten. Er vermutete, daß die Flieger auf den Podesten nach dem Schwung der Fängertrapeze zwischen ihnen berechneten, wann sie ihre Trapeze loslassen mußten. Was sie vorhatten, wußte er allerdings noch nicht. Hätte er auch nur den geringsten Schimmer gehabt, hätte er sich die Hände vor die Augen gehalten.

Jetzt war dort oben kein Geräusch mehr zu vernehmen, nicht mal ein Flüstern.

Nur die schwingenden Trapeze der Fänger, die stumm zählenden Flieger, die Trapeze rechts und links, die auf ihre jeweiligen Podeste zuhielten und sich wieder von ihnen entfernten – und plötzlich waren sie unterwegs!

Gleichzeitig Sprünge rechts und links, beide Flieger ergriffen ihre Stangen, als sie die höchsten Punkte ihrer jeweiligen Wege zu den Podesten erreichten. Dann schwangen die Trapeze wieder zurück, und diesmal hing an jedem ein Flieger, und bewegten sich in unvermeidlichen Bögen auf die Fänger zu, die sich ebenfalls in unvermeidlichen Bögen bewegten. Und dann …

Gott im Himmel!

Es schien nur einen Herzschlag lang zu dauern. Die beiden Flieger ließen ihre Trapeze plötzlich los und machten Salti …

Warren riß die Augen weit auf.

Toots ergriff seine Hand und drückte sie fest.

Die beiden Flieger glitten mitten in der Luft aneinander vorbei …

Warren hatte noch nie …

Großer Gott, er hatte noch *nie* …

»Hast du *das* gesehen?« rief Toots und drückte erneut seine Hand …

Die beiden Flieger glitten aneinander vorbei, während sie ihre Salti machten, bogen ihre gekrümmten Körper dann gerade und streckten die Arme nach ihren jeweiligen Fängern aus. Rechts und links berührten sich Fänger und Flieger, umklammerten sich an den Gelenken und hielten sich fest, und die Fänger schwangen wieder zu den Podesten rechts und links zurück, und die Flieger ließen los, bogen die Rücken, berührten mit den Füßen die Podeste, und langhaarige Blondinen griffen nach ihnen und hielten sie fest, und alle rissen die Arme zu dem traditionellen Ta-*ra*-Gruß hoch. Warren und Toots brachen spontan in Applaus aus.

Warren mußte immer wieder daran denken, wie Toots seine Hand gedrückt hatte.

Sie saßen auf der Akrobaten-Seite des Küchenzeltes und

genossen – zumindest Warren – den zweiten Nachmittagsdrink mit Sam und Marnie McCullough. Toots trank nichts, obwohl sie durchaus einen Drink hätte gebrauchen können nach dem, was sie gerade da oben gesehen hatte. McCullough schenkte aus einer Flasche Johnnie Walker Black in Plastikbecher nach. Marnie kam von der Eismaschine am anderen Ende des Zeltes zurück. Ihr langes blondes Haar schwang, die Hüften und der Hintern in dem engen Trikot schwangen, und ihr Gesicht war völlig ausdruckslos, obwohl sie die bewundernden Blicke der Männer an den Tischen hüben und drüben einfach bemerken *mußte*. Sie stellte den kleinen Plastikeimer ab, den sie mit Eis gefüllt hatte, und setzte sich neben Toots, die noch immer davon schwärmte, was die McCulloughs da oben unter der Kuppel des Zelts vollbracht hatten.

»Soweit ich weiß, sind wir die einzigen Trapezkünstler, die diesen Trick beherrschen«, sagte McCullough. »Er ist viel schwerer als ein Viererwurf ...«

»Das kann man laut sagen«, warf Marnie ein. »In meinen bitte etwas Soda, Sam ...«

»... weil zwei Flieger gleichzeitig in Bewegung sind, und *dazu* noch die Trapeze ...«

»*Und* die Flieger, die einzeln aneinander vorbeifliegen. Falls das nicht sauber vonstatten geht, könnten sie sich selbst *und* ihre Fänger ins Netz reißen.«

»Mein Onkel hat diesen Trick erfunden«, sagte McCullough und grinste, offensichtlich zufrieden, daß er schon so früh in der Probephase so gut geklappt hatte. Er schien auch von Toots' überschwenglichen Komplimenten sehr angetan. Warren bemerkte, daß sein Blick immer wieder zu ihr zurückglitt, als er den Scotch einschenkte.

»Sie wollen ganz bestimmt keinen, Toots?«

»Wirklich nicht, vielen Dank. Ich trinke nicht.«

»Ganz bestimmt nicht?«

»Ganz bestimmt nicht.«

»Soll ich Sie so nennen? Toots?«

»So heiße ich.«

»Zum Wohl, Mr. Chambers.«

»Warren«, sagte Warren.

Er mußte auch daran denken, daß ihre Blicke sich begegnet waren und sie sich dann lange angesehen hatten, als sie erkannten, daß beide etwas für ›Fachsprachen‹ übrig hatten. Irgendwie kam Warren das wichtig vor.

»Also prost«, sagte Marnie und hob ihren Becher.

»Prost«, sagte Warren und fragte sich, ob Toots es mißbilligte, daß er ein Gläschen trank – na ja, eigentlich *zwei* Gläschen, wenn man diesen Drink mitzählte –, während er sozusagen im Dienst war. Aber zum Teufel damit, er war kein Polizist, er war privater Unternehmer. Für ihn gab es so etwas wie Dienst nicht. Doch er entdeckte tatsächlich eine gewisse *Regung* bei ihr, ein winziges Stirnrunzeln zwischen den Brauen, das zu besagen schien: Paß auf, Warr, wir brauchen hier einen klaren Kopf. Aber sein Kopf *war* klar. Er verstand schließlich jedes Wort, oder? Und er wußte genau, was er McCullough und seine wohlgeformte Frau fragen wollte, deren hautenges rosa Trikot zu zerspringen drohte, obwohl es ursprünglich Toots' Idee gewesen war, mit ihnen zu sprechen. Er fragte sich plötzlich, wie Toots in diesem rosa Kostüm aussehen würde. Oder in *irgendeinem* knappen Kostüm, was dies betraf. BH und Höschen zum Beispiel. Ob nun rosa oder nicht.

Im Vergleich zu der anderen Blondine, neben der sie saß, sah Toots unschuldig und frisch und irgendwie mädchenhaft aus, obwohl sie einen langen Zeitraum des Substanzmißbrauchs und Entzugs hinter sich hatte. Warren bezweifelte, daß die fliegende McCullough schon mal eine ähnlich schwere Prüfung durchgestanden hatte. Kokain verdirbt einem das Timing. Mit Scotch war das nicht anders. Er spürte, daß ihm der zweite Becher schon zu Kopf stieg. Sofort stellte er ihn ab und konzentrierte sich darauf, was Toots gerade sagte.

»Und doch sind sie danach gute Freundinnen geworden.«

»Ja, sozusagen.«

»Haben Sie Willa damals gekannt?«

»Ja, klar«, sagte McCullough. »Ich war damals gerade mal zehn oder elf Jahre alt, aber *jeder* kannte sie. Sie war nämlich ein *Star*.«

Warren vermutete, daß McCullough jetzt zwei- oder dreiunddreißig war. Des weiteren nahm er an, daß Marnie Ende Zwanzig war, obwohl sie viel älter und viel härter aussah. Vielleicht hatte das der Zirkus bewirkt.

»Sam und ich habe uns damals noch nicht gekannt«, sagte Marnie. »Ich bin erst zum Zirkus gegangen, als wir verheiratet waren.«

»Wann haben Sie geheiratet?« fragte Warren.

»Vor sieben Jahren.«

»Sie macht das erst seit sieben Jahren«, sagte McCullough. »Sie ist ein Naturtalent.«

»Na, klar doch«, sagte Marnie und winkte bescheiden ab. Fast wäre sie errötet.

Einen Augenblick lang blitzte das Mädchen auf, das sie gewesen sein mußte, bevor sie Zirkusartistin wurde. Warren fragte sich, was für ein Mädchen die junge Jeannie Lawson gewesen war. Oder auch die junge Willa Torrance.

»Waren Sie damals alt genug, um zu begreifen, was vor sich ging?« fragte Toots.

»Na klar«, sagte McCullough. »Glauben Sie mir, in einem Zirkus ist man mit elf Jahren schon *alt*.«

Das nahm Warren auch an.

»Und wenn die eigene Mutter mit einem Dreckskerl durchbrennt ...«

»War er das?«

»Torrance? Sicher doch. Er hat sie in Seattle fallenlassen, hat sie ohne einen Cent in den Osten zurückgeschickt. Ich wollte das Arschloch *umbringen*.«

»Sams Tante hat sich um ihn und seine Schwester gekümmert«, sagte Marnie. »Nachdem Aggie weg war. Seine Mutter. Aggie. Sein Vater war nämlich tot, und ...«

»Ist gestorben, als ich sieben war«, sagte McCullough. »Ein Sturz vom Trapez ...«

»Ist falsch auf das Netz gefallen und hat sich den Hals gebrochen. Also hat Torrance eine Witwe ausgenutzt, die zwei Kinder großzuziehen versuchte ...«

»Und gleichzeitig noch als Artistin auftrat, vergessen Sie das nicht.«

»Was du nicht sagst«, sagte McCullough. »Wenn man sich da oben nicht konzentriert, kann man in ernsthafte Schwierigkeiten geraten. Sehen Sie sich doch an, was meinem Vater zugestoßen ist.«

»Dreizehn Auftritte hatte sie in der Woche.«

»Sie sind durchs ganze Land gezogen. Glauben Sie mir, nach dem Tod meines Vaters hatte meine Mutter es nicht leicht. Also springt Torrance in die Lücke und verspricht ihr das Blaue vom Himmel. Meine Schwester und ich wachen eines Morgens auf, und außer uns ist keiner mehr da. Mama ist mit dem Dreckskerl durchgebrannt, dem Vierundzwanzig-Stunden-Mann.«

Eigentlich dem Marketing-Direktor, dachte Warren. »Aber die Ehe soll doch gut gewesen sein, oder?« fragte Toots.

»Wessen?« fragte McCullough.

»Die der Torrances. Peter und Willa.«

»Na ja, Zirkusehen, Sie wissen schon«, sagte McCullough und blinzelte seiner Frau zu.

»Ich breche dir den Hals«, sagte sie lächelnd.

»Die Kleine Miss Wohltäterin vor dem Herrn«, sagte Warren. »Wir haben gehört, daß man sie so genannt hat.«

»Willa, ja. Sogar die Kinder kannten diesen Namen. Wir nannten sie auch Jungfrau Zwerg.«

»Das war aber böse, oder?«

»Keineswegs. Was meinen Sie denn, worum es all diese Jahre später ging?«

»Was meinen Sie?«

»Die Sache mit Jeannie Lawson. Gut gegen Böse, darum ging es. Man konnte fast den Eindruck haben, daß ... na ja ...«

»Fahren Sie ruhig fort«, sagte Toots.

»Daß ... verstehen Sie mich nicht falsch, das sind nur Spekulationen ...«

»Klar, kein Problem«, sagte Toots.

»Ich will damit sagen, daß sie ein wirklich braves kleines Mädchen war, als sie an Bord kam. Aber nachdem ihr Arschloch von Mann mit meiner Mutter durchgebrannt ist, wurde sie noch schlimmer.«

»Besser, meint er«, sagte Marnie.

»Ich will damit sagen, daß sie sich wirklich zu einer *Kreuzzüglerin* entwickelte«, erklärte McCullough. »Darum ging es all diese Jahre später bei dieser Sache mit Jeannie Lawson. Um einen Kreuzzug.«

»Mit anderen Worten«, sagte Marnie, »sie wurde zu gut, als es gut für sie war.«

Kapitel 4

Wenn es brav war ...

Früh am Morgen des 23 März, also am Mittwoch, rief Matthew bei den Byrds an und bat, mit *Mrs.* Byrd sprechen zu dürfen. Als sie an den Apparat kam, erklärte er ihr, er sei Anwalt und habe am Vortag mit ihrem Mann über ein Grundstück gesprochen, das sein Klient erwerben wolle ...

»Was für ein Grundstück ist das?« fragte sie.

»An der Barrington und Welles«, sagte Matthew. »Das staatliche Kirmesgelände. Aber ich rufe eigentlich nicht deshalb an ...«

»Weshalb *rufen* Sie denn an?« fragte sie. »Und wie war noch mal Ihr Name?«

»Matthew Hope«, sagte er. »Mrs. Byrd, ich habe gehört, daß Sie Willa Torrance kannten ...«

»O Gott, ist es wieder soweit?«

»Wie bitte?«

»Ich bekomme jedes Jahr Anrufe, immer zu ihrem Todestag. Man könnte meinen, daß sie berühmter als Marilyn Monroe war.«

»Nein, sie ist im Mai gestorben«, sagte er.

»Toll«, sagte sie. »Da habe ich ja etwas, worauf ich mich freuen kann.«

Er stellte sich vor, wie sie die Augen verdrehte.

»Ich habe mich gefragt, ob ich mit Ihnen über sie sprechen könnte«, sagte er.

»Warum?« fragte sie.

»Na ja, wie ich es Ihrem Gatten gegenüber vielleicht erwähnt habe ...«

Er wußte genau, daß er es keineswegs erwähnt hatte.

»... wird ihr Testament ...«

»Ich mische mich nicht in Andys Projekte ein. Wenn Sie schon mit ihm darüber gesprochen haben ...«

»Nein, es …«

»… dann …«

»Ich habe nicht mit ihm darüber gesprochen.«

»Worum geht es also?«

»Ihr Testament wird angezweifelt«, sagte er und hoffte, wenn er mit dieser Lüge schon bei Davey Sheed durchgekommen war, würde er es damit auch bei Jeannie Lawson Byrd schaffen. »Ich habe gehofft …«

»Was für ein Testament?«

»Mrs. Torrances Testament.«

»Woher soll ich denn etwas über ihr Testament wissen? Ich war siebzehn, als ich sie das letzte Mal gesehen habe. Das ist jetzt gut fünf Jahre her.«

»Aber Sie kannten sie damals doch ziemlich gut, oder?«

»Nein. Sie war eine erwachsene Frau, wenn Sie diesen Ausdruck entschuldigen, und ich ein Teenager.«

»Das Testament wird von jemandem angezweifelt, den Sie vielleicht gekannt haben, als Sie beim Zirkus waren«, sagte er.

Ach, was für verworrene Netze wir doch spinnen …

»Von wem?«

»Ich bin nicht befugt, das zu verraten, Mrs. Byrd.«

… wenn wir erst einmal damit angefangen haben …

»Warum nicht?« fragte sie.

… zu lügen.

»Nicht am Telefon«, sagte er.

»Ich habe Willa sowieso kaum gekannt.«

»Ich habe mich gefragt, ob ich Sie aufsuchen kann, Mrs. Byrd …«

»Nein, tut mir leid.«

»Oder vielleicht …«

»Nein.«

»Ich *weiß*, daß Ihr Mann sehr daran interessiert ist, dieses Geschäft unter Dach und Fach zu bekommen …«

»Mein Mann ist im Augenblick in Mexiko. Sie können mit ihm darüber sprechen, wenn er wieder zurück ist.«

»Das Problem ist nur …«

»Ich habe Ihnen doch gesagt …«

»Wenn ich diese Sache aus dem Weg räumen könnte, kämen wir mit dem Grundstücksgeschäft vielleicht besser voran. Ich weiß, daß die Firma Lawson-Byrd …«

»Ich unterschreibe für Lawson-Byrd lediglich Verträge und Schecks. Sonst habe ich mit der Firma nichts zu tun.«

»Da habe ich etwas anderes gehört.«

»Dann haben Sie etwas Falsches gehört. Mein Mann kommt am Freitag morgen zurück. Wenn Sie wollen, können Sie dann mit ihm sprechen. Und was Willa betrifft …«

»Mrs. Byrd«, sagte Matthew, »sie ist vielleicht ermordet worden.«

»Das überrascht mich nicht«, sagte sie und legte auf.

Timucuan Acres lag auf dem Gelände einer alten Ranch, doch ein wagemutiger und weitsichtiger Spekulant hatte das Land vor etwa zwanzig Jahren zu einem Spottpreis gekauft und es vor knapp drei Jahren zu einem Golfplatz umgestaltet, der von je einer Million Dollar teuren Häusern auf Grundstücken von je zwei Morgen umgeben war. Künstlich angelegte Seen unterbrachen nun das monotone Grün der Landschaft. Springbrunnen waren im Überfluß vorhanden. Eine steinerne Mauer umzog das gesamte Gelände, und ein mit Säulen versehenes Eingangstor, inklusive einem Häuschen für die Wachmannschaft, schirmte die Hausbesitzer vor Eindringlingen ab.

Als Warren an diesem Morgen mit Jeannie Lawson Byrd telefoniert hatte, hatte er erfahren, daß Matthew irgendwann in der vergangenen Woche mit ihr gesprochen hatte. Sie hatte Warren diese Information freiwillig und in dem Augenblick gegeben, da er erwähnte, daß sein Freund angeschossen worden war und in kritischem Zustand im Krankenhaus lag. Warren wußte mittlerweile auch, daß sie und die junge Willa Torrance vor fünf Jahren aneinandergeraten waren, und fragte sich nun, was es *damit* auf sich gehabt hatte.

Dem Flieger Sam McCullough zufolge war Jeannies einzige Saison im Zirkus eine ziemlich stürmische gewesen. Wie Sam sich erinnerte – und welchen Spaß es ihm bereitete, sich zu erinnern! –, hatte Jeannie mit zwei ungebildeten Hilfskräften angefangen und sich dann schnell durch die Zirkusrangfolge hochgearbeitet. Eigentlich gab es keinen Mann oder Jungen im Unternehmen, der sie nicht intim gekannt hatte – »Einschließlich meiner Wenigkeit«, flüsterte er Warren zu, als Marnie und Toots sich einmal kurz miteinander unterhielten.

Offensichtlich hatte Willa diese Aktivitäten nicht zu schätzen gewußt.

Ihre ›prüde Einstellung‹, wie McCullough es nannte, mochte die Folge davon gewesen sein, daß ihr Ehemann sechzehn Jahre zuvor mit keiner anderen als McCulloughs eigener Mutter durchgebrannt war. Verdammt, wer konnte das schon sagen? McCullough wollte nicht über psychosexuelle Angelegenheiten spekulieren, besonders, da seine Mutter und Willa wieder zu guten Freundinnen geworden waren, als die junge Jeannie Lawson mit ihrem Herumtoben durch die männliche Bevölkerung des Zirkus begonnen hatte. Aber er fragte sich trotzdem, was Willas Feindseligkeit ausgelöst hatte.

Warren fragte es sich ebenfalls.

Er war nun hier, weil er wissen wollte, was – falls überhaupt etwas – Willas Streit mit Jeannie mit ihrem nachfolgenden Selbstmord (oder dem Mord an ihr) zwei Jahre später zu tun hatte – mein Gott, wie er billige Geheimnisse doch *haßte*, vor allem solche, deren Lösungen tief in der Vergangenheit vergraben waren. Doch wenn irgend etwas davon mit den Schüssen auf Matthew zu tun haben sollte, wollte er es wissen. In Wirklichkeit war ihm eigentlich scheißegal, warum Matthew angeschossen worden war; ihn interessierte nur, *wer* es getan hatte, noch so eine Sache, die er an Geheimnissen nicht ausstehen konnte. Eines schönen Tages würde er seinen Job aufgeben und sich bei der Post als Briefträger bewerben.

Mittlerweile kam ihm *ebenfalls* seltsam vor, daß Steadman

Jeannie Lawson damals gekannt hatte, als sie mit jedem außer dem Elefantenbullen schlief, auf dem sie ritt, aber ihren Gatten, Andrew Byrd nie kennengelernt hatte, den Mann, der nun eine Zwangsversteigerung des Grundstücks durchsetzen wollte, das Steadman zu kaufen beabsichtigte. In der Tat eine kleine Welt, wie Steadman angeblich am vergangenen Dienstag zu Matthew gesagt hatte.

Der Wachmann war groß, verschwitzt und weiß. Er trug eine zerknitterte graue Uniform, in der er wie einer jener Elefanten aussah, auf denen Jeannie Lawson damals, als Teenager, geritten sein mußte. Warren rollte die Fensterscheibe hinab. Ein Schwall heißer Luft drang in den Wagen und machte die Arbeit der Klimaanlage zunichte.

»Mrs. Byrd«, sagte er.

»Wer will sie sprechen?« fragte der Wachmann.

»Warren Chambers«, sagte er, öffnete seine Brieftasche und zückte seinen Privatdetektiv-Ausweis. Die mit durchsichtigem Plastik überzogene Karte war eine kleine Replik der Lizenz, die in seinem Büro an der Wand hing. Der Wachmann warf einen Blick darauf, nahm einen Telefonhörer ab und drückte auf einen Knopf. Warren wandte sich völlig desinteressiert ab. In nächster Nähe arbeiteten Rasensprenger vor sich hin. Ein kleiner Regenbogen krümmte sich über eine smaragdgrüne Rasenfläche. Durch den funkelnden Dunst konnte er einen kleinen See ausmachen, der in der Morgensonne strahlte.

»Fahren Sie weiter«, sagte der Wachmann und legte den Hörer wieder auf. »Durch das Oval, die erste Straße rechts ist dann der Palm Drive ...«

Einer von zwanzigtausend im Staate Florida, schätzte Warren.

»Die Adresse ist Palm 1220.«

»Danke«, sagte er.

Der Wachmann nickte und rülpste.

Die gestreifte Schranke ging hoch. Warren fuhr durch, vorbei an den Rasensprengern und dem See, dann durch den

Kreisverkehr, auf den Palm Drive und auf die lange Auffahrt auf der rechten Seite des Grundstücks 1220. Er stieg aus, streckte sich und ging dann weiter zu einem niedrigen Haus im Ranchstil aus roten Ziegeln und mit einem Flachdach, das mit weißen Kieselsteinen bedeckt war. Er klingelte und wartete.

Er hielt sich bereit, notfalls noch einmal seinen Ausweis zu zeigen.

Eine Frau öffnete die Tür. Na ja, vielleicht ein Mädchen. Siebzehn oder achtzehn Jahre alt, er nahm an, daß man noch Mädchen dazu sagen konnte. Eine Schwarze, die ein schwarzes Kleid mit einer kleinen weißen Schürze und einer Haube trug. Er befürchtete schon, fälschlicherweise in einen französischen Film geraten zu sein.

»Mrs. Byrd«, sagte er. »Ich habe einen Termin.«

Das Mädchen starrte ihn verständnislos an.

»Warren Chambers«, sagte er. »Chambers Investigations.«

»Ach so, jau, klar, kommen Se rein, jau, sie erwartet Se«, sagte das Mädchen mit einem Südstaatenakzent, der augenblicklich alle Vorstellungen von *La Belle Paree* vertrieb.

Warren trat in die Diele. Sie war kühl und dunkel und öffnete sich in ein großes Wohnzimmer, das in Weiß-, Blau- und Grüntönen gehalten war und mit abstrakten Gemälden geschmückt wurde.

»Setzen Se sich, jau, ich such' se mal«, sagte das Mädchen und ließ ihn neben einem weißen Klavier stehen. Er schaute sich in dem Zimmer um und nahm dann auf einem weißen Ledersofa Platz, das farblich genau zu dem Klavier paßte. Er sah durch die gläsernen Schiebetüren auf den Pool und den Golfplatz dahinter, als sie hereinkam.

Sie trug enge grüne Shorts und ein enganliegendes dunkelblaues T-Shirt. Beides paßte farblich genau zu den Kissen, die auf dem dicken, weißen, geknüpften Läufer vor der Glastür lagen. Hochhackige weiße Sandalen, lange sonnengebräunte Beine und langes blondes Haar – es schien sich um die Woche der Blondinen zu handeln. Zuerst Toots und Marnie, und nun

Jeannie Lawson Byrd, zweiundzwanzig Jahre alt und wunderhübsch.

»Mr. Chambers?« fragte sie.

Sie schien nicht überrascht zu sein, daß er schwarz war. Die meisten Leute waren bestürzt, wenn sie ihm zum erstenmal begegneten, nachdem sie bislang nur mit ihm telefoniert hatten. Aber sie war mit einem Schwarzen verheiratet, und vielleicht machte das sie wirklich farbenblind. Sie streckte die Hand aus und lächelte zur Begrüßung. Er fühlte sich sofort wie zu Hause.

»Freut mich«, sagte er und ergriff ihre Hand. »Schön, daß Sie Zeit für mich haben.«

»Ach was«, sagte sie, schüttelte ihm kurz die Hand, ging dann zu einer mit Quasten verzierten Ottomane gegenüber dem Sofa und setzte sich. »Als Sie mir am Telefon gesagt haben, daß Mr. Hope *angeschossen* worden ist ...«

»Ja, ich ...«

»Ich werde alles in meiner Macht Stehende tun, um Ihnen zu helfen. Wie ich schon sagte, er hat mich letzte Woche angerufen ...«

»Ja.«

»... und ich fürchte, ich war etwas unhöflich zu ihm.«

»Nun ja ...«

»Nein, wirklich. Ich nehme an, Sie *wissen*, daß er mich angerufen hat ...«

»Nein, das habe ich erst heute morgen von Ihnen erfahren.«

»Oh. Dann ... Ich weiß nicht genau, ob ich das verstehe. Ich dachte, Sie ermitteln wegen der Schüsse auf ihn ...«

»Ja.«

»... und sprechen mit Leuten, die er ...«

»Ja, aber ich habe nicht gewußt, daß er Sie angerufen hat. Ich wollte mit Ihnen sprechen, weil ...«

»Nun, warum *wollen* Sie denn nun mit mir sprechen, Mr. Chambers?«

Eine plötzliche Veränderung in ihrem Benehmen? Oder bildete er sich das nur ein? Dabei hatte sie ihm gerade gesagt, daß sie am Telefon unhöflich zu Matthew gewesen war. Stand dasselbe nun ihm bevor? Er wollte nicht, daß diese Sache schlecht lief. Es gab zu viel, was er in Erfahrung bringen mußte.

»Mrs. Byrd«, sagte er, »viele Leute werden heutzutage in den USA völlig grundlos erschossen. Sie sind nur zufällig zur richtigen Zeit am falschen Ort.«

»Sie meinen, zur *falschen* Zeit, oder?«

»Nein, ich meine zur *richtigen* Zeit. Wenn jemand zur *falschen* Zeit am falschen Ort ist, wird ihm nichts passieren. Eine doppelte Verneinung ...«

»Ja, ich verstehe, was Sie meinen«, sagte sie.

»Matthew Hope fuhr nach Newtown, um sich dort mit jemandem zu treffen«, sagte Warren. »Es waren nicht nur ein paar zufällige Schüsse aus einem vorbeifahrenden Auto, die zufällig ein unschuldiges Opfer gefordert haben. Jemand hat *gewußt*, daß er dort sein würde, jemand wollte ihn *töten*.«

Jeannie sagte nichts.

»Er hat Fragen über Willa Torrances Tod vor drei Jahren gestellt«, sagte Warren.

»Ja, das habe ich mir gedacht. Er hat am Telefon gesagt, sie sei vielleicht ermordet worden.«

»Wie haben Sie darauf reagiert, Mrs. Byrd?«

»Ich habe gesagt, das würde mich nicht überraschen, und aufgelegt.«

»Meinten Sie das, als Sie sagten, Sie wären unhöflich gewesen?«

»Ich war auch schon vorher unhöflich.«

»Warum?«

»Weil er Fragen über Willa Torrance stellte. Willa und ich kamen nicht miteinander aus, Mr. Chambers. Ich spreche nicht gern über sie. Und wenn Sie hier sind, um ...«

»Ich bin hier, um Informationen zu bekommen, die mich zu der Person führen könnten, die auf meinen Freund geschossen hat.«

»Ich habe keine solchen Informationen.«

»Woher wissen Sie das?«

»Verzeihung, was ...«

»Manchmal wissen die Leute gar nicht ...«

»Ja, aber ich habe *wirklich* keine Ahnung, wer auf Ihren Freund geschossen hat.«

»Können wir es wenigstens *versuchen*?«

Es folgte ein langes Schweigen.

Jeannie sah ihn an.

»Bitte«, sagte er.

Sie sah ihn weiterhin an. Saß steif auf der Ottomane, die schlanken, sonnengebräunten Knie zusammengedrückt, die Hände darauf gefaltet. Schließlich seufzte sie schwer. »Was wollen Sie wissen?« fragte sie.

Für die siebzehnjährige Jeannie Lawson war der Zirkus ein Wunderland der Phantasie und Erfüllung. Sich ihres guten Aussehens bewußt und der Tatsache, daß Rudi Kroner, der beste Elefanten-Dompteur der Branche, *sie* als Protegé ausgewählt hatte, und sich auch des schlechten Rufs bewußt, den sie in Calusa erworben hatte – jeder im Zirkus schien von ihrer High-School-Affäre mit einem Schwarzen zu wissen –, wurde sie zu einer Rarität unter dem reisenden Volk, zu einer augenblicklichen Berühmtheit.

Daß sie sich zuerst entschloß, ihren Glanz ausgerechnet auf zwei halbgescheite Hilfsarbeiter aus Mississippi zu werfen, die Steadman in einem der schäbigeren Fischrestaurants Calusas aufgelesen hatte, in denen sie als Tellerwäscher gearbeitet hatten, war eher eine Sache des Starrsinns denn eine des Appetits. Die beiden jungen Schwarzen, siebzehn beziehungsweise neunzehn Jahre alt, waren zwar viel stattlicher als Andrew Byrd, aber nicht deshalb nahm sie sie an ihre Brust und in ihr Bett.

»Es war eine Sache des Stolzes«, erklärte sie Warren. »Niemand in der Stadt würde *mir* sagen, was ich zu tun und zu lassen hätte.«

Sie fiel allmählich wieder in ein derberes Englisch zurück, das sie als Heranwachsende gesprochen haben mußte und das in den letzten fünf Jahren von ihrer nun sorgfältig feingeschliffenen und zuckersüßen Stimme ersetzt worden war.

»Ich habe mir absichtlich zwei schwarze Jungs ausgesucht«, sagte sie. »Um es ihnen zu zeigen.«

Warren vermutete, daß sie es ihnen wirklich gezeigt hatte.

Mit dem Zirkus ist es wie mit jedem anderen Unternehmen, das auf Tour geht. Ein Wandertheater, das einen Broadway-Hit spielte, eine Band, die von Stadt zu Stadt zog, eine Ballett- Truppe, die kreuz und quer durch die USA reiste, alle diese Ensembles wurden zu kleinen, inzestuösen Universen, die nur sich selbst verantwortlich waren. Aber Jeannie wußte, daß die Regeln und Vorschriften, die bestimmten, wie Schwarz und Weiß sich zu benehmen hatten, in einem Zirkus nicht viel anders waren als in dem größeren Universum, das von den Vereinigten Staaten von Amerika gebildet wurde. Nachdem sie es ›den Hinterwäldlern‹ eine Woche und vier Tage lang ›gezeigt‹ hatte, riet sie Jordan und Neal, wie sie zufällig hießen, schleunigst zu dem miesen Fischrestaurant in Calusa zurückzukehren, bevor jemand von der Show ihnen eine Abreibung verpaßte. In Wirklichkeit war sie auch um ihre eigene Sicherheit besorgt. Einige der nicht so fortschrittlichen Hilfsarbeiter nannten sie entweder ›Nigger-Hure‹ oder ›Die Lakritzstangen-Muschi‹. Rudi Kroner eilte schließlich zu ihrer Rettung herbei, nachdem die beiden Jungs aus Mississippi eiligst den nächsten Bus zurück nach Calusa genommen hatten.

Onkelhaft argumentierend, erklärte Rudi, daß es zahlreiche Gründe gäbe, wieso sie ein gutes Elefanten-Mädchen abgeben würde. Dazu gehörte auch, daß sie ausgezeichnete Beine, Titten und einen hervorragenden Arsch hatte. Als sie ihn fragte, welche anderen Gründe es noch gäbe, sagte er, keine. Er erklärte ihr auch, daß es in der Zirkuswelt Hierarchien und Hackordnungen gäbe. Sie würde vielleicht glauben, das wäre ein und dasselbe, aber im Zirkus sei das nicht der Fall.

»Das alles kam mir sehr interessant vor«, sagte Jeannie nun.

Die Hackordnung, erklärte Rudi ihr, während er ihr Knie tätschelte, war die im Zirkus übliche Methode, seine Angehörigen der Unterklasse einzustufen: Die Ticketverkäufer, die Animateure, die Eisverkäufer, die Arbeiter und so weiter. Die Hierarchie hingegen …

»Ach ja, übrigens«, sagte er mit seinem gutturalen deutschen Akzent, »ein Mitglied der Hierarchie nennt einen Arbeiter nie *Hilfsarbeiter*.«

Die Hierarchie hingegen war eine Rangordnung der Oberklasse, erklärte Rudi, während er seine Hand unter Jeannies Rock und in ihr Höschen gleiten ließ. Und übrigens gab es einen großen Unterschied zwischen den Worten *Einstufung* und *Rang*.

»Ich fand das alles noch immer interessant«, sagte Jeannie und schlug den Blick nieder wie eine Nonne. Warren fragte sich, ob sie ihn anmachen wollte. Irgendwie hoffte er, daß das nicht der Fall war.

Rudis Vortrag lief darauf hinaus, daß kein Angehöriger der Unterklasse es auch nur *wagen* würde, die Handlungsweise eines Mitglieds der Hierarchie in Frage zu stellen. Nie, nie, nie würde einer der hinterwäldlerischen *Arbeiter* es wagen, die Worte oder Taten zum Beispiel eines *Dompteurs* anzuzweifeln. Die Dompteure bildeten die Spitze der Zirkushierarchie, standen sogar noch höher als die Reiter – was gelogen war – oder die Luftikusse, und nun kicherte Rudi über sein unbeabsichtigtes Wortspiel, während er gleichzeitig mit dem Gummiband von Jeannies Höschen spielte.

»Ich will es Ihnen genauso erzählen, wie ich mich daran erinnere«, sagte Jeannie.

»Dafür bin ich Ihnen dankbar«, sagte Warren.

»Ich will so ehrlich sein, wie ich nur sein kann«, sagte sie.

Ein mutiger junger Mann auf einem Trapez konnte zum Beispiel kaum einem Elefanten befehlen, jemanden einfach zu zerquetschen, wie Rudi es tun würde, sollte er hören, daß einer der Arbeiter …

»... dieser beschissenen Hilfsarbeiter ...«

»... sie noch einmal mit diesen Ausdrücken belegen sollte, die er aufgeschnappt hatte, als sie mit diesen beiden Negern ›herumbumste‹.

»Du hättest es besser wissen müssen«, tadelte er sie und küßte sie überall. »Wie konntest du nur so dumm sein.«

Seltsamerweise benutzte sie sein ›Hierarchie-Argument‹ – wie sie es schließlich nannte – später mit großem Erfolg, als sie den Drahtseilläufer, Jewgenji Zwonkowa, gegen den Raubtierdompteur, Davey Sheed, austauschte.

»Ich glaube, Rudi war meiner überdrüssig, als er Jewgenji ranließ«, sagte sie und lächelte schwach. »Männer werden der Frauen nun mal überdrüssig. Selbst wunderschöner Frauen«, fügte sie bescheiden hinzu und schlug die langen, sonnengebräunten Beine übereinander. »Ich benutzte dieselbe Drohung – ›Die Löwen werden dich fressen!‹ –, als Willa mir schließlich zusetzte. Aber ich greife voraus. Möchten Sie übrigens etwas zu trinken haben?«

»Nein, danke«, sagte Warren.

»Wie spät ist es überhaupt?«

»Kurz vor zwölf.«

»Soll ich Reggie bitten, uns etwas zum Mittagessen zu machen?«

»Nun, ich möchte Ihnen keine Umstände ...«

»Aber das sind doch überhaupt keine Umstände«, sagte sie, erhob sich geschmeidig von der Ottomane, ging in die Diele, schaute nach rechts, wahrscheinlich in die Küche, rief »Reggie!«, wartete einen Augenblick und rief dann noch einmal: »Reggie?«

»Ja, Mäm?«

»Würdest du bitte mal kommen?«

»Ja, Mäm.« Das Dienstmädchen, das Warren ins Haus gelassen hatte, kam nun in die Diele gestürmt, machte einen unsicheren Knicks, stand dann da und wartete auf Anweisungen. Warren fragte sich, was Andrew Byrd davon hielt, in seinem Haus ein schwarzes Dienstmädchen zu haben.

»Weißt du, wo diese Kantalupe ist, die ich gestern mitgebracht habe?«

»Ja, Mäm?«

»Würdest du sie zerteilen und mit einem schönen kleinen gemischten Salat servieren? Zuerst die Melone, dann den Salat. Mit dem Dressing, das meine Schwester zu Weihnachten geschickt hat. Wäre das recht, Mr. Chambers?«

»Natürlich, vielen Dank.«

»Und zu trinken?«

»Eistee?«

»Zwei Eistee, Reggie.«

»Ja, Mäm. Soll ich das im Eßzimmer auftischen oder draußen auf der Terrasse?«

»Draußen, glaube ich.«

»Ja, Mäm.«

»Sag uns Bescheid, wenn du fertig bist.«

»Ja, Mäm«, sagte das Mädchen und ging rückwärts hinaus.

Einen Augenblick lang herrschte ein unangenehmes Schweigen.

»Andy ist der Meinung, ich solle eine Rothaarige einstellen«, sagte Jeannie und zuckte mit den Achseln.

Warren sagte nichts.

»Was halten *Sie* davon?« fragte sie.

»Ich kann mir kein Personal leisten«, sagte er.

»*Falls* Sie es sich leisten könnten.«

»Ich glaube, eine Schwarze würde mich stören. Wegen des Klischees.«

»Ich habe alle Klischees umgestoßen, als ich siebzehn war«, sagte Jeannie.

»Das hat aber nicht jeder getan.«

»Die anderen können mich mal lecken«, sagte sie. »Wo waren wir gerade?«

So in etwa genau dort, dachte Warren, sagte es aber nicht.

»Sie haben mir erzählt, wie Sie Willa angst gemacht haben, indem Sie …«

»Ja, genau«, sagte Jeannie und brach in Gelächter aus. »Sie

glauben, wenn man mit einem Burschen schläft, der Raubkatzen herumkommandiert, dann schickt er des Nachts mal eine auf einen kleinen Besuch vorbei. Ich glaube, wenn ich darüber nachdenke, hatte ich irgendwann vor mir selbst ein wenig Angst. Davey war völlig verrückt. Einige Dompteure halten sich schließlich für unverwundbar, wirklich, das ist eine ganz komische Sache. Sie geben sich mit ihren Tieren ab und verstehen sich mit *ihnen* schließlich besser als mit *Menschen.* Davey hat da so einen Trick gehabt, er hat den Kopf einer Löwin ins Maul gesteckt, damit hat er mich halb zu Tode geängstigt. Ihm hat das überhaupt nichts ausgemacht. Er gab ihr einen Klaps unters Kinn, sie hieß Sadie, dann riß sie das Maul auf, er steckte den Kopf rein und zog ihn ein paar Minuten später grinsend wieder raus. Ganz zu schweigen von ihrem *Atem,* das kommt noch dazu«, sagte Jeannie und lachte wieder laut los.

Warren fand sie allmählich ganz entzückend. Allmählich glaubte er, daß sie *wollte,* daß er sie entzückend fand. Und begehrenswert. Was er sie mittlerweile auch fand. Zweiundzwanzig Jahre alt, dachte er. Er wünschte sich plötzlich, er würde mit Toots irgendwo auf dem Whisper Key eine Tasse Kaffee trinken.

»... wieso oder warum Willa sich plötzlich für *meine* gottverdammten Angelegenheiten interessierte«, sagte sie gerade.

Willa.

Endlich war sie auf Willa zu sprechen gekommen.

»Die Kleine Miss Wohltäterin vor dem Herrn, Sie hätten sie damals kennen müssen«, sagte sie und schüttelte, über die Erinnerung staunend, den Kopf.

»Wie war sie so?« fragte Warren.

Das Stichwort.

Sie brauchte keins.

»Eigentlich war sie ganz toll«, sagte Jeannie und klang dabei selbst etwas überrascht. »Ich meine das ernst, ich bin jetzt nicht sarkastisch. Sie war eine absolute Nervensäge, verstehen Sie mich nicht falsch, aber sie war prächtig und talentiert und obendrein sexy. Ja, *sexy*. Dieses Kleinmädchen-Gehabe im Körper einer Frau. Sie war eine richtige Frau, verstehen Sie, mit den Brüsten und Beinen und Hüften einer Frau, nur daß sie eben winzig war, mehr nicht. Aber sie war eine perfekte Miniatur, wirklich, hatte einen tollen Körper, die Männer waren ganz verrückt nach ihr. Sie wären am liebsten Hals über Kopf mit ihr hinter dem Zelt verschwunden, wenn Sie wissen, was ich meine. Ich glaube, sie hat sie auch ganz schön angemacht. Ich meine, ich glaube, sie *wußte*, daß die Männer ihr am liebsten das weiße Baumwollhöschen runtergezogen und von ihren goldenen Schätzen gekostet hätten … sie war nämlich blond, na ja, so eine Rotblonde, keine echte Blonde wie ich … und sie hat diesen Widerspruch zwischen Mädchen und Frau auch ganz schön *ausgenutzt*. Sie hat sie angemacht und ihnen dann die kalte Schulter gezeigt. ›He, Jungs, hier steht die kleine Shirley Temple vor euch, ihr könnt doch nicht bei *mir* solche Gedanken haben.‹ So etwa ist das gelaufen. Kennen Sie den Witz mit Judy Garland?«

»Nein, den kenne ich nicht«, sagte Warren.

»Na ja, als sie *Das zauberhafte Land* gedreht hat, kam einer der Mümmler zu ihr und sagte: ›Judy, ich würd' gern mal dein Fötzchen lecken.‹ Und sie hat gesagt: ›Wenn du das tust, und ich kriege es je raus …‹«

Warren sah sie ausdruckslos an.

»Vielleicht muß man ein Zwerg sein«, sagte Jeannie, zuckte mit den Achseln und schüttelte den Kopf. »Das ist wie mit dem Schlecker-Witz.«

»Und wie geht der?« fragte Warren.

»Dieser kleine sechsjährige Junge läuft mit raushängender Zunge durch die Küche und macht immer ›Schleck, schleck!‹, und das fünfjährige Mädchen kommt rein und sagt: ›Was machst du da?‹ – ›Mist‹, sagt der Junge, ›ich hab' nichts zu schlecken.‹ Und das kleine Mädchen ruft: ›Nichts zu schlecken?‹ und nimmt ihn an der Hand und schleppt ihn ins Schlafzimmer und zieht den Rock hoch und sagt: ›Hier, leck mein Pipi.‹ Und der Junge sagt: ›So 'n Quatsch, das ist doch kein Eis.‹«

»Hm«, machte Warren.

»Wie ich schon sagte, man muß ein Schlecker sein«, sagte Jeannie und schüttelte erneut den Kopf. »Wie dem auch sei, ich wollte damit sagen, wenn man darüber nachdenkt, war es einfach *lächerlich*, daß Willa zu mir kam. Ich meine, *mich* auf den Kieker zu nehmen und *mir* Klarheit über meinen sündigen Pfad zu verschaffen? Während sie in der Budengasse ihren sexy Kleinmädchentanz aufführte? Fünfunddreißig Jahre alt und zeigte den halben Arsch unter einem winzig kleinen Rock und die Grübchen bei ihrem Komm-doch-mit-mir-Lächeln. Woher kam sie denn, Mann, um *mir* zu sagen, wie ich mich zu benehmen hätte? Ich weiß, sie sprach über mich, zog überall über mich her, aber dann die Nerven zu haben, *zu mir* zu kommen? Mir auf diese Art und Weise gegenüberzutreten?«

»Wann war das?« fragte Warren.

»Irgendwann im August. Die Saison neigte sich dem Ende zu, ich weiß gar nicht mehr, in welcher Stadt wir aufgetreten sind. Es war wahnsinnig heiß, das weiß ich noch. Ich saß nur in BH und Höschen in Daveys Wohnwagen, als sie aufkreuzte ...«

Die Augusthitze an diesem Abend in Alabama ...

Jetzt fällt ihr ein, daß es irgendwo in Alabama war ...

... es ist erstickend heiß. Draußen machen die Insekten einen Höllenlärm in dem hohen Schilf, das den Parkplatz umsäumt. Sie haben das Zelt auf einem Gelände direkt neben einem Sumpf aufgeschlagen, tagsüber gewissermaßen ganz entzückend, aber nicht unbedingt in der Nacht, wenn die Moskitos ausschwärmen und man Angst haben muß, daß ein Alligator ans Ufer klettert und einen in den Arsch beißt.

Der Trailer verfügt über eine Klimaanlage und eine eigene Toilette, was viel besser ist, als mit den Helfern den Donnerbalken benutzen zu müssen, die ihn immer stinkend und schmutzig zurücklassen. Davey Sheed sitzt auf einer der festgeschraubten Bänke am Tisch, hat seine kleine Ben-Franklin-Brille aufgesetzt und liest *Penthouse* – oder besser gesagt, blättert das Heft nur durch, um sich die Mösenfotos anzuschauen. Er trägt Shorts und sonst nichts. Sein Körper ist von den zahlreichen Raufereien mit seinen Raubkatzen vernarbt, aber sie sieht die Narben als Wahrzeichen seiner Männlichkeit und seines Muts und findet sie daher verlockend.

Das Klopfen an der Tür wird fast von dem unaufhörlichen Dröhnen der Insekten draußen übertönt, das sogar über dem Summen der Klimaanlage vernehmlich ist. Davey schaut von seinem Herrenmagazin auf und sagt: »Sieh mal nach, wer das ist, ja, Schatz?«

In schwarzem BH und Höschen – damit man den Dreck nicht sieht, eine Redewendung des reisenden Volks – geht Jeannie zur Tür und öffnet sie. Das Insektengitter schützt sie vor dem Ansturm der Viecher, die um die kleine Lampe draußen neben der Tür flattern. In derem Licht steht Jungfrau Zwerg in Shorts, Oberteil und hochhackigen Schuhen, die ihrer winzigen Gestalt fünf Zentimeter hinzufügen, und duckt sich vor den Fliegen und dem anderen Geschmeiß, das um sie herumflattert, als wolle es sie hochheben und mit ihr davonfliegen.

»Darf ich reinkommen?« fragt sie und zieht die Fliegentür auf, ohne auf eine Einladung zu warten, stürmt einfach herein und geht zu der Bank, auf der Davey hastig die Zeitschrift zuklappt, als wäre überraschend die Frau des Herrn Pastor zu Besuch gekommen.

»Davey«, sagte sie, »warum gehst du nicht zum Küchenzelt und trinkst mit den Jungs ein Bier?«

»Wieso?« fragt Davey. »Ich fühle mich hier völlig wohl.«

»Ich würde mich gern mit Jeannie unterhalten«, sagte Willa. »Von Frau zu Frau.«

Jeannie wirft Davey einen Blick zu, der ›Wage es ja nicht!‹ besagt, aber er sieht ihn entweder nicht oder ignoriert ihn. »Scheiße«, sagt er, was bei der kleinen Miss Muffet ein winziges Stirnrunzeln hervorruft, und steht dann auf und geht zu dem Schrank, in dem er sein Insektenschutzmittel aufbewahrt. Er sprüht es sich über die nackten Arme, die Brust, die Beine, etwas zur Sicherheit noch in sein Haar, zieht dann ein Paar Sandalen an und verläßt den Wohnwagen.

»Was wollen Sie von mir?« fragt Jeannie.

Willa sagt ihr, sie wisse, der Zirkus sei keine Sonntagsschule, manche Mädchen aus den Buden würden als Nutten arbeiten, die Kartenverkäufer würden die Kunden betrügen, das alles wisse sie. Aber ihr sei in letzter Zeit etwas über Jeannies Geschlechtsleben zu Ohren gekommen, und darüber würde sie jetzt gern mit ihr sprechen, falls Jeannie nichts dagegen habe. Jeannie *hat* allerdings etwas dagegen. Jeannie wird von der Vorstellung in Rage gebracht, daß die Kleine Miss Etepetete hier ihre Nase in ihr Geschlechtsleben steckt, was sie, gottverdammt noch mal, nichts angeht. Willa steigt auf ein verdammt hohes Roß – was für eine Frau von ihrer Größe gar nicht leicht ist – und sagt Jeannie, es ginge sie doch was an, wenn es Auswirkungen auf sie und ihre Nummer habe, und Jeannie sagt, sie wisse gar nicht, wovon Willa spreche, und Willa sagt, ich glaube, Sie wissen verdammt genau, wovon ich spreche, und die beiden sind drauf und dran, sich mitten in einem Sumpf in Alabama an die Gurgel zu gehen.

»Wovon *hat* sie denn gesprochen?« fragte Warren.

»Na ja«, sagte Jeannie.

»Ja?«

»Nun ja …«

Warren wartete.

»Da war ein kleines Mädchen«, sagte Jeannie.

»Was meinen Sie damit?«

»In ihrer Nummer. Eigentlich sogar zwei.«

»Aha.«

»Zwei *echte* kleine Mädchen. Beide elf Jahre alt.«

»Und?«

»Kleine *Mädchen*, verstehen Sie, was ich damit sagen will? Keine Titten, keine Hüften, keine wohlgeformten Beine wie bei Willa, es waren einfach zwei kleine vorpubertäre Kinder. Willa war eine Frau. Das waren kleine Mädchen.«

»Und?«

»Beide waren *größer* als Willa.«

»Ach?«

»Kapieren Sie es nicht?«

»Nein.«

»Sie waren *größer* als Willa.«

»Na und?«

»Sie hat sich von ihnen in die Mitte nehmen lassen.«

»Oh.«

»Diese beiden elfjährigen, flachbrüstigen, hageren Mädchen mit spindeldürren Beinen trugen Kleinmädchenröcke und Blusen, genau dieselbe Aufmachung, in der auch Willa auftrat … na ja, nicht genau. *Sie* trugen schwarze Röcke und weiße Blusen, und Willa trug einen weißen Rock und eine schwarze Bluse. Als Kontrast, klar? Und *sie* trugen flache Schuhe, und Willa hochhackige – und trotzdem war sie noch immer *kleiner* als die beiden Mädchen.«

Warren nickte.

»Langsam kommen Sie dahinter«, sagte Jeannie.

»Langsam komme ich dahinter.«

»Die Mädchen ließen Willa noch kleiner wirken, als sie es in Wirklichkeit war! Da ist diese winzigkleine fünfunddreißig Jahre alte Frau, die man in seine Westentasche stecken kann, dieses sexy kleine Ding, das man nur angucken muß, damit einem der Schwanz in der Hose steht, und sie ist kleiner als die beiden elfjährigen Mädchen, die auf beiden Seiten neben ihr tanzen und sich die Lungen aus der Brust singen.«

»Aha«, sagte Warren. »Aber … na und?«

»Nun ja …«

»Ja?«

»Willa hatte die Unverschämtheit, mir zu sagen … wie kann ich das nur feinfühlig ausdrücken?«

Warren wartete. Er hatte bis zu diesem Augenblick nicht gewußt, daß Jeannie Byrd irgendwelche Skrupel hegte, etwas *nicht so feinfühlig* auszudrücken. Aber offensichtlich versuchte sie allen Ernstes, etwas auf eine Art und Weise zu formulieren, die sozusagen seine jungfräulichen Ohren nicht kränken würde. Er wartete weiterhin.

»Sie hat mir vorgeworfen, mit Maggie das zu machen …«

»Maggie?«

»Eins der kleinen Mädchen. Beide hatten schwarzes Haar, habe ich das schon erwähnt? Ebenfalls des Kontrasts halber. Wie bei den Röcken und Blusen.«

»Nein, haben Sie nicht.«

»Sie hat mir jedenfalls vorgeworfen, mit Maggie das zu machen … na ja … was der Mümmler mit Judy Garland machen wollte.«

Warren rief sich den Witz in Erinnerung zurück.

»Ich verstehe.«

»Wozu das kleine Mädchen den Jungen aufforderte, der eigentlich nur ein Eis haben wollte.«

»Ich verstehe.«

»So eine Unverschämtheit«, sagte Jeannie.

In der Tat, dachte Warren.

»Und … äh … *haben* Sie es denn getan?« fragte er. »Das, was sie Ihnen … äh … vorgeworfen hat?«

»Das geht Sie nichts an«, sagte sie.

»Natürlich nicht, verzeihen Sie mir, ich hätte nicht …«

»Es ging *sie* auch nichts an. Selbst wenn ich es getan hätte.«

»Aber Sie haben es natürlich nicht getan.«

»Wer hat das denn behauptet?«

»Ich dachte, Sie hätten gesagt …«

»Ich habe gesagt, daß es Sie nichts angeht.«

»Es geht mich auch nichts an«, sagte Warren.

»Allerdings. Und sie ging es auch nichts an. Ich habe sie gefragt, wie sie denn auf den Gedanken käme, ich bräuchte einen Rat von einem *Knirps* wie ihr. Wahrscheinlich hat sie diese beiden süßen kleinen Mädchen selbst abgeschleckt, alle beide, Maggie und Connie, so hießen sie. Ich habe ihr gesagt, wenn sie nicht auf der Stelle verschwinden würde, würde ich zu Davey gehen, und er würde ihr den Kopf in Sadies Mund stecken und ihr befehlen, ihn abzubeißen. Ich habe ihr gesagt, sie möge ja Miteigentümerin von S & R sein, aber ohne Davey und seine Katzen könne der gottverdammte Zirkus dichtmachen! Ich glaube, sie hat mich verstanden.«

»Ich nehme an, sie verließ den Wohnwagen.«

»Sie ist gegangen. Und hat mich nie wieder belästigt.«

»Ich verstehe. Und im November …«

»Oktober. Das war Ende Oktober …«

»… haben Sie den Zirkus verlassen.«

»Genau.«

»Und Sie haben Willa Torrance nie wiedergesehen.«

»Nie.«

»Haben Sie gewußt, daß sie angeblich Selbstmord begangen hat?«

»Natürlich. Ich habe es Ihnen doch gesagt. Jedes Jahr ruft man mich an, um …«

»Damals, meinte ich. Haben Sie davon gehört, als es passierte?«

»Ja, man hat auch mich angerufen.«

»Ach? Warum?«

»Sie haben alle angerufen, die sie gekannt haben.«

»Wer hat Sie angerufen?«

»Zeitungen. Zeitschriften. Leute vom Fernsehen.«

»Die Polizei von Missouri?«

»Nein. Die Polizei hat mich nicht angerufen.«

»Sam McCullough hat sich nämlich gefragt, warum …«

»Ach, der«, sagte Jeannie und verdrehte die Augen.

»Sie kannten ihn?«

»Ich habe ihn gekannt. Er hat immer Daveys Katzen geärgert. Wenn eine dieser Katzen ihn je erwischt hätte … Katzen vergessen nämlich nie etwas.«

»Bären auch nicht«, sagte Warren.

»Bären sind die Schlimmsten«, pflichtete Jeannie ihm bei.

»Er hat sich gefragt, warum sie sich so aufgeregt hat.«

»Aufgeregt?«

»Willa«, sagte er und beobachtete ihre Augen.

Als er noch Cop gewesen war, hatte man ihm beigebracht, die Augen zu beobachten. Wann immer man jemanden verhörte, wann immer jemand eine Waffe auf einen richtete – beobachte seine Augen. Die Augen gaben einem immer einen Wink. Er hatte auch Matthew beigebracht, auf die Augen zu achten. Er fragte sich nun, ob Matthew Gelegenheit gehabt hatte, die Augen der Person zu sehen, die ihn angeschossen hatte. Er beobachtete weiterhin Jeannies Augen. Ihr Blick huschte zur Terrasse. Das schwarze Dienstmädchen, Reggie, schob eine der Türen auf.

»Verzeihung, Mäm«, sagte es.

»Ja, Reggie?«

»Das Mittagessen ist fertig, Mäm.«

»Danke«, sagte Jeannie und erhob sich von der Ottomane. »Sollen wir?« fragte sie und ging auf die Terrasse voran.

Warren wollte am Ball bleiben.

»Was schließen Sie daraus?« fragte er, als sie die Löffel in ihre Melonen gruben.

»Woraus, Mr. Chambers?«

»Daß Willa sich dermaßen über das aufgeregt hat, was Sie … na ja, was auch immer Sie getan haben.«

»Was habe ich denn laut *Sam* getan?« Die Stirn gerunzelt, ein schwaches Lächeln auf den Lippen.

»Nun ja, ihm zufolge haben Sie … tja, Sie haben es ja selbst gesagt.«

»Was habe ich selbst gesagt?«

»Daß Sie … nun ja … sexuell freizügig waren.«

»Sam hat mir immer die Höschen von der Wäscheleine gestohlen«, sagte Jeannie, »haben Sie das gewußt? Er hat sie zu den Raubkatzen in die Käfige geworfen.« Sie lächelte erneut. »Das hat sie rasend gemacht«, fügte sie dann hinzu.

»Woran lag das?«

»Am Geruch, vermute ich.«

»Nein, ich meine, daß Willa sich dermaßen aufgeregt hat. Über ihr Verhalten.«

»Ich habe keine Ahnung. Wie ich schon sagte …«

»Ja?«

»Als ich sie zum letztenmal sah, war ich noch keine achtzehn. Alle anderen haben mir zum Abschied einen Kuß gegeben«, sagte Jeannie und stach wieder mit dem Löffel in die Melone. Als sie den Löffel zum Mund hob, fügte sie hinzu: »Nur sie nicht.«

»Ich vertraue nie jemandem, der ›Ich will so ehrlich sein, wie ich nur sein kann!‹ sagt«, sagte Toots.

Sie fuhren auf der US 41 in Richtung Norden, auf der Suche nach einem thailändischen Restaurant, das dort gerade eröffnet worden war. Es war kurz vor sechs, und Warren hatte einen Bärenhunger. Melone und Salat war nicht gerade das, was er für ein vernünftiges Mittagessen hielt.

»Ich glaube, sie hat die Wahrheit gesagt«, erwiderte er. »Bis zu einem gewissen Punkt.«

»Ich kannte mal ein Mädchen, das immer ›Ich werde völlig ehrlich sein!‹ gesagt hat, wenn es einem eine Lüge auftischen wollte.«

»Ich glaube, Jeannie war …«

»Oh? Seit wann ist sie denn Jeannie? Neulich war sie doch noch Mrs. Byrd.«

»Während des Mittagessens hat sie mich gebeten, sie Jeannie zu nennen.«

»Etwa zu dem Zeitpunkt, als sie dir beschrieben hat, wie sie zwei elfjährige Mädchen mißbraucht hat?«

»Ob du es nun glaubst oder nicht, Toots …«

»Das ist noch so ein rotes Tuch für mich.«

»Was?«

»›Ob du es nun glaubst oder nicht.‹ Immer, wenn das einer sagt, weiß man, daß er einem eine Lüge erzählen will.«

»Ich will dich nicht anlügen.«

»Warum hast du dann ›Ob du es nun glaubst oder nicht …‹ gesagt?«

»Weil ich gewußt habe, daß du mir nicht glauben wirst, als ich dir gesagt habe, daß die Geschichte in diesem Augenblick eine andere Richtung nahm.«

»Ich weiß nicht mal, wovon du sprichst, verdammt.«

»Die beiden Elfjährigen.«

»Du meinst ihre wunderschöne, zärtliche *Romanze*?«

»Was ist heute nur los mit dir, Toots?«

»Nichts. Ich höre dir zu, während du von deinem angenehmen Essen mit einer Kinderschänderin berichtest ...«

»Mein Gott, ich will dir doch nur sagen ...«

»... die uns *absolut nichts* über Willa Torrance gesagt hat, was wir nicht bereits wußten ...«

»Ja, das stimmt.«

»... aber dich mit ihrem Charme aus den Schuhen haut ...«

»Na ja, sie *ist* charmant ...

»... während Matthew im Krankenhaus im *Koma* liegt! Gestern hast du dich betrunken ...«

»Ich war *nicht* betrunken, Toots!«

»Nein?«

»Nein!«

»Was hast du denn *heute* zum Mittagessen getrunken?«

»Eistee.«

»Ja, da gehe ich jede Wette ein.«

»Hör zu, Toots, *ich* bin kein trockener ...«

»Ach, was denn? Du bist kein trockener *Junkie*? Da hast du allerdings recht, *ich* bin einer! Und ich kann sehen, wenn jemand nicht nüchtern ist, verdammt! Und gestern *warst* du nicht nüchtern!«

»Nein? Weshalb bin ich denn heute zu der Byrd gefahren?«

»Ach, jetzt heißt es auf einmal die Byrd.«

»Verdammt, wie *soll* ich sie denn nennen, bitte schön?«

»Schon gut, schon gut, die Byrd. Das ist in Ordnung. Die Byrd.«

Warren wandte sich vom Lenkrad ab und sah sie an.

»Ich hab' doch gesagt, es ist in Ordnung«, sagte Toots. »Paß auf die gottverdammte *Straße* auf!«

»Ich habe mit ihr gesprochen, weil McCullough ...«

»Weil McCullough sich gefragt hat ...«

»Weil er sich gefragt hat, warum Willa so stinksauer war, als ...«

»Ja. Ein guter Grund, um mit ihr zu sprechen. Lassen wir es dabei bewenden, ja? Sie hat dir die Wahrheit gesagt, die ganze Wahrheit ...«

»Ich versuche dir zu erklären, daß sie das *nicht* getan hat! Ich hatte das Gefühl, daß sie bei den beiden kleinen Mädchen, die mit Willa auftraten, gelogen hat. Ich hatte das Gefühl, daß Willa sich *nicht deshalb* mit ihr gestritten hat.«

»Worüber haben sie sich dann gestritten?«

»Das weiß ich nicht.«

»Mit anderen Worten, dein Besuch war völlige Zeitverschwendung. Wir wissen *noch immer* nichts. Was hat Bloom dir gesagt?«

»Worüber?«

»Über den Einbruch. Wird er in Missouri anrufen?«

Warren sah sie verdutzt an.

»Hast du Bloom angerufen?« fragte sie.

»Nein. Sollte ich das denn?«

»Erinnerst du dich noch an unser Gespräch mit Steadman gestern nachmittag?«

»Natürlich erinnere ich mich daran.«

»Nachdem du mit McCullough eine ganze Flasche Scotch leergemacht hast?«

»Einen *Flachmann*. Und ich habe nur zwei Becher getrunken.«

»Weißt du noch, was Steadman uns gesagt hat?«

»Ja.«

»Aber du hast Bloom nicht angerufen.«

»Nein.«

»Du hast gesagt, du wolltest ihn anrufen, sobald du zu Hause bist.«

»Na schön, ich habe ihn *nicht* angerufen.«

»Ich dachte, du wärest nicht betrunken gewesen.«

»Gottverdammt, Toots! Ich hatte zwei lausige …«

»Erinnerst du dich daran, daß Steadman uns von einem Einbruch berichtet hat?«

»Ja. Nein. Was für ein Einbruch?«

»In Willas Wohnwagen.«

»In Willas …?«

»Zwei Nächte vor ihrem Tod.«

Warren schaute über die rechte Schulter zurück und lenkte den Wagen dann an den Bordstein. Er schaltete den Motor aus und sah Toots an.

»Erzähl mir davon«, sagte er.

Der Polizeibeamte, mit dem Bloom um sieben Uhr an diesem Mittwoch abend in Rutherford, Missouri, sprach, war der Lieutenant, der den sogenannten Zirkuseinbruch bearbeitet hatte, als S & R vor drei Jahren in dieser Stadt gastiert hatte. Er hatte allerdings nicht den sogenannten Zirkus*selbstmord* zwei Tage später in diesem Jahr bearbeitet. In dieser Sache hatte Captain Leopold Schulz ermittelt. Lieutenant Heinze sagte Bloom von vornherein, die Polizei von Rutherford sei nicht der Ansicht, daß es einen Zusammenhang zwischen diesen beiden Vorfällen gab. Man hatte getrennte Ermittlungen durchgeführt und getrennte Akten angelegt. Da der Täter noch nicht gefaßt war, war die Einbruch-Akte noch nicht geschlossen worden.

Sogar in Missouri geht man so vor, dachte Bloom.

Die andere Akte war als Selbstmord geschlossen worden.

»Warum?« fragte Heinze dann. »Haben Sie bei dem Bruch eine Spur für uns?«

Auch in Missouri sagt man Bruch, dachte Bloom.

»Nein«, sagte er, »aber wir arbeiten hier an einer Schießerei und überprüfen den Hintergrund einiger Leute im Umkreis des Opfers.«

»Was für eine Schießerei?«

Bloom erklärte es ihm.

»Und in seinem Umkreis gibt es also einen Einbrecher?« fragte Heinze.

»Nein, wir wollen nur herausfinden, was das Opfer vielleicht gewußt hat.«

»Ach?« sagte Heinze.

»Ja. Er hat Sie nicht zufällig angerufen, oder?«

»Wie hieß er noch gleich?«

»Hope. Matthew Hope.«

»Nein, ich habe keinen Anruf von einem Hope bekommen.«

Was also bedeutete, daß Matthew nichts von dem Einbruch gewußt hatte, dachte Bloom.

»Warum sollte er mich anrufen?« fragte Heinze.

»Ich dachte nur, er hätte vielleicht mit Ihnen gesprochen.«

»Nein, hat er nicht. Ich muß Ihnen sagen ... das alles kommt mir ziemlich weit hergeholt vor.«

»Vielleicht ist es das, aber wir haben hier nicht besonders viel in der Hand.«

»Wegen eines Bruchs, der drei Jahre zurückliegt, in Missouri anzurufen ...«

»Ja«, sagte Bloom. »Können Sie mir die Einzelheiten durchgeben?«

»Na ja, jemand ist in ihren Wohnwagen eingebrochen ...«

»In Mrs. Torrances Wohnwagen?«

»Ja, in den, in dem sie mit ihrer Tochter gewohnt hat. Aber nach allem, was wir herausgefunden haben, hat sie nicht viel Zeit dort verbracht, die Tochter.«

»Was soll das heißen?«

»Sie hatte sich damals mit dem Raubtierdompteur zusammengetan, einem Mann namens Davey Sheed.«

»Dann war sie während des Einbruchs nicht im Wohnwagen?«

»Niemand war im Wohnwagen. Es ist während einer Vorstellung passiert. Wäre jemand im Wohnwagen gewesen, hätte er noch tiefer in der Scheiße gesteckt. Falls wir ihn erwischt hätten, heißt das.«

»Gab es damals Verdächtige?«

»Ja, wir haben die üblichen unter die Lupe genommen«, sagte Heinze und wartete auf eine Reaktion.

»Und wen, zum Beispiel?« fragte Bloom.

»Ein paar Städter, die Durchreisende schikanieren. Und auch Zirkusangehörige von nicht ganz makellosem Ruf. Jede Menge solcher Leute reisen nämlich beim Zirkus mit.«

»Was haben Sie in Erfahrung gebracht?«

»Nichts. Deshalb ist der Fall ja noch nicht abgeschlossen.«

»Was hat der Einbrecher gekriegt?«

»Ich sage doch, wir haben ihn nicht geschnappt.«

»Nein, ich meine, was hat er *gestohlen*?«

»Ach so. Nur das übliche Zeug.«

»Zum Beispiel?«

»Hauptsächlich Schmuck.«

»Was noch?«

»Ach, ein paar freiverkäufliche Wertpapiere. Er ist nämlich mit dem ganzen verdammten Safe abgehauen.«

»In dem Wohnwagen war ein *Safe*?«

»Ja, einer dieser kleinen Brandschutzsafes, die überhaupt nichts taugen. Sie wissen doch, eins dieser leichten Dinger, die man einfach hochheben, in die Tasche stecken und mitnehmen kann. Genau das hat er getan. Er hat ihn einfach mitgenommen.«

»Wo war der Safe? Sah man ihn auf den ersten Blick?«

»Nein, sie hatte ihn im Kühlschrank versteckt.«

»Im Kühlschrank?«

»Ja. Das Ding war doch nur vierzig, fünfzig Zentimeter groß. Sie hat ein paar Fächer herausgenommen und ihn im Kühlschrank versteckt. Da blieben ihre Diamanten schön kühl.«

»Sie hatte also Diamanten?«

»O ja. Diamanten, Rubine, Smaragde, sie hatte eine schöne kleine Sammlung, die Lady.«

»Sie haben auch von Wertpapieren gesprochen. Was …«

»Staatsobligationen.«

»Sonst noch was?«

»Das war alles, was sie auf die Liste gesetzt hat. Ach ja, eine oder zwei Armbanduhren und eine Silberrassel, die sie schon als Baby gehabt hatte, und ein paar Sachen, die der Tochter gehörten, die sich mit dem Dompteur zusammengetan hatte.«

»Was zum Beispiel? Die Sachen der Tochter?«

»Na, so ziemlich dasselbe. Klunker und so weiter.«

»Teure Sachen?«

»Einige schon.«

»Auch so teuer wie Diamanten, Rubine, Smaragde?«

»Na ja, da war eine Perlenkette, deren Wert sie mit ein paar tausend Dollar angegeben hat. Und ein Saphirring, ein Geschenk zum sechzehnten Geburtstag.«

»War eine Schußwaffe in dem Wohnwagen?«

»Nein, Sir, die stand nicht auf ihrer Liste.«

»Ich spreche jetzt nicht von dem *Safe*. Haben Ihre Leute in dem *Wohnwagen* eine Schußwaffe gefunden?«

»Wir haben nicht nach einer Schußwaffe gesucht.«

»Aber war eine vorhanden?«

»Wir haben uns lediglich die Spuren angesehen, die der Einbrecher zurückgelassen hatte.«

»Ist außer dem Safe noch etwas gestohlen worden?«

»Der Lady zufolge nicht.«

»Wenn die Lady also eine Schußwaffe gehabt hat, muß sie zurückgelassen worden sein. Sie hat nicht *erwähnt*, daß ihr eine Schußwaffe gestohlen wurde, oder?«

»Nein, Sir, das hat sie nicht.«

»Ich denke da besonders an eine ...«

»Ich weiß, woran Sie besonders denken, Detective Bloom. Ich bin mit dem Selbstmord vertraut, obwohl ich diesen Fall nicht bearbeitet habe.«

»Dann wissen Sie ja, daß es sich bei der benutzten Waffe um einen ...«

»Ja, Sir, einen Colt Detective Special vom Kaliber .32.«

»Wurde solche eine Waffe gefunden, als Sie den Wohnwagen durchsucht haben?«

»Wir haben den Wohnwagen nicht eigens durchsucht, Sir. Die Lady hat uns eine *Liste* mit den gestohlenen Gegenständen gegeben, und das hat uns genügt.«

»Aber Sie haben doch nach Fingerabdrücken und so weiter gesucht?«

»Das haben wir, Sir, nach Fingerabdrücken *und* Fasern *und* Haarproben *und* Fußabdrücken innerhalb des Wagens und außerhalb im Schlamm, aber wir haben nicht nach Waffen gesucht, und wir haben auch keine gefunden.«

»Wissen Sie, ob Willa Torrance einen .32er Colt besessen hat?«

»Das weiß ich nicht.«

»Hat ihre Tochter erwähnt, daß ihre Mutter eine Waffe besaß?«

»Ich habe ihrer Tochter diese Frage nicht gestellt.«

»Welche Fragen *haben* Sie ihr denn gestellt?«

»Die üblichen. Ob sie in den letzten Tagen beobachtet habe, daß jemand um den Wohnwagen geschlichen ist, ob sie jemanden in den Wohnwagen eingeladen habe, der seine Nase vielleicht in den Kühlschrank gesteckt hat, ob sie je in den Wohnwagen gekommen sei und dort jemanden gefunden habe, der dort nichts zu suchen hatte, und so weiter. Sie hat mir gesagt, sie sei in den letzten Wochen nicht oft zu Hause gewesen. Damit meinte sie den Wohnwagen. Sie sah ihn wohl als ihr Heim an. Aber sie ist bei dem Raubtierdompteur gewesen.«

»Davey Sheed.«

»Ja, Sir. Hat hauptsächlich in dessen Wohnwagen gelebt.«

»Hat irgend jemand … während der einen *oder* der anderen Ermittlung … Maria Torrance gefragt, ob ihre Mutter je einen .32er Colt besessen habe?«

Ich habe ihr diese Frage nicht gestellt, Sir. Bei dem Verbrechen, das ich untersucht habe, spielte eine Schußwaffe keine Rolle. Wir haben wegen eines *Einbruchs* ermittelt. Wir hatten keinen Grund, uns nach einer Waffe zu erkundigen. Ich weiß nicht, welche Fragen Leo … Captain Schulz … der Tochter gestellt hat, oder welche Fragen beim gerichtlichen Verfahren zur Untersuchung der Todesursache gestellt wurden. Was seine Ermittlungen betrifft, müßten Sie ihn schon selbst fragen. Und was das gerichtliche Verfahren betrifft, müßten Sie ...«

»Können Sie mich mit ihm verbinden?«

»Das würde ich gern, Sir, aber er macht im Augenblick Urlaub. Der März ist in Missouri nicht die beste Jahreszeit.«

»Wissen Sie zufällig, wo er Urlaub macht?«

»Ja. Er hält sich zur Zeit bei Ihnen in Florida auf«, sagte Heinze.

Für die Fahrt von Calusa nach Bradenton über die I-95 brauchte Bloom keine zwanzig Minuten. Captain Leopold Schulz war mit seiner Frau in einem Motel am Tamiami Trail abgestiegen und nicht besonders darüber erfreut, mit einer Polizeiangelegenheit belästigt zu werden, während er auf Urlaub war. In der Tat hatten er und seine Frau, wie er Bloom am Telefon erklärt hatte ...

»Meine Frau und ich«, sagte er, »haben für halb neun einen Tisch reserviert, was bedeutet, daß wir um Viertel nach losfahren müssen, und das heißt, Sie haben eine halbe Stunde, um die Fragen zu stellen, die Sie im Sinn haben. Ehrlich gesagt, Detective, verstehe ich nicht, warum Sie mir Ihre Fragen nicht am Telefon stellen konnten. Genau, wie dieser Anwalt es getan hat?«

»Welcher Anwalt?« fragte Bloom sofort.

»Irgendein Anwalt von hier unten, er hat mich letzte Woche angerufen.«

»Matthew Hope?«

»So hieß er.«

»Wann genau war das?«

»Mittwoch morgen, muß so gegen neun Uhr gewesen sein, Ortszeit.«

Zehn Uhr in Florida, dachte Bloom. Matthew hatte in dem

Augenblick angerufen, von dem er davon ausgehen konnte, daß man in Missouri wach war.

»Hat er sich zufällig nach einem Colt Detective …«

»Ja, hat er.«

»… Special vom Kaliber .32 erkundigt?«

»Ja, hat er.«

»Was haben Sie ihm gesagt?«

»Dasselbe, was ich Ihnen jetzt sage.«

Bloom beobachtete ihn. Er hatte Schulz nicht gesagt, daß er sein Gesicht und seine Augen sehen wollte, wenn er sich nach einem Revolver erkundigte, bei dem es sich vielleicht um eine Mordwaffe handelte. Aus diesem Grund hatte er seine Frage nicht am Telefon gestellt. Jetzt beobachtete er Schulzes Gesicht. Auf der anderen Seite des Zimmers sah Schulzes Frau fern, schon fürs Abendessen zurechtgemacht und aufbruchbereit. Auch sie schien sich über Blooms Anwesenheit zu ärgern. Zum Teufel mit ihr, dachte er. Zum Teufel mit beiden. Und er beobachtete weiterhin Schulzes Gesicht und Augen.

»Ich habe ihm gesagt, es gäbe meines Erachtens nicht den geringsten Zweifel daran, daß Willa Torrance diese Waffe benutzt hat, um Selbstmord zu begehen. Das habe ich Ihrem Mr. Hope gesagt.«

»Hatten Sie den irgendeinen Zweifel daran, wem diese Waffe *gehörte*?« fragte Bloom.

»Sie bilden Ihre Leute gut aus«, sagte Schulz und lächelte schwach. »Er hat mich genau dasselbe gefragt.«

»Er ist keiner meiner Leute«, sagte Bloom.

»Ich hatte den Eindruck, daß er hier unten bei der Staatsanwaltschaft ist.«

Vielleicht, weil er *wollte*, daß du diesen Eindruck bekommst, dachte Bloom.

»Was haben Sie ihm gesagt?« fragte er.

»Ich habe ihm gesagt, daß wir davon ausgingen, die Waffe gehöre Mrs. Torrance.«

»Wer ist wir?«

»Ich und das Team der Detectives, die die Ermittlungen durchgeführt haben.«

»Sie *gingen davon aus*, daß es ihre Waffe war?«

»Eine begründete Annahme, wenn man berücksichtigt, daß wir sie in ihrer Hand fanden.«

»Haben Sie jemanden *gefragt*, ob ihr die Waffe gehört hat?«

»Die Tochter, glaube ich.«

»Und was hat die Tochter gesagt?«

»Die Tochter hat gesagt, sie glaube, die Waffe habe ihrer Mutter gehört.«

»Welche Gründe hatte sie für diese Annahme?«

»Sie hat gesagt, sie habe gehört, daß ihre Mutter gesagt hat, sie wolle eine Schußwaffe kaufen. Nach dem Einbruch in ihrem Wohnwagen.«

»Dem Einbruch, der zwei Tage vorher stattgefunden hat?«

»Genau. Sie sind ziemlich gut informiert, muß ich schon sagen.«

»Vielleicht liegt das daran, weil Matthew Hope am vergangenen Freitag abend niedergeschossen worden ist«, sagte Bloom trocken.

»Tut mir schrecklich leid, das zu hören«, sagte Schulz.

Mrs. Schulz schaute vom Fernsehgerät hinüber. Ihr schien es auch schrecklich leid zu tun, daß Matthew angeschossen worden war – aber sie wandte sich fast sofort wieder dem Gerät zu.

»*Er* hat diesen Einbruch nicht zufällig erwähnt, oder?« fragte Bloom.

»Nein, hat er nicht. *Ich* habe ihn davon in Kenntnis gesetzt. Als ich ihm erzählte, die Tochter habe gesagt, ihre Mutter wolle eine Waffe kaufen, hat er sich nach dem Grund erkundigt, und ich habe ihm gesagt, daß zwei Tage vor dem Selbstmord in ihren Wohnwagen eingebrochen worden ist. Er wollte wissen, was der Täter gestohlen hatte, und so weiter. Ich habe ihm alles gesagt, woran ich mich noch erinnern konnte.«

»Haben Sie erwähnt, daß Lieutenant Heinze den Einbruch bearbeitet hat?«

»Nein, danach hat er mich nicht gefragt.«

»Er wollte nur wissen, was gestohlen worden ist.«

»Ja, genau.«

»Hat er gefragt, ob die Polizei eine Waffe in dem Wohnwagen gefunden hat? Am Abend des Einbruchs, meine ich.«

»Ja, ich glaube, *das* hat er gefragt.«

Natürlich wird er das gefragt haben, dachte Bloom. Aber wieso war niemand von der Polizei von Rutherford auf den Gedanken gekommen, diese Frage zu stellen? Ein halbes Dutzend Cops mußten in dem Wohnwagen herumgekrochen sein, glatte Flächen auf Fingerabdrücke eingestaubt, mit Vakuumstaubsaugern nach Fasern und Haaren gesucht und Ausschau nach Fußabdrücken zum Eingipsen gehalten haben, aber zwei Tage später war niemand auf den Gedanken gekommen, die Frage zu stellen: He, war die *Selbstmordwaffe* schon da, als wir wegen des Einbruchs hier alles auf den Kopf gestellt haben?

»Also sind Sie davon ausgegangen, daß sie nach dem Einbruch in ihren Wohnwagen eine Waffe gekauft hat?« fragte Bloom.

»Nicht *ich* bin davon ausgegangen. Ihre *Tochter* ist davon ausgegangen.«

»Ihre Tochter hat angenommen, Willa Torrance habe eine Waffe gekauft, nachdem ...«

»So was in der Art.«

»Hören Sie, hier liegt ein Mann im Krankenhaus«, sagte Bloom, »und ich wäre Ihnen wirklich dankbar, wenn Sie mir etwas genauer sagen könnten, was ihre Tochter nun vermutet hat und was nicht.«

Sein Tonfall veranlaßte Mrs. Schulz, sich erneut von dem Fernseher abzuwenden. Auf ihrem Gesicht lag ein Ausdruck der Überraschung; offensichtlich sprachen nicht allzu viele Leute in einem solchen Ton mit ihrem Mann. Seine Worte veranlaßten des weiteren Captain Schulz, seine beste *He,-Sie-legen-sich-hier-mit-einem-Polizisten-an-*Miene aufzusetzen, aber die beeindruckte Bloom nicht im geringsten. Erstens war er selbst Polizist, und zweitens befanden sie sich hier in seinem Zuständigkeitsbereich.

Beide Männer starrten einander an.

Schulz blinzelte zuerst.

»Sie hat mir gesagt, ihre Mutter habe *erwähnt*, sie wolle eine Waffe kaufen. Sie hat nicht gesagt, daß ihre Mutter tatsächlich losmarschiert ist und eine gekauft *hat*.«

»Dann gab es also keinerlei Beweise dafür, daß die Waffe, die Sie in Willa Torrances Hand gefunden haben, tatsächlich ihr gehört hat.«

»Wir haben keine Beweise gefunden, die zu dieser Schlußfolgerung führen könnten.«

»Die Waffe hätte praktisch jedem gehören können«, sagte Bloom.

»Sie befand sich in *ihrer* Hand«, sagte Schulz nachdrücklich und schaute auf seine Uhr.

»Keine Angst, Sie werden nicht zu spät zum Essen kommen«, sagte Bloom. »Haben Sie wenigstens einen der Ärzte oder Gerichtsmediziner gekannt, die ...«

»Ja, Abel Voorhies.«

»Trifft es nicht zu, daß Dr. Voorhies *nicht* der Ansicht war, daß ...«

»Dr. Voorhies nimmt auch *Abtreibungen* vor«, sagte Schulz.

Vor dem Fernsehgerät nickte seine Frau nachdrücklich.

»Was auch immer er sonst macht«, sagte Bloom, »er *hat* einen Bericht über den Fall Torrance verfaßt, der sich von denen seiner Kollegen unterschied. Er war der Ansicht ...«

»Ja, ich kenne seine Ansicht.«

»... daß ein Mord durchaus im Bereich des Möglichen lag. Er hat sogar ausdrücklich weitere polizeiliche Ermittlungen empfohlen. Gab es weitere polizeiliche Ermittlungen, Captain Schulz?«

»Die Polizei von Rutherford *und* die Gerichtsmedizin von Rutherford *und* das gerichtliche Verfahren zur Untersuchung der Todesursache, das in Rutherford durchgeführt wurde, gelangten *übereinstimmend* zu der Auffassung, daß Willa Torrance durch eigene Hand gestorben ist. Es bestand kein Grund für weitere Ermittlungen. Und Sie sollten ebenfalls wissen, Mr. Bloom ...«

»Leo, wir fahren jetzt lieber los«, sagte seine Frau, erhob sich von ihrem Sessel, schaltete das Fernsehgerät aus und ging sofort zu der Kommode, auf der ihre Handtasche lag.

»Sie sollten ebenfalls wissen«, wiederholte Schulz, »daß es in den vergangenen dreißig Jahren in Rutherford keinen einzigen ungeklärten Mordfall mehr gegeben hat. Wir haben mit diesem verdammten Zirkusselbstmord schon genug schlechte Publicity gehabt. Können Sie sich vorstellen, was ...?«

»Leo!« sagte seine Frau scharf.

Bloom nickte.

»Guten Appetit«, sagte er und ging.

Auf dem ganzen Weg nach Charlotte hatte sie sich bewußt gezwungen, an nichts zu denken. Sie benutzte einen Trick, den Sarah Harrington, ihre Zimmergenossin, ihr beigebracht hatte. Dabei konzentrierte man sich auf weiße Gegenstände, zum Beispiel Schnee und Brautkleider und Schwäne und Wolken und die Eisdecke auf einem See und Turteltauben und Kartoffelpüree und den Bart vom Nikolaus und flauschige Badetücher und blühende Baumwolle, und dann wurde der ganze Verstand weiß, ein endloses weißes Feld, in das keine bösen Gedanken eindringen konnten, außer wenn der Vater fast zweitausend Kilometer entfernt im Koma lag.

Sie rief noch schnell ihre Mutter an, bevor sie zu dem Taxi stürmte, das vor dem Wohnheim wartete, und erwischte dann gerade noch den Flug 1577 der USAir aus Boston. Sie landeten um 19 Uhr 15 in Charlotte, mit dreiundzwanzig Minuten Verspätung, was bedeutete, daß sie sich verdammt sputen mußte, um den Anschlußflug um 19 Uhr 45 nach Calusa zu kriegen, obwohl alle lächelnden Flugbegleiterinnen ihr versicherten, daß die Maschine warten würde. Sie sollte an diesem Abend um 21 Uhr 29 auf dem Flughafen Calbrasa landen. Ihre Mutter würde dort auf sie warten. Jetzt mußte sie nur noch dorthin kommen.

Sie versuchte wieder, an Weiß zu denken, konnte jedoch nur an Grau denken. Das Grau von Sebastians Fell, von seinem Bauch mal abgesehen. Sie stellte sich vor, daß der Bauch ganz weich und weiß war, aber das wollte jetzt einfach nicht klappen, sie konnte nur an den armen grauen Kater Sebastian denken, und an den Tag, an dem er von dem Auto überfahren worden war, ach, was hatten sie diesen großen, alten Kater mit dem verschmitzten Gesicht geliebt.

»Ich kam gegen halb vier von der Schule nach Hause«, hatte sie ihrem Vater erzählt, »und habe nach Sebastian gesucht, konnte ihn aber nirgendwo finden. Ich ging zum Briefkasten hinaus, vielleicht war ja Post für mich gekommen, und schaute zufällig über die Straße – du weißt doch, wo der große goldene Baum auf Dr. Lattys Rasen steht? Genau dort, am Bordstein. Sebastian war ... er lag da einfach in der Gosse. Zuerst dachte ich ... ich weiß nicht, was ich dachte. Daß er ... mich reinlegen wollte, wahrscheinlich. Und dann sah ich das Blut ... o Gott, Dad, ich wußte nicht, was ich tun sollte. Ich ging zu ihm, sagte ›Sebastian? Was ... was ist los, Baby?‹ Und seine Augen ... Er sah aus, wie er manchmal aussieht, wenn er ein Nickerchen gehalten hat, du weißt schon, und noch diesen schläfrigen Ausdruck auf dem Gesicht hat ... nur ... oh, Dad, er sah so ... verdreht und geschunden aus. Ich wußte nicht ... ich wußte einfach nicht, wie ich ihm helfen konnte. Also lief ich ins Haus zurück und rief bei dir in der Kanzlei an, aber sie haben mir gesagt, du wärest außer Haus. Ich wußte nicht, was ich tun sollte. Ich wußte nicht, wo Mom war, und dich konnte ich nicht erreichen, und da bin ich einfach ins Schlafzimmer gegangen und habe auf den Knopf von der Alarmanlage gedrückt. Ich dachte, dann kämen bestimmt alle angelaufen. Mr. Soames von gegenüber kam, und dann Mrs. Tannenbaum, und sie fuhr ihren Kombi zu der Stelle, wo Sebastian am Straßenrand lag, und wir ... wir haben ihn ganz vorsichtig hochgehoben. Wir haben ein Brett, das Mr. Tannenbaum in der Garage liegen hatte, als Trage genommen. Wir hoben ihn nur ein Stückchen hoch, gerade soweit, daß wir ihn auf das Brett legen konnten. Dann sind wir direkt hierher zum Tierarzt gefahren, ich wußte ja, wo er war, ich war ja dabei, als Sebastian neulich geimpft wurde. Daddy«, sagte sie, »Dr. Roessler bezweifelt, daß er es überleben wird.«

Sie begruben ihn im Garten.

Sebastian hatte immer an einer bestimmten Stelle unter dem Flamboyant-Baum gelegen und die Pelikane beobachtet, die tief über das Wasser glitten. Seine Augen hatten gezuckt, sein Schwanz wie eine Peitsche hin und her geknallt. Dort begruben sie ihn. Es war fünf vor halb sieben und wurde allmählich dunkel. Ihre Mutter war noch nicht zu Hause. Ihr Vater fragte Joanna, ob sie noch etwas sagen wolle. Sie kniete neben dem offenen Grab nieder und legte eine kleine gelbe Muschel auf die kleine Styroporkiste, die sie auf dem Nachhauseweg gekauft hatten. »Ich liebe dich, Sebastian«, sagte sie, mehr nicht. Ihr Vater schaufelte Sand und dann Mutterboden darüber und drückte das Rasenstück wieder fest, das er vorher vorsichtig gelöst hatte. Joanna legte einen Arm um seine Hüfte. Schweigend gingen sie gemeinsam ins Haus zurück. Er goß sich einen doppelten Scotch über Eiswürfel und fragte Joanna, ob sie ein Bier haben wolle. Sie nickte. Er öffnete eine Dose und gab sie ihr. Sie trank einen Schluck. »Ich kann Bier nicht ausstehen«, sagte sie, aber sie trank es trotzdem.

Zehn Minuten später kam ihre Mutter ins Haus gestürmt.

Sie war beim Friseur gewesen, und als sie dann zum Wagen zurückging, war der vordere rechte Reifen ihres Mercedes platt gewesen. Sie hatte bei ihrer Tankstelle angerufen und um Hilfe gebeten, aber der Mann brauchte eine Stunde, um zu ihr zu gelangen, und weitere zwanzig Minuten, um den Ersatzreifen aufzuziehen. Auf dem Nachhauseweg war die Brücke über den Kanal dann über eine halbe Stunde ...

»Trinkst du da *Bier*, Joanna?«

»Ja, Mom.«

»Hast du ihr etwa *Bier* gegeben?«

»Ja, ich habe ihr Bier gegeben. Susan ... der Kater ist tot. Sebastian ist tot.«

»Was?«

»Er ist überfahren worden, Schatz.«

»Oh«, sagte ihre Mutter und legte die Hand vor den Mund. »Oh«, sagte sie, »oh«, und fing an zu weinen.

Joanna dachte jetzt an Sebastians großes Gesicht, das wie eine Maske ausgesehen hatte, und an seine smaragdgrünen Augen und daran, wie er sich an Eidechsen angeschlichen hatte, als wären es Dinosaurier gewesen, und wie seine Ohren gezuckt hatten, wenn er zwischen den Lautsprechern lag, den Kopf auf den Pfoten, und Modern Jazz lauschte. Sie dachte daran, wie sie einmal zu ihrem Vater gelaufen war und ihm erzählt hatte, wie sie und Sebastian gespielt hatten, wie sie sagte: »Wir hatten einen *irrsinnigen* Spaß. Ich habe ihn um das Sofa gejagt, und er hat gelacht und gelacht ...«

Sie dachte jetzt an den Kater Sebastian, weil sie nicht an ihren Vater denken wollte. Dachte daran, wie Sebastian gelacht hatte. Dachte daran, wie ihr Vater mit einem schwerfälligen irischen Akzent mit ihm gesprochen hatte, und wie Sebastian gelacht hatte, wenn er den weichen, weißen Bauch der Katze gekitzelt hatte – ja, auch *er* war überzeugt, daß Sebastian *lachte*.

Sie drückte den Talisman in ihrer Hand und dachte: Bitte, lieber Gott, laß ihn nicht sterben.

Die drei trafen sich um kurz vor neun an diesem Abend in Blooms Büro. Sie wollten den Fall noch einmal aufrollen, eine ihnen allen vertraute Prozedur. Sie wollten zusammenfassen, was jeder für sich herausgefunden hatte, in der Erwartung, damit vielleicht herausfinden zu können, was *Matthew* erfahren hatte.

Das war der zwingende Impetus hinter jeder Frage, die sie sich stellten. Was hatte er herausgefunden? Welche spezifische Information hatte zu dem Anschlag auf sein Leben geführt? Oder welche *Kombination* von Fakten war dafür verantwortlich, daß er in Lebensgefahr geraten war? Wo sonst war er während der Tage und Stunden gewesen, bevor die Schüsse auf ihn abgefeuert worden waren?

Über den Dienstag hinaus, den 22. März, gestern vor einer Woche, war sein Terminkalender so stumm, daß es einen in den Wahnsinn treiben konnte. Er war an diesem Tag sehr fleißig gewesen. Ein Gespräch mit Andrew Byrd um neun Uhr, ein Gespräch mit John Rafferty um zwölf. Von dort aus war er zum Zirkus gefahren ...

Das stand nicht in seinem Kalender, doch Steadman hatte Warren und Toots von dem Gespräch berichtet, als sie am gestrigen Tag mit ihm gesprochen hatten ...

... und dann hatte er am Donnerstag morgen, anscheinend auf Grund dessen, was auch immer er von Steadman erfahren hatte, zuerst mit Jeannie Byrd und dann mit Captain Schulz in Rutherford, Missouri, gesprochen. Das wußten sie lediglich, weil Jeannie und Schulz freiwillig mit den Informationen herausgerückt waren. Aber hatte Matthew nach seinem Ferngespräch mit Missouri noch jemanden angerufen? Falls ja, könnte die Telefongesellschaft – und Bloom betonte das Wort – *könnte* sie auch ohne Gerichtsbeschluß bereit sein, ihnen eine Liste der Nummern zu geben, die er entweder von seinem Büro oder von zu Hause aus angerufen hatte.

Bis dahin wußten sie über seine Aktivitäten nach diesem letzten Gespräch mit Missouri rein gar nichts. Mit wem hatte er zwischen zehn Uhr am Mittwoch morgen, dem 23. März, und 22 Uhr 15 am Freitagabend, dem 25. März, als jemand je eine Kugel in seine Schulter und Brust gepumpt hatte, noch gesprochen? Mit wem hatte er sich getroffen?

Was hatte er noch *herausgefunden*, verdammt?

Die Eröffnung der Galerie war in vollem Gang, als Matthew um kurz nach neun dort eintraf. Auf dem Poster im Schaufenster stand:

MAXINE
JANNINGS
NEUE GEMÄLDE
23. MÄRZ – 20 UHR

In dem langen, schmalen Raum drängte sich die übliche Wein-Käse-und-Cracker-Szene von Calusa, eine Versammlung von ehemaligen, Möchtegern- und zukünftigen Künstlern, die bei solchen Gelegenheiten zusammenströmten, als würde Picasso persönlich sie mit einer Einmannshow beehren. Tatsache war, daß die Künstler von wahrer Bedeutung – mit einigen bemerkenswerten Ausnahmen – nur selten in Calusa ausstellten. Maxine Jannings war eine etwas wunderliche Dame Anfang Sechzig, die lediglich Katzen malte.

Die einzige Katze, die Matthew je gemocht hatte, war Sebastian gewesen.

In ganz Calusa gab es eine einzige Spezialbuchhandlung – wobei ›speziell‹ ein Euphemismus für ›Krimis, Science-fiction und Comics‹ war. Matthew hatte kurz vor Weihnachten mal hineingeschaut, um einen guten Krimi für Cynthia Huellen zu kaufen, Empfangsdame und Faktotum der Kanzlei. Zu seiner großen Bestürzung hatte er eine ganze *Regalwand* gefunden, die *Katzen* gewidmet war, die Kriminalfälle lösten. Süße Katzen, die tatsächlich Verbrechen *aufklärten*. Er müßte sie doch nicht mehr alle haben, wenn er einer intelligenten Frau einen Krimi mit einem Katzen-Detektiv schenkte. Statt dessen kaufte er für sie einen Roman über einen Briefträger, der in seiner Freizeit Verbrechen aufklärte. Als er Bloom gegenüber erwähnte, daß es tatsächlich Bücher über Katzen gab, die die Polizei arbeitslos machen wollten, sagte Bloom, er würde seinen Hund auf sie hetzen. Matthew wußte nicht, ob Bloom tatsächlich einen Hund hatte, war aber genau der gleichen Meinung. Cynthia erzählte ihm später, daß auch Briefträger-Detektive nichts taugten.

Maxine Jannings malte süße Katzen.

Es ist doch eine Tatsache, Euer Ehren, daß sie selbst ein

wenig wie eine Katze aussieht. Oder besser gesagt wie eine der Künstlerinnen im Musical *Cats*, die sich so sehr bemühten, wie Katzen auszusehen, aber letztlich doch nur wie Tänzerinnen mit Katzenohren und Katzenschnurrbärten aussahen. Maxine Jannings hatte keinen Schnurrbart, und ihre Ohren wurden von einer gewaltigen Frisur verborgen, die ihr den Anschein einer Person verlieh, die gerade von einem Blitz getroffen worden war. Aber sie war groß und geschmeidig, und ihre grünen Augen waren stark geschminkt, damit sie wie Katzenaugen aussahen, und sie trug ein langes, graues, schimmerndes Gewand, das zu ihrer Haarfarbe paßte und den Eindruck einer großen getigerten Katze verstärkte. Gleichzeitig sah sie darin wie eine alte Jungfer aus. Sie hatte auch einen feuerwehrroten Lippenstift aufgelegt und trug hinabhängende granatrote Ohrringe, und in der rechten Hand hielt sie eine Zigarette in einem roten Zigarettenmundstück und paffte dichte Rauchwolken in einen sowieso schon verqualmten Raum. Matthew hätte wirklich gern die Feuerwehr gerufen.

Delilah Phibbs, die ›Kunstkritikerin‹ der *Calusa-Herald-Tribune*, fragte Maxine, woher sie die Inspiration für ihre verspielten Katzenbilder nahm, und Maxine parierte augenblicklich und erwiderte, sie hielte ihre Bilder in keiner Hinsicht für ›verspielt‹, ob nun im Stil oder der Form. Vielmehr handele es sich dabei um ziemlich ernste Metaphern für das menschliche Verhalten.

»Zum Beispiel«, sagte sie und wandte sich mit einer königlichen Drehung um, »das Gemälde, vor dem wir in diesem Augenblick stehen. Es heißt ›Katzimente‹, was natürlich viel über die sexistische Beherrschung der Gerichte durch die Männer bei Scheidungsvereinbarungen zu sagen hat. Das Bild rechts daneben …«

Matthew war hier, um mit Maria Torrance zu sprechen.

Seine Motivation war so einfach wie die einer Katze: Maria hatte ihre Mutter als letzter Mensch lebend gesehen.

Er fand sie unter ihrer üppigen roten Perücke, während sie

mit einer Gruppe junger Männer sprach, die angestrengt versuchten, in den Ausschnitt ihrer weißen Seidenbluse zu linsen. Die Bluse war bis zum dritten Knopf von oben nicht zugeknöpft, genau so, wie Burma sie in den alten *Terry-und-die-Piraten*-Comics getragen hatte, von denen Matthew in derselben Spezialbuchhandlung, die auch die Krimis mit den Katzen-Detektiven feilgeboten hatte, einen prächtigen und teuren Nachdruck im fest eingebundenen Großformat gesehen hatte. Die Drachenlady hatte mehr Ähnlichkeit mit einer Katze gehabt als all die, die auf Maxine Jannings Bildern durch dunkle Gassen schlichen und Alimente forderten. Matthew kannte sich mit Unterhaltszahlungen aus. Er leistete sie noch immer Monat für Monat wie ein Uhrwerk – ich nehm's dir nicht übel, Susan-Baby.

Maria erspähte ihn, als er durch den Raum ging, löste sich mit scheinbarem Zögern von der Bande der Brustfetischisten, die sie umgab, hakte sich sofort bei ihm unter und flüsterte ihm leise und dringlich zu: »Verschwinden wir von diesem schrecklichen Ort!«

Sie gingen von der Galerie an der Julian Street an der Pace Avenue vorbei und bogen in den Dorothy's Way ein, auf dem ein wahrhaft ausgezeichnetes Feinschmeckerrestaurant gerade seine Pforten geöffnet hatte, wohl in Anerkennung der Kochkünste der Dame, nach der die Straße benannt worden war. Er hatte Maria gerade noch zu Hause erwischt, bevor sie zu der Eröffnung losfahren wollte, und sie beide hatten noch nicht zu Abend gegessen. Aber so gern sie auch La Vecchiaccia, wie das neue Restaurant hieß, ausprobiert hätten – und sie wußten genau, daß in Calusa ein Feinschmeckerrestaurant so große Überlebenschancen hatte wie ein Zaunkönig im Maul eines Fuchses –, waren sie beide für einen so eleganten Schuppen doch viel zu lässig gekleidet.

Die meisten Touristen waren schon wieder nach Norden ausgeflogen, um den Ostersonntag in ihrer natürlichen Umgebung zu erleben. Von Mitte März an konnte man hier in jedes beliebige Restaurant gehen, ohne sich wegen einer Reservierung Gedanken machen zu müssen. Sie entschieden sich für Marina Lou's, das am Ufer lag und in dem man an diesem Abend – der wider Erwarten noch zu einem heißen und schwülen Frühlingsabend geworden war – auch ein Sandwich oder einen leichten Imbiß essen konnte. Matthew trug ein hellblaues Baumwolljackett über dunkleren leichten Hosen und einem weißen Hemd ohne Krawatte. Maria trug einen dschungelgrünen Minirock, dazu passende hochhackige Ledersandalen und die unbekümmert zugeknöpfte weiße Seidenbluse. Matthew rief sich immer wieder in Erinnerung zurück, daß sie unter all dem roten Haar, das bis auf ihre Schultern fiel, kahlköpfig war.

Sie bestellten Drinks, saßen da und beobachteten die sich bewegenden Lichter der Schiffe auf dem Wasser, die in der schimmernden Dunkelheit durch die Bucht von Calusa kreuzten, eine friedliche und idyllische Szene, sehr beliebt bei Grundstücksmaklern, die versuchten, potentielle Hauskäufer zu beeindrucken. Nicht Haus, *Heim,* dachte Matthew, Verzeihung. Hier unten verkauften die Grundstücksmakler keine Häuser, sondern *Heime.* Eins der Boote gab einem anderen Leuchtzeichen. Das sah man hier unten nur selten, dachte er, Schiffer, die sich mit Lichtsignalen verständigten. Vielleicht lag es daran, daß kaum noch einer von ihnen das Morsealphabet beherrschte.

Maria bestellte ein Roastbeef mit Salat, und Matthew, der auf sein Cholesterin achten mußte, den gegrillten Barsch, obwohl er wußte, daß es genauso schwierig war, in Calusa einen guten Fisch zu finden, wie in Irland eine Schlange. Man hatte ihm erklärt, es läge daran, daß die Berufsfischer für einen guten Fang so weit hinausfahren mußten, daß der Fisch schon einen Tag alt war, wenn sie wieder zurückkamen. Er wußte nicht, ob das stimmte oder nicht. Er wußte nur, daß er den letzten wirklich köstlichen Fisch vor fast einem Jahr gegessen hatte, als er in Italien Urlaub gemacht hatte. Das erzählte er nun Maria. Sie wirkte außerordentlich desinteressiert. Vielleicht hatte sie für Fisch ja nichts übrig. Oder für Italien.

»Was haben Sie sich also gefragt?« sagte sie. »Als Sie anriefen, haben Sie gesagt ...«

»Ja. Eigentlich zwei Dinge.«

Sie nippte an ihrem Drink und beobachtete ihn erwartungsvoll. Draußen auf dem Wasser antwortete das zweite Schiff jetzt mit Leuchtzeichen.

»Zuerst einmal der Einbruch?« sagte er.

»Welcher Einbruch?«

»Zwei Tage bevor Ihre Mutter Selbstmord begangen hat.«

»Sie wurde ermordet«, sagte Maria.

Eine Blondine, die an dem Tisch neben dem ihren saß, drehte sich plötzlich um und schaute zu ihnen hinüber.

»Zwei Tage, nachdem bei Ihnen eingebrochen wurde«, sagte Matthew und nickte.

Die Blondine war jetzt ganz Ohr.

Er sprach leiser.

»Wissen Sie, was gestohlen wurde?«

»Ein paar Sachen von ihr, ein paar Sachen von mir. Nichts schrecklich Wertvolles.«

»Was würden Sie sagen, wie groß war der Schaden?«

»Ich habe keine Ahnung.«

»Blödsinn.«

»Ich weiß es wirklich nicht. Meine Mutter hat der Polizei und auch der Versicherungsgesellschaft eine Liste gegeben. Meine Perlen waren wohl fünf- oder sechstausend Dollar wert, schätze ich, und der Saphirring, den sie mir zum Geburtstag geschenkt hat, muß wohl um die achttausend gekostet haben. Aber ich habe keine Ahnung, was *ihr* Schmuck gekostet hat.«

»Was ist mit den Wertpapieren?«

»Ich weiß es wirklich nicht.«

»Glauben Sie, daß ein Zusammenhang besteht?«

»Zwischen dem Einbruch und dem Mord, meinen Sie?«

Die Blondine ließ sie nun nicht mehr aus den Augen. Sie machte ihren Freund auf das Gespräch aufmerksam, und auch er hörte nun zu. Matthew sah sie beide an, aber das half nichts. Wahrscheinlich dachten die beiden, sie wären hier in einer Fernsehsendung. Sie dachten, sie würden sich einen Krimi ansehen, in dem eine gottverdammte *Katze* den Mörder schließlich entlarven würde.

»Ja, zwischen dem Einbruch und dem Mord«, sagte Matthew und warf ihnen einen weiteren, diesmal noch böseren Blick zu. Die Blondine wandte sich zuerst ab. Ihr Begleiter ließ sich auf einen kleinen Machoringkampf mit Blicken ein, bevor auch er sich wieder seinen Angelegenheiten zuwandte, bei denen es sich zufällig darum handelte, ein zu lange gebratenes Steak zu essen. Vielleicht hielt er Matthew für einen Profikiller, der den Auftrag hatte, Lauscher zu beseitigen. Matthew warf ihm noch einen Blick zu, um diesen Eindruck zu verstärken.

»Ich wüßte nicht, welcher«, sagte Maria.

»Erzählen Sie mir noch mal von dem Tag, an dem sie ermordet wurde«, sagte er, und ihm wurde plötzlich klar, daß er sich ihrer Überzeugung, ihre Mutter sei getötet worden, nun vollständig angeschlossen hatte. »Von dem Augenblick an, als Sie des Morgens aufgewacht sind«, sagte er.

Maria seufzte schwer und trank einen großen Schluck von ihrem Drink. Am Nebentisch beschäftigten die Blondine und ihr Begleiter sich mit ihrem Essen, aber Matthew wußte, daß sie noch immer aufmerksam zuhörten.

»Ich stand um halb fünf auf«, spulte Maria die Geschichte mechanisch herunter. »Ich hatte meinen Wecker auf halb fünf gestellt. Mutter schlief noch. Ich wußte, daß sie ihren Wecker auf Viertel nach fünf gestellt hatte, obwohl sie mir gesagt hatte, sie wolle um sechs Uhr unterwegs sein. Sie machte immer alles auf den letzten Drücker. Ich ging zum Küchenzelt hinüber, habe mich dort mit Davey Sheed zum Frühstück getroffen. Wir waren damals ein Pärchen ...«

Sheed war an diesem Morgen nicht auf der Höhe. Seine

Katzen konnten Regenwetter nicht ausstehen, er war der Meinung, daß Katzen bei Regen immer am gefährlichsten waren. Er hatte Schwierigkeiten gehabt, sie zu verladen, und …

»Wann war das? Wann sind Sie zum Küchenzelt gegangen?«

»Um fünf Uhr.«

»Und wann sind Sie zum Wohnwagen zurückgekehrt?«

»So gegen halb sechs. Ich war um fünf nach halb wieder dort.«

»Und Sie waren die ganze Zeit über mit Sheed zusammen?«

»Ja.«

»Von fünf bis halb sechs?«

»Ja. Er war wütend, daß ich in der vergangenen Nacht nicht mit ihm geschlafen hatte. Er gab Mutter die Schuld dafür, sagte, sie sei auf unsere Beziehung eifersüchtig.«

»Eifersüchtig?« fragte Matthew.

»Ja«, sagte Maria und zögerte kurz. »Wie … wie ich es mir zusammengereimt habe, sind er und Mutter mal intim gewesen.«

»Wer hat Ihnen das gesagt?«

»Eigentlich niemand. Man hat es angedeutet.«

»Wer? Ihre Mutter?«

»Nein, nein. Meine Mutter? Großer Gott, nein! Davey hat ein paar komische Andeutungen gemacht.«

»Was für Andeutungen?«

»Er hat Kleinigkeiten geäußert, denen ich entnehmen konnte, daß er sie intim gekannt hat.«

»Zum Beispiel?«

»Na ja … er hat mal ein Muttermal erwähnt, das sie hatte. Von dem er nichts wissen konnte, wenn er es nicht gesehen hatte. Es war nämlich an einer sehr persönlichen Stelle. Und einmal hat er … aber das wäre zu grob.«

Matthew wartete.

»Männer können so verdammt grob sein«, sagte sie und schüttelte den Kopf.

Matthew sagte nichts.

»Auf jeden Fall hat er mir Anlaß zur Vermutung gegeben … mit Dingen, die er sagte, als wir … na ja … miteinander schliefen …« Sie schüttelte erneut den Kopf. »Ich war erst neunzehn, verstehen Sie, einige der Dinge, die er gesagt hat, waren ziemlich schockierend. Und auch die Dinge, die er mit mir angestellt hat. Er war Raubtierdompteur, und … na ja, manchmal war er selbst wie eine Raubkatze, bei den Sachen, zu denen er mich angestiftet hat. Auf jeden Fall«, sagte sie und seufzte laut, »gab er mir Anlaß zur Vermutung, er habe mit meiner Mutter geschlafen, als ich noch ein kleines Mädchen war.«

»Glauben Sie, daß das der Wahrheit entspricht?«

»Ich glaube schon.«

»Haben Sie sie je gefragt?«

»Nein. Nie. Meine Mutter? Nie!«

»Und Sie sagen, er war an diesem Morgen wütend.«

»Ja. Wir haben uns sogar gestritten, weil er …«

Sheed war wütend, weil Maria in der vergangenen Nacht im Wohnwagen ihrer *Mutter* statt in dem *seinen* geschlafen hatte. Und das ausgerechnet in einer Nacht, in der es *geregnet* hatte, wo sie doch wußte, wie die Katzen auf Donner und Blitze reagierten, hatte er ihr nicht *tausendmal* gesagt, daß Stürme ihnen zu schaffen machten? Statt also bei *ihm* zu bleiben, wenn er ihren Trost brauchte, weil er wußte, was ihn am nächsten Morgen erwartete, wenn er die Katzen verladen mußte, die dann nervös und verwildert sein würden …

»Das war eins seiner Lieblingsworte, verwildert. Er wollte damit sagen …«

»Ja.«

»… daß sie wieder wild werden, nachdem er sie gezähmt hatte. Davey war der Ansicht … na ja, ich glaube, man kann ein wildes Tier niemals wirklich *zähmen* …«

»Ja.«

»… sondern nur *dressieren.* Aber er vertrat die Theorie, daß eine Dressur eine Art von Zähmung ist und die Tiere dann und wann wieder *wild* werden. Daß man dann nicht mehr vorhersagen kann, wie sie reagieren. Wie bei Frauen, hat er immer gesagt. Wie bei *mir,* hat er immer gesagt. Wie bei meiner *Mutter,* hat er immer gesagt. Und bei Jeannie. Und bei Marnie. Und bei jeder anderen verdammten Frau, die er in diesem Zirkus gefickt hat!«

Die Blondine am Tisch neben dem ihren schnappte nach Luft. Ihr Begleiter drehte sich scharf um, als wolle er Maria verprügeln, weil sie Worte in den Mund genommen hatte, denen er von vornherein nicht hätte lauschen sollen. Matthew versteifte sich. Die Blonde beruhigte ihren Begleiter. Laut verlangte er die Rechnung. Er warf Matthew einen schmutzigen Blick zu. Und noch einen. Als das Pärchen aufstand, brachte der Kellner Marias Roastbeef und Matthews Barsch. Der Kellner ahnte, daß etwas vorgefallen war, konnte sich aber keinen Reim darauf machen. Er wußte nur, daß das Pärchen ihm kein Trinkgeld gegeben hatte.

»Wieso glauben Sie, daß Davey sie getötet hat?« fragte Matthew.

»Wegen einer Bemerkung, die er fallenließ.«

»Was hat er gesagt?«

»Er hat gesagt ... er konnte wirklich so grob sein ...«

»Was hat er gesagt, Maria?«

»Er hat gesagt, er hätte nicht übel Lust, zum Wohnwagen zu gehen und ihn ihr reinzustopfen, bis sie daran *erstickt.*«

»Wann hat er das gesagt?«

»Als wir am Tisch saßen. Während er sich noch darüber aufregte, daß ich die Nacht über zu Hause geschlafen hatte.«

»Zu Hause«, wiederholte Matthew.

»Bei Mutter.«

»Haben Sie das bei der gerichtlichen Untersuchung erwähnt?«

»Nein.«

»Warum nicht?«

»Weil es eigentlich keine Drohung war. Er wollte nur ... sexy sein, vermute ich.«

»Hm, sexy«, sagte Matthew.
»Mir sagen, wie groß sein Ding ist. Sie wissen schon.«
»Hm.«
»So groß, daß Mom daran erstickt.«
»Hm.«
»Ich sage ja nicht, daß *ich* es geil fand. Ich sage nur, daß er sich für einen geilen Typ hielt.«
»Ich verstehe.«
»Außerdem war ich mir bei der Zeit nicht mehr sicher.«
»Was meinen Sie damit? Welche Zeit?«
»Wann er ging.«
»Ging?«
»Vom Tisch.«
»Sie haben doch gesagt, Sie wären von fünf bis …«
»Ja.«
»… halb sechs mit ihm zusammengewesen, als Sie dann zum Wohnwagen zurückgingen …«
»Bis auf die paar Minuten, die er weg war.«
»Wollen Sie damit sagen, daß er *nicht* die ganze Zeit über mit Ihnen zusammen war?«
»Genau, das war er nicht.«
»Hat man Sie bei der Untersuchung danach gefragt?«
»Bei der Untersuchung lag bereits der Bericht der Gerichtsmedizin vor. Sie wollten einen Selbstmord nachweisen. Und ich war mir bei dem Zeitpunkt ja nicht mehr völlig sicher. Vielleicht war er auch weg, *nachdem …*«
»Wie lange war er weg?«
»Etwa zehn Minuten. Er hat gesagt, er müsse auf den Donnerbalken.«
»Den Donnerbalken?«
»Die Toilette. So haben wir sie genannt.«
»Was *glauben* Sie denn … wann war er weg?«
»Ich bin mir nicht sicher. Das ist es ja. Deshalb habe ich bei der Untersuchung auch nichts davon gesagt.«
»Versuchen Sie, sich jetzt daran zu erinnern. Der Wecker Ihrer Mutter blieb stehen um …«

»Ich weiß. Zehn nach fünf. Aber ich bin mir nicht sicher, ob er *davor* oder *danach* weg war.«

»Hm ... Sie sagen, er wäre zehn Minuten lang weg gewesen ...«

»Höchstens zehn Minuten.«

»Wo war die Toilette?«

»Direkt vor dem Zelt. Er hätte auch zu seinem Wohnwagen gehen können, aber es hat geregnet.«

»Er war zehn Minuten lang weg ...«

»Ja.«

»... und ist dann zum Tisch zurückgekommen?«

»Ja. Und hat noch einen Kaffee getrunken.«

»War er noch wütend?«

»Na klar. Davey war *immer* wütend.«

»Nein, ich meine ...«

»Ja, er war noch wütend, daß ich nicht die Nacht mit ihm verbracht hatte.«

»Hat Ihre Mutter gewußt, daß Sie mit ihm geschlafen haben?«

»Ja.«

»Hat Sie etwas dazu gesagt?«

»Nur, daß ich vorsichtig sein sollte.«

»Gab es einen Grund für diesen Ratschlag?«

»Sie kannte ihn, nehme ich an«, sagte Maria und zuckte mit den Achseln.

»Das soll heißen?«

»Na ja ... Sie wissen schon.«

»Nein, ich weiß es nicht.«

»Davey konnte manchmal grob sein.«

»Hm.«

»Sie wissen schon.«

»Hm.«

»Männer«, sagte sie und zuckte wieder mit den Achseln.

»Nachdem er wieder zum Tisch zurückgekommen ist ... wie lange haben Sie dort noch mit ihm gesessen?«

»Vielleicht noch eine Viertelstunde.«

»Und Sie sagen, Sie sind um halb sechs gegangen?«

»Ja.«

»Zurück zum Wohnwagen?«

»Ja.«

»Saß er noch dort, als Sie gegangen sind?«

»Ja.«

»Er ist nicht vor Ihnen gegangen?«

»Nein. Abgesehen davon, daß er mal ein paar Minuten lang weg war.«

»Ich meine, *nachdem* er zurückgekommen ist.«

»Nein, danach nicht mehr. Nicht vor mir.«

»Sie saßen also mit ihm noch eine Viertelstunde lang am Tisch, bevor Sie das Küchenzelt verlassen haben ...«

»Genau.«

»Um halb sechs?«

»Ja.«

»Das heißt, um Viertel nach fünf saß er wieder bei Ihnen am Tisch.«

Maria sah ihn an.

»Um zehn nach fünf *hätte* er im Wohnwagen Ihrer Mutter sein können«, sagte Matthew.

Maria sah ihn weiterhin an. Dann nickte sie, schien den Zeitplan noch einmal zu überdenken, spießte ein Stückchen Roastbeef auf, tauchte es in die Bratensoße und hob es tropfend zum Mund. Matthew hatte den Eindruck, daß sie noch immer über den zeitlichen Ablauf nachdachte, während sie kaute, den Ablauf immer und immer wieder nachvollzog.

»Erzählen Sie mir, was passiert ist, als Sie wieder im Wohnwagen waren.«

Zuerst sieht sie das Blut. Es ist das Blut, das sie in dem Augenblick anschreit, da sie die Tür hinter sich schließt. Es regnet heftig, sie hat sich umgedreht, um die Tür hinter sich zu schließen, sie zuzuziehen, um vor dem Wind und dem Regen geschützt zu sein, und dann tritt sie vollends in das Fahrzeug, schüttelt den Regen von ihrem gelben Mantel, dreht sich zum Bett um und sieht das Blut, das sie rot durch den Raum anschreit, die Träger des weißen Nachthemds ihrer Mutter sind rot gefleckt, die Aluminiumwand des Wohnwagens hinter ihr rot gesprenkelt. Sie fängt an zu schreien. Steht wie angewurzelt in der Tür und schreit.

Der erste, der in den Wohnwagen platzt, ist George Steadman, naß und schroff, und er brüllt *Verdammt, was ...?!* und bleibt dann wie erstarrt stehen, als er die Leiche auf dem Bett sieht, das Loch in der Stirn, das Blut, das über die ganze Wand gespritzt ist, o Gott, sagt er, o Gott, Willa. Und dann ist der Wohnwagen plötzlich voller anderer Menschen, Hilfsarbeiter kommen von Gott weiß woher angelaufen, dann drängen die McCulloughs mitsamt der kompletten Familien Chen herein, die das erste Jahr bei diesem Zirkus ist. Ein Mann namens Barney Hale aus London drängt sich an den anderen vorbei, damit er an das Bett gelangen kann, auf dem ihre Mutter blutend und tot liegt. Er ist ein Trapezakrobat, der schon so lange bei der Truppe ist, wie Maria zurückdenken kann, schon damals als sie noch ein kleines Mädchen war, er beherrscht diesen Trick, bei dem man an einem Kabel hängt, das am Haar befestigt ist, der dreht sich an seinem langen, schwarzen Haar in der Luft. Davey Sheed platzt herein und schaut überrascht drein und drängt sich ebenfalls zum Bett durch, bliebt direkt neben Barney stehen, legt die Hand auf Barneys Schulter, der neben dem Bet kniet und schluchzt, auf dem ihre Mutter mit weit aufgerissenen Augen und weit aufgerissenem Mund und weit aufgerissenem Hinterkopf liegt. Jemand ruft, daß die Polizei da ist, und ein Cop in einem triefend nassen schwarzen Regenmantel mit Schirmmütze und einer Kapuze, die über die Schultern des Mantels fällt, tritt in den Wohnwagen und bringt Wind und Wasser mit, drängt sich durch die Menge und ruft: Zurück, Leute, hier gibt es nichts zu sehen, laßt mich durch, Leute. Er kämpft sich zum Bett durch, neben dem Davey steht und auf sie hinabschaut, und Barney schluchzt noch immer, das lange schwarze Haar mit einem schwarzen Wollband zurückgebunden und über die Schulter fallend. Der Cop erstarrt, als er die Frau auf dem Bett sieht. Er wird bleich, wendet sich fast ab, reißt sich dann zusammen. Maria schreit noch immer. Sie kann mit dem Schreien einfach nicht aufhören.

Matthew schaute von dem gegrillten Barsch auf seinem Teller auf.

»Wie hieß er noch gleich?« fragte er.

»Wer?« sagte Maria.

»Der mit dem langen schwarzen Haar.«

Kapitel 5

... war es sehr, sehr brav.

Der einarmige Bärendompteur war auf dem Hof und machte gerade einen Handstand, als Matthew am Donnerstag morgen, dem 24. März, dort auftauchte. Selbst ein Bär von Mann, grobknochig und sehr muskulös, balancierte Harry Donovan auf der ihm verbliebenen Hand. Seine haarige Brust, die Schultern, Hinterbacken und Beine wurden von der neonblauen Tanga-Badehose enthüllt, die er trug.

Matthew hatte angerufen, und seine Frau hatte ihm eingeschärft, keine Überraschung über die Behinderung ihres Mannes zu zeigen. Harrys Arm war ihm, wie sie erklärt hatte, vor etwa acht Jahren von einem Bären abgerissen worden, und er war in dieser Hinsicht noch immer ziemlich empfindlich. Matthew dachte augenblicklich, die Bitte, nicht auf den fehlenden Arm einer Person zu achten, ließe sich mit der Warnung vergleichen, ja nicht Cyrano de Bergeracs Nase zu erwähnen. Als wolle sie die Warnung bekräftigen, legte die blonde Frau im Swimmingpool in dem Augenblick, da er um die Ecke des Hauses bog, den Zeigefinger auf ihre Lippen. Matthew vermutete, daß es sich bei ihr um Aggie McCullough Donovan handelte, Trapezkünstlerin, Mutter von Sam, Schwiegermutter von Marnie und Geliebte von Peter Torrance, mit dem sie vor etwa einundzwanzig Jahren durchgebrannt war. Mann, wie die Zeit doch verstrich, wenn man sich gut amüsierte.

Als sie ihn sah, stieg sie sofort aus dem Pool und schüttelte erneut warnend den Kopf, während ihr einarmiger Gatte, der ihr den Rücken zugewandt hatte, nun verkehrt herum auf diesem einen Arm über den Rasen hüpfte. Matthew fragte sich, ob der Mann eine Nummer probte, mit der er sich bei George Steadman bewerben wollte. Aggie war eine Frau von vielleicht vierzig Jahren, schätzte er, und damit in etwa so alt, wie Willa es jetzt wäre, hätte sie nicht Selbstmord begangen oder wäre sie nicht einem Mord zum Opfer gefallen, als was immer es sich auch erweisen würde. Wie ihr Mann trug Aggie einen Tanga, ging jedoch – vielleicht, da sie Besuch erwartete – nicht oben ohne. Vielmehr trug sie einen sehr schmalen gelben Einteiler, der hier und dort und überall den muskulösen, wohlgeformten und im Augenblick dunkel gebräunten Körper einer Athletin verbarg und gleichzeitig enthüllte; nicht umsonst war Aggie in ihrer Zeit als Aktive wiederholt vom Trapez des Fliegers zu dem des Fängers und wieder zurück gesprungen. Lächelnd streckte sie die Hand aus und bewegte sich wie eine Ballsportlerin oder Ballettänzerin anscheinend in Zeitlupe über den Rasen auf Matthew zu.

»Mr. Hope?« sagte sie.

»Mrs. Donovan?« sagte Matthew, und in diesem Augenblick stieß Harry sich mit seinem Arm hoch und sprang auf die Füße.

»He, da sind Sie ja!« sagte er.

Er schwitzte stark. Matthew war es unangenehm, ihm die Hand zu geben, doch der Mann kam nun mit einem breiten Grinsen auf dem Gesicht zu ihm und hielt sie ihm hin. Der Händedruck war klebrig und naß. Schweiß strömte von Donovans Gesicht und Hals und haarigem Körper. Matthew hatte den Eindruck, eine Dusche zu nehmen.

»Zeit für ein Bier«, sagte Donovan, obwohl es erst zehn Uhr morgens war. »Möchten Sie auch eins?«

»Nein, danke«, sagte Matthew.

»Ich trinke eins mit, Schatz. Setzen Sie sich«, sagte Aggie und bot Matthew einen Aluminiumklappstuhl mit leuchtendgelben Gurten an. Sie selbst setzte sich auf den Rasen, mehr oder weniger zu seinen Füßen. Die Farbe der Gurte des Klappstuhls entsprach der ihres Badeanzugs. Er fragte sich, ob sie wußte, daß er in den Ausschnitt schauen und ihren linken Brustwarzenhof sehen konnte. Er nahm sich vor, nicht hinzuschauen. Zuerst Cyranos Nase, dann Donovans Arm, und jetzt Aggies linke Brustwarze. Der heutige Tag schien sehr viele Versuchungen zu bieten, und dabei war es erst kurz nach zehn.

Donovan kam mit vier Bierflaschen aus dem Haus, die er zwischen den gespreizten Fingern an den Hälsen hielt. Ein Flaschenöffner steckte im Gummiband seiner Tanga-Badehose. Aggie war sorgsam darauf bedacht, ihm nicht zu helfen, als er die Flaschen mühsam auf einen kleinen, runden Tisch mit einer glatten Plastikoberfläche stellte. Er ließ sich auf den Zwillingsbruder des Stuhls fallen, auf dem Matthew saß, nahm eine Bierflasche, klemmte sie zwischen den Knien fest, holte den Flaschenöffner aus seiner Hose, öffnete die Flasche und gab sie seiner Frau. Dann öffnete er eine zweite Flasche, legte den Öffner auf den Tisch, schlug seine Flasche leicht gegen die Aggies, sagte: »Auf goldene Tage und schlüpfrige Nächte!« und hob die Flasche an den Mund.

Matthew verspürte den schier unwiderstehlichen Drang ihn zu fragen: »Wie haben Sie Ihren Arm verloren?«

Er unterdrückte ihn.

»Es ist nett, daß Sie mich so kurzfristig empfangen haben«, sagte er.

»Gern geschehen«, sagte Aggie. »Willa war eine sehr gute Freundin von mir.« Sie trank einen Schluck aus der gekühlten Flasche, drückte die Flasche dann an ihre Brust und rollte sie beiläufig zwischen ihren Brüsten. »Aber wenn es um ihren Tod gehen sollte ...«

»Ja, darum geht es.«

»Denn ich habe den Zirkus verlassen, als Harry ...«

Matthew verspannte sich.

»... in den Ruhestand ging«, sagte Aggie gewandt, ohne zu erwähnen, daß er in den Ruhestand gegangen war, weil ein rücksichtsloser Bär seinen linken Arm gefressen hatte. »Das war vor acht Jahren. Wie Sie wissen, ist Willa ...«

»Ja.«

»... erst vor drei Jahren gestorben. Harry und ich haben damals schon hier in Bradenton gewohnt. Nicht in diesem Haus. Wir hatten damals ein anderes. Das hier haben wir vor einem Jahr gekauft. Weil es einen großen Rasen und einen Pool hat. Harry schwimmt gern.«

Matthew versuchte sich vorzustellen, wie er schwamm. Obwohl Aggie ihn wiederholt wegen des verlorenen Arms gewarnt hatte, schien alles, was sie sagte, direkt darauf hinzuweisen.

»Und ich kann hier im Garten meine Übungen machen«, sagte Donovan und trank noch einen kräftigen Schluck Bier. »Die Liegestütze, die Handstände, die Überschläge ... Ich habe da hinten zwischen den beiden Palmen einen Barren aufgebaut ... die Klimmzüge, all meine gewohnten Übungen. Als ich noch auftrat ...«

Keine einzige Erwähnung der Bären.

»... mußte ich in Form bleiben. Das war sehr wichtig. Es wird zu einer Gewohnheit. Ich trete nicht mehr auf und vermisse meine Nummer manchmal, aber ...«

»Ach, das stimmt doch gar nicht«, sagte Aggie und tat den Kommentar mit einem Winken ab. »Er *liebt* es geradezu, nichts zu tun«, sagte sie zu Matthew. »Es spricht einiges dafür, früh in den Ruhestand zu gehen. Hier unten zu wohnen. Den ganzen Tag in der Sonne zu liegen. Jede Menge spricht dafür.«

»Was, zum Beispiel?« fragte Donovan.

»Ach, komm schon, dir gefällt es doch.«

»Ich vermisse den Zirkus«, sagte Donovan. »Nach acht Jahren vermisse ich ihn noch immer.«

»Na ja«, sagte Aggie, hob die Flasche an den Mund, trank einen Schluck und legte sie wieder an das behagliche Plätzchen zwischen ihren Brüsten zurück.

»Ich geh' lieber mal ins Haus und dusche«, sagte Donovan. »Ich stinke bestimmt wie ein ...«

Matthew vermutete, daß er ›Bär‹ hatte sagen wollen.

Statt dessen sagte er: »Hat mich gefreut, Sie kennenzulernen, Mr. Hope, ich weiß, daß Sie und Aggie eine Menge zu besprechen haben.« Er nickte, nahm den Flaschenöffner, steckte ihn wieder in die Badehose, nahm die beiden nicht geöffneten Flaschen vom Tisch und ging schwerfällig zum

Haus zurück. Die Schiebetür wurde krächzend geöffnet und dann wieder geschlossen. Irgendwo in dem dichten Gebüsch, das das Grundstück der Donovas von dem nebenan trennte, rief ein Kardinal sein charakteristisches *Ritsch-iie, Ritsch-iie, Ritsch-iie.* Im Garten wurde es wieder still. Sonnenlicht fiel schräg über den Pool und färbte das Wasser scheckig. Aggie rollte die Bierflasche zwischen ihren Brüsten und trank noch einen Schluck.

»Mrs. Donovan«, sagte er, »als Sie ...«

»Aggie«, sagte sie. »Bitte.« Und lächelte.

»Als Sie beim Zirkus waren, Aggie«, sagte er, »haben Sie da einen Künstler namens Barney Hale gekannt?«

Sie schaute zu ihm hoch.

»Wie kommen Sie denn auf diesen Namen?« fragte sie.

»Jemand hat ihn erwähnt.«

»Wer?«

»Maria Torrance.«

»Willas *Tochter*?«

»Ja.«

»Maria? Warum sollte Maria ...«

»Sie hat mir erzählt, wer in dem Wohnwagen war. Am Morgen, als ihre Mutter starb. Die Leute, die danach in den Wohnwagen gekommen sind.«

»Und sie hat gesagt, Barney wäre einer davon gewesen?«

»Ja. Haben Sie ihn gekannt?«

»Ich kann Ihnen nicht sagen, ob er in dem Wohnwagen war. Ich war nicht dabei. Ich hatte den Zirkus damals schon längst verlassen. Ich war schon fünf Jahre weg, als Willa sich umbrachte.«

»Was ist denn mit der Zeit, als Sie noch beim Zirkus waren?« fragte er. »Haben Sie ihn damals gekannt?«

Sie schwieg einen Augenblick lang.

»Er war Trapezkünstler und kam aus London«, stachelte Matthew sie an. »Barney Hale. Er hing an seinem Haar in der Luft und drehte sich.«

Aggie schaute ihm ins Gesicht.

»Langes schwarzes Haar«, sagte Matthew. »Trug es in einem Zopf über die Schulter.«

Sie suchte in seinen Augen. Er hatte den Eindruck, daß sie sich fragte, wieviel er wußte, was allerdings sehr wenig war. Er sagte nichts, wartete einfach. Schließlich nickte sie zögernd. Anscheinend war sie zum Schluß gekommen, daß er sowieso schon *alles* wußte. Also spielte es auch keine Rolle mehr. Er wartete weiterhin.

»Ich habe später davon erfahren«, sagte sie. »Peter hat es mir in Seattle erzählt.«

Ja, aber *was*? dachte Matthew.

Und sagte noch immer nichts.

»Ich war zu sehr mit meiner Karriere beschäftigt«, sagte sie, »um zu wissen ... oder mich ehrlich gesagt auch daran zu scheren ... was Willa tat, oder warum sie es tat. Die McCulloughs hatten ihre Nummer nämlich noch nicht perfektioniert. Nach dem Tod meines Mannes haben wir Tag und Nacht daran gearbeitet. Wir nannten uns The *Flying* McCulloughs, aber von uns hatte noch keiner einen Vierersprung gewagt, das war ... na ja, das war vor Peter Torrance, bevor ich mich mit Peter einließ. Es muß also zwanzig, fünfundzwanzig Jahre her sein. Wir *dachten* damals nicht mal an den doppelten Passiersprung ...«

Eigentlich war es so etwa *drei*undzwanzig Jahre her, erinnerte Aggie sich nun. Ihr Mann war damals schon seit vier Jahren tot, sie und ihre beiden Brüder bestritten die Nummer. Sie hatten ihren Schwager Jimmy zurückgeholt, der geschworen hatte, er wolle nie mehr was mit dem Zirkus zu tun haben, aber jetzt war er im Winterlager wieder dabei. Also gab es insgesamt wieder sechs fliegende McCulloughs. Aggie und Jimmy und Jack, die Brüder ihres verstorbenen Mannes, und Jacks Frau Tillie und die beiden Kinder Sammy und Jean. Ihre Schwäger waren die beiden Fänger, sie und Tillie die beiden Flieger, und die Kinder standen eigentlich nur auf den Plattformen herum, warfen dem Publikum Kußhändchen zu, grinsten viel und halfen den Fliegern wieder auf die Podeste

– das war nicht so einfach, wie es aussah. Es waren zwei entzückende Blondschöpfe … na ja, alle Mitglieder der Truppe waren blond, auch Jimmy und Jack, die sich sogar das Haar färbten.

»Meine beiden Kinder sind jetzt hervorragende Trapezkünstler«, sagte Aggie, »warum hat er das verdammte Bier wieder mitgenommen? Und das gilt auch für Marnie, meine Schwiegertochter. Eine tolle Fliegerin. Sie sollten sie mal bei dem Dreifachen sehen.«

Diese erste Saison bei S & R war wirklich eine aufregende Zeit für die McCulloughs. Steadman hatte in dieser Saison jede Menge neue Nummern aufgenommen, die McCulloughs und Barney Hale, und auch Harry Donovan …

»… den Sie gerade kennengelernt haben, der einarmige Wunderknabe, der einen Kasten Bier wegschleppen kann, ohne daß seine Frau es mitbekommt.«

Donovans Nummer hieß Harry und die Tanzbären, er hatte insgesamt drei Stück davon. Gordo war derjenige, der ihm schließlich vor acht Jahren den Arm abgebissen hatte. Aber das war lange vorher gewesen. Aggie interessierte sich damals nicht im geringsten für ihn. Sie war gerade erst Witwe geworden und hatte genug damit zu tun, die Nummer hinzukriegen und ihre Kinder zu guten und anständigen Menschen zu erziehen, was in der Zirkusumgebung nicht ganz einfach war. Barney Hale war ein sehr stattlicher Bursche, am Aufreißtag war die Hälfte der Mädchen vom Zirkus hinter ihm her. Er hatte diese britische Ausdrucksweise, klang fast wie Cary Grant, vielleicht ein etwas stärkerer Cockney-Dialekt, aber doch fast wie Cary Grant. Und er hatte ein Lächeln, das die Leute aus den Schuhen haute, wann immer er es aufblitzen ließ. Und der Höhepunkt seiner Nummer war, daß er an seinem Haar an einem Kabel hing, was lächerlich klingt, aber sehr gefährlich war. Eine Frau namens Marguerite Michelle, die beim *Großen* gearbeitet hatte, hatte eine ähnliche Nummer gehabt. Sie hatte ihr Haar um einen Haken geschlungen, befestigte den an einem Kabel und jonglierte mit brennenden

Fackeln, während sie sich unter dem Zeltdach drehte. Eines Tages löste ihr Haar sich mitten während einer Drehung, und sie stürzte zehn Meter tief ins Sägemehl und brach sich den Hals. Das war etwa zu der Zeit, als die McCulloughs zu S & R gingen; der Zwischenfall bei Ringling stand in allen Zeitungen und machte damals *allen* Trapezkünstlern zu schaffen.

Barney jonglierte nicht mit Fackeln, sondern arbeitete mit Sonnenschirmen. Er baumelte da oben mit dem Haar am Kabel und jonglierte mit aufgespannten Sonnenschirmen aus Seide. Die Sonnenschirme waren genau ausgewogen, so daß er mit ihnen jonglieren konnte, ohne sie zu verlieren, er fing mit zwei Stück an und arbeitete sich dann langsam bis zu fünf Stück hoch. Es sah alles so einfach und leicht aus, all diese hübschen roten und gelben Seidenschirme, die da oben durch die Luft flogen, während die Kapelle diese klingelnde, luftige japanische Musik spielte, Barney mit nacktem Oberkörper und in enganliegenden Seidenhosen, das eine Bein rot, das andere gelb, und mit roten und gelben Seidenbändern in seinem langen schwarzen Haar, das er an dem Haken des Kabels befestigt hatte. Es sah alles so schön und träge und so einfach aus, daß es sich um ein Kinderspiel zu handeln schien, doch im Zirkus ist nichts sicher, und in der Luft ist nichts einfach.

Willa war seit fast drei Monaten mit Peter Torrance verheiratet, als Barney zu S & R kam. Allem Anschein nach war sie ihrem Gatten völlig ergeben, eine gute und perfekte Ehefrau, die sich nach ihm sehnte, wann immer er weg war, und ihn verehrte, wann immer er da war. Als Marketing-Direktor reiste Peter dem Zirkus voraus und war oft unterwegs. Willa lud die Mädchen manchmal auf eine Partie Poker in ihren Wohnwagen ein …

»Beim Zirkus spielt jeder Karten … na ja, die Hilfskräfte nicht. Die stehen auf andere Spiele, aber fast alle anderen …«

… was die Mädchen, sogar die hochnäsige Reiter-*Elite,* als Ehre ansahen, weil sie wirklich ein sehr großer Star der Budengasse war. Die Budengasse war damals praktisch das Vorspiel der eigentlichen Vorstellung. Die Künstler des Mittelgangs versetzten das Publikum in eine richtige Zirkusstimmung und machten außerdem noch jede Menge Geld. Willa war die unbestrittene Königin der Budengasse, die süße kleine Achtzehnjährige, die unglaublich niedlich und verteufelt sexy war, Sinn für Humor und echtes Interesse an Menschen hatte. Ob man nun zu einem Kartenabend oder lediglich an einem kalten, nassen Tag auf eine Tasse Tee in den Wohnwagen eingeladen wurde, man hatte das Gefühl, daß Willa sich persönlich für einen interessierte. Die Mädchen erzählten ihr alles über ihre Freunde oder ihre Eheprobleme oder ihre Karrierewünsche, baten sie sogar um Rat, wenn ihre Periode überfällig war, es war einfach erstaunlich, wie dieser Teenager – sie war ja schließlich erst achtzehn – so mütterlich zu Mädchen und sogar zu Frauen sein konnte, die älter als sie selbst waren. Es lief wahrscheinlich darauf hinaus, vermutete Aggie ...

»Na ja, sie war einfach eine gute und anständige Person, und diese Güte strahlte auf alle Personen in ihrer Gegenwart aus. Selbst Peter ... selbst als er sie verließ ... ich will damit sagen, sogar *ihm* fiel es schwer, etwas Schlechtes über Willa zu sagen. Sie war nun mal so ein Mensch.«

»Warum hat er sie dann verlassen?« fragte Matthew.

Er wartete, befürchtete schon es verpatzt zu haben. Er fragte sich, was Frank sagen würde, wenn er ihm verriet, zu verdammt ungeduldig gewesen zu sein, um einfach die Klappe zu halten und zuzuhören. Er fragte sich auch, was Frank sagen würde, wenn er ihm erzählte, daß er seit sechs Tagen einem bunt lackierten Zirkuswagen hinterherlief, statt an dem Grundstücksgeschäft zu arbeiten, das die ganze Sache in Gang gebracht hatte. Mit nun verspäteter Geduld wartete er darauf, daß Aggie McCullough Donovan erklärte, welche verrückte Leidenschaft Peter Torrance dazu getrieben hatte, mit ihr nach Seattle durchzubrennen.

»Ich dachte, Sie wüßten es«, sagte sie und zögerte.

»Was weiß ich?«

»Lovelock«, sagte sie.

»Was?«

»Nun ja ... das kleine Mädchen.«

»Es tut mir leid, ich ...«

»Da war doch das kleine Mädchen.«

Maria Lovelock Torrance wurde zehn Monate nach Willas und Peters Eheschließung geboren. Obwohl das neugeborene Baby wunderschön war und völlig normal zu sein schien, befürchtete man damals, es könne eines Tages die gleichen Probleme mit der Hypophyse entwickeln, die dafür gesorgt hatten, daß ihre Mutter auf ewig winzig bleiben würde. Doch damals war in medizinischen Fachkreisen schon die Rede von Injektionen, mit denen man hormonelle Mängel korrigieren könne, und Willa entschloß sich, wie es ihrer nüchternen, pragmatischen Art entsprach, sich damit zu befassen, sobald oder falls überhaupt es nötig sein sollte. Sie hatte natürlich keine Ahnung, daß ihr danach geschluchztes Geständnis ihren Ehemann dazu bewegen würde, mit einer jungen Trapezkünstlerin durchzubrennen, die es gerade innerhalb und außerhalb des Bettes zu einer sehr ordentlichen Körperbeherrschung gebracht hatte.

»Ich verstehe nicht«, sagte Matthew. »Was für ein Geständnis?«

»Wäre ich an ihrer Stelle gewesen, hätte ich es ihm verschwiegen«, sagte Aggie.

Ihm was verschwiegen? fragte Matthew sich.

»Ihm was verschwiegen?« fragte er sie.

»Daß das Baby von Barney war.«

Als sie nackt im Bett lagen und nicht schlafen konnten, in einem Zimmer in Seattle, das einen Blick auf die Hausboote auf dem Puget-Sund bot, erzählte Peter dem jungen Mädchen vom Trapez, das mit ihm durchgebrannt war, daß Barney Hale der Vater des Kindes seiner Frau war. Aggie war natürlich baff erstaunt, bis er ihr erklärte, daß der zweite Vorname des Mädchens, ›Lovelock‹, Willas verschmitzter kleiner Tribut an den *wahren* Vater des Kindes war, der mit dem langen schwarzen Haarzopf, an dem er baumelte. Willa hatte geschworen, daß sie nur einmal, ein einziges Mal, mit dem Mann ins Bett gegangen war – warum dann die gottverdammten Huldigungen, fragte Peter sich –, und zwar an einem Abend, als sie etwas zu viel Champagner getrunken hatte, um ein Telegramm zu feiern, das sie von John Ringling North persönlich bekommen hatte und in dem er ihr mitteilte, sie sei die außergewöhnlichste Künstlerin, die er je auf einer Budengasse gesehen habe, und wenn sie sich je entschließen sollte, S & R zu verlassen, sei bei Big Bertha immer ein Plätzchen für sie frei. Barney hatte an diesem Abend zufällig mit Willa und ein paar der Mädchen Poker gespielt ...

»Vielleicht haben sie Barney fälschlicherweise für eine der ihren gehalten«, sagte Aggie nun, was Matthew ziemlich gemein vorkam, »mit seinem langen sexy Haar ...«

... und war geblieben, um Willa nach der Pokerrunde beim Aufräumen zu helfen, und da war dann das Telegramm gekommen. Außer sich vor Freude ließ Willa den Korken einer Flasche Moët & Chandon knallen, die sie im Kühlschrank auf Eis liegen hatte, das Geschenk eines unbekannten Bewunderers, der sie eines Abends auf der Budengasse gesehen und ihr dann am nächsten Morgen anonym den Schampus geschickt hatte. Eins führte zum anderen, wie es in Beichtstühlen und Schlafsälen von Mädcheninternaten so schön heißt. Barney Hale war zwanzig Jahre alt und weit weg von der Familie und den Freunden in London, und Willa war achtzehn und von Natur aus mitfühlend. Barney ließ sozusagen das Haar und die Hosen runter, und Willa bot großzügige Hilfe und Trost.

Aggie war mittlerweile der Meinung, daß man, wenn man genau darüber nachdachte und damals genauer auf die beiden geachtet hätte, damit hätte rechnen müssen, daß es zu dieser Affäre kam. Peter war schließlich sieben Jahre älter als Aggie, ein reifer Erwachsener, der sehr viel unterwegs war. Barney hingegen hing ständig herum, wenn auch nur auf spektakuläre Art und Weise vom Zeltdach. Wie Aggie erwähnt hatte, war er ein außergewöhnlich gutaussehender junger Mann, und Willa war zwangsläufig auf ihn aufmerksam geworden, wie er an diesem schweren Haarschopf vom Zeltdach baumelte, den geschmeidigen jungen Körper in engen Hosen, mit seinen kleinen Sonnenschirmen und Brustschildern jonglierend, und was auch immer er noch dort oben hatte, während nur eine gesunde, kräftige Kopfhaut zwischen ihm und der unmittelbaren Katastrophe stand. Wie Aggie bereits erwähnt hatte, war Willa entzückend einnehmend und überdies knackig verführerisch. Falls Barney je gesehen hatte – und davon konnte man natürlich ausgehen –, wie sie bei ihrer Vorstellung ihr Kleinmädchenhöschen gezeigt und die wohlgeformten Beine geschmissen hatte, hatte er wahrscheinlich Phantasien von extravaganteren Zurschaustellungen in der Zurückgezogenheit ihres Wohnwagens gehegt, in dem er eines Abends dann vor dem Schätzchen der Budengasse mehr als nur einen dicken Haarzopf hatte baumeln lassen.

Ihrem späteren Geständnis zufolge waren Willa und Barney nur bei dieser einen angeheiterten Gelegenheit zusammen gewesen – aber wer konnte schon sagen, wieviel andere mitternächtliche Rendezvous es gegeben hatte? Und wenn es sich nur um eine einmalige Nummer im Voll- oder Halbrausch gehandelt hatte – warum hatte sie dem Baby dann auf so verschlagene Art und Weise den zweiten Vornamen ›Lovelock‹ gegeben, eine Anspielung, die nicht nur auf Barneys bekannte Haarpracht hinwies, sondern sich auch auf den *Akt* zu beziehen schien, bei dem das Kind gezeugt worden war: immerhin war ja das Wort ›Liebe‹ im Spiel, ein Paar, das sich in Liebe vereinigt hatte. Und wenn ihre Leidenschaft nur eine flüchtige Schrulle gewesen war – weshalb dann später das tränenreiche Geständnis dem Ehemann gegenüber? Aggie vermutete, daß die Affäre ziemlich lange gedauert hatte, auch wenn niemand je beobachtet hatte, wie sie Händchen hielten oder schmachtende Blicke wechselten oder beim Abendessen im Küchenzelt miteinander flirteten. Sie waren eben sehr vorsichtig gewesen. Aber andererseits hatte auch niemand allzu aufmerksam hingeschaut.

»Hat *sie* Ihnen das erzählt?« fragte Matthew.

»Nein. Ich vermute es nur.«

»Auch, als Sie Jahre später Freundinnen wurden ...«

»Nie. Sie hat mir gesagt, es hätte nur dieses eine Mal gegeben. Eine einmalige Nummer. Sie hat mir gesagt, Barney würde ihr nichts bedeuten.«

»Wieso hat sie gewußt, daß das Kind von ihm war?«

»Sie hat an diesem Abend nicht verhütet.«

»Daraus folgert doch noch lange nicht ...«

»Nein, sie war immer sehr vorsichtig und hat Verhütungsmittel benutzt. Denn sie hatte Angst, ein Kind würde *ihr* Problem erben. Aber an diesem Abend mit Barney hatte sie Champagner getrunken. Man macht so was wahrscheinlich, wenn man Champagner getrunken hat.«

»Weiß Maria Bescheid?« fragte Matthew.

»Gott verhüte«, sagte Aggie.

»Also waren Sie und Torrance ein Jahr lang zusammen ...

»Genaugenommen elf Monate.«

»... und dann sind Sie nach Florida zurückgekehrt.«

»Ja. Na ja, Peter nicht. Ich weiß nicht, wohin es *ihn* verschlagen hat. Er wohnt jetzt in Atlanta.«

»Aber Sie sind zum Zirkus zurückgegangen?«

»Ja. Bis vor acht Jahren, als Harry seinen Unfall hatte.«

»Haben Sie Torrance seitdem noch mal gesehen?«

»Ja, letzte Woche.«

»Was?«

»Er hat hier vorbeigeschaut, um guten Tag zu sagen.«

»Sie meinen, er ist *hier*? In Bradenton?«

»Na ja, eigentlich in Calusa.«

»Und was macht er da?«

»Er glaubt, ihm gehörten dreißig Prozent von einem Zirkus.«

In einem Anfall von übertriebener Großzügigkeit ließ die Telefongesellschaft um 10 Uhr 30 an diesem Morgen des letzten Tags im März *per Boten* eine Liste in Blooms Büro bringen.

Eigentlich handelte es sich nicht um das, was Bloom angefordert hatte, denn die Liste führte lediglich die Gespräche auf, die aus den Büros der Kanzlei Summerville und Hope geführt worden waren, und nicht die, die Matthew von zu Hause aus geführt hatte. Bloom vermutete, daß jemand einfach auf einen Knopf gedrückt und die Liste rasch ausgedruckt hatte, doch der Anruf eines jungen Mannes von der Telefongesellschaft erweckte den Eindruck, die gesamte Belegschaft habe sich stundenlang abstrampeln müssen, um dieses Dokument zu erstellen. Bloom spielte mit und dankte ihm überschwenglich; im Lauf der Jahre hatte er gelernt, daß der Umgang mit Telefongesellschaften sich damit vergleichen ließ, gegen eine ausländische Macht Krieg zu führen.

Nachdem er den Ausdruck gelesen hatte, rief er sofort in Matthews Kanzlei an und sprach mit einer Angestellten namens Cynthia Huellen, die prompt die meisten der aufgeführten Telefonnummern bekannten Klienten, Banken, anderen Kanzleien, Steuerberatern, Staatsanwälten, Gerichtsdienern und verschiedenen anderen Personen zuordnen konnte, mit denen Summerville und Hope regelmäßig zu tun hatte. Zwei Nummern waren ihr jedoch nicht bekannt, und den Vorwahlnummern zufolge lagen beide auf dem Festland. Sie erklärte Bloom, sie würde sie überprüfen und sich wieder bei ihm melden.

Um 10 Uhr 42 rief sie zurück und teilte ihm mit, sie habe mit allen Anwälten der Kanzlei gesprochen und herausgefunden, daß die eine Nummer die eines Restaurants sei, in dem Mr. Summerville am letzten Dienstag nachmittag angerufen habe, um für sich und seine Frau einen Tisch zu reservieren. Die andere Nummer hingegen sei keinem der Anwälte bekannt gewesen. Dem Ausdruck der Telefongesellschaft ließ sich entnehmen, daß dieses Gespräch am 24.März um 11 Uhr 51 geführt worden war. Das war also am letzten Donnerstag gewesen, heute vor einer Woche. Cynthia teilte ihm mit, Mr. Hope sei in der letzten Wochen nicht besonders oft in der Kanzlei gewesen, doch sie erinnere sich genau, daß er an diesem Tag kurz vor Mittag gekommen und direkt in sein Büro gegangen war. Sie vermutete, daß er dann den Anruf getätigt hatte. Auf jeden Fall sei er kurz darauf wieder gegangen.

»Wann ungefähr war das?« fragte Bloom.

»So gegen eins.«

»Haben Sie selbst gesehen, daß er gegangen ist?«

»Ja, Sir, ich kam gerade von der Mittagspause zurück.«

»Hat er gesagt, wohin er ging?«

»Nein, Sir, das hat er nicht.«

»Vielen Dank«, sagte Bloom. »Sollten Sie je bei der Polizei anfangen wollen, lassen Sie es mich einfach wissen.«

»Danke, Sir, es war mir ein Vergnügen. Mr. Bloom?«

»Ja?«

»Wird er … wird er wieder gesund werden?«

»Ich hoffe es«, sagte Bloom.

Sie hatte ihnen gesagt, wenn sie nicht neben seinem Bett sitzen bleiben und warten dürfte, würde sie sich die Pulsadern aufschneiden und das ganze Krankenhaus vollbluten. Sie glaubten ihr. Die Menschen neigten dazu, hysterischen Vierzehnjährigen zu glauben. Außerdem *war* sie nun mal seine Tochter, und mittlerweile befürchteten sie, falls er aufwachte, dann nur für ein paar Sekunden. Sie wollten es nicht auf dem kollektiven Gewissen haben, die Tochter eines Mannes davon abzuhalten, ihre ursprüngliche Magie auszuüben. Nicht, wenn der Mann für den Rest seines Lebens vielleicht eine Pflanze blieb. Außerdem waren sie alle mit Magie vertraut. Sie waren schließlich Ärzte, und wer Medizin praktizierte, war nicht allzu weit von der Magie entfernt, die Joanna gestern abend auszuüben begann, als sie im Krankenhaus eingetroffen war, und jetzt, um halb zehn morgens, noch immer ausübte.

Sie hatte den Talisman auf seine Handfläche gedrückt.

Seine Finger hatten sich nicht darum geschlossen, er hatte keine Reaktion gezeigt, also drückte sie ihn einfach mit der eigenen Hand hinein, hielt seine größere unter der ihren und drückte den Talisman auf die Handfläche. Der Talisman war ein kleiner Stein, den er ihr geschenkt hatte, als er und ihre Mutter sich getrennt hatten. Darauf war ein kleines weißes Herz gemalt, von einer roten Linie umzogen, und in dem Herzen stand, ebenfalls rot geschrieben, das Wort LIEBE. Als er ihr den Stein gab, hatte er ihr erklärt, er lasse sich nicht von ihr scheiden, sondern nur von ihrer Mutter. Er hatte ihr gesagt, er würde sie immer lieben. Er hatte ihr gesagt, solle sie jemals bezweifeln, daß er sie liebte, solle sie den Stein ansehen, das weiße Herz mit der roten Umrandung, und dann den Stein drücken, und das Wort LIEBE würde sofort auf diesem Herzen springen und LIEBE rufen, und sie würde wissen, daß er noch da war und sie immer lieben würde.

Sie drückte den Stein jetzt auf seine Hand, wünschte sich, seine Finger würden sich um ihn schließen, wünschte, sie würde irgendeine Bewegung in seiner Hand spüren, denn dann würde sie wissen, daß er wieder gesund werden würde. Die Ärzte hatten ihr gesagt, es sei ihnen gelungen, kleine Reaktionen bei ihm zu erzeugen, aber die seien nicht signifikant, und sie könnten noch immer keine realistische Prognose stellen.

Sie hatte mit der Litanei am vergangenen Abend um zehn nach elf begonnen, als man ihr endlich erlaubte, das Zimmer zu betreten, in dem er nun allein im Halbdunkel lag, und machte jetzt, zwölf Stunden später, noch immer damit weiter, saß in demselben, nun von der Sonne erhellten Zimmer neben seinem Bett und hielt seine Hand, in die sie den Talisman gedrückt hatte. Sie sprach die Litanei mit leiser, murmelnder Stimme, weil Gebete nichts bewirkten, wenn man sie nicht laut sprach, wie er ihr beigebracht hatte, als sie noch ein kleines Mädchen war.

Sie wollte, daß die Litanei ihn an all das erinnerte, was sie gemeinsam getan hatten, so weit sie zurückdenken konnte. Die Litanei versprach ihm, daß sie das alles erneut gemeinsam tun würden, sobald es ihm besserging und er aus dem

Krankenhaus entlassen wurde. Sie führte ihn durch die Litanei, wie er sie über den Spielplatz geführt hatte, als sie ein kleines Mädchen war, seine Hand in der ihren …

»Weißt du noch, wie wir damals in Italien waren«, erzählte sie ihm mit ihrer leise murmelnden Stimme, »und du und Mom euch gestritten habt, und wie du meine Hand abgeschüttelt hast? Du hast meine Hand gehalten und plötzlich geschrien, meine Hand sei ganz klebrig, weil ich *gelato* gegessen hatte. Weißt du das noch? Und ich habe angefangen zu heulen, weil ich dachte, daß du auch auf *mich* böse warst, und du bist in die Hocke gegangen und hast mir ins Gesicht gesehen, und du hast mir die Tränen mit deinem Taschentuch abgewischt, und dann hast du meine Hand wieder genommen, obwohl sie noch immer ganz klebrig vor *gelato* war, und du bist mit mir zu einem dieser Brunnen gegangen, die es überall in Italien gibt … ich glaube, das ist in Rom gewesen, du weißt das aber besser als ich, und wenn du aufwachst, kannst du mir sagen, ob es in Rom war oder nicht. Und du hast dein Taschentuch in dem Brunnen naß gemacht und mir damit die Hände abgeputzt, und dann hast du mich auf die Nase geküßt und gesagt: ›Ich liebe dich, Jinkies‹, wie du mich immer genannt hast, als ich ein ganz kleines Mädchen war, ich weiß noch immer nicht, warum. Das mußt du mir erklären, wenn du aufwachst, ja? Versprichst du es?

Und, Dad, weißt du noch, daß du mir den *anderen* Text von ›Jingle Bells‹ beigebracht hast? Ich singe ihn dir jetzt vor, aber wenn du aufwachst, müssen wir ihn gemeinsam singen, okay? Jetzt lach nicht, ich *weiß*, daß du ihn viel besser kannst als ich. Ich muß acht Jahre alt gewesen sein, oder? Als du ihn mir beigebracht hast? War ich damals nicht acht? Bist du soweit? Drück meine Hand, wenn du soweit bist, ja? Na ja, ob du nun soweit bist oder nicht, jetzt geht es *looooos*! ›Jinkie Burrs, Jinkie Burrs, Jinkies all the way. Oh, what fun it is to hide in the closed every day.‹ Der Rest fällt mir nicht mehr ein, du mußt den Rest singen, wenn du aufwachst. Aber du hast mich schon lange vorher Jinkies genannt, oder? Joanna Jinkies, oder Jinkie Joanna, was denn nun? Du hast auch immer gesungen: ›When Joanna Loved Me‹, erinnerst du dich daran? Weißt du, ich mag den Namen Joanna, Mom hat mir erzählt, daß du ihn ausgesucht hast, sie wollte mich Deborah nennen. Deborah Hope. Das ist auch nicht schlecht, glaube ich, aber Joanna ist viel schöner. Joanna Hope. Ich liebe diesen Namen, ich behalte ihn vielleicht sogar, wenn ich heirate, falls ich jemals heiraten sollte, wie die Dinge sich zur Zeit entwickeln … Übrigens, vergiß nicht, mich daran zu erinnern, wenn du aufwachst, ich will dir noch diesen Jungen vorstellen, er heißt Louis, ist Student im dritten Jahr und echt cool. Louis Klein, er ist Jude, er wohnt in West Newton, er hat mich zum Pessachfest zu seinen Eltern eingeladen. Meinst du nicht auch, daß es völlig bescheuert ist, die Frühjahrsferien vor Pessach und Ostern zu legen, wenn alle gern zu Hause wären? Ich hätte dich verpaßt, wärest du eine Woche früher nach Little Dix gefahren, ist dir das eigentlich klar? Na ja, jetzt habe ich eine Entschuldigung, noch mal nach Hause zu fahren, aber darüber kann ich mich erst freuen, wenn du aufwachst, also beeil dich bitte und wach auf, ja?

Ich mag Patricia übrigens, sie ist eine echt coole Lady. Es tut mir sogar leid, daß wir nicht mehr Zeit miteinander verbringen konnten. Aber du bist am Wochenende ja in Urlaub gefahren, und ich mußte *meine* Ferien ja zwischen dir und Mom aufteilen … weißt du, es ist wirklich beschissen, geschiedene Eltern zu haben, ich glaube, ich werde mich nie daran gewöhnen können, Dad. Ich schmier' dir keinen Honig ums Maul, ich mag Patricia *wirklich.* Ich meine, sie ist wunderschön und klug, und ich glaube, ihr liegt wirklich viel an dir. Also halte das bitte nicht für Schmus, ich rechne nicht damit, daß du noch mal mit Mom zusammenkommst, darüber bin ich hinweg, darüber mußt du dir nie wieder Sorgen machen. Obwohl ich eingestehen muß, es gab mal eine Zeit, als ihr beide, du und Mom, kurz mal wieder rumgemacht habt, da hatte ich gewissermaßen Hoffnungen. Aber denk nicht mehr daran, wichtig ist jetzt nur, daß du bald aufwachst, und dann können du und ich und Patricia uns ein Boot mieten und gemeinsam irgend etwas unternehmen, vielleicht unten auf dem Caloosahatchee, damit ich sie besser kennenlernen kann.

Erinnerst du dich, als wir auf dem Lake Okeechobee Barsche geangelt haben? Weißt du noch, es hat geregnet, und du wolltest ins Kino gehen, und Mom und ich haben gesagt, wir wären nicht runtergefahren – und das auch noch auf einem *Boot* –, um uns einen Film anzusehen. Damals hatten wir die *Windbag,* weißt du noch? Ist ja auch egal, ich glaube, das lag daran, daß du als Kind in Chicago gewohnt hast. Wenn man in Chicago wohnt, geht man eben ins Kino, wenn es regnet. Schließlich haben wir dich überzeugt, mit uns auf den See zu fahren, und es war so *toll,* Dad, weißt du noch? Der Nebel hob sich im Regen, und das Boot glitt über die Oberfläche, und alles war so silbern und still. Wir haben jede Menge Fische gefangen!

Ich will bald mal wieder nach Chicago, Dad, wirklich. Das mußt du mir versprechen. Ich habe Oma schon viel zu lange nicht gesehen, und mir gefällt diese Stadt, nein, wirklich. Ich glaube, sollte ich je heiraten, ziehe ich nach Chicago. Andererseits hat Louis mich noch nicht mal geküßt, also spricht vieles dafür, daß ich als alte Jungfer enden werde. Aber wenn du aufwachst, sehen wir in unseren Kalendern nach, wann wir können, und buchen dann sofort einen Urlaub, ja? Drück einfach meine Hand, wenn du mich hörst, Dad, ich will nur wissen, ob du mich hören kannst. Das in deiner Hand ist der Talisman, der, den du mir geschenkt hast, ich will, daß du ihn drückst, damit er mir ganz laut ›Liebe!‹ zuruft, du weißt doch noch, daß du mir erzählt hast, er würde jedesmal Liebe rufen, wenn ich ihn drücke? Warum drückst du ihn jetzt nicht, Dad? Dann kannst du aufwachen, und wir können über die Pläne sprechen, die wir machen müssen.

Weißt du, ich wollte dir das schon längst mal sagen. Dieses Mädchen bei mir auf dem Zimmer … ihr Vater ist irgendwo Richter. Er hat ihr die Abschrift vom Barton-Prozeß geschickt … sie stand in irgendeiner Fachzeitschrift, hast du das gewußt? Ja, wirklich. Er hat ihr gesagt, er habe noch nie eine bessere Verteidigung gelesen. Wie gefällt dir das? Sie wollte wissen, ob du wirklich mein Vater bist! Ist dir klar, daß ich berühmt bin? Ich wollte dir den Artikel zuschicken, ich mach' das sofort, wenn ich wieder in Mass bin. Du weißt ja, ich werde hier sitzen bleiben, bis du aufwachst, also laß dir nicht zu viel Zeit damit. Ich will nicht alt und grau werden, während Louis allen anderen Mädchen auf der Schule hinterherläuft.

Möchtest du gern wissen, wie er aussieht? Na ja, er hat dieses schlammbraune Haar, was keine besonders gute Beschreibung ist, ich weiß, aber es hat nun mal die Farbe von Schlamm, Dad, was kann man da machen? Und er hat dunkelbraune Augen, und ein Fuchsgesicht … *ach ja!* Das wird dir gefallen! Mr. Summervilles Methode, Gesichter einzuordnen, hat bei uns auf der Schule Einzug gehalten. Seit ich den anderen von seinem System erzählt habe, hat jeder ein Fuchsgesicht oder ein Schweinsgesicht. Louis hat eindeutig ein Fuchsgesicht, und er ist im Lacrosse-Team, und er kann den ganzen Text von *Evita* auswendig, was ich wahnsinnig cool finde.

Dad … könntest du meine Hand nur ein kleines bißchen drücken? Nur, damit ich weiß, daß du mich hörst, ja? Ich will dich nicht drängen oder so, wenn es sein muß, werde ich ewig hier sitzen, aber es wäre schön, wenn du mir mitteilen würdest, daß du weißt, ich bin bei dir. Du mußt nicht unbedingt den Talisman drücken, das fällt dir im Augenblick vielleicht noch zu schwer. Aber meine Hand liegt jetzt auf deiner, spürst du sie? Wenn du sie also ein kein wenig drücken würdest … ich meine, wir müssen den Talisman doch nicht unbedingt zum Schreien bringen, ein kleines, leises *Flüstern* wäre doch auch in Ordnung, oder? Nur ein klitzekleines Drücken, Dad, wie hört sich das an? Natürlich nur, wenn du dich danach fühlst. Es hat keine Eile, laß dir so viel Zeit, wie du brauchst.

Dad …

Daddy …

Ich liebe dich so sehr, Daddy …

Bitte wach auf, ja? Du weißt ja, ich werde ewig hier sitzen, also glaube nicht, du könntest mich loswerden, indem du so tust, als würdest du schlafen. Ich werde einfach hier sitzen und dir immer und immer wieder sagen, daß ich dich liebe, bis du einfach aufwachen *mußt*. Wie hört sich das an? Dann können wir so oft ins Kino gehen, wie du willst, wir müssen ja nicht unbedingt angeln gehen, ich weiß, daß du das nicht ausstehen kannst. Wir sehen uns an einem Tag fünf Filme an, wenn du willst, einen nach dem anderen. Warst du schon mal auf einem Seder*? Vielleicht kannst du mir erklären, was man auf einem Seder macht. Wie wäre es, wenn du bis dahin mal meine Hand drückst, Dad?«

Seine Hand lag direkt unter der ihren, die Finger gekrümmt, aber bewegungslos auf dem kühlen weißen Laken.

Sie bemühte sich sehr, nicht zu weinen.

Die Aufseherin hieß Miss Finch.

Bloom wollte einfach nicht glauben, daß sie für eine Telefongesellschaft arbeitete. Statt den üblichen Sermon über die diesbezügliche Haltung der Firma und begründete Vermutungen und begründete Zweifel und Gerichtsbeschlüsse und Einschränkungen und Grundrechte und andere Fachbegriffe herunterzuleiern, mit denen nur Polizisten etwas anfangen konnten, die den Antrag stellten, eine Telefonleitung abzuhören, und Richter, die den Antrag zögernd unterschrieben, und Angehörige der Telefongesellschaften, die zuerst einmal ihren eigenen Arsch schützen wollten, sagte Miss Finch ihm doch tatsächlich, sie verstehe, welche Schwierigkeiten die Polizei damit habe, die Ermittlungen in einer Straftat mit dem Schutz der Privatspäre des einzelnen in Einklang zu bringen.

Er wäre fast ohnmächtig geworden.

* Hebr. ›Ordnung‹. Die Ordnung für die mit einer Fülle von Zeremonien und symbolischen Speisen verbundene Familienfeier an den ersten beiden Pessachabenden.

Doch dann hörte er genau zu und schrieb mit, während sie ihm den Namen und die Adresse des Besitzers des Anschlusses nannte, den jemand am 24. März um 11 Uhr 51 aus den Büros der Kanzlei Summerville und Hope an der 333 Heron Street in Calusa angerufen hatte. Und er lauschte mit völliger Verwunderung, als die liebe Miss Finch ihm mit angemessen piesiger, hoher, schriller Stimme erklärte, sie würde sich sofort an die Arbeit machen und die Namen und Adressen aller Fernsprechteilnehmer zusammenstellen, die zwischen Montag letzter Woche, also dem 21. März, und Freitag letzter Woche, also dem 25. März, als er vor einer Bar in Newton niedergeschossen worden war, aus dem Wohnhaus von Matthew Hope auf dem Whisper Key angerufen worden waren.

Und dann machte Miss Finch völlig klar und verständlich, wieso die Einstellung der Telefongesellschaft sich so plötzlich und unerwartet geändert hatte, indem sie fragte: »Wie geht es Mr. Hope im Augenblick?«

Bloom kannte viele der Anwälte in der Stadt, aber nicht den, den Matthew am vergangenen Donnerstag nachmittag aufgesucht hatte. Das Schild auf dem Gebäude aus weißgebrannten Ziegeln am South Tamiami Trail besagte:

ARTHUR D'ALLESSANDRO
RECHTSANWALT

Eine schlanke Brünette, die ein braunes Kostüm und eine fliederfarbene Bluse mit Schleife trug, saß in einem spärlich eingerichteten Vorzimmer hinter einem Schreibtisch. Bloom erklärte ihr, wer er sei, sagte, er habe um zwei Uhr einen Termin bei Mr. D'Allessandro und wartete dann, während sie seine Ankunft in dessen Büro meldete.

D'Allessandro war ein verschwitzter kleiner Mann Mitte Dreißig, wie Bloom schätzte, vorzeitig kahl geworden und mit einem dunkelbraunen Anzug bekleidet, der für dieses

Klima viel zu schwer war. Bloom vermutete, daß er erst vor kurzem in den Süden gezogen war, wahrscheinlich aus irgendeiner Stadt im Mittelwesten. Er ließ sich gerade einen Schnurrbart wachsen, ein Versuch, etwas Reife auf sein kleines, schwammiges Gesicht zu bringen. Seine Finger erinnerten an kleine Wiener Würstchen. An der rechten Hand trug er einen College-Ring. Bloom konnte den Namen der Schule nicht lesen, aber an der Wind hinter seinem Schreibtisch hingen zwei eingerahmte Diplome, eins von der Universität von Pennsylvania, das andere von der von Ohio.

»Ich muß Ihnen sofort genau das sagen, was ich auch Mr. Hope gesagt habe«, begann er. »Was immer in diesem Büro zwischen mir und Peter Torrance besprochen wurde, fällt unter die Schweigepflicht.«

»Natürlich«, sagte Bloom. »Aber das war, bevor Mr. Hope niedergeschossen wurde, nicht wahr?«

»Es tut mir leid, daß er niedergeschossen wurde, aber ...«

»Weil wir es jetzt mit einem versuchten Mord zu tun haben?« sagte Bloom.

»Wenn Sie meinen Klienten eines Verbrechens ...«

»Wer hat denn etwas von ...«

»... verdächtigen, schlage ich vor ...«

»... einem Verdacht gesagt? Ich möchte nur ...«

»Sie drohen mir mit ...«

»Nein, tue ich nicht.«

»... versuchtem ...«

»Ich möchte nur herausfinden, Herr Anwalt«, sagte Bloom scharf, »*warum* Matthew Hope hier war. Vielleicht kann ich dann herausfinden, warum jemand ihn töten wollte. Ich verstehe ja, daß Sie das Vertrauensverhältnis zwischen Anwalt und Klient schützen, aber das trifft ja kaum auf das zu, was Mr. *Hope* gesagt hat, nicht wahr? Oder war *er* auch Ihr Klient?«

D'Allessandro betrachtete ihn verdrossen.

»*Können* Sie mir sagen, weshalb er hier war?« fragte Bloom ruhig.

»Er war hier«, sagte D'Allessandro, »weil jemand ihm mitgeteilt hat, daß Mr. Torrance meinen Rat gesucht hat.«

»Na also«, sagte Bloom und spreizte breit die Hände, als wolle er sagen: *Sehen Sie? Das war doch gar nicht so schwierig, oder?* »Wer hat Mr. Hope diese Information gegeben?« fragte er.

»Eine gewisse Agnes Donovan.«

»Sie hat Mr. Hope gesagt, daß Torrance Ihren Rat gesucht hat?«

»Ja.«

»In welcher Angelegenheit?«

»*Das* fällt unter die Schweigepflicht.«

»Aber falls Mr. Torrance ...«

»Schweigepflicht«, wiederholte D'Allessandro.

»Glauben Sie, Torrance *könnte* Miss Donovan gegenüber erwähnt haben ...«

»Mrs. Donovan.«

»Glauben Sie, er könnte ihr gesagt haben, weshalb er Sie aufgesucht hat?«

»Ich habe keine Ahnung, was er ihr gesagt hat und was nicht.«

»Nun ja, schien Mr. *Hope* denn zu wissen, warum Torrance Ihren Rat gesucht hat?«

D'Allessandro schwieg.

»Hat er es gewußt?« fragte Bloom.

D'Allessandro schwieg weiterhin.

»Herr Anwalt«, sagte Bloom, »warum muß ich Ihnen jedes Wort einzeln aus der Nase ziehen? Ein Freund von mir liegt im Krankenhaus, und ich will herausfinden, wer ihn dort hineingebracht hat. Was auch immer Matthew Hope mit Ihnen besprochen hat, es fällt *nicht* unter die Schweigepflicht. Er war *nicht* Ihr gottverdammter Klient! Also, wie sieht es aus? Wollen Sie mitspielen, oder wollen Sie Scheiße bauen und sich querstellen?«

D'Allessandro schien drauf und dran, Bloom zu informieren, daß gottloses Fluchen und die Verwendung obszöner

Ausdrücke in Florida ein Vergehen zweiten Grades war und mit Gefängnis bis zu sechzig Tagen bestraft werden konnte. Statt dessen legte er schließlich eine bewundernswerte Selbstbeherrschung an den Tag. »Mr. Hope ist aufgrund mehrerer Vermutungen zu mir gekommen«, sagte er. »Ich kann Ihnen sagen, um welche Annahmen es sich handelte, darf aber keinerlei Aussagen über ihren Wahrheitsgehalt machen. Ich habe ihm dasselbe gesagt. Ich fürchte, sein Besuch war reine Zeitverschwendung.«

»Was für Vermutungen waren das?«

»Anscheinend hat Mrs. Donovan ihm gesagt ...«

»Hat er das ausdrücklich behauptet?«

»Ja. Sie hat ihm gesagt, daß Peter Torrance mich hinsichtlich eines Testaments aufgesucht hat, das vor drei Jahren nach dem Tod seiner Frau gerichtlich bestätigt wurde.«

»Seiner *ehemaligen* Frau, meinen Sie. Willa Torrance.«

»Mr. Hope war der Auffassung ... und anscheinend hat er das von Mrs. Donovan, und ich bestätige weder den Wahrheitsgehalt, noch streite ich ihn ab ... jedenfalls war *er* der Auffassung, Mr. Torrance sei der Annahme, er sei noch mit Willa Torrance verheiratet. Und habe daher Anrecht auf einen angemessenen Anteil ihres Nachlasses. Als ihr Ehemann. Zum Zeitpunkt ihres Todes.«

»Können Sie mir *genau* sagen, was Mr. Hope zu Ihnen gesagt hat?«

»Nun ja ...«

»Bitte ...«

»Er hat mich nämlich zuerst angerufen ...«

»Ja.«

»Und gefragt, ob er irgendwann an diesem Nachmittag vorbeikommen könne ...«

»Das war am vergangenen Donnerstag?«

»Heute vor einer Woche, ja. Wir machten einen Termin für vierzehn Uhr an jenem Nachmittag aus. Er kam ein paar Minuten zu früh. Das Problem der Vertraulichkeit kam fast sofort zur Sprache. Am Telefon hatte er mir nur gesagt, er habe an jenem Morgen mit einer gewissen Agnes Donovan gesprochen und hoffe, ich hätte Zeit, um mit ihm eine Angelegenheit zu besprechen, die während jenes Gesprächs erwähnt worden sei. Aber in dem Augenblick, in dem er Platz nahm …«

»Ja, sagen Sir mir *genau,* was er gesagt hat.«

Bloom lauschte nun, während D'Allessandro ihr Gespräch beschrieb. Matthew erklärte ihm, Agnes Donovan sei Trapezakrobatin beim Zirkus Steadman & Roeger gewesen, als ein gewisser Peter Torrance dort Marketing-Direktor war. Des weiteren führte er aus, sie sei damals unter dem Namen Aggie McCullough aufgetreten, eine Fliegerin der Trapeznummer, die unter dem Namen The Flying McCulloughs bekannt war. An diesem Morgen hatte sie ihm anscheinend erzählt, Peter Torrance würde nun behaupten …

In dem Augenblick, in dem D'Allessandro den Namen eines Klienten hörte, erklärte er Matthew sofort, falls dieses Gespräch sich um Peter Torrance drehe …

»Nein, nein«, versicherte Matthew ihm. »Nur darum, was er Mrs. *Donovan* erzählt hat.«

»Mir ist nicht klar, wo da der Unterschied liegen soll«, sagte D'Allessandro trocken.

Mrs. Donovan hatte man berichtet – und D'Allessandro hörte es sich nun wider besseres Wissen noch einmal an, da sein Besucher nicht nur über eine gewisse Überredungskunst verfügte, sondern irgendwie sogar *besessen* davon zu sein schien – jedenfalls hatte der schwatzhafte Peter Torrance Aggie Donovan erzählt, er sei nie von Willas Absicht informiert worden, sich scheiden zu lassen, sie sei allein, ohne sein Wissen, seine Zustimmung oder Beteiligung, in die Dominikanische Republik geflogen, er habe weder vorher *noch* nachher eine Bekanntmachung bekommen, wisse auch nicht, daß die Scheidung sonstwo bekanntgegeben worden sei, und habe erst erfahren, daß sie angeblich nicht mehr seine Frau sei, als sie vor drei Jahren Selbstmord begangen habe, weil ihn da alle Zeitungen als ihren *ehemaligen* Ehemann bezeichneten.

»Kurz gesagt«, fuhr Matthew fort, »Torrance behauptet, seine Frau habe eine *Ex-parte*-Scheidung bekommen, die nicht rechtskräftig sei. Ihm zufolge sind sie zum Zeitpunkt ihres Todes noch verheiratet gewesen. Den Gesetzten Floridas zufolge beabsichtigt er jetzt, als überlebender Ehepartner den gesetzlich vorgeschriebenen Pflichtanteil an ihrem Erbe zu beantragen. Das hat zumindest Mrs. Donovan mir gesagt.«

»Sie verstehen, daß ich dies weder bestätigen noch bestreiten kann.«

»Natürlich. Aber Sie wissen, daß in Florida der Pflichtanteil dreißig Prozent des ordentlichen Marktwerts des Nettonachlasses beträgt.«

»Ja, das weiß ich«, sagte D'Allessandro.

»Der größte Teil von Willa Torrances Nachlaß war ihr fünfzigprozentiger Anteil am Zirkus Steadman & Roeger.«

D'Allessandro sagte nichts.

»Den Willa ausschließlich ihrer Tochter hinterlassen hat.«

Er sagte noch immer nichts.

»Kurz und bündig«, sagte Matthew, »Peter Torrance will dreißig Prozent davon einklagen.«

»Wenn Mrs. Donovan Ihnen das alles erzählt hat …«

»Das hat sie mir erzählt. Abgesehen von dem Teil mit dem Testament. Das habe ich schon vorher gewußt.«

»Und wenn es stimmt«, sagte D'Allessandro, »was ich weder …«

»… bestätigen noch abstreiten kann«, sagte Matthew.

»… bestätigen noch abstreiten kann«, sagte D'Allessadro und nickte, »was würden Sie – als erfahrener, in Florida zugelassener Anwalt – Mr. Torrance dann raten?«

»Falls ich ihn repräsentierte, meinen Sie?«

»Ja. Sie wissen ja, ich bin neu in Calusa.«

»Oh. Woher kommen Sie denn?«

»Aus Pittsburgh.«

»Schöne Stadt.«

»Kalt.«

»Ich würde ihm raten, daß er zu spät kommt. Paragraph 732, Absatz 212 läßt ihm vier Monate Zeit, gerechnet zum Zeitpunkt der ersten Veröffentlichung an ...«

»Es hat keine Veröffentlichung gegeben.«

»Das behauptet er.«

»Er weiß nichts von einer Scheidung.«

»Bitte verstehen Sie, Mr. D'Allessandro, ich bin nicht hier, um mit Ihnen zu besprechen, ob Mr. Torrance mit seiner Klage Aussicht auf Erfolg hat oder nicht. Meine persönliche Meinung ist, daß er nicht die geringste Aussicht hat, aber Sie sind sein Anwalt, nicht ich.«

»Weshalb *sind* Sie denn hier, Mr. Hope?«

»Weil ich glaube, daß Willa Torrance ermordet wurde.«

»Und was, falls überhaupt etwas, hat mein Klient mit dem Mord an seiner Frau zu tun?«

»Seiner *ehemaligen* Frau.«

»*Ihr* zufolge. *Ihm* zufolge sind sie nie rechtskräftig geschieden worden, und er hat Anspruch auf dreißig Prozent ihres Nachlasses.«

»Halten Sie es nicht für die reinste Ironie«, sagte Matthew, »daß ich allen möglichen Leuten hier in Calusa – und sogar in anderen Städten, sogar Leuten in *Missouri,* was das betrifft – erzähle, Willa Torrances Testament würde angezweifelt, und nun stellt sich heraus ...«

»Peter Torrance zweifelt das Testament nicht an. Er weiß, daß es Rechtskraft erlangt hat. Er behauptet ...«

D'Allessandro hielt abrupt inne. Anscheinend war ihm gerade die Vertraulichkeit zwischen Anwalt und Klient wieder eingefallen, die er kurz zuvor noch mit seinem Leben verteidigt hatte.

»Er behauptet, daß er widerrechtlich nicht berücksichtigt wurde«, sagte Matthew. »Klar. Trotzdem kommt es mir wie die reinste Ironie vor.«

»Ich weiß noch immer nicht, weshalb Sie hier sind«, sagte D'Allessandro.

»Ich bin hier, weil Peter sich kurz nach Willas Tod an Maria Torrance gewandt hat ...«

»An seine Tochter«, sagte D'Allessandro.

»An Maria Torrance gewandt«, wiederholte Matthew, »und sie gefragt hat, ob seine ehemalige Frau ihm irgend etwas hinterlassen habe ...«

»Nein, *nicht* ehemalige«, sagte D'Allessandro. »Sie sind nie geschieden worden. Die Scheidung war nicht rechtskräftig.«

»Sei dem, wie es sein mag ...«

»Dem *ist* so.«

»Wie Sie wollen«, sagte Matthew. »Fest steht jedenfalls, daß er sich vor drei Jahren an Maria gewandt und sie gefragt hat, ob er im Testament erwähnt wird. Und jetzt ist er erneut aufgetaucht und fordert dreißig Prozent des Nachlasses. Ich würde gern mit ihm sprechen, Mr. D'Allessandro.«

»Warum?«

»Ich möchte ihn fragen, ob er an dem Morgen, an dem Willa Torrance getötet wurde, in Missouri war.«

»Ich verstehe. Sie glauben, er hat sie umgebracht, nicht wahr?«

»Ich weiß nicht, wer sie umgebracht hat.«

»Warum fühlen Sie sich dann verpflichtet, es herauszufinden?«

»Das tue ich nicht.«

»Denn das scheint doch Aufgabe der Polizei zu sein, meinen Sie nicht auch?«

»Ja, allerdings.«

»Warum also ...«

»Weil ich der Ansicht bin, daß niemand mit einem Mord durchkommen sollte.«

»Ich habe für Amateurdetektive nichts übrig, Mr. Hope.«

»Und ich nichts für *jedwede* Amateure.«

»Warum jagen Sie dann ...«

»Für Mörder habe ich noch weniger übrig«, sagte Matthew. »Können Sie mir sagen, wo ich Torrance finde?«

In D'Allessandros Büro war es jetzt ganz still.

Bloom beobachtete ihn über den Schreibtisch hinweg, fragte sich, ob er Matthew gesagt hatte, was er wissen wollte, fragte sich, ob er jetzt gegen die Vertraulichkeit verstoßen und einem Polizeibeamten sagen würde, wo Torrance zu finden war. Das Schweigen zog sich in die Länge.

»Wie ich Ihrem Freund schon sagte, bin ich neu in der Stadt«, fuhr D'Allessandro schließlich fort. »Ich mußte die Zulassungsprüfung von Florida zweimal ablegen, bevor ich sie letztes Jahr bestand. Von dem Geld, das wir für das Haus in Pittsburgh bekamen, kann ich hier unten höchstens noch ein weiteres halbes Jahr durchhalten, dann muß ich in die Gänge gekommen sein, mir eine Klientel aufgebaut, mir einen Namen gemacht haben. Ich bin ein ganz guter, aber kein hervorragender Anwalt. Ich zählte nicht zu den zehn Besten meines Jahrgangs, ich stand nicht im *Law Review*, ich habe nichts derart Spektakuläres aufzuweisen. Aber ich habe in Pittsburgh anständiges Geld verdient, und mir hat es dort oben gefallen. Meine Frau wollte unbedingt nach Florida ziehen, ich habe für diese Hitze nichts übrig, wirklich nicht. Sie ist mit unserem ersten Kind im vierten Monat schwanger, und ich habe hier ... wie viele? ... ein halbes Dutzend Klienten, für die ich auf Erfolgsbasis arbeite. Peter Torrance ist einer davon. Ich will ihn nicht verscheuchen. Wenn Sie mich fragen, ob seine Klage Aussicht auf Erfolg hat, müßte ich antworte, wer kann das schon sagen? In Pittsburgh hätte ich ihm gesagt, er könne die Sache vergessen. Aber wir sind hier nicht in Pittsburgh. Wenn ich diesen Fall gewinne, ist vielleicht etwas Geld für mich drin. Ich lebe hier von geborgtem Geld und von geborgter Zeit, Detective Bloom. Wenn ich es im nächsten halben Jahr nicht schaffe, müssen wir unsere Sachen packen und wieder nach Norden ziehen.«

D'Allessandro hielt inne.

Einen Augenblick lang dachte Bloom, das sei es gewesen.

Statt dessen atmete der Anwalt tief ein.

»Ihr Freund Hope«, sagte er, »scheint die Zeit und das Geld zu haben, um herumzulaufen und Detective zu spielen ...«

»Ich versichere Ihnen, dem ist nicht so.«

»Den Eindruck hatte ich aber.«

»Den Eindruck hatte ich auch mal«, sagte Bloom. »Ein einziges Mal.«

»Er sucht mich auf und will wissen, wo mein Klient wohnt. Er *vermutet* nur, daß Willa Torrance ermordet worden ist, und selbst, wenn sie ermordet worden wäre …«

»Aber *falls* sie ermordet worden ist, und ihr Mörder ist noch …«

»Ach, bitte, Detective, in diesem Land wird doch stündlich jemand ermordet! Tausende von Mördern laufen überall frei herum, aber deshalb muß *ich* doch nicht versuchen, sie zu fangen, oder? Vielleicht wäre Ihr Freund nicht angeschossen worden, hätte er sich auf seine Pflichten als Anwalt konzentriert, statt …«

»Das mag schon sein. Aber vielleicht ist es gerade deshalb so wichtig.«

D'Allessandro schaute verwirrt drein.

»Haben Sie ihm Torrances Adresse gegeben?« fragte Bloom.

»Das habe ich nicht getan.«

»Werden Sie sie mir jetzt geben?«

»Das werde ich nicht tun.«

»Sie verschaffen sich hier unten keinen guten Anfang«, sagte Bloom und stand auf.

»Na und?« sagte D'Allessandro. »Pittsburgh gefällt mir sowieso besser.«

»Na schön. Denn ich werde jetzt sofort zum Staatsanwalt fahren und eine Vorladung beantragen, um Sie zu zwingen, die derzeitige Adresse von Peter Torrance zu offenbaren.«

»Solch eine Vorladung könnte von einigen Gerichten als Einmischung in das Vertrauensverhältnis zwischen Anwalt und Klient angesehen werden.«

»Meinetwegen. Sie können sich ja ins Zeug legen und versuchen, die Vorladung aufheben zu lassen, Herr Anwalt. Vielleicht haben Sie Ihre helle Freude an diesem Prozeß.«

»Ganz bestimmt nicht. Aber sagen Sie, Detective Bloom … wie kommen Sie überhaupt darauf, daß die Schüsse in Newton in irgendeinem Zusammenhang mit Peter Torrance stehen? Gehen Sie davon aus, daß Mr. Hope ihn aufgesucht hat?«

»Ich halte das für möglich, ja.«

»Und Sie verlangen von mir, meine Schweigepflicht aufgrund einer solch fadenscheinigen Annahme zu verletzen? Das können Sie vergessen. Ich blicke nicht so geringschätzig auf das Gesetz hinab. Es ist vielmehr eine Tatsache, daß ich Matthew Hope den Aufenthaltsort meines Klienten nicht verraten habe und Sie nicht den geringsten Beweis dafür haben, daß er Peter Torrance jemals gefunden hat.«

»Wie Sie meinen. Ich besorge mir die Vorladung. Kehren Sie vorerst noch nicht nach Pittsburgh zurück.«

»Ach, mir bleibt hier noch ein halbes Jahr«, sagte D'Allessandro leichthin. »Aber Sie sind doch Detective, Mr. Bloom. Kämen Sie nicht einfacher und schneller zum Ziel, wenn Sie versuchten, Torrance selbst zu finden?«

Bloom wußte, daß er die Vorladung bekommen würde, die zu beschaffen er gedroht hatte. Aber er wußte auch, falls D'Allessandro Einspruch erhob, würde die nachfolgende Verhandlung mehr Zeit in Anspruch nehmen, als er dafür aufwenden wollte, sich eine lausige Adresse zu verschaffen. Daher war er höchst erfreut, daß die von Miss Finch versprochene Liste auf seinem Schreibtisch lag, als er ins Büro zurückkehrte.

Matthew hatte in der Woche, bevor er niedergeschossen worden war, zahlreiche Anrufe von zu Hause aus geführt. Die meisten davon waren an seine Kanzlei gegangen; Cynthia Huellen bestätigte, daß er häufig angerufen hatte, um die für ihn zurückgelassenen Nachrichten abzufragen. Des weiteren hatte er oft mit der Staatsanwaltschaft sowie mit Patricia Demming in ihrem Haus auf dem Fatback Key telefoniert; Patricia bestätigte, daß er sie oft angerufen hatte, manchmal drei- oder viermal am Tag. Andere Anrufe hatten Personen gegolten, von denen Bloom bereits wußte, daß Matthew sie später aufgesucht hatte: George Steadman, Maria Torrance, Andrew Byrd, John Rafferty. Die Gespräche mit Bradenton interessierten Bloom am meisten.

Der erste dieser Anrufe war am frühen Donnerstag morgen getätigt worden. Der nächste war für denselben Donnerstag aufgeführt, um fünfzehn Uhr zehn, eine Stunde und zehn Minuten nachdem Matthew bei D'Allessandro gewesen war. Bloom schätzte, daß dieses Gespräch etwa fünfundvierzig Minuten gedauert hatte; man konnte also davon ausgehen, daß er den Anruf in dem Augenblick getätigt hatte, als er sein Haus auf dem Whisper Key betreten hatte. Der nächste Anruf, keine Minute später, galt derselben Nummer. Und dann ein weiterer Anruf, wiederum eine Minute später, an dieselbe Nummer.

Der Anschluß in Bradenton gehörte einem Mann namens Harry Donovan, den D'Allessandro als Aggie McCulloughs Mann identifiziert hatte. Bloom wählte die Nummer und wartete, während es klingelte. Einmal, zweimal, dreimal, viermal …

»Hallo?«

Eine Frauenstimme.

»Hallo, hier spricht Detective Bloom von der Polizei von Calusa«, sagte er. »Spreche ich mit Mrs. Donovan?«

»Ja?«

»Mrs. Donovan, ich rufe wegen mehrerer Telefongespräche an, die ein gewisser Matthew Hope letzte Woche …«

»Wie geht es ihm?« fragte sie sofort.

»Gut, danke«, sagte Bloom, der gar nicht wußte, wie es ihm in Wirklichkeit ging, aber keine Zeit damit verschwenden wollte, sich über Matthews Zustand zu unterhalten. »Mrs. Donovan, er hat Sie am letzten Donnerstag viermal angerufen. Zuerst um 8 Uhr 57 …«

»Ja.«

»Dann dreimal um zehn nach drei, elf nach drei und zwölf nach drei. Erinnern Sie sich daran, daß er Sie angerufen hat?«

»Ja, natürlich. Ich war so *schockiert*, als ich hörte, was …«

»Können Sie mir sagen, worum es bei diesen Telefonaten ging?«

»Wissen Sie schon, wer es getan hat?«

»Nein, Ma'am, noch nicht. Erinnern Sie sich an diese Gespräche mit ihm?«

»Natürlich erinnere mich mich daran. Er ist ja an diesem Morgen bei uns gewesen. Darum ging es bei dem ersten Gespräch. Wir haben besprochen, wann es uns paßt. Wir haben uns hier lange unterhalten. Ich war wirklich überrascht, als er noch mal anrief.«

»Weshalb hat er angerufen, Ma'am?«

»Er wollte wissen, ob ich vielleicht noch etwas von Peter gehört hätte. Er versuchte nämlich noch immer, ihn zu finden.«

»Hatte er Sie schon *zuvor* gefragt, wie er ihn finden könne?«

»Ja, an diesem Morgen. Als er hier war. Ich habe ihm gesagt, daß Peter irgendwo in Calusa wohnt, ich aber keine Ahnung hätte, wo. Ich habe ihm vorgeschlagen, er solle sich an Peters Anwalt wenden, vielleicht könne der ihm weiterhelfen.«

»Arthur D'Allessandro?«

»Ja. Am Trail.«

»Und *hatten* Sie noch mal von Mr. Torrance gehört?«

»Nein, hatte ich nicht.«

»Dann wußten Sie noch immer nicht, wo er wohnt?«

»Nein, das habe ich nicht gewußt.«

»Mehr wollte Mr. Hope nicht von Ihnen?«

»Ja, das war alles. Leider konnte ich ihm nicht helfen. Er schien ein sehr netter Mann zu sein. Hoffentlich ...«

»Wissen sie, ob Mr. Torrance sich noch in Calusa aufhält?«

»Tut mir leid, das weiß ich nicht.«

»Würden Sie mir bitte einen Gefallen tun?«

»Sicher.«

»Falls er noch mal anrufen sollte ... würden Sie ihn dann fragen, wo man ihn erreichen kann? Und mich danach sofort anrufen?«

»Steckt er in Schwierigkeiten?«

»Nein, nein«, sagte Bloom sofort. »Ich möchte nur mit ihm sprechen.«

»Worüber?« fragte Aggie.

Ihr Tonfall hatte sich plötzlich verändert. Er wußte sofort, *sollte* Torrance sie anrufen, würde sie ihm sagen, daß die Polizei nach ihm suchte. Das lag in ihrer Stimme. Was für eine Beziehung auch immer sie vor langer Zeit gehabt haben mochten, wie trivial sie auch gewesen sein mochte, es bestand noch immer eine gewisse Bindung, Seattle hatte irgendwo in ihrem Herzen noch immer einen Platz. Jetzt bedauerte er, sie angerufen zu haben.

»Ich gebe Ihnen meine Nummer«, sagte er und leierte sie herunter, bevor sie ihn noch einmal fragen konnte, weshalb er mit Torrance sprechen wolle. »Detective Morris Bloom«, sagte er, »fragen Sie einfach nach mir.«

»Glauben Sie, daß Peter auf ihn geschossen hat?« fragte sie.

»Nein, Ma'am«, sagte er. »Wir wissen nicht, wer auf ihn geschossen hat.«

»Aber Sie glauben, daß es Peter gewesen ist«, sagte sie und legte auf.

Bloom sah sich wieder die Liste der Telefonate an.

Der nächste Anruf, den Matthew am vergangenen Donnerstag getätigt hatte, hatte Warren Chambers gegolten.

Bloom zog das Telefon zu sich heran und wählte die Nummer. Warren hob nach dem zweiten Klingelton ab.

»Warren«, sagte Bloom, »hier ist Morrie. Ich habe herausgefunden, daß Matthew Sie am vergangenen Donnerstag um Viertel nach drei angerufen hat. Worum ging es da?«

»Er wollte wissen, ob ich ihm ein Tonbandgerät leihen konnte.«

»Was für eins?«

»Ein Gerät, mit dem man ein Gespräch aufzeichnen kann, ohne daß die andere Person es mitbekommt.«

Blooms Schweigen schien eine Ewigkeit zu währen.

»Morrie?« sagte Warren.

»Warum haben Sie mir das nicht gesagt?«

»Ich habe einfach nicht mehr daran gedacht.«

»*Haben* Sie ihm eins geliehen?«

»Ich habe ihm ein kleines Nagra vorbeigebracht.«

»Haben Sie es ihm persönlich gegeben?«

»Nein, er war nicht zu Hause. Ich habe es hinter das Fliegengitter der Küchentür gesteckt.«

»Wann war das?«

»Irgendwann am Donnerstag nachmittag. So gegen fünf, sechs Uhr.«

»Hat er gesagt, was für ein Gespräch er aufzeichnen wollte?«

»Nein.«

»Haben Sie gefragt?«

»Nein. Morrie, ich konnte nicht wissen, daß man ihn am nächsten Abend niederschießen würde.«

»Jetzt wissen Sie es. Sie hätten es mir sagen müssen.«

»Es tut mir leid, ich habe nicht daran gedacht.«

»Er borgt sich ein verdammtes Nagra ...«

»Es tut mir leid ...«

»Er will sich *verkabeln,* um ein Gespräch unbemerkt aufzeichnen zu können, und Sie haben nicht ...«

»Bitte«, sagte Warren.

»Na schön.«

»Es tut mir leid.«

»Na schön. Wir alle machen Fehler«, sagte Bloom und erzählte ihm dann von dem, den er selbst gerade gemacht hatte.

»Vor zwei Minuten hat Bloom mich angerufen«, sagte Warren zu ihr. »Ich habe Scheiße gebaut.«

»Wieso?«

»Ich habe vergessen, ihm zu sagen, daß Matthew sich ein Nagra von mir geborgt hat.«

»Wann?«

»Am vergangenen Donnerstag.«

»Ja, du hast Scheiße gebaut.«

»Streu mir ruhig Salz in die Wunde.«

»Wen wollte er aufzeichnen?«

»Keine Ahnung.«

»Hast du ihn nicht *gefragt*?«

»Nein.«

»Gut gemacht, Warren.«

In der Leitung herrschte Stille.

»Aber das ist nicht das Ende der Welt«, sagte sie.

Warren seufzte.

»Hast du gehört?«

»Ja, ich habe gehört«, sagte er. »Auf jeden Fall läßt Bloom seine Leute alle Hotels, Motels und Pensionen in Calusa überprüfen ...«

»Wozu?«

»Er versucht, Torrance zu finden. Und gerade hat *er* einen Bock geschossen, als er mit Aggie McCullough telefonierte ...«

»Was für einen Bock?«

»Er befürchtet, Torrance damit gewarnt zu haben.«

»Was meinst du damit?«

»Sie behauptet, nicht zu wissen, wo Torrance steckt, aber Bloom ist nicht davon überzeugt, daß sie die Wahrheit sagt. Er vermutet, sie wird Torrance sagen, daß wir ihn suchen. Er will, daß wir mit den nächsten beiden persönlich sprechen.«

»Mit welchen nächsten beiden? Wovon sprichst du, Warren?«

»Matthew hat letzte Woche jede Menge Telefongespräche von zu Hause aus geführt. Einige davon mit Leuten, denen wir auf der Spur sind.«

»Zum Beispiel?«

»Zum Beispiel Aggie McCullough.«

»Hab' die Dame noch nie gesehen.«

»Matthew hat letzte Woche mit ihr gesprochen.«

»Und die beiden anderen?«

»Jeannie Byrd und …«
»Ich übernehme Jeannie«, sagte Toots.
»Wie kommt's?«
»Damit *du* sie nicht übernimmst.«
»Willst du nicht mal wissen, wer die andere ist?«
»Nein. Wer ist es?«
»Maria Torrance.«

Die Büros von Hair and Now befanden sich in einem Gebäude, das von einem der bekannteren Architekten Calusas entworfen worden war. Es sollte wie ein Kloster aus der spanischen Kolonialzeit aussehen und erinnerte statt dessen an einen dreistöckigen Bürokomplex in Rosa und Blau – worum es sich zufällig auch handelte.

Ursprünglich war beabsichtigt gewesen, die Räume im Erdgeschoß als Ladenlokale zu vermieten, doch der Architekt hatte das Gebäude in seiner Weisheit so angelegt, daß es auf der Straßenseite keine Schaufenster gab. Welchen Grund sollte ein Kloster auch haben, Unterwäsche, Armbänder oder Perlen zu verkaufen? Um zu den Läden zu gelangen, mußte man nun also zuerst in das Gebäude gehen, wo sie dann um einen inneren Kreuzgang angeordnet waren. Von außen, vom Bürgersteig aus, bekam man gar nicht mit, daß sich Geschäfte in dem Gebäude befanden. Wenn man nicht zufällig die diversen Schilder las, die einem verrieten, wer alles sich in dem Kloster niedergelassen hatte. Und genau das tat Warren, bevor er durch den Kreuzgang zum größten Bürokomplex im Erdgeschoß ging.

Die abgerundeten Wände des völlig weißen Empfangsbereichs von Hair and Now waren mit Farbfotos von Frauen geschmückt, die die unterschiedlichsten Frisuren in den unterschiedlichsten Farben trugen. Warren fragte sich, ob Hair and Now ein Schönheitssalon war. Er sah jedoch keine Frauen, die in blauen Kitteln unter Trockenhauben saßen. Er ging zum Empfangspult, sagte der Frau dahinter, wer er sei, erklärte, er habe einen Termin mit Miss Torrance, und wartete, während sie nach dem Telefon griff, um sie ausfindig zu machen.

Am anderen Ende des Raums wurde eine Tür von der Farbe von Zuckerwatte geöffnet. Warren schaute hinüber, und eine junge Schwarze in einem purpurroten Minirock und einer weißen Bluse kam hindurchgestürmt, legte ein paar Papiere auf das Pult der Empfangsdame, lächelte Warren zu und stürmte wieder hinaus. Hinter dieser hellrosa Tür hatte er auch noch keine Frauen mit Lockenwicklern im Haar gesehen. Die Empfangsdame versuchte es mit einem anderen Anschluß. Warren schritt langsam auf und ab. Rechts von den Fotos waren elegante kleine Plastikschilder angebracht, die mit schwarzen Lettern die Farbe und den Stil einer jeder Frisur erläuterten. Braune Sonnenuntergang-Kaskade. Herbstblonde französische Locken. Roter Mahagoni-Pudelschnitt. Stufiger Winterweizen. Eichenbraune Zottelbüschel. Gebauschtes Granatgold …

»Mr. Chambers?«

Warren drehte sich um.

»Miss Torrance ist gerade im Versand. Sie sagt, wenn Sie dort mit ihr vorliebnehmen würden …«

»Ja, sicher.«

»Gehen Sie einfach durch die rosa Tür, dann bis zum Ende des Ganges und scharf nach rechts. Es ist ein großer Raum, Sie können ihn nicht verfehlen.«

»Danke«, sagte Warren, ging zu der rosa Tür, auf die sie zeigte, öffnete sie und schritt einen Korridor entlang, an dem zahlreiche kleine Büros lagen, deren Türen allesamt weit offenstanden. In jedem der Büros telefonierte entweder jemand oder saß vor einem Computer. Es herrschte eine hektische Aktivität, Männer und Frauen nahmen Bestellungen entgegen, Telefone klingelten, Cursor blinkten. In einem der Büros saß das Mädchen in dem purpurnen Mini. Als es ihn sah, lächelte es und winkte ihm. Er erwiderte das Lächeln und ging weiter. Am Ende des Ganges bog er, wie geheißen, scharf nach rechts und fand sich in einem wahrhaft großen Raum wieder, an dessen anderem Ende eine breite Laderampe lag, deren Tore geöffnet waren und den strahlenden Sonnenschein einließen. Der Raum war mit langen Tischen ausgestattet, auf denen zahlreiche ... *Perücken* zu liegen schienen?

Ja, genau darum handelte es sich, Perücken der unterschiedlichsten Farben und Moderichtungen. Viele davon erkannte er anhand der Fotos wieder, die er im Empfangsbereich gesehen hatte. Die Perücken ruhten auf Gußformen aus Polymer, die wie menschliche Köpfe geformt und wie John-Grisham-Buchstützen marmoriert waren. Wohin er auch sah, machte er Perücken ausfindig, in jeder Farbe und jedem Stil, den er sich nur vorstellen konnte. Am Ende des Tische standen Frauen in blauen Kitteln, aber ohne Lockenwickler, und packten die Haarmähnen auf ihren augen- und lippenlosen, marmorierten Gußformen in Holzkisten. Diese Kisten, die höher als breit waren, schienen eigens dafür entworfen worden zu sein, Perücken aufzunehmen. Eine Hilfskraft in einem ähnlichen blauen Kittel stopfte kleine Styroporkugeln in jede Kiste, damit für jeden marmorierten Kopf und die Perücke darauf eine sichere Reise ohne Zwischenfälle gewährleistet war. Neben der Laderampe war ein Mann mit einem Klappbrett, der aufgrund des scharfen Sonnenlichts, das durch die geöffneten Türen fiel, nur als Silhouette auszumachen war, in eine ernstes Gespräch mit einer rothaarigen Frau vertieft. Die gesamte Szenerie kam Warren vor, als sei sie einem James-Bond-Film entsprungen.

Toots hatte Maria Torrance als großen, blauäugigen, gutgebauten Rotschopf beschrieben, der Kokain nahm. Die Frau, die im Sonnenschein am anderen Ende des Raums als Silhouette auszumachen war, war in der Tat groß – knapp unter eins achtzig, wenn Warren sich nicht völlig verschätzte – und hatte langes, rotes Haar, das glatt auf ihre Schultern fiel. Sie drehte sich um, als Warren auf sie zuging, und in ihren blauen Augen blitzte das Sonnenlicht auf, als sie ihrerseits auf ihn zukam. Der Mann mit dem Klappbrett stand einen Augenblick lang ganz verloren da und ging schließlich hinaus, um das Verladen einiger besonders großer Holzkisten zu überwachen.

»Mr. Chambers?« sagte sie und reichte ihm die Hand. Sie trug ein enganliegendes blaues Kleid von der Farbe ihrer Augen, das auf den ersten Blick Toots Behauptung bestätigte, sie sei ›gut gebaut‹. Ihre Augen waren so klar und kalt wie eine Eisscholle in der Arktis. Ihr Händedruck war herzlich, und sie teilte Warren mit, wie leid es ihr getan habe, als sie von Mr. Hopes ›Unfall‹ gehört hatte, und dann wiederholte sie, was sie schon am Telefon gesagt hatte, nämlich, daß sie ihm auf jede nur mögliche Weise helfen wollte.

»Obwohl Sie mich eigentlich zu einem ungünstigen Zeitpunkt erwischt haben«, sagte sie. »Wir liefern alle vierzehn Tage aus, immer um den Fünfzehnten und am Ende des Monats.«

»Das *sind* doch Perücken, oder?« fragte Warren.

»Ja, das ist unser Geschäft, wir stellen Perücken her. Haarteile. Toupets. Nennen Sie sie, wie Sie wollen. Ich trage übrigens selbst eine.«

Warren nahm an, daß sie ihn verarschen wollte. Er lächelte, gab aber keinen Kommentar ab.

»Wir vertreiben unsere Perücken im ganzen Land«, sagte sie. »Wir haben Zwischenhändler in allen Bundesstaaten, einschließlich Alaska.«

Warren vermutete, daß einem da oben in Alaska schon ganz schön kalt werden konnte, wenn man eine Glatze hatte. Er fragte sich noch immer, ob sie wirklich eine Perücke trug. Toots hatte nichts von einer Perücke erwähnt. Hatte Matthew davon gewußt? Hatte *er,* als er sie Anfang der vergangenen Woche aufgesucht hatte, herausgefunden, daß sie eine Perücke trug? Und falls ja … war sie unter der Perücke *kahlköpfig,* oder saß die Perücke auf ihrem natürlichen Haar? Er vermutete noch immer, daß sie ihm einen Bären aufgebunden hatte.

»Sie haben mir am Telefon gesagt, daß Sie meinen Vater suchen«, sagte sie.

»Ja.«

»Warum?«

»Wir glauben, daß Matthew ... Mr. Hope ... vielleicht mit ihm gesprochen hat.«

»Worüber?«

»Tja, das wissen wir eben nicht.«

»Wer ist wir?«

»Seine Kollegen.«

»Ist die Polizei auch dieser Meinung?«

»Wir arbeiten mehr oder weniger mit der Polizei zusammen.«

»Und Sie alle glauben, Mr. Hope habe meinen Vater aufgesucht?«

»Alles scheint darauf hinauszulaufen.«

»Was scheint darauf hinauszulaufen?«

»Die Ermittlung. Verstehen Sie, wir wandeln in Matthews Fußstapfen. Und er scheint versucht zu haben, Ihren Vater ausfindig zu machen.«

»Ich frage mich, warum«, sagte sie und schüttelte den Kopf.

»Miss Torrance?«

Maria drehte sich zur Laderampe um. Der Mann mit dem Klemmbrett stand wieder dort, diesmal allerdings ohne Klemmbrett, die Hände auf den Hüften.

»Ja, Jeff?«

»Könnte ich Sie mal kurz sprechen?«

»Entschuldigung«, sagte sie und ging zu ihm. Sie duckte sich unter dem hochgefahrenen Tor und trat hinaus. Die beiden verschwanden hinter einem Lieferwagen. Warren ging zu einem der Tische und betrachtete die Frauen in ihren blauen Kitteln, die die Perücken in die großen Kisten packten und die Kisten dann mit Styproporkügelchen vollstopften. Er hob einen der marmorierten Köpfe hoch und drehte ihn in den Händen. Androgyn, mit einer Adlernase, keine Augen, keine Lippen. Das Polymer fühlte sich ganz glatt an. Es war auch ziemlich stabil. Warren wurde klar, daß es sich nicht nur um eine Versandvorrichtung handelte; vielmehr konnte der Besitzer den Kopf später als Perückenständer benutzen. In einigen Häusern würde er sogar als Skulptur durchgehen. Wie in seinem beschissenen kleinen Apartment zum Beispiel. Er fragte sich, ob man solch einen Kopf auch ohne Perücke kaufen konnte.

»Tut mir leid«, sagte Maria, trat hinter ihn und erschreckte ihn damit dermaßen, daß er den Kopf fast fallen gelassen hätte. Er stellte ihn schnell auf den Tisch zurück. »Wir hatten ein Problem mit den Frachtpapieren«, erklärte sie. »Zweihundert Perücken gingen fälschlicherweise in eine Kleinstadt in Iowa. Statt nach Chicago. Was meinen Sie, gibt es in ganz Iowa überhaupt zweihundert glatzköpfige Menschen?«

»Gibt es in ganz Iowa *überhaupt* zweihundert Menschen?« sagte Warren.

»Auf jeden Fall ist es uns noch rechtzeitig aufgefallen«, sagte Maria. »Oder besser gesagt, dem Fahrer ist es aufgefallen. Ich habe bemerkt, daß Sie einen unserer Sockel bewundert haben. Sie sind ziemlich attraktiv, nicht wahr?«

»Ich würde gern einen kaufen«, sagte Warren. »Kriegt man die auch ohne Perücke?«

»Leider nicht.«

»Schade.«

»Tut mir leid.«

»He, macht doch nichts.«

»Mr. Chambers«, sage sie und wechselte abrupt das Thema, »was glauben *Sie,* warum Mr. Hope nach meinem Vater gesucht hat?«

»Ich kann darüber nur Vermutungen anstellen.«

»Und was vermuten Sie?«

»Daß er ihn fragen wollte, ob er zum Zeitpunkt des Todes Ihrer Mutter in Missouri war.«

»Ich verstehe.«

Hinter ihr waren jetzt Männer zu den langen Tischen getreten und packten die Kisten mit den Perücken in größere Holzkisten, die sich bereits auf Gabelstaplern befanden. Die Szene erinnerte weiterhin beharrlich an einen James-Bond-Film: Ein großer, üppiger, blauäugiger Rotschopf in einem enganliegenden blauen Kleid stand mit leicht gespreizten Beinen im Vordergrund, hinter ihr arbeiteten Männer und Frauen in Monturen aus einem helleren Blau wie Automaten, kleinere Kisten wurden in größere gepackt, Gabelstapler fuhren die Kisten zur Laderampe, wo sie dann in die Lastwagen verfrachtet wurden, die im Sonnenlicht dahinter warteten.

»Wissen Sie es zufällig?« fragte Warren.

»Was weiß ich, Mr. Chambers?«

»Ob Ihr Vater in Missouri war, als Ihre Mutter starb?«

»Als sie *ermordet* wurde, meinen Sie. Als Davey Sheed sie ermordet hat.«

Warren sagte nichts.

»Warum hat Mr. Hope nach meinem Vater gesucht?« fragte Maria. »Ich habe ihm doch *gesagt*, daß Davey es getan hat. Warum hat er seine Zeit damit verschwendet ...«

»Sie glauben noch immer, daß Davey ...«

»Natürlich.«

»Warum?«

»Weil meine Mutter ihn gewarnt hat, er solle sich von mir fernhalten.«

»Und Sie glauben, das war Grund genug ...«

»Allerdings.«

»Warum?«

»Weil ... schon gut.«

»Miss Torrance, wenn Sie wirklich glauben, daß Davey Sheed ...«

»Ich glaube es, ja. Ich glaube, daß er sie getötet hat. Weil er und meine Mutter ... sagen wir, etwas miteinander hatten, bevor er etwas mit mir anfing. Und sie hat gewußt, was für ein Mann er war, und sie hat mich gewarnt, ich solle mich von ihm fernhalten, und als das nicht funktionierte, ist sie zu ihm gegangen.«

»Was für ein Mann war er denn?«

»Ein Tier«, sagte Maria. »König der Raubtiere, in jeder Hinsicht. Das habe ich aber erst später erfahren. Nachdem es zu spät war. Nachdem sie tot war. Sie sehen also, Ihr Mr. Hope war hinter der falschen Person her. Mein Vater …«

»Matthew muß der Ansicht gewesen sein …«

»Nein, mein Vater war an diesem Morgen nicht in Missouri. Und auch nicht, als wir in Rutherford gastiert haben. Mein Vater ist nicht mal in unsere *Nähe* gekommen … Von dem Augenblick an, da er meine Mutter sitzenließ, bis er mich dann nach ihrem Tod besucht hat.«

»Wann war das, Miss Torrance?«

»Sofort als er hörte, daß sie tot war. Er wollte wissen, ob er in ihrem Testament erwähnt wurde. Er wollte wissen, ob sie ihm etwas hinterlassen hatte.«

»Wo hat er Sie besucht?«

»Hier in Calusa.«

»Und jetzt ist er wieder in Calusa.«

»Davon weiß ich nichts.«

»Er hat sich nicht bei Ihnen gemeldet?«

»Nein.«

»Hat Sie nicht angerufen?«

»Nein.«

»Aggie McCullough hat er aber angerufen«, sagte Warren.

»Aggie hat er auch mal *geliebt«*, sage Maria. Und dann, etwas sehnsüchtig: »*Mich* hat er nie geliebt.«

Jeannie Lawson-Byrd war ebenfalls eine junge Göre.

Toots konnte Zweiundzwanzigjährige nicht ausstehen, die in luxuriösen Häusern wohnten, auf einer Chaiselongue lagen, Liebesromane lasen und Bonbons aßen. Zweiundzwanzig, dreiundzwanzig, was auch immer. Sah man über ein paar Monate mehr oder weniger hinweg, war sie genauso alt wie Maria Torrance, die in einem *anderen* teuren Haus in einem anderen Viertel von Calusa wohnte. Die eine von ihnen rothaarig, die andere blond. Warren hatte ihr erzählt, daß Jeannie Byrd praktisch eingestanden hatte, eine Beziehung mit einem der elfjährigen Mädchen gehabt zu haben, die in Willa Torrances Nummer aufgetreten waren. Es war einmal ein kleines Mädchen, hmm? Ja, hmm. Warren hatte ihr keinen Augenblick lang geglaubt.

Willa hatte die Unverschämtheit, mir zu sagen … wie kann ich das nur feinfühlig ausdrücken? Sie hat mir vorgeworfen, mit Maggie das zu machen … eins der kleinen Mädchen. Beide hatten schwarzes Haar, habe ich das schon erwähnt? Ebenfalls des Kontrasts wegen. Wie bei den Röcken und Blusen. Sie hat mir jedenfalls vorgeworfen, mit Maggie das zu machen … na ja … was der Mümmler mit Judy Garland machen wollte. Wozu das kleine Mädchen den Jungen aufforderte, der eigentlich nur ein Eis haben wollte. Ich habe sie gefragt, wie sie denn auf den Gedanken käme, ich bräuchte einen Rat von einem Knirps wie ihr. Wahrscheinlich hat sie diese beiden süßen kleinen Mädchen selbst abgeschleckt, alle beide, *Maggie und Connie, so hießen sie. Ich habe ihr gesagt, wenn sie nicht auf der Stelle verschwinden würde, würde ich zu Davey gehen, und er würde ihr den Kopf in Sadies Mund stecken und ihr befehlen, ihn abzubeißen. Ich habe ihr gesagt, sie möge ja Miteigentümerin von S&R sein, aber ohne Davey und seine Katzen könne der gottverdammte Zirkus* dichtmachen! *Ich glaube, sie hat mich verstanden.*

Das war vor fünf Jahren gewesen. Damals war sie siebzehn, achtzehn gewesen, wie auch immer. Aber Warren hatte ihr nicht geglaubt, und Warren war ein erfahrener Ermittler. *Worüber* hatten Jeannie und Willa sich damals also gestritten? Es schien Toots ein zu großer Zufall zu sein, daß drei der Frauen, mit denen Matthew gesprochen hatte, bevor er niedergeschossen worden war, eine intime Beziehung mit dem König der Raubtiere gehabt hatten. Sie wollte hier herausfinden, ob Peter Torrance versucht hatte, nach seiner Rückkehr nach Calusa mit Jeannie Kontakt aufzunehmen, oder nicht. Doch sollte sich bei dem Gespräch etwas anderes ergeben …

»Warum sollte er versuchen, mit *mir* Kontakt aufzunehmen?« fragte Jeannie.

Sie waren in dem Gewächshaus hinter dem Haupthaus.

Jeannie aß keine Bonbons, und sie las auch nicht die neueste Liebesschnulze. Statt dessen war sie barfuß, trug Shorts, ein T-Shirt und eine lange, gestreifte Metzgerschürze und topfte Blumen um. Ihre schlanken Finger arbeiteten behutsam zwischen den Pflanzen, pflückten tote Blätter und Blüten ab und drückten feuchte Erde gegen die Stiele der Blumen.

»Haben Sie ihn damals gekannt?« fragte Toots.

»Er ist mir nie begegnet. Er war vor meiner einen Saison bei S & R schon lange weg. Es hieß, er habe Willa vor Jahren wegen Aggie McCullough sitzengelassen und sei mit der nach Seattle durchgebrannt.«

»Das war allgemein bekannt, was?«

»Ja, klar. Aggie war damals noch beim Zirkus, sie und Willa waren die besten Freundinnen.«

»Haben Sie eine Ahnung, warum er Willa sitzengelassen hat?«

»Es hieß, sie habe mit einem Trapezkünstler geschlafen, der an seinem Haar am Zirkuszelt hing.«

»War damit zufällig Barney Hale gemeint?«

»An den Namen erinnere ich mich wirklich nicht mehr. Sie wissen ja, wie das im Zirkus ist.«

»Nein, weiß ich nicht. Wie ist es?«

»Nicht nur Trapezkünstler schwirren durch die Luft. Mit Gerüchten ist es nicht anders. Man hört dieses, man hört jenes, und am nächsten Tag hört man etwas ganz anderes. Das ist wirklich sehr inzestuös«, sagte sie und schaute von den umgetopften Petunien auf, oder was für Blumen auch immer es waren. »Verstehen Sie, was ich damit meine? Ein Zirkus ist eine sehr kleine, in sich geschlossene, klaustrophobische Gemeinde. Jeder kennt jeden, jeder steckt die Nase in die Angelegenheiten aller anderen.«

»Affären?«

»Ja, auch das. Buchstäblich.«

»Hmm.«

»Na also«, sagte Jeannie und trat zurück, um ihr Werk zu bewundern.

Toots fragte sich, ob dies nicht eine hervorragende Gelegenheit war, einige dieser inzestuösen Beziehungen zu erkunden, die zügellos bei den Elefanten und Pferden wucherten.

»Ich habe gehört«, sagte sie und räusperte sich, »daß Sie Davey Sheed ziemlich gut gekannt haben.«

»Ich habe *jeden* ziemlich gut gekannt«, sagte Jeannie, zog eine Braue hoch, lächelte wissend und griff nach einer weiteren blattreichen, blühenden Pflanze in einem Topf. Toots wünschte sich plötzlich, sie würde die Namen der Blumen kennen. Plötzlich hatte sie den Eindruck, es handele sich um eine beunruhigende Bildungslücke. Andererseits kannte sie jeden Spitznamen für Kokain. Schnee oder Peruanische Lady oder White Girl, also weißes Mädchen, oder einfach nur Lady oder Girl oder Mädchen …

»Wie gut hat Willa ihn gekannt?« fragte sie und biß in den sauren Apfel.

»Ich habe nicht den geringsten Schimmer.«

Eine Lüge, dachte Toots. In einer Klasse mit *Ob Sie es glauben oder nicht* und *Ich will völlig ehrlich zu Ihnen sein.*

»Darüber sind keine Gerüchte im Umlauf gewesen?«

»Jedenfalls habe ich keine gehört.«

»Nichts herumgeschwirrt?«

»Nichts.«

»Wie ist es mit der Tochter?«

»Mit der Tochter?«

»Maria. Hat *sie* mit Mr. Tigerpisse geschlafen?«

Jeannie schaute von dem Topf auf, in der Hand ein totes Blatt.

»Nicht, daß ich wüßte.«

»Also haben nur Sie mit ihm gebumst?«

»Ich kann mich nicht erinnern, das gesagt zu haben.«

»Oh. Ich dachte, sie hätten gesagt, Sie hätten *jeden* ziemlich gut gekannt.«

»Ja, das habe ich gesagt.«

»Verzeihen Sie mir, ich dachte, das wäre ein Euphemismus gewesen.«

»Ich weiß nicht, was Euphemismus bedeutet.«

»Das bedeutet, daß Sie ›ziemlich gut kennen‹ sagen und ›ficken‹ meinen«, sagte Toots und sah ihr genau in die Augen. »Wie ich gehört habe, Mrs. Byrd, waren Sie an dem Abend, als Sie und Willa den großen Streit hatten, in Davey Sheeds Wohnwagen.«

»Das stimmt.«

»In BH und Höschen, wie ich gehört habe.«

»Wie ich sehe, tratscht Mr. Chambers gern.«

»Ich weiß nicht, was ›tratscht‹ bedeutet«, sagte Toots.

Jeannie verzog das Gesicht.

»Tja, ich will nicht neugierig sein«, sagte Toots, »aber jemand liegt im Krankenhaus, und eine Menge Scheiße scheint auf den weißen Großwildjäger hinzudeuten. Wie wir gehört haben, hat Sheed nicht nur Raubkatzen dressiert. Sie haben Warren bereits gesagt …«

»Ich kann mich besser mit Männern als mit Frauen unterhalten«, sagte Jeannie.

»Versuchen Sie es trotzdem mal mit mir«, sagte Toots. »Hat Willa nun mit dem Raubtierbändiger geschlafen oder nicht?«

»Wie ich schon sagte, ich habe nicht …«

»… den geringsten Schimmer, ich weiß. Und das gilt auch für die Tochter, was?«

»Ich habe die Tochter kaum gekannt.«

»Das war nicht meine Frage.«

»Ich habe nicht die geringste Ahnung, mit wem die Tochter geschlafen hat. Sie war damals erst siebzehn.«

»Genau wie Sie«, sagte Toots. »Worüber haben Sie und Willa sich an diesem Abend in Alabama gestritten?«

»Ich habe Mr. Chambers bereits gesagt …«

»Würden Sie es mir bitte noch mal sagen?«

Jeannie atmete tief ein.

»Sie hat mich des ungebührlichen Verhaltens mit einem der kleinen Mädchen beschuldigt, mit denen sie auftrat.«

»Mit Maggie, nicht wahr?«

»Ja, mit Maggie.«

»Was Sie auch Warren erzählt haben.«

»Ja. Und bei Gott, das ist die reine Wahrheit.«

Ob Sie mir nun glauben oder nicht, dachte Toots.

Ein Getto ist ein Getto, dachte Bloom, ganz gleich, wie es aussieht.

Calusas schwarzes Viertel hieß Newtown, und selbst im Winter sah es hier keineswegs so aus wie in der South Bronx, in Manhattans Harlem oder in Brooklyns Bed-Stuy. Als Bloom auf der Suche nach dem Häuserblock mit den 1100er Nummern der L Street hindurchfuhr, sah er keine verfallenen Wohnhäuser, keine von Graffiti beschmierten Wände, keine von Ruß und Urin verfärbten Schneehaufen, keinen in schwarzen Plastiktüten steckenden Müll, der darauf wartete, eines Tages abgeholt zu werden, keine alten Männer, die sich die Hände an Feuern in abgesägten Ölfässern wärmten, in die sie gleichzeitig starrten.

Das war Florida.

Und hier in Newtown, um vier Uhr an einem Donnerstagnachmittag im März, schien schwach die Sonne auf Palmen und blühende Büsche und Häuser mit Vorgärten und Kinder, die auf Fahrrädern und Skateboards fuhren. Die meisten Häuser waren klein und aus Holz, mit asphaltüberzogenen Schindeldächern. Einige mußten dringend mal angestrichen werden, aber keins war baufällig. In ein paar Gärten mußten die Büsche geschnitten oder die Rasenfläche gemäht werden, doch größtenteils sah die Nachbarschaft ordentlich und gepflegt aus. Die meisten Menschen, die in Newtown wohnten, waren schwarz. Es gab auch einige Hispanos und Asiaten, ja, aber Weiße wohnten hier keine. Dieses Viertel macht die Tatsache zum Getto, dachte Bloom, daß die Leute, die hier wohnen, hier wohnen *müssen*.

Na klar, in einer Demokratie konnte man überall wohnen, wo man wollte, sicher. Es gab nicht den geringsten Grund, warum die Schwarzen, die hier in Newtown wohnten, sich nicht morgen ein Haus zum Beispiel auf dem Flamingo Key kaufen konnten – vorausgesetzt, sie hatten die halbe Million Dollar oder mehr, die solch ein Haus kostete. Aber die Schwarzen, die hier in Newtown wohnten, konnten in ihren wildesten *Träumen* nicht darauf hoffen, je auf einem von Calusas begehrten Keys zu wohnen oder sich in eine der luxuriösen Siedlungen auf dem Festland einzukaufen. Ja, es gab schwarze Anwälte und sogar einen schwarzen Richter in Calusa, und es gab schwarze Ärzte und Zahnärzte und Bankkassierer und andere Schwarze in gut bezahlten Jobs – aber von denen wohnte keiner in Newtown. Klar, hier und da fand man einen schwarzen Autohändler oder Geschäftsführer eines Supermarkts in Newtown, aber zum größten Teil gehörten die kleinen, recht preisgünstigen Häuser in diesem Viertel Schwarzen – oder waren von ihnen gemietet –, die in den sogenannten Dienstleistungsberufen arbeiteten, den Gärtnern, Tellerwäschern, Putzfrauen, Müllmännern, Busfahrern und all den anderen mit nicht besonders angesehenen Berufen, die eine lange Arbeitszeit und niedrigen Lohn boten.

Es gab sehr viele Verbrechen in Newtown.

Wenn man einem großen Teil der Bevölkerung Träume verweigert, wird er sich diese Träume woanders suchen. Eine Crackpfeife bietet augenblickliche Befriedigung, wahre Demokratie findet man, wenn man Kokain raucht. Jeder – ob nun schwarz, braun, weiß, gelb, rot, blau oder lila – kann für den Preis einer Dröhnung zum Mond reisen. Aber der Verkauf und die Herstellung von Crack gilt als Verbrechen – ja, tut mir sehr leid, dachte Bloom. Und diese Verbrechen erzeugen weitere Verbrechen, denn die Lotusfresser brauchen Geld, um ihre Sucht zu befriedigen, und im Staate Florida verdient kein Gärtner genug, um sich die volle Ration Crack pro Tag leisten zu können. Daher die Pistole.

Bloom wünschte, er bekäme einen Cent für jede Schußwaffe, die es in Newtown gab. Mit einer dieser Waffen war Matthew Hope am vergangenen Freitag abend schwer verletzt worden, genau hier in diesem schwarzen Viertel. Und nun hatte man einen Weißen namens Peter Torrance in einer Pension an der L Street ausfindig gemacht. Bloom hatte ihn nicht vorher angerufen. Es war schon schlimm genug, daß der Portier durch die telefonische Nachfrage des Polizeibeamten gewarnt worden war.

Er stellte die nicht als Polizeifahrzeug ausgewiesene Limousine vor einem Gebäude ab, bei dem es sich um ein kleines Hotel gehandelt haben mochte, als Calusa noch eine kleinere, freundlichere Stadt gewesen war, lange, bevor dieser Stadtteil in Newtown umbenannt worden war. Als das Shelby Arms damals gebaut worden war, hieß dieser Stadtteil ganz einfach Temple's Fields, nach einem Landbesitzer namens Jason Temple, dem das gesamte Gelände von der Berringer Road bis zum Ufer der Bucht gehört hatte. Erst 1937 war die Hannah Lewis School of Art, eine Kunsthochschule, auf dem Gelände errichtet worden, auf dem sich zuvor Jason Temples Haupthaus befunden hatte. Die Gegend hieß damals *Temple* Field, der Genitiv war Jahre zuvor fallengelassen worden. Und auch dieser Name war dann prompt mit einer einstimmigen Entscheidung des Stadtrats in Newtown geändert worden.

Newtown.

Eine *neue* Stadt, in der Tat.

Eine brandneue Stadt mit einem neuen Straßenraster auf einem ehemaligen Sojabohnenfeld, das von Zwergeichen und Kohlpalmen begrenzt wurde. Die Straßen A bis R verliefen von Westen nach Osten, die, die nach Präsidenten benannt waren, von Norden nach Süden. Eine neue Kunsthochschule mit vierhundertzwanzig Studenten, für die direkt am Tamiami Trail fünf hölzerne Wohnheime gebaut wurden. Neue Geschäfte und Supermärkte und auch ein neues Hotel eigens für die Eltern der Studenten, die gern ihre Kinder besuchten, besonders während der brutalen Wintermonate im Norden.

Tja, nachdem ein Brand die Kunsthochschule und drei der Wohnheime zerstört hatte, wurde die Gegend fast ausschließlich schwarz. Die Schule wurde nie wieder eröffnet. Gerüchte besagten, sie sei vor dem Brand in finanziellen Schwierigkeiten gewesen, und das Feuer sei absichtlich gelegt worden. Die beiden unbeschädigten Wohnheime wurden von einem Mann erworben, der sie zu Lagerhäusern für seine Holzhandlung umbaute. Das Shelby Arms überlebte, obwohl jetzt keine Eltern von Kunststudenten mehr kamen. Statt dessen wurde es zuerst zu einer billigen Bleibe für die wenigen Schwarzen, die in Florida Urlaub machten, und dann zu einem Hafen für farbenblinde Hippies, die die Nähe zum Marihuana schätzten, das es in Newtown gab, und schließlich – nachdem die Hippies verschwunden waren und Schwarze in jedem Holiday Inn in den USA absteigen konnten – wurde der Schuppen zu einer Pension, die noch immer Shelby Arms hieß, aber jetzt fast ausschließlich von Nutten und ihren Freiern benutzt wurde. Bloom wollte Peter Torrance fragen, warum er sich ausgerechnet für diese Absteige entschieden hatte – falls er den Mann überhaupt noch dort antraf.

Der Portier sagte, Mr. Torrance sei im Augenblick nicht da.

Bloom fragte ihn, ob er *ausgezogen* sei.

Der Portier, ein spindeldürrer Mann von ungewisser Herkunft, mit hellblauen Augen und einer Haut von der Farbe von Tee, erwiderte, wenn er ausgezogen *gemeint* hätte, hätte er auch ausgezogen *gesagt.* Er habe aber gesagt, Mr. Torrance sei *im Augenblick* nicht da. Bloom hatte seine Marke noch nicht gezückt. Er wartete noch damit und sagte dem Portier, er würde warten. Aufgrund der Zeitungsartikel, die er über Willas Tod gelesen hatte, wußte er in etwa, wie Peter Torrance aussah. Außerdem vermutete er, daß nicht allzu viele Weiße durch die Türen des Shelby Arms kommen würden. Er fand sich damit ab, notfalls länger warten zu müssen, und nahm in einem roten samtbezogenen Sessel gegenüber dem Empfang Platz. Der Sessel hatte auch schon bessere Tage gesehen.

Um zwanzig Minuten nach sechs, als die Dämmerung sich draußen schon senkte, kam ein großer, eckiger Mann, der einen weißen Anzug wie aus einem Stück von Tennessee Williams trug, die paar Stufen zum Eingang hinauf, ging durch die Lobby zum Portier und bat um seinen Schlüssel. Bloom wußte sofort, daß es sich um Peter Torrance handelte. Er erhob sich aus dem fadenscheinigen Sessel, ging zu dem Mann, der sich gerade umdrehte, den Schlüssel in der Hand, und sagte: »Mr. Torrance?«

Die hellblauen Augen des Mannes öffneten sich weit in einem hageren, aber noch immer stattlichen Gesicht. Den Zeitungsartikeln zufolge mußte Torrance ein Mann in den Fünfzigern sein, aber er sah gut zehn Jahre oder noch älter aus. Vielleicht lag es an dem sehr bleichen Gesicht, das für diesen Bundesstaat ungewöhnlich war, oder vielleicht auch an dem ganz schwachen Schatten eines ergrauenden Barts auf diesem Gesicht, wie man ihn bei Männern bemerkte, die zu alt oder zu müde waren, um sich jeden Morgen zu rasieren, ein Echo des drahtigen, spärlicher werdenden weißen Haars auf seinem Kopf. Oder vielleicht auch an dem anachronistischen weißen Anzug, der zerknittert und vergilbt war, und an den dazu passenden ausgetretenen weißen Schuhen. Oder vielleicht lag es daran, daß er ein weißes Oberhemd ohne Krawatte trug, dessen oberster Knopf nicht geschlossen war. Insgesamt erweckte er den Eindruck eines Tagediebs. Vielleicht eines alkoholsüchtigen Tagediebs. Bloom mußte nicht mehr fragen, warum Torrance in einem heruntergekommenen Schuppen wie dem Shelby Arms abgestiegen war.

»Mr. Torrance?« fragte er erneut.

»Wer sind Sie?« sagte der Mann.

»Detective Morris Bloom, Polizei von Calusa«, sagte er und zeigte seine Dienstmarke. »Sind Sie Mr. Torrance?«

»Was hat das zu bedeuten?«

»Ich würde Ihnen gern einige Fragen stellen«, sagte Bloom.

Der Mann drehte sich zu dem Portier um. »Was hat das zu bedeuten?« fragte er ihn.

Der Portier zuckte mit den Achseln.

Der Mann drehte sich wieder zu Bloom um.

»Ich bin Peter Torrance«, sagte er. »Was wollen Sie?«

»Ich möchte Ihnen ein paar Fragen stellen.«

»Was für Fragen?«

»Seit wann sind Sie schon hier, Mr. Torrance?«

»Warum wollen Sie das wissen?«

»Eine routinemäßige Ermittlung«, sagte Bloom.

»Was habe ich mit einer routinemäßigen Ermittlung zu tun?«

»Kennen Sie einen gewissen Matthew Hope?«

Torrance kniff die Augen zusammen.

»Wir vermuten, daß ein Mann namens Matthew Hope Kontakt mit Ihnen aufnehmen wollte. Können Sie mir sagen, ob er sich bei Ihnen gemeldet hat oder nicht?« fragte Bloom und bemerkte, daß der Portier angestrengt lauschte. »Gehen wir hinaus, ja?« sagte er zu Torrance. »Suchen wir uns ein Plätzchen, wo wir ungestört reden können.«

»Meinetwegen«, sagte Torrance zögernd. »Aber ich muß Ihnen gleich sagen …«

»Draußen läßt sich leichter reden«, sagte Bloom, nahm Torrance am Arm und führte ihn sanft zu einer Terrassentür, die zu einem ungepflegten Garten hinter dem Hotel führte. Sie nahmen im schwindenden Sonnenlicht auf einer gebogenen Steinbank Platz. Die Bank war wesentlich bequemer als der Sessel in der Halle. Überall um sie herum wucherten blühende Büsche. Die letzten Sonnenstrahlen fielen schräg durch das Blattwerk bemooster Bäume.

»*Hat* Matthew Hope Sie erreicht?« fragte Bloom.

»Ich kenne niemand dieses Namens.«

»Bestimmt nicht?«

»Ganz bestimmt.«

»Seit wann sind Sie schon hier, Mr. Torrance?«

»Seit dem Zwanzigsten. Warum?«

»Sind Sie geschäftlich oder privat hier?«

»Ich wollte eine alte Freundin besuchen.«

»Geschäftlich oder privat?«

»Ich war auf der Durchreise, und da dachte ich mir, ich könnte mal guten Tag sagen.«

»Woher genau kommen Sie?«

»Aus Miami.«

»Was haben Sie in Miami gemacht?«

»Die Sonne genossen.«

Bloom betrachtete sein Gesicht.

»Wie lange waren Sie dort?«

»Drei oder vier Tage.«

»Und Sie sind am Zwanzigsten hierhergekommen«, sagte Bloom.

»Ja. Am Zwanzigsten.«

Fünf Tage bevor Matthew niedergeschossen worden war, dachte Bloom.

»Entschuldigen Sie, Detective … Bloom, nicht wahr?«

»Ja, Bloom.«

»Entschuldigen Sie, aber ich würde jetzt *wirklich* gern wissen, was das alles zu bedeuten hat.«

»Wer war die Freundin, die Sie besucht haben?«

»Eine gewisse Aggie Donovan. Also wirklich, hören Sie, ich weigere mich, weitere Fragen zu beantworten, bis Sie mir gesagt haben …«

»Mr. Torrance, ein Anwalt namens Matthew Hope wurde am Freitag abend vergangener Woche vor einer Bar keine sieben Häuserblocks von hier schwer verletzt. Am Tag zuvor hat er mit einem Anwalt namens Arthur D'Allessandro gesprochen, von dem er Ihre Adresse in Erfahrung bringen wollte. Wir fragen uns nun …«

»Ich weiß von alledem überhaupt nichts.«

»Hat Mr. D'Allessandro Sie nicht angerufen, um Ihnen mitzuteilen …?«

»Das hat er nicht.«

»Was ist mit Mrs. Donovan?«

»Ich verstehe die Frage nicht.«

»Haben Sie in letzter Zeit mit ihr gesprochen?«

»Nicht, seit ich sie letzte Woche besucht habe.«

»Wann genau war das?«

»Letzten … Montag, glaube ich.«

»Und seitdem haben Sie nicht mehr mit ihr gesprochen?«

»Nein.«

»Haben Sie ihr gegenüber erwähnt, daß Sie hier einen Anwalt aufgesucht haben?«

»Ja, das habe ich.«

»Haben Sie ihr den Grund dafür genannt?«

»Nein.«

»Sie haben nicht erwähnt, daß Sie den Pflichtanteil vom Nachlaß Ihrer ehemaligen Frau beantragen wollen?«

»Wir sind nie rechtskräftig geschieden worden«, sagte Torrance.

»Den Pflichtteil ihres Nachlasses? Das haben Sie Mrs. Donovan nicht erzählt?«

»Nein, ich glaube nicht.«

»Sie haben ihr nicht gesagt, daß Sie dreißig Prozent des Nachlasses verlangen?«

»Ich erinnere mich wirklich nicht mehr daran.«

»Das war erst am letzten *Montag*, und Sie erinnern sich nicht mehr daran?«

»Wir sind alte Freunde, wir haben über alles mögliche gesprochen.«

»Mrs. Donovan scheint der Ansicht zu sein, Sie hätten es ihr erzählt. Jedenfalls hat sie Matthew Hope das gesagt.«

Torrance saß einen Augenblick lang schweigend da, eine bleiche Erscheinung in den länger werdenden Schatten. Die Hände gefaltet, den Kopf gesenkt, schaute er zu den gesprungenen und zerbröckelnden Fliesen hinab, die einen Weg zur Bank bildeten. »Vielleicht habe ich es ihr doch gesagt?« gab er schließlich zu.

»Ob Sie es ihr nun erzählt haben oder nicht«, sagte Bloom, »es stimmt jedenfalls, oder? Deshalb haben Sie Mr. D'Allessandro aufgesucht, nicht wahr?«

»Eigentlich … ja.«

»Hat Matthew Hope Sie schließlich gefunden?«

»Nein, ich kenne niemanden dieses Namens, tut mir leid.«

»Mr. Torrance … waren Sie am oder um den elften März vor drei Jahren in einer Stadt namens Rutherford in Missouri?«

»Wenn Sie mich fragen, ob ich dort war, als Willa sich umgebracht hat ... nein, war ich nicht.«

»Sie haben aber gewußt, daß sie Selbstmord begangen hat, nicht wahr?«

»Ja, natürlich. Mr. Bloom, Sie sollten wissen, daß ich Ihre Fragen nur beantworte, weil Sie zu glauben scheinen, ich hätte etwas mit den Schüssen auf diesen Hope zu tun, den Sie immer wieder erwähnen. Ich wiederhole, ich *kenne* den Mann nicht, ich habe ihn *nie* getroffen, und ich habe *nicht das geringste* mit den Schüssen auf ihn zu tun, wann auch immer das passiert sein mag.«

»Am letzten Freitag«, sagte Bloom. »Dem Fünfundzwanzigsten.«

»Wann auch immer.«

»Waren Sie an diesem Abend in der Nähe des Centaur Bar & Grill? Das ist an der Roosevelt und G.«

»Ich kenne dieses Restaurant nicht.«

»Waren Sie an dem Morgen, an dem Willa sich erschossen hat, in der Nähe des Zirkusses in Rutherford?«

»Was hat das eine mit dem anderen zu tun?«

»Das will ich ja gerade herausfinden.«

»Tja, ich fürchte, ich kann Ihnen dabei nicht helfen. Wie Sie gerade gesagt haben, Willa hat *Selbstmord* begangen. Nach allem, was ich weiß, wurde Mr. Hope von einer anderen Person niedergeschossen. Wenn Sie da einen Zusammenhang sehen ...«

»Ich will herausfinden, *weshalb* er niedergeschossen wurde, Mr. Torrance. Einen Tag bevor die Schüsse auf ihn abgegeben wurden, hat er Ihren Anwalt aufgesucht und Fragen über *Sie* gestellt. Wahrscheinlich weil Sie dreißig Prozent von Willa Torrances Nachlaß verlangen. Ich will wissen ...«

»Wir wurden nie rechtskräftig geschieden. Mir steht ein angemessener Anteil des Nachlasses zu.«

»Aber würde sie noch leben, gäbe es gar keinen Nachlaß, nicht wahr?«

»Es ist geht mich nichts an, daß sie sich entschlossen hat, Selbstmord zu begehen. Ich war damals nicht dort.«

»Wann *waren* Sie denn dort?«

»Nicht, als sie sich umgebracht hat. Mr. Bloom … darf ich etwas klarstellen?«

»Natürlich.«

»Beabsichtigen Sie, Willas Fall wieder aufzunehmen?«

»Nicht, wenn er in keinem Zusammenhang mit den Schüssen auf Matthew Hope steht.«

»Ich *kenne* diesen Scheißkerl nicht! Sie bringen mich wirklich auf die Palme, Mr. Bloom«, sagte er und stand abrupt auf. »Wenn Sie hier eine richtige Ermittlung durchführen, sollten Sie mich lieber verhaften. Sonst …«

»Sonst kann ich zur Staatsanwaltschaft gehen und mir eine Vorladung besorgen«, sagte Bloom.

Torrance kniff wieder die Augen zusammen.

Der Trick hatte bei D'Allessandro nicht funktioniert, aber D'Allessandro war Anwalt, und Torrance nicht.

»Eine Vorladung?« sagte er. »Wozu denn das, verdammt noch mal?«

»Um Ihre Aussage vor Gericht zu erzwingen.«

»Was für eine Aussage?«

»Bezüglich der Schüsse auf Matthew Hope.«

»Verdammt, ich habe Ihnen schon *hundertmal* gesagt …«

»Soll ich den Antrag stellen, Mr. Torrance? Oder können wir uns ruhig und friedlich in diesem hübschen kleinen Garten unterhalten?«

Torrance stieß wütend zischend den Atem aus. Kochend vor Wut setzte er sich wieder auf die Steinbank und faltete die Hände, jetzt aber verkrampft, als wolle er sich zwingen, ruhig zu bleiben.

»Was wollen Sie wissen?« fragte er.

»Waren Sie an diesem Tag in der Nähe des Zirkusgeländes?«

»Nein, war ich nicht. Willa hat Selbstmord begangen, Mr. Bloom. Wenn Sie versuchen …«

»Matthew Hope schien anderer Auffassung zu sein.«

»Zum Teufel mit Matthew Hope. Er arbeitet nicht für die Polizei von Rutherford, nicht wahr? Oder für die Gerichtsmedizin von Rutherford. *Die* ist zum Schluß gelangt …«

»Hat die Polizei von Rutherford mit Ihnen über Willas Tod gesprochen?«

»Nein. Warum sollte sie auch? Ich war nicht mal in der *Nähe* von Rutherford, als Willa sich das Leben genommen hat.«

»Wo waren Sie?«

»Schon längst wieder weg.«

»Also waren Sie *vorher* in Rutherford.«

»Na schön, bringen wir es hinter uns«, sagte Torrance, schüttelte völlig ungläubig den Kopf und machte nicht die geringsten Anstalten, seine äußerste Ungeduld und Verärgerung zu verbergen. Er ballte die Hände nun zu Fäusten und öffnete sie wieder, als müsse er sich zurückhalten, diesen unmöglichen *Bauern* nicht niederzuschlagen, der kein Recht hatte, ihm solche Fragen über ein Ereignis zu stellen, das in ferner Vergangenheit stattgefunden hatte – vor drei Jahren, das stelle man sich mal vor! »Ja, ich war dort«, sagte er. »Aber ich war schon wieder weg, bevor …«

»Wann genau war das, Mr. Torrance?«

»Ich traf dort ein, mehrere Tage bevor sie sich das Leben nahm«, sagte er und zwang die Worte über verkniffene Lippen. Seine Stimme klang gepreßt und wütend.

Bloom blieb davon unberührt.

»Was haben Sie dort gemacht, Mr. Torrance?«

»Ich habe dort Freunde. Ich habe überall Freunde. Als ich beim Zirkus war, kannte ich in jeder Stadt, in der wir gastiert haben, alle bedeutenden Einwohner. Ich habe dort ein paar alte Freunde besucht.«

»Und zufällig war der Zirkus zur gleichen Zeit dort?«

Torrance sagte nichts. Er ballte einfach nur die Hände zu Fäusten und öffnete sie wieder und ließ sich nicht herab, Bloom anzusehen.

»Erinnern Sie sich noch an das genaue *Datum?* An dem Sie dort waren, meine ich.«

»Ich habe es Ihnen doch gesagt. Ich bin drei oder vier Tage vor ihrem Tod dort eingetroffen.«

»Das wäre also am Siebenten oder am Achten gewesen, so in etwa.«

»Wenn Sie es sagen.«

»Und wann sind Sie wieder abgefahren?«

»Einen Tag bevor sie sich erschossen hat.«

»Hat die Polizei von Rutherford das gewußt?«

»Ich habe keine Ahnung.«

»Niemand hat Sie wegen Ihrer Anwesenheit dort befragt?«

»Nicht bis zu diesem Augenblick«, sagte Torrance.

»Mr. Torrance«, sagte Bloom, »sind Sie zufällig Willa begegnet, als Sie in Rutherford waren?«

»Ja, ich habe sie gesehen. Na und?«

»Wann haben Sie sie gesehen?«

»An das genaue Datum erinnere ich mich nicht mehr.«

»Was war der Zweck ihres Besuches?«

»Als ich umherzog, habe ich gewisse Dinge gehört ...«

»Was meinen Sie mit umherziehen?«

»Ich habe hier und dort alte Freunde besucht. In Städten, in denen der Zirkus gastiert hat.«

»Was haben Sie denn gehört?«

»Gerüchte, die Willa meiner Ansicht nach erfahren sollte.«

»Was für Gerüchte?«

»Geben Sie sich zufrieden, wenn ich es Ihnen sage, Mr. Bloom? Können wir diese dumme Sache dann beenden?«

»Was haben Sie gehört, Mr. Torrance?«

»Ich habe gehört ...«

»Ja?«

»Nun ja ...«

Bloom wartete.

»Ich habe gehört, daß da ein kleines *Mädchen* war.«

Darauf lief es also hinaus.

Es war einmal ein kleines *Mädchen*, das das kleine *Mädchen* nahm.

Mit anderen Worten Winzling Willa Winkie nahm Kokain.

Als Bloom noch bei der Polizei des Bezirks Nassau gewesen war, wurde Kokain oft *die weiße Lady* oder einfach nur *weiße Lady* genannt, wahrscheinlich, weil es sich um eine teure Droge handelte, die von schicken Weißen bevorzugt und von den Schwarzen größtenteils ignoriert wurde, deren Lieblingsdroge damals *Horse* gewesen war. Heutzutage nannte keiner mehr Heroin *Horse* – heutzutage hieß es *Scag* oder *Smack* oder ganz einfach nur *H*. Genau, wie heute auch niemand mehr Kokain *weiße Lady* nannte. Aber das Wort *Girl* oder *Mädchen* war durch eine gewisse perverse Entwicklung zu einem Begriff für Kokain geworden.

Bloom kam es überaus ironisch vor, daß all die Feministinnen sich dermaßen ins Zeug gelegt hatten, um *Frauen* statt *Ladies* genannt zu werden, während die sexistischen Schweine sich gleichzeitig einen Scheißdreck um derlei Bemühungen scherten und den Slangausdruck *weiße Lady* einfach in *weißes Girl* oder *weißes Mädchen* und dann schlicht in *Mädchen* abwandelten. Wirklich traurig, wenn man darüber nachdachte, was er allerdings kaum tat. Trotzdem kannten den Ausdruck ›Je heller das Blau, desto besser das Mädchen‹ Polizisten gleichermaßen wie Diebe, und er bezog sich nicht auf die Farbe der Augen oder des Kleides einer Lady, sondern lediglich auf einen chemischen Test, mit dem der Reinheitsgrad von Kokain festgestellt wurde. Dabei ließ man, ob man nun Undercover-Bulle oder nur Drogenhändler war, einen Tropfen Kobaltschwefelcyanat auf das verdächtige weiße Pulver fallen, und wenn das Zeug blau wurde, war es Kokain. Je weniger des Koks verschnitten worden war, desto heller war die blaue Reaktion. Je heller das Blau, desto besser das Mädchen, *verdad, Amigo?* Wenn das Mähdschen brahvo iiest, iiest es särr, särr brahvissimo, äh, *Senor*?

Bloom lauschte mit wachsendem Interesse, während Torrance ihm erzählte, er habe das Gerücht in mehr als einer Stadt und zuletzt in Rutherford von Leuten gehört, die noch immer sehr viel von ihm hielten – und natürlich auch von *ihr* –, und die nicht wollten, daß sie Schwierigkeiten mit der Polizei bekam. Bloom verstand allerdings nicht ganz, was es Torrance kümmerte, ob Willa nun Mädchen oder Pot oder Smack oder welche Droge auch immer nahm. Die Frau war ihm untreu gewesen; sie hatte von einem anderen Mann ein Kind bekommen. Und doch hatte Torrance sich *verpflichtet* gefühlt, wie er es nun ausdrückte, Willa zu informieren, seine alten Zirkuskumpels behaupteten, sie sei zu einer ausgemachten Koksnase geworden.

»Also haben Sie sie aufgesucht?« fragte er. »Um ihr zu erzählen, was Sie gehört haben?«

»Ja.«

»Aber Sie erinnern sich nicht mehr genau daran, wann das war.«

»Es war wahrscheinlich …«

»Ja?«

»An dem Tag, an dem ich Rutherford verließ.«

»Und wann war das?«

»Am zehnten.«

»Jetzt fällt es Ihnen wieder ein, was?«

»Ja. Es war am zehnten. Ich habe sie am Morgen des zehnten gesehen und bin später an diesem Tag abgereist.«

»Wie hat sie Sie nach all diesen Jahren empfangen?«

»Nun ja, sie war natürlich überrascht, mich zu sehen …«

»Kann ich mir denken. Wie lange war es her?«

»Achtzehn Jahre. Aber sie war äußerst herzlich. Wahrscheinlich hat sie mitbekommen, daß ich ihr einen Gefallen tun wollte.«

»Indem Sie ihr erzählten, was Sie gehört hatten.«

»Ja, was die Leute über sie sagten.«

»Hat sie gesagt, ob es stimmt?«

»Sie hat gesagt, da sei absolut nichts dran. Aber sie war

trotzdem dankbar, daß ich es ihr gesagt habe. Sie hat gesagt, jetzt wisse sie, daß sie Feinde da draußen hat.«

»Das hat sie gesagt? Daß sie Feinde da draußen hat?«

»Ja.«

»Sie hat nicht zufällig einen dieser Feinde beim Namen genannt, oder?«

»Nein.«

»Wie lange waren Sie bei ihr?«

»Eine Stunde oder so.«

»Und sie war die ganze Zeit über sehr herzlich?«

»O ja.«

»Sie haben sich gegenseitig nichts nachgetragen?«

»Nein, nein. Warum sollten wir das?«

»Na ja … sie und Barney Hale.«

»Das lag doch Jahre zurück.«

»Und Sie und diese McCullough.«

»Willa und Aggie waren mittlerweile gute Freundinnen.«

»Welches Ende hat es also genommen? Ihr Gespräch mit ihr?«

»Sie hat gesagt, sie würde versuchen, den Gerüchten auf den Grund zu gehen …«

»Haben Sie ihr übrigens geglaubt? Daß an den Gerüchten nichts dran war?«

»Nein.«

»Sie haben also angenommen, sie würde Koks nehmen.«

»Ja.«

»Haben Sie ihr das gesagt?«

»Nein. Wir haben uns die Hand gegeben und verabschiedet, und ich habe gesagt, ich würde sie bei Gelegenheit mal wieder besuchen.«

»Und haben Sie das getan? Sie noch mal besucht?«

»Wie konnte ich das? Ich bin an diesem Nachmittag abgereist, und sie hat sich am nächsten Morgen umgebracht.«

Kapitel 6

Doch wenn es böse war ...

Um sieben Uhr am Freitag morgen, dem ersten April, stellte das Zimmermädchen, das seine Runde durch das Shelby Arms machte, zufällig fest, daß die Tür von Zimmer Siebenunddreißig ein Stück offenstand. Neugierig klopfte sie an, stieß die Tür dann etwas weiter auf und spähte hinein. Ein Mann in weißen Unterhosen lag bäuchlings auf dem Bett. Der Hinterkopf des Mannes und sein Nacken waren blutverschmiert. Das Zimmermädchen nickte knapp, ließ die Tür offenstehen, ging zur Lobby hinab und teilte dem Nachtportier mit, daß in Zimmer Siebenunddreißig jemand tot im Bett lag.

Dann machte es Frühstückspause.

Der Nachtportier erklärte Bloom, er habe um Mitternacht angefangen und würde erst um acht Uhr morgens abgelöst werden. Obwohl Bloom den Toten selbst identifizieren konnte, teilte der Nachtportier ihm mit, der Mann in den weißen Unterhosen sei Mr. Peter Torrance. Er sagte des weiteren aus, Mr. Torrance sei am Zwanzigsten eingezogen, also am Sonntag vor einer Woche. Unaufgefordert erwähnte er, Mr. Torrance sei zur Zeit der einzige weiße Gast. Oder sei zumindest der einzige weiße Gast *gewesen*, denn da der Herr jetzt verstorben war, konnte der Nachtportier ihn wohl nicht mehr als Gast betrachten, oder? Auf jeden Fall wollte er wissen, wer Mr. Torrances Rechnung bezahlen würde, nachdem er nun in andere Gefilde abberufen worden sei. Bloom erwiderte, er habe keine Ahnung.

Das Zimmer war überraschend groß. An der einen Wand stand das Doppelbett, auf dem die Leiche noch blutend lag, an der anderen eine Kommode, am Fenster ein Sessel, dahinter eine Stehlampe. Die giftgrüne Farbe an den Wänden blätterte ab, und an einigen Stellen war der Putz schon von der Decke gefallen, aber das Fenster bot einen schönen Blick auf den kleinen Garten zwei Stockwerke tiefer. Draußen plauderten die Labortechniker mit einem Angehörigen der Gerichtsmedizin, der gerade eingetroffen war. Niemand hatte es eilig, nach oben zu gehen, wo eine Leiche auf sie wartete. Stimmen trieben durch die Morgenluft und hoben sich zum Fenster.

Der Nachtportier sagte, er müsse jetzt wieder nach unten gehen und alles für den Tagesportier vorbereiten, der jeden Augenblick eintreffen würde. Bloom versicherte ihm, er käme hier oben allein zurecht, doch plötzlich wurde ihm klar, daß der Mann ihn nicht unbeaufsichtigt zurücklassen wollte. Vielleicht befürchtete er, Bloom würde sich mit der tollen Lampe aus dem Staub machen, oder mit einem der zerrissenen Rollos. Bloom sagte ihm, er solle einen der uniformierten Cops raufschicken, der würde ihn dann im Auge behalten und darauf achten, daß er ehrlich blieb. Der Nachtportier wußte nicht, ob er einen Scherz machte oder nicht. Noch immer argwöhnisch, verließ er das Zimmer und warf einen Blick über die Schulter zurück, als hoffe er, Bloom auf frischer Tat zu ertappen.

Neben dem Bett lag, dicht neben Torrances hinabbaumelnder Hand, eine Waffe auf dem Boden, bei der es sich um einen stupsnasigen Iver Johnson Trailsman-Revolver vom Kaliber .22 zu handeln schien. Bloom vermutete, daß dies die Waffe war, mit der auf Matthew geschossen worden war. Er berührte sie nicht. Ließ sie liegen, wo sie war. Schaute auf die Leiche hinab. Nickte. Ging zum einzigen Schrank im Zimmer.

Eine beige Sportjacke und vanillefarbene Hosen hingen im Schrank nebeneinander. Eine dazu passende Krawatte lag über dem Bügel, auf dem die Jacke hing. Ein Paar brauner Lederschuhe stand im Schrank, neben einer schwarzen Stoffreisetasche mit Reißverschluß, an der ein winziges Vorhängeschloß hing. Bloom hob die Tasche hoch, trug sie zum Bett und setzte sich daneben.

Ein Namensschildchen, das am Griff hing, gab Torrances Adresse mit 2314 Littlejohn Way in Atlanta, Georgia, an. Das Feld für die Telefonnummer war unbeschriftet. Das Kombinationsschloß war offen. Offensichtlich befand sich in der Tasche nichts von Wert. Bloom öffnete den Reißverschluß.

In der Tasche lag ein Rückflugticket nach Atlanta.

In der Tasche lag eine Kopie von Willa Torrances Testament.

In der Tasche lag ein kleines schwarzes Notizbuch.

In der Tasche lag des weiteren eine Schachtel mit .22er Munition für eine Waffe mit langem Lauf.

Sie hatte die erschöpfte Joanna um kurz nach acht Uhr morgens in ein Taxi gesetzt, den Fahrer bezahlt und ihm aufgetragen, sie zur Eigentumswohnung ihrer Mutter zu bringen. Nun saß Patricia neben Matthews Bett, hielt seine Hand und sprach mit ihm, wie seine Tochter zu ihm gesprochen hatte. Sie arbeitete sich zwar durch eine andere Litanei, aber eine Litanei war es trotzdem.

Sie erinnerte ihn an ihre gemeinsame Zeit.

Erinnerte ihn daran, daß sie schon einiges miteinander erlebt hatten, was sie, wenn sie ihre Karten richtig ausspielten, vielleicht in ein strahlendes, vielversprechendes Szenario für die Zukunft verwandeln konnten.

»Wenn du nur aufwachen würdest, Matthew«, sagte sie.

Sie hatte ihn bereits daran erinnert, wie sie sich zum erstenmal gesehen, sich kennengelernt hatten, als sie im Regen in seinen Wagen gefahren war, und nun erinnerte sie ihn an ihren *nächsten* kleinen Unfall, diesmal ein Zusammenstoß zwischen Menschen statt Autos.

»Erinnerst du dich an diesen Tag in der Polizeiturnhalle?« fragte sie. »Keiner von uns wußte, daß der andere auf dem Laufband trainierte, und *wumm*, prallten wir plötzlich zusammen, verkeilten uns und fielen zu Boden ... und dabei habe ich mich wahrscheinlich in dich verliebt. Obwohl ich glaube, daß ich mich schon in dich verliebt habe, als ich dich das *erste-*

mal sah, als ich in deinen Wagen fuhr. Die Sache ist nur die ... wahrscheinlich habe ich mich immer wieder von neuem in dich verliebt, jedesmal, wenn ich dein süßes Gesicht sah. Bei der Sache mit dem Wagen *und* bei der Sache in der Turnhalle, *und* dann, als du meine Einladung zum Frühstück ausgeschlagen hast ...«

Wollen Sie mit mir frühstücken? Ich mache eine Flasche Sekt auf, und wir feiern Ihren Sieg.

Danke, aber ich bin hundemüde. Ein andermal, ja?

Klar. Bis dann mal.

»... du hast mich kalt abblitzen lassen, ich konnte es nicht fassen. Ich dachte, du hättest wahrscheinlich eine andere Verabredung, wahrscheinlich mit dieser kleinen Vietnamesin, der Übersetzerin, ich weiß nicht mehr, wie sie hieß. Ich spazierte davon und versuchte, ganz gleichgültig zu wirken, schwang die Hüften, warf das Haar zurück, ›Zum Teufel mit dir, Kleiner‹, das hat meine Körpersprache gesagt. Aber ich war *rasend* eifersüchtig, frag mich nicht warum, ich kannte dich kaum. Weißt du noch, wie unerhört ich an diesem Abend mit dir flirtete, als wir uns wegen des Falls Barton getroffen haben, als du dachtest, ich würde dir einen Kuhhandel vorschlagen? Wir beide haben Martinis getrunken ...«

Auf die Gerechtigkeit.

Ganz meine Meinung.

Mmh.

Allerdings.

Ein harter Tag.

Sie sehen aber nicht danach aus.

Ich bin nach Hause gefahren.

Ich ebenfalls. Sonst hätten wir die Pferde scheu gemacht.

»Ist das *wirklich* über meine Lippen gekommen? Eine Anspielung aufs Bumsen? Als wir uns das erstemal privat getroffen haben und überall um uns herum Leute waren? Das reinste Wunder, daß ich *dich* nicht scheu gemacht habe, von den Pferden ganz zu schweigen. Ein Wunder, daß du nicht Hals über Kopf das Weite gesucht hast ...«

Ich habe zu Hause eine Flasche zwanzig Jahre alten Cognac. Ein Geschenk eines meiner Klienten. Als ich noch an der Ostküste praktizierte. Es hat sich nie die richtige Gelegenheit ergeben, sie zu öffnen.

»Als du mich angesehen hast, dachte ich: ›Jetzt ist es vorbei, ich habe ihn verschreckt.‹ Aber verdammt noch mal, jetzt kann ich auch Nägel mit Köpfen machen …«

Wollen Sie ihn mal kosten?

»… ich habe dir in die Augen gesehen, den Blick dann auf deinen Mund gesenkt, und ich dachte, ›Jetzt wird er sich bestimmt gleich verabschieden‹, und ich habe mich über den Tisch gebeugt und versucht, dich mit Blicken milde zu stimmen, und ich dachte, hoffentlich siehst du nicht wie ein billiges Flittchen aus, und ich habe auf deine Antwort gewartet, gebetet …«

Klar, warum nicht?

»Es war von der ersten Minute an perfekt, nicht wahr, Matthew? Keiner von uns mußte noch etwas lernen, wir konnten es von Anfang an. Je mehr ich darüber nachdenke, desto sicherer bin ich mir, daß ich es von dem Augenblick an geplant habe, als ich in deinen Wagen fuhr. Vielleicht ist es sogar *Schicksal* gewesen, daß ich in deinen Wagen fuhr …«

Glaubst du an das Schicksal?

Nein.

Du glaubst nicht, das war vom Schicksal vorherbestimmt?

Doch, das glaube ich.

Dann glaubst du an das Schicksal.

Nein.

Weißt du, ich bin nämlich sehr eifersüchtig, ich würde dir die Augen auskratzen. Das ist verrückt. Ich glaube, ich liebe dich, Matthew.

Ich glaube, ich liebe dich auch.

Ja, sag es.

Ich liebe dich, Patricia.

Ahh, sag es, sag es.

Ich liebe dich.

Ich liebe dich.

Ich liebe dich, ich liebe dich, ich liebe dich, ich liebe dich.

»O Gott, waren wir verrückt«, sagte sie und drückte seine Hand. »Erinnerst du dich an …«

»Erhitzt«, sagte er.

»… den Abend …«

… und ihr wurde plötzlich klar, daß er gesprochen hatte.

Sie stand sofort auf, beugte sich über das Bett und schaute in sein Gesicht. Seine Augen waren noch geschlossen.

»Matthew?« sagte sie.

Nichts.

»Matthew?«

Noch immer nichts.

»Matthew«, sagte sie, »wir *waren* erhitzt, du hast recht, wir waren verrückt. Völlig verrückt. Verrückt, wahnsinnig, bescheuert, erhitzt. Sag es noch mal, Matthew, sag mir, wie verrückt wir waren, *bitte*. Sag es noch mal. Bitte.«

Sie schaute auf sein Gesicht hinab, seine Hand zwischen den ihren, wollte ihn zwingen, die Augen zu öffnen, wollte ihn zwingen, den Mund zu öffnen, drückte fest seine leblose Hand, wollte ihn zwingen, etwas zu sagen, bat ihn, noch etwas zu sagen, »Bitte, Schatz, bitte, bitte, *bitte*«, aber er sagte nichts mehr, und schließlich fragte sie sich, ob sie sich nicht nur eingebildet hatte, daß er dieses eine Wort gemurmelt hatte.

Sie setzte sich wieder neben das Bett, seine Hand noch zwischen den ihren.

»Erinnerst du dich noch«, fing sie wieder von vorne an, »an den Abend …«

Als Bloom an diesem Morgen ins Büro kam, lag Miss Finchs Liste der Anrufe, die Matthew in der vergangenen Woche von zu Hause aus getätigt hatte, noch auf seinem Schreibtisch. Bloom legte sie neben Torrances kleines schwarzes Notizbuch und Matthews Kalender mit den Einträgen vom 19. bis

23. März. Seine handschriftliche Aufschlüsselung sah folgendermaßen aus:

	Torrance	Matthew
19.3. SAM	Noch in Atlanta	9:00 Uhr Treffen mit Steadman in Zirkus
20.3. SON	Ankunft Calusa	16:00 Uhr Maria Torrance, danach Patricia
21.3. MON	D'Allessandro 10:00 Uhr	Anruf Felicity Codlow Uni 14:00 Uhr Steadman-Sheed Zirkus 16:00 Uhr Lonnie McGovern Sun & Shore
22.3. DIE	Aggie Donovan 9:30 Uhr	9:00 Uhr Andrew Byrd 12:00 John Rafferty Telefon MEMO 14:30 Steadman
23.3. MIT	Maria Torrance 13:00 Uhr	*ENDE KALENDER-EINTRÄGE*

Torrance hatte Bloom gesagt, er habe seit seinem Eintreffen hier in Calusa seine Tochter nicht besucht. Maria hatte Toots dasselbe erzählt. Aber Torrance hatte ebenfalls behauptet, niemand namens Matthew Hope zu kennen. Bloom konzentrierte sich auf Torrances Kalendereintrag für:

FREITAG, 25. MÄRZ
MATTHEW HOPE
10:00 UHR

Bloom zog das Telefon heran und gab schnell Aggie Donovans Nummer ein. Sie hob nach dem dritten Klingeln ab.

»Hallo?« sagte sie.

»Mrs. Donovan?«

»Ja.«

»Hier spricht Detective Bloom. Tut mir leid, Sie nochmals stören zu müssen, aber …«

»Ja, was gibt's?«

»Ich frage mich, ob Sie noch mal über Matthew Hopes Anrufe vom letzten Donnerstag nachmittag nachgedacht haben. Besonders …«

»Mr. Bloom, ich habe Ihnen nichts mehr zu sagen.«

»Mrs. Donovan, er wurde am nächsten Tag ange…«

»Ich weiß nicht, wer auf ihn geschossen hat.«

»Haben Sie ihm irgend etwas gesagt, das vielleicht …«

»Ich weiß nicht mehr, was ich ihm gesagt habe.«

»Haben Sie ihm gesagt, wo Peter Torrance gewohnt hat?«

»Nein«, sagte sie und legte auf.

Blitze zuckten durch die Dunkelheit, Blitze knisterten unaufhörlich in seinem Kopf. Er erinnerte sich an das Knistern von Telefonleitungen …

»Das ist eine schreckliche Verbindung«, hatte sie gesagt.

»Soll ich Sie zurückrufen?«

»Nein, das können Sie sich sparen, Mr. Hope.«

Klick und ein weiterer Blitz. Das Geräusch hallte in seinem Kopf, wurde wie Kugeln, die ihr Ziel verfehlt hatten, von den Wänden seines Kopfes zurückgeworfen. Alles echote und hallte. Er wählte die Nummer erneut.

»Hallo?«

»Mrs. Donovan …«

»Hören Sie, ich habe Ihnen gesagt …«

»Aggie, legen Sie nicht wieder auf. Wenn Sie das tun …«

Ein weiteres *Klick*, diesmal lauter, es fiel ihm wieder ein, das zerschmetternde Geräusch, das **KLICK**. Unerbittlich wählte er die Nummer erneut.

»Wenn Sie auflegen, werde ich persönlich zu Ihnen kommen.«

»Mr. Hope, bitte …«

»Wo wohnt Peter Torrance?«

»Ich weiß es nicht.«

»Doch, Sie wissen es. Ich muß ihn sprechen.«

»Warum?«

»Ich will wissen, was er mir über den Mord an Willa Torrance sagen kann.«

Ein langes Schweigen in der Leitung.

»Sie wurde nicht ermordet, sie hat …«

»Sie wurde ermordet, Aggie.«

Ein weiteres langes Schweigen.

»Ich dachte, sie sei Ihre Freundin gewesen«, sagte er.

»Ja, das war sie.«

»Dann sagen Sie es mir.«

»Peter hat nichts damit zu tun.«

»Dann hat er auch nichts zu verbergen.«

»Sie werden behaupten, er sei es gewesen.«

»Nicht, wenn er es nicht getan hat.«

»Er war in Missouri, sie werden behaupten, er hätte es getan?«

»Was?«

»Mr. Hope, bitte, ich will niemanden …«

»Wollen Sie sagen, er war in *Missouri*, als sie sta…«

»Ich will niemanden in Schwierigkeiten bringen.«

»Sagen Sie mir einfach, wo er wohnt. Ich will nur mit ihm *sprechen*.«

Er wartete.

Geduld, dachte er. Ich lerne, Frank. Geduld, Geduld, komm schon, Aggie, spuck es aus.

»Aggie?« sagte er.

»Im Shelby Arms«, sagte sie.

Der Tagesportier, mit dem Bloom sprach, war der mit den Jadeaugen und der Hautfarbe von starkem Tee. Sein Name war Muhammad Azir. Er sah sich das Zeitungsfoto von Matthew Hope an und sagte, er habe den Mann noch nie im Leben gesehen.

»Er war vielleicht am letzten Freitag morgen hier, gegen zehn Uhr«, sagte Bloom.

»Ich kenne ihn nicht.«

»Er hat den Toten besucht«, sagte Bloom.

»Ich kenne ihn trotzdem nicht.«

»Sprechen wir mal über Ihre Gäste hier, ja?«

»Mit unseren Gästen ist alles in Ordnung«, sagte Azir.

»Abgesehen davon, daß es sich hauptsächlich um Nutten und ihre Freier handelt.«

»Davon weiß ich nichts.«

»Haben Sie hier viele weiße Freier?«

»Weiße, Schwarze, wir haben alle möglichen Gäste hier.«

»Gleichberechtigung am Arbeitsplatz, was? Bei den Nutten?«

»Ich weiß nichts von Nutten hier im Shelby Arms.«

»Ihnen würde doch ein Weißer auffallen, wenn er hier hereinkäme, oder? Ein Weißer um zehn Uhr morgens?«

»Hier kommen ständig Weiße rein. Weiße, Schwarze ...«

»Alle möglichen Gäste, klar. Ein Weißer besucht den einzigen weißen Hotelgast? Und *das* wollen Sie nicht bemerkt haben?«

»Ich bemerke *alles*, was hier vorgeht.«

»Aber Sie haben nicht ...«

»Außer, wenn ich meinen freien Tag habe«, sagte Azir.

Der Mann, der am Freitag, dem 25. März, die Tagesschicht im Shelby Arms gehabt hatte, war ein achtunddreißigjähriger Schwarzer namens Abdul Shakhout. Bloom fand ihn in einem Zimmer, das er in einem Haus nicht weit vom Hotel entfernt gemietet hatte. Es handelte sich um ein Einfamilienhaus, das teilweise umgebaut worden war, um Platz für einen Untermieter zu schaffen. Neben dem Haus führte ein Weg zu einer separaten Eingangstür auf der Rückseite des Hauses. Der Raum war ein Rechteck von viereinhalb mal sechs Metern, das ein Bett, eine Kommode, einen Sessel, einen kleinen Tisch mit glasierter Oberfläche unter dem Fenster zum Hof, zwei Stühle am Tisch, einen Herd, einen Kühlschrank, mehrere Lampen, ein Kerosinheizgerät für kühle Nächte und ein Fernsehgerät enthielt. Eine geöffnete Tür führte in ein winziges Badezimmer. Als Bloom hereinkam, saß ein weißes Mädchen, das lediglich mit einem Slip bekleidet war, auf dem Bett und las in einer Zeitschrift. Er schätzte sie so in etwa auf sechzehn, siebzehn. Shakhout stellte sie als seine Frau vor. Bloom gab keinen Kommentar dazu ab.

»Haben Sie am vergangenen Freitag um zehn Uhr morgens als Portier im Shelby Arms gearbeitet?« fragte er.

»Ja, ich war am letzten Freitag da«, sagte Shakhout. »Das ist mein Nebenjob. Ich arbeite auch als Page im Hyatt.«

»Haben Sie einen Durchsuchungsbefehl?« fragte das Mädchen und schaute scharf von seiner Zeitschrift auf.

Bloom ignorierte es. »Ist ein Weißer hereingekommen und hat Sich nach Mr. Torrance erkundigt?« fragte er.

»Haben Sie einen Durchsuchungsbefehl?« fragte das Mädchen erneut.

»Miss«, sagte Bloom. »Ich habe mit Ihnen nichts zu schaffen. Also halten Sie sich raus.«

»Ach, haben Sie nicht, was?« sagte das Mädchen, zog eine Schnute und widmete sich wieder seiner Zeitschrift.

»Erkennen Sie diesen Mann?« fragte Bloom und zeigte Shakhout das Zeitungsfoto.

»Ja, den habe ich gesehen«, sagte Shakhout.

»Wann?«

»Was Sie gerade gesagt haben. Am vergangenen Freitag, gegen zehn.«

»Er hat nach Peter Torrance gefragt?«

»Zimmer siebenunddreißig, hab' ich ihm gesagt.«

»Was dann?«

»Ist er hinaufgegangen. Der Fahrstuhl war wieder kaputt, er mußte die Treppe nehmen.«

»Wann ist er wieder runtergekommen?«

»Gegen Viertel vor elf.«

»Also war er fast eine Stunde oben.«
»Na ja, fünfundvierzig Minuten oder so.«
»Hat er irgend etwas zu Ihnen gesagt, als er ging?«
»Nee.«
»Na schön, danke«, sagte Bloom.
»Hoffentlich haben Sie herausgefunden, was Sie wissen wollten«, sagte das Mädchen patzig, das noch immer nackt auf dem Bett saß.

Sie machten eine kurze Mittagspause fern vom Krankenhaus. Frank aß einen Hamburger und trank eine Cola. Patricia tauchte einen Löffel in eine Schüssel mit Joghurt mit Bananenscheiben. Sie erzählte ihm, daß Matthew etwas zu ihr gesagt hatte. Sie hatte es auch Dr. Spinaldo erzählt, und er hielt es für ein gutes Zeichen. Frank klang skeptisch.
»Aber nur dieses eine Wort?«
»Ja, aber es bezog sich auf das, was ich sagte.«
»Also glauben Sie, er hat Sie verstanden und ...«
»Ja, und hat einen Kommentar abgegeben. Wie die Leute ...«
»Ja.«
»... immer wieder Kommentare abgeben ...«
»Ja.«
»Wie Sie es auch gerade machen«, sagte sie.
»Ja. Tja, ich drücke ihm die Daumen.«
Patricia nippte an ihrem Eistee. Frank biß erneut von seinem Hamburger ab. Hoch an der Wand über ihrem Tisch summte laut eine Klimaanlage. Es war ein vertrautes Geräusch in Florida, eine Art von Hintergrund-Leitmotiv. In Florida trat man von einem klimatisierten Raum in den anderen, und man gewöhnte sich an das unaufhörliche Dröhnen der Klimaanlagen, wohin man auch ging.
»Haben Sie mit Bloom gesprochen?« fragte Frank.
»Heute morgen noch nicht. Er war im Mordfall Torrance unterwegs.«

»Glauben Sie, da besteht ein Zusammenhang?«

»Keine Ahnung.«

»Weil Matthew ihm ja auf der Spur war, oder?«

»Zumindest hat Bloom mir das gesagt.«

»Er ist ganz toll.«

»Ja.«

»Hält uns auf dem laufenden.«

»Ja.«

Frank nickte.

Beide schwiegen einen Augenblick lang.

Patricia nippte wieder an ihrem Tee.

»Ich frage mich, was Matthew herausgefunden hat«, sagte Frank dann.

»Wenn wir das wüßten …«

»Ja, klar. Ich habe gestern seinen Schreibtisch durchsucht, seine Aktenschränke, einfach alles in seinem Büro. Ich hatte gehofft, ich würde irgend etwas finden. Wir sind schon lange Partner, ich weiß, wie er arbeitet. Er ist ein sehr ordentlicher Mensch, ich weiß nicht, ob Sie das über ihn wissen, er macht ausführliche Notizen über alle Fälle, die er bearbeitet, einen Schlußbericht, eine Zusammenfassung, ein Protokoll, was auch immer. Wo sind also die Notizen über diesen Fall?«

»Tja, wir haben seinen Terminkalender …«

»Ja, aber das ist nicht …«

»Sie meinen … vielleicht hat er einen Bericht diktiert?«

»Ja, oder selbst geschrieben. Ich kann nicht glauben, daß es einfach *nichts* gibt!«

»Haben Sie Cynthia gefragt?«

»Ja. Sie hat auch nichts. Er war in der letzten Woche ständig unterwegs, ist mal kurz reingeschneit und war sofort wieder weg, hallo, auf Wiedersehen, keine Diktate, keine getippten Berichte, nichts.«

»Wahrscheinlich steckte er noch mitten in der Arbeit. Hat versucht, sich die Sache zusammenzureimen.«

»Ja, kann schon sein.«

Frank seufzte schwer, griff nach seiner Cola und drehte die Zitronenscheibe müßig mit dem Strohhalm.

»Trotzdem«, sagte er, »kommt es mir komisch vor, daß es keine gibt.«

»Notizen«, sagte sie und nickte.

»Ja.«

Sie führte einen weiteren Löffel Joghurt mit Bananenscheiben zum Mund, als sie plötzlich mitten in der Bewegung innehielt und die Augen weit aufriß. Einen Augenblick lang befürchtete Frank, sie habe etwas Schreckliches auf dem Löffel gesehen. Eine Fliege oder ein Haar oder …

»Nicht erhitzt«, sagte sie. »*Notiz!*«

Sie kannte das Haus auf dem Whisper Key so gut wie ihr eigenes. Kurz, nachdem sie sich regelmäßig trafen, hatte Matthew ihr einen Schlüssel gegeben, mit dem sie nun die Haustür öffnete. Sie mußte daran denken, wie er an dem Tag, als sie ihm in sein nagelneues Auto gefahren war, durch diese Tür gestürmt kam, während das Haus nun still und vom Morgenlicht durchflutet vor ihr lag, als sie darauf wartete, daß Frank ihr hinein folgte und dann die Tür hinter ihnen schloß.

»Was glauben Sie?« fragte er.

»Das Arbeitszimmer«, sagte sie und führte ihn zielsicher durch das Wohnzimmer und dann zur Rückseite des Hauses, wo Matthews Arbeitszimmer sich in einer Nische direkt neben dem Bad befand. Durch die offenstehende Schlafzimmertür sah sie, daß er das Bett nicht gemacht hatte. Das sah ihm gar nicht ähnlich. Frank bemerkte es auch. Er sagte nichts, doch ihr fiel ein, daß er seinen Partner als ordentlichen Menschen bezeichnet hatte. Gemeinsam gingen sie ins Arbeitszimmer.

Der Raum war nur klein, eingerichtet mit einem Schreibtisch und Regalen aus Teakholz, auf denen das Gesetzbuch von Florida stand, und Weinstein über Beweise, und LeFave über Durchsuchung und Beschlagnahme, und McCormick über das Strafrecht, und ein Roman mit dem Titel *Closing Arguments* von einem gewissen Frederick Busch. Auf dem Schreibtisch stand ein Telefon mit Anrufbeantworter, und auf einer Arbeitsfläche auf Hüfthöhe unter den Regalen ein Faxgerät. Auf derselben Arbeitsfläche stand ein eingerahmtes Foto von Joanna, die auf einem Liegestuhl neben dem Pool lag und in die Kamera grinste.

An einer Wand hing ein eingerahmter Cartoon, den jemand für die *Calusa-Herald-Tribune* gezeichnet hatte, während Matthew Mary Barton verteidigt hatte. Er zeigte, wie er seine Klientin befragte, die als scheußliche alte Vettel karikiert wurde. Die Bildunterschrift besagte: ›Sagen Sie, Miß Barton, können Sie *auch* auf einem Besen fliegen?‹ An derselben Wand hing eine eingerahmte Titelseite der Zeitung, deren Schlagzeile der Freispruch war, den Matthew im sogenannten *Dreiblinde-Mäuse*-Fall erzielt hatte, mit dem er gerade vor Gericht gewesen war, als sie ihn kennengelernt hatte. Als sie die Schlagzeile sah, wären ihr fast die Tränen in die Augen gestiegen.

Das Haus kam ihr ohne ihn so leer vor, so ruhig vor.

Frank schien zu zögern, irgend etwas in dem Zimmer zu berühren.

Patricia seufzte schwer und öffnete die oberste Schreibtischschublade. Gemeinsam machten sie sich an die Arbeit.

Seine Notizen waren ungeordnet und verstreut und in einer eiligen Handschrift gehalten, die sich mitunter einer genauen Untersuchung entzog, persönliche Notizen in einem Gekritzel, das nur er *selbst* entziffern konnte. Hier und da erhaschten Patricia und Frank einen Blick auf die Spur, auf der er war …

Er hatte versucht, parallele Zeitrahmen zu entwerfen.

Aufgeführt war das Jahr, in dem Willa DeMott zum Zirkus gegangen war, das Jahr, in dem sie Torrance geheiratet hatte, das Jahr, in dem ihre Tochter geboren worden war, das Jahr, in dem Torrance mit der fliegenden Aggie durchgebrannt war, das Jahr, in dem Jeannie Lawson zu S & R gegangen war, das Jahr, in dem in Willas Wohnwagen eingebrochen und sie ermordet worden war.

Wie ein Raumschiff, das in einen unbekannten Himmel raste, schossen seine Notizen in sechs Richtungen gleichzeitig davon, vollzogen die Beziehungen zwischen Willa und Barney Hale nach und zwischen Torrance und Aggie, Willa und Davey Sheed, Willa und Jeannie, Jeannie und den beiden kleinen Mädchen in Willas Nummer und schließlich zwischen Willas Tochter und Sheed.

Auf einem Blatt hatte er die Ereignisse des Morgens vom 11. Mai vor drei Jahren festgehalten:

4 Uhr 30: Marias Wecker klingelt. Sie wacht auf, zieht sich an.
5 Uhr 00: Maria geht zum Küchenzelt und trifft Sheed.
5 Uhr 05: Sheed verläßt das Küchenzelt.
5 Uhr 10: Kugel hält Willas Wecker an.
5 Uhr 15: Zeit, auf die Willas Wecker eingestellt ist.
Sheed kommt ins Küchenzelt zurück.
5 Uhr 30: Maria geht zum Wohnwagen zurück.
5 Uhr 35: Maria erreicht Wohnwagen, findet Mutter tot auf.

Auf einer anderen Seite hatte Matthew das Dreieck Byrd/Rafferty/Lawson festgehalten:

1. Byrd kennt Rafferty aus High-School-Zeit.
2. Rafferty gibt Jeannie Aushilfsjob. Sie ist damals 16.
Rafferty ist 31. Byrd, der auch für Rafferty arbeitet, ist 27.
Jeannie fängt Affäre mit Byrd an.
3. Jeannie und Byrd verlassen die Stadt.
Er geht nach Südamerika. Sie geht zu S & R.
4. Sie hört nach einer Saison im Zirkus auf, heiratet Rafferty.
5. Byrd kehrt ein Jahr später als reicher Mann zurück.
Sie läßt sich von Rafferty scheiden und heiratet ihn.

Auf einem weiteren Blatt schien Matthew zu ergründen, was während Jeannies einziger Saison bei S & R passiert war:

1. Jeannie geht mit 17 zum Zirkus. Willas Tochter im gleichen Alter.
2. Jeannie sexuell freizügig.
   a) Fängt was mit zwei jungen Schwarzen an.
   b) Fängt was mit Elefanten-Dompteur an.
   c) Fängt was mit Sheed an.
3. Willa warnt Jeannie, sich von den beiden Mädchen in ihrer Nummer fernzuhalten. Jeannie bedroht sie. Willa macht Rückzieher.
4. Jeannie verläßt Zirkus am Ende der Saison.

Auf der Seite, die diesem Umriß folgte, hatte Matthew mit großer, klarer Handschrift geschrieben:

JEANNIE LÜGT!

Seine Notizen waren nicht datiert, so daß sie davon ausgingen, daß die ganz unten beziehungsweise hinten die neuesten waren. Darüber stand PETER TORRANCE, und der Name war unterstrichen. In einem Stil, der vielen seiner anderen Einträge ähnelte und mit zahlreichen Abkürzungen arbeitete – als wolle er schnell das bloße Gerüst der Ideen hinschreiben, sie aufs Papier bringen, bevor sie ihm wieder entglitten –, hatte Matthew gekritzelt:

Torrance sagt, fuhr nach Missouri …

»Das bedeutet, er *hat* mit Torrance gesprochen«, sagte Frank.

»Ja.«

… alte Zirkusfreunde besuchen. Sagt Willa hallo.
Vor Einbruch gekommen, vor Mord gefahren.

Und dann:

TORRANCE LÜGT!

Und dann:

Siehe Marias Aussage bez. kein Besuch in Calusa.

Und dann:

MARIA LÜGT EBENFALLS!

Und dann:

Noch mal Torrance-Band abspielen.

»Was für ein Torrance-Band?« fragte Frank.

Die Notizen endeten hier.

Sie durchsuchten den Schreibtisch von oben bis unten, jede Schublade, jede verborgene Ecke, und fanden kein Tonband. Sie durchsuchten jedes Regal im Arbeitszimmer und fanden nichts. Sie gingen ins Schlafzimmer und durchsuchten die Nachttische, fanden die Kondome, die Patricia eines Abends mitgebracht hatte, bevor sie und Matthew sich auf Aids hatten testen lassen, und fanden eine Plastikdose mit Nasenspray, fünf Paar Manschettenknöpfe, vier japanische Uhren und ein Dutzend oder mehr Versandhauskataloge von L. L. Bean und J. Crew und Land's End … aber kein Tonband.

»Hatte er am Abend, als er angeschossen wurde«, sagte Frank, »einen Kassettenrecorder dabei? Sie haben doch mit ihm zu Abend gegessen …«

»Ja, aber …«

»Haben Sie einen Kassettenrecorder gesehen?«

»Nein.«

»Wenn er Gespräche *aufzeichnen* wollte …«

»… hätte er ihn dabeigehabt, ja.«

»Aber wo? Hatte er an diesem Abend eine Aktentasche dabei?«

»Nein. Wir sind essen gegangen, Frank, das war nach den Geschäftsstunden, keine Aktentasche, kein Diplomatenköfferchen. Wir wollten danach zu mir fahren, aber er hat mir gesagt, es sei etwas dazwischengekommen. Er hat gesagt, er wisse nicht, wie lange das Treffen dauern würde, er würde versuchen, danach vorbeizukommen.«

»Keine Anrufe, während Sie in dem Restaurant waren, das haben Sie doch gesagt?«

»Ja, stimmt.«

»Das heißt, er hat schon *vor* dem Abendessen gewußt, daß er nach Newton fahren würde.«

»Ja.«

»Also ... wenn er ein Gespräch *aufzeichnen* wollte ... und dafür brauchte er einen Recorder ... wo hat er den dann aufbewahrt?«

»Natürlich«, sagte Patricia sofort. »In seinem Auto.«

Niemand hatte daran gedacht, sich zu erkundigen, wie Matthew nach Newton gekommen war. In einer Stadt, in der die meisten Leute mit dem eigenen Wagen fuhren und die öffentlichen Transportmittel bestenfalls unzureichend waren, mußte man davon ausgehen, daß Matthew selbst dorthin gefahren war. Doch die Detectives, die den Fall ursprünglich untersucht hatte, hatten keinen Versuch unternommen, seinen Wagen zu finden. Das war schließlich Newtown, wo Schüsse aus vorbeifahrenden Autos an der Tagesordnung waren. Die Detectives Kenyon und Di Luca erwarteten keine großartige, geheimnisvolle Mordverschwörung; es handelte sich lediglich um einen unglücklichen Weißen, der niedergeschossen worden war, weil er sich irgendwo aufhielt, wo er nicht hätte sein sollen. Sie hatten nicht einmal daran *gedacht*, nach seinem Wagen zu suchen, der an der M Street stand, einen Häuserblock entfernt von der Bar entfernt.

Genausowenig hatte der uniformierte Cop, der dem Wagen einen Strafzettel verpaßt hatte und ihn am Tag nach den Schüssen abschleppen ließ, den Namen, den er in den Schlagzeilen der Zeitungen las, in Verbindung mit dem Namen gebracht, den die Abteilung Motorfahrzeuge ihm genannt hatte, deren Computer den Besitzer des Fahrzeugs ermittelte. Bloom hätte sich am liebsten wegen seiner Dummheit in den Hintern getreten. Dann fuhr er zum Good Samaritan, ließ sich Matthews Autoschlüssel geben, die sie bei seiner Einlieferung an sich genommen hatten, und fuhr zum städtischen Abstellplatz.

Im Kofferraum von Matthews Acura fand Bloom einen braunen Aktenkoffer aus Leder, dessen Vorderseite von den in Gold gehaltenen Initialen W. C. geziert wurde. In dem Koffer befand sich, am Rahmen befestigt, ein batteriebetriebener Kassettenrecorder. Bloom hatte den Nagra gefunden, den Warren Chambers Matthew am Donnerstag vergangener Woche geliehen hatte.

Das Mikrofon des Geräts sah aus wie ein Teil des Scharniers, das die obere Hälfte des Koffers mit der unteren verband. Mit einem Knopf im Griff des Koffers konnte man den Recorder einschalten. Sobald das Band lief, konnten die Batterien ein Gespräch von vier Stunden aufzeichnen, bevor sie erschöpft waren. Ein Band war bereits eingelegt, und wie es aussah, war es bis zur Hälfte benutzt worden.

– Mr. Torrance?

Matthews Stimme.

– Ja?

Bloom erkannte Torrances Stimme, doch sie klang, als käme sie vom Grund eines Brunnens. Plötzlich wurde ihm klar, daß Matthew von seinem Autotelefon anrief und Torrance auf den Lautsprecher geschaltet hatte. Das *Auto*telefon. *Noch etwas*, das Bloom übersehen hatte. Wie viele Anrufe hatte Matthew in der vergangenen Woche mit dem Autotelefon getätigt? Erneut trat er sich in den Hintern, weil er die fleißige

Miss Finch nicht gefragt hatte, ob unter Matthews Namen noch weitere Telefone aufgeführt waren.

... gehofft, irgendwann heute abend mit Ihnen sprechen ...

Bloom drückte auf die Stopptaste, spulte das Band zurück und drückte wieder auf die Abspieltaste.

– Ja?

– Mein Name ist Matthew Hope, Sir. Wie ich gehört habe, sind Sie hier, um eine Entschädigung dafür zu verlangen, nicht im Testament Ihrer ehemaligen Frau bedacht worden zu sein. Ich hatte gehofft, irgendwann heute abend mit Ihnen sprechen zu können.

– Woher wissen *Sie*, daß ich hier bin?

– Ich bin Anwalt, Sir. Vielleicht kann ich Ihnen in dieser Angelegenheit helfen. Zufällig ...

– Haben Sie mit *meinem* Anwalt gesprochen? Hat er Sie gebeten ...

– Ja, ich habe mit ihm gesprochen. Aber nein, ich rufe aus eigenem Antrieb an.

Offen und ehrlich, dachte Bloom. Nur für den Fall, daß D'Allessandro ihn schon von Matthews Besuch unterrichtet haben sollte.

– Hat *er* Ihnen gesagt, wo Sie mich finden?

– Nein.

– Wer dann?

– Eine gewisse Agnes Donovan.

Die *mir* nicht mal sagen will, wie spät es ist, dachte Bloom.

– Mr. Torrance, ich nehme an, Sie haben sich vom Amtsgericht eine Kopie des Testaments Ihrer ehemaligen Frau besorgt ...

– Meiner *verstorbenen* Frau, nicht *ehemaligen*. Und ein Testament wird zu den öffentlichen Akten genommen. Ich bin also durchaus befugt ...

– Das sind Sie in der Tat, Sir. Ich rufe Sie an, weil ich der Ansicht bin, dazu beitragen zu können, diese Angelegenheit zu beschleunigen. Falls Sie tatsächlich daran interessiert sind, die Sache so schnell wie möglich zu klären.

Bloom fragte sich, welches As er im Ärmel hatte.

– Wie ich schon sagte, könnte ich irgendwann heute abend vorbeikommen. Ich bin allerdings gerade auf dem Weg zum Festland, ich könnte in etwa einer halben Stunde im Shelby Arms sein ...

– Vertreten Sie meine Tochter?

– Maria? Nein, Sir.

– Ach, Sie kennen sie also, was?

– Ja, ich habe mehrmals mit ihr gesprochen.

– Worüber?

– Sie glaubt, Davey Sheed habe ihre Mutter ermordet.

– Lächerlich.

– Wie dem auch sei, falls ich vorbeikommen könnte ...

– Ich habe im Augenblick zu tun.

– Wie ist es denn mit heute abend?

– Da habe ich auch zu tun.

– Morgen früh?

– Um wieviel Uhr?

– Um neun?

Er will ihn unbedingt sprechen, dachte Bloom.

– Zu früh.

– Wie wäre es denn mit zehn Uhr?

– Ich erwarte Sie dann.

Es klickte.

Bloom hörte sich das Band weiterhin an.

– Freitag, 25.März, 9 Uhr 55. Ich betrete das Hotel Shelby Arms an der L Street ...

Das Geräusch von Schritten, Hintergrundlärm, unklare Stimmen.

– Mr. Torrance, bitte.

– Wen soll ich melden?

– Matthew Hope. Er erwartet mich.

– Sekunde.

Weitere Hintergrundgeräusche.

– Mr. Torrance, hier ist ein Mann namens Hope, er sagt, Sie … jau, sofort. Sie können raufgehen, es ist Zimmer siebenunddreißig. Der Fahrstuhl ist kaputt, Sie müssen die Treppe nehmen.

– Danke.

Hintergrundgeräusche, ein etwas schwer gehender Atem. Leicht außer Form, Matthew? Klopfgeräusche. Eine gedämpfte Stimme. Dann:

– Matthew Hope.

Wieder die gedämpfte Stimme. Ein Klicken.

– Mr. Torrance?

– Kommen Sie rein.

Das Geräusch einer sich schließenden Tür. Ein weiteres Klicken. Der Schlüssel, der im Schloß gedreht wird?

– Setzen Sie sich.

– Danke.

– Worum geht es also?

– Lassen Sie mich sofort zur Sache kommen, Mr. Torrance. Wie ich gehört habe, beantragen Sie den Pflichtteil aus dem Nachlaß Ihrer ehemaligen Frau.

– Woher wissen Sie das alles?

– Ich habe Freunde im Gericht.

– Ich habe mit niemandem vom Gericht darüber gesprochen.

– Ich habe Freunde, die Freunde haben.

– Jemand, der D'Allessandro kennt?

– Spielt das wirklich eine Rolle? Wenn meine Information zutrifft und ich Ihnen helfen kann, ohne jedes Theater dreißig Prozent von Willas Nachlaß zu bekommen …

– Wie wollen Sie das machen?

– Das Problem ist nicht, *wie* ich es machen will, sondern ob ich es kann, ohne noch größere Probleme aufzuwerfen.

– Wovon sprechen Sie?

– Ich spreche von dem Mord an Willa, Mr. Torrance.

– Sie wurde nicht ermordet, sie hat Selbstmord begangen. Und ich hatte so oder so nichts mit ihrem Tod zu tun.

– Nun ja … Es scheint in Missouri einige dunkle Wolken zu geben.

– Zum Teufel mit den Wolken in Missouri. Ich bin nicht bei der Wettervorhersage.

– Ich will damit sagen, sollte die andere Seite diese Sache beim Prozeß zur Sprache bringen …

– Welche andere Seite?

– Ihre Tochter natürlich. Ich bin davon überzeugt, sie ist nicht versessen darauf, auf dreißig Prozent ihrer Erbschaft zu verzichten.

– Wissen Sie genau, daß Sie sie nicht vertreten?

– Ganz bestimmt.

– Wen vertreten Sie dann?

– Ich *hoffe*, Sie vertreten zu können.

– Stecken Sie in solcher Geldnot, daß Sie Ihre Klienten von der Straße wegholen müssen?

– Sagen wir, ich bin ein Opportunist, der gern zehn Prozent eines dreißigprozentigen Anteils von einem halben Zirkus besitzen möchte.

– Was?

– Maria hat die Hälfte von S & R geerbt, nicht wahr?

– Das wissen Sie auch?

– Ja, das weiß ich, Sir.

– Und Sie wollen zehn Prozent von dem, was ich bekomme.

– Nur, wenn ich gewinne. Wenn ich verliere, fahren Sie nach Hause nach Atlanta, ohne mir einen Pfifferling zu zahlen.

– Das wissen Sie auch, was?

– Daß Sie in Atlanta wohnen? Ja, das weiß ich.

– Sie waren aber fleißig.

– Hm. Was halten Sie davon?

– Wie kommen Sie darauf, daß es einen Prozeß geben wird? Hat meine Tochter Ihnen das gesagt?

– Nein, hat sie nicht. Übrigens … Haben Sie sie schon gesehen, seit Sie in der Stadt sind?

– Nein.

Eine Lüge, dachte Bloom. In seinem Terminkalender hatte auf der Seite der vergangenen Woche gestanden:

MITTWOCH, 23. MÄRZ
MARIA
13:00 UHR

– kommen Sie darauf, sie würde Willas Selbstmord zur Sprache bringen?

– Weil Sie einen Teil ihres Erbes beanspruchen, Mr. Torrance. Und Sie waren zum Zeitpunkt ihres Todes in Missouri.

– Was?

– Sie klingen überrascht.

– Wer hat Ihnen das gesagt?

– Aggie Donovan.

Er spielt bis zum Schluß ehrlich, dachte Bloom. Das war auch die beste Möglichkeit. Dann muß er später keine Lügen im Kopf haben.

– Ich war nicht mal in der *Nähe* von Missouri, als …

– Bitte.

– Ich sage Ihnen …

– Wollen Sie meine Hilfe haben, oder wollen Sie nicht?

– Wenn Sie behaupten, ich sei in Missouri gewesen …

– Na schön. Wenn Sie nicht dort waren, brauchen Sie sich keine Sorgen zu machen. Dann kann die andere Seite nicht behaupten, Sie hätten etwas mit Willas Tod zu tun gehabt.

– Das *hatte* ich auch nicht!

– Aber Sie *waren* in Missouri, oder?

Stille.

– Tja, viel Glück also, Mr. Torrance. Vielleicht bringen sie die Sache ja doch nicht zur Sprache.

– Setzen Sie sich.

– Klar.

Ein weiteres langes Schweigen. Das Geräusch eines Vogels, der irgendwo in der Ferne zwitschert. Dann:

– Ich war schon wieder weg, bevor irgend etwas passiert ist.

– Aber Sie *waren* dort?

– Ich war dort.

– *In* Rutherford, Missouri, vor drei Jahren, am oder um den elften Mai …

– Ja. Aber …

– Wann sind Sie dort eingetroffen, Mr. Torrance?

– Am achten.

Und nun folgte das Gespräch fast dem Verlauf, den auch Blooms *späteres* Gespräch mit Torrance genommen hatte. Er plapperte einen Großteil der Informationen auf dieselbe Art und Weise daher. Bloom hatte er zum Beispiel erzählt:

Ich bin drei oder vier Tage vor ihrem Tod dort eingetroffen.

Das wäre also am Siebenten oder am Achten gewesen, so in etwa.

Wenn Sie es sagen.

Und wann sind Sie wieder abgefahren?

Einen Tag, bevor sie sich erschossen hat.

Und nun hörte Bloom auf dem Tonband:

– Wann sind Sie dort eingetroffen, Mr. Torrance?

– Mehrere Tage bevor sie sich umgebracht hat.

– Können Sie das etwas genauer sagen?

– Ich glaube, es war am Siebenten.

– Wann sind Sie wieder abgereist?

– Am Zehnten.

– Haben Sie Willa getroffen, als Sie dort waren?

– Ja.

Mr. Torrance, sind Sie zufällig Willa begegnet, als Sie in Rutherford waren?

Ja, ich habe sie gesehen. Na und?

Wann haben Sie sie gesehen?

An das genaue Datum erinnere ich mich nicht mehr.

– Wissen Sie noch, wann das war?

– Ja, ich habe sie kurz nach meiner Ankunft besucht.

– Am Achten? Am Neunten?

– Ich habe sie am achten gesehen. Und dann wieder am zehnten.

– Also zweimal?

– Ja. Zweimal.

Und nun unterschieden die beiden Schilderungen sich noch stärker.

Was war der Zweck Ihres Besuches?

Als ich umherzog, habe ich gewisse Dinge gehört …

Was haben Sie denn gehört?

Gerüchte, die Willa meiner Ansicht nach erfahren sollte.

Was für Gerüchte?

Ich habe gehört, daß da ein kleines Mädchen war.

– Warum haben Sie sie besucht, Mr. Torrance?

– Beim erstenmal einfach, um … um ihr guten Tag zu sagen, um ihr zu sagen, daß ich ihr nichts übelnehme.

– Was nehmen Sie ihr nicht übel?

– Na ja … die Trennung.

– Aber *Sie* haben doch *Ihre Frau* verlassen.

– Ja, ich wollte ihr sagen, daß es mir leid tat. Mehr nicht.

– Ich verstehe. Aber Sie haben sich doch schon vor langer Zeit getrennt …

– Vor achtzehn Jahren. Fast neunzehn.

– Sie haben ihr während all dieser Jahre nicht gesagt, daß es Ihnen leid tat?

– Na ja …

– Und als Sie dann in Missouri waren, haben Sie sie gleich *zweimal* besucht?

– Ja. Ich hatte gehört, daß in ihren Wohnwagen eingebrochen worden war. Ich wollte ihr sagen, wie leid es mir tat.

– Diesmal bezüglich des Einbruchs?

– Ja.

Bloom kam es erstaunlich vor, daß Torrance all diese Reue einem Mann eingestanden hatte, von dem er später behauptete, er habe ihn nie gesehen:

Mr. Bloom, Sie sollten wissen, daß ich Ihre Fragen nur beant-

worte, weil Sie zu glauben scheinen, ich hätte etwas mit den Schüssen auf diesen Hope zu tun, den Sie immer wieder erwähnen. Ich wiederhole, ich kenne *den Mann nicht, ich habe ihn nie getroffen, und ich habe nicht das geringste mit den Schüssen auf ihn zu tun, wann auch immer das passiert sein mag.*

Er vermutete, daß Torrance lediglich zu verhindern versucht hatte, mit einem Mordversuch in Verbindung gebracht zu werden. Als er mit Matthew sprach, schien er ihn auf ganz ähnliche Weise zu überzeugen versuchen, nichts mit den vor langer Zeit in Missouri geschehenen Straftaten zu tun zu haben.

– Was hat sie gesagt, als Sie plötzlich vor ihr standen?
Ich spreche jetzt vom *ersten* Besuch. Nach zwanzig Jahren.

– Sie war natürlich überrascht. Aber …

– Sie haben gesagt, das sei *vor* dem Einbruch gewesen?

– Ja. Am Tag vor dem Einbruch.

– Am achten Mai.

– Ja.

– War sie herzlich? Nach ihrer ersten Überraschung, meine ich.

– O ja. Sie hat mir was zu trinken angeboten. Wir haben uns gesetzt und geplaudert und …

– Champagner?

– Was? Nein, kein Champagner. Champagner? Nein.

– Ich habe gehört, sie hätte Champagner im Kühlschrank gehabt.

– Das weiß ich wirklich nicht.

– Sie hat Ihnen an diesem Tag keinen angeboten?

– Nein. Ich habe Scotch mit Soda getrunken.

– Mit Eis?

– Ja.

– Hat sie Eiswürfel aus dem Kühlschrank genommen?

– Ja. Es tut mir leid, was …?

– Und auch Mineralwasser?

– Ja, sicher. Aus dem Kühlschrank, meinen Sie?

– Ja.
– Ja, sicher, klar doch.
– Sie haben nicht zufällig einen *Safe* darin gesehen, oder?
– Einen was?
– Als sie den Kühlschrank öffnete. Einen kleinen Safe. Anscheinend hat sie den Safe dort aufbewahrt.
– Ich habe darin keinen Safe bemerkt.
– Das war am Achten, oder?
– Und nach dem Einbruch haben Sie sie noch mal besucht?
– Ja.
– Das wäre dann am Zehnten gewesen.
– Ja.
– Aber am zehnten haben Sie die Stadt doch verlassen, oder?
– Ja, später an diesem Tag.
– Wann was das also? Am Morgen? Am Nachmittag?
– Als ich sie in ihrem Wohnwagen besucht habe, meinen Sie?
– Ja.
– Am Morgen.
– Sie hatten da schon von dem Einbruch gehört?
– O ja. In einem Zirkus spricht sich so was schnell rum.
– Wo haben Sie davon gehört?
– Was?
– Sie haben gesagt, so was spreche sich schnell herum …
– Oh. Na ja … ich … ich … ich war am Morgen auf dem Gelände. Nicht, um Willa zu besuchen. Nur, um mit ein paar alten Freunden zu sprechen. Als ich von dem Einbruch hörte …
– Mit welchen alten Freunden haben Sie gesprochen?
– Eigentlich mit George Steadman.
– Worüber haben Sie gesprochen?
– Hauptsächlich über den Einbruch. Alle haben über den Einbruch gesprochen. Entschuldigung, Mr. Hope, aber Sie haben gesagt, Sie glauben, Sie könnten mir helfen. Bislang haben Sie aber nur …

– Haben Sie mit Ihrer Tochter gesprochen?
– Nein.
– Warum nicht?
– Maria und ich sind nie gut miteinander ausgekommen. Ich glaube, sie hat mir nie verziehen, daß ich ihre Mutter verlassen habe.
– Wie ist es mit Willa? Hatte *sie* Ihnen verziehen?
– Na ja, wir sind beide erwachsene, vernünftige Menschen, würde ich sagen.
– Wie hat Sie sie behandelt, als Sie erneut vorbeikamen? *Nach* dem Einbruch, meine ich.
– Sie war noch immer sehr herzlich.
– Sie haben nicht darüber gesprochen, was vor all diesen Jahren passiert ist?
– Nein, haben wir nicht. Wir haben hauptsächlich über den Einbruch gesprochen.
– Aggie McCullough wurde nicht erwähnt? Oder Barney Hale?
– Nein.
Sie haben sich gegenseitig nichts nachgetragen?
Nein, nein. Warum sollten wir?
Na ja … sie und Barney Hale.
Das lag doch Jahre zurück.
Und Sie und diese McCullough.
Willa und Aggie waren mittlerweile gute Freundinnen.
– War das übrigens eine Angewohnheit von ihr? Als Sie noch verheiratet waren, meine ich.
– Wir *sind* noch verheiratet, Mr. Hope. Das ist die Grundlage meines *Anspruchs*. Wir sind nie rechtskräftig ge…
– Natürlich. Aber hat sie schon damals einen Safe im Kühlschrank aufbewahrt?
– Ich erinnere mich nicht, daß sie jemals einen Safe im Kühlschrank aufbewahrt hat. Ich erinnere mich noch nicht mal, daß sie überhaupt einen Safe *hatte*.
– Ein komischer Ort, um einen Safe aufzubewahren, finden Sie nicht auch?

– Ja.

– Ich frage mich, wieso der Einbrecher wußte, daß er dort suchen mußte.

– Einbrecher suchen überall.

– Wußten Sie, daß Maria die Kombination des Safes kannte?

– Ja. Willa hat es erwähnt.

– Ach? Warum das?

– Einfach nur so.

– Warum?

– Na ja …

– Wieso hat Willa einfach nur so erwähnt, daß ihre Tochter die Kombination des Safes kannte?

– Wegen der Sache, die gestohlen wurde.

– Ich kann Ihnen nicht ganz folgen, Mr. Torrance.

– Na ja … das war ein kleines *Mädchen*, verstehen Sie?

»Was?« sagte Bloom laut und bekam daher die nächsten paar Worte auf dem Tonband nicht mit. Er spulte es zurück und drückte auf den Abspielknopf:

–… ein kleines *Mädchen*, verstehen Sie?

– Ein kleines *was*?

– Kokain.

– Entschuldigung, was …?

– Mädchen. Girl. Kokain. Maria hat in dem Safe Kokain aufbewahrt.

– Willa hat Ihnen das gesagt?

– Ja.

Augenblick mal, dachte Bloom, jetzt warte aber mal einen Augenblick.

Hast du mir nicht gesagt …

Ich habe in mehr als einer Stadt und zuletzt in Rutherford das Gerücht von Leuten gehört, die noch immer sehr viel von mir hielten – und natürlich auch von ihr – und die nicht wollten, daß Willa Schwierigkeiten mit der Polizei bekam.

»Verdammt«, sagte er, spulte das Band erneut zurück und

spielte es von der Stelle wieder ab, an der er den Faden verloren hatte.

– Maria hat in dem Safe Kokain aufbewahrt.
– Willa hat Ihnen das gesagt?
– Ja.
– Und sie hat Ihnen das nach all der Zeit einfach so anvertraut?
– Ja, sicher. Na ja, sie hat es ja erst am Tag vor dem Einbruch entdeckt. Sie hat mir gesagt …

Nein, dachte Bloom. *Du* hast mir gesagt …

Ich habe mich verpflichtet gefühlt, Willa zu informieren, meine alten Zirkuskumpels behaupteten, sie sei zu einer ausgemachten Koksnase geworden.

Aber nein. Jetzt nahm die Sache eine ganz andere Wendung. Jetzt ging es auf einmal um ein kleines Mädchen, das ein kleines Mädchen hatte, das etwas mit einem kleinen *Mädchen* zu schaffen hatte. Jetzt hieß es auf einmal, Willas Tochter Maria habe …

– Kokain genommen. Vielleicht sogar …

Er hatte schon wieder den Faden verloren. Er spulte das Band zurück.

–… hat es ja erst am Tag vor dem Einbruch entdeckt. Sie hat mir gesagt …
– Wenn Sie sagen, sie hatte es gerade erst *entdeckt* …
– Ja.
– Meinen Sie damit, sie hat einfach den Safe geöffnet und es da drin *gefunden*?
– Ja. Und sich sofort gedacht, daß es Maria gehört.
– Warum Maria?
– Weil sie die einzige andere Person war, die die Kombination des Safes kannte. Was bedeutet, sie hat Kokain genommen. Vielleicht sogar damit gehandelt. Denn es war ja nicht

nur ein paar *Gramm* im Safe, sie hat einen richtigen Packen im Safe gefunden.

– Hat sie Ihnen gesagt, wieviel es war?

– Etwa zwei Kilo, hat sie geschätzt. Sie …

»Großer Gott«, sagte Bloom.

–… hat mir gesagt, sie glaube, Maria *müsse* mit dem Zeug handeln. Sie hat Angst gehabt, wer auch immer den Safe gestohlen hat, würde sich bei ihr melden, um sie zu erpressen.

– Hat sie angenommen, er habe es im voraus gewußt?

– Ich kann Ihnen nicht folgen.

– Der Dieb. Daß Kokain im Safe war?

– Nein, nein. Sie hat gedacht, er habe einfach Glück gehabt. Und würde versuchen, einen Vorteil aus der Situation zu ziehen.

– Hmm … was hatte *Maria* denn dazu zu sagen?

– Sie hat abgestritten, daß das Zeug ihr gehört.

– Wie ist es dann in den Safe gekommen?

– Ach, sie hat es *hineingelegt*, aber dann behauptet, es gehöre ihr nicht.

– Wem hat es gehört?

– Davey Sheed.

Schon wieder der Raubkatzendompteur, dachte Bloom. Vielleicht hat das Arschloch sie *wirklich* umgebracht.

– Wichtig war nur, wem auch immer es gehört, und wer auch immer es in den Safe gelegt hatte, jetzt hatte ein anderer den Stoff. Und Willa befürchtete, er würde zurückkommen und sie erpressen.

Oder sie *töten*, dachte Bloom. Wann immer es um Dope geht …

– Hat sie Sheed darauf angesprochen?

– Keine Ahnung.

– Zur Polizei wird sie ja wohl kaum gegangen sein. Wenn sie Angst hatte, erpreßt zu werden …

– Nein, ich kann mir nicht vorstellen, daß sie zur Polizei gegangen ist.

Ich auch nicht, dachte Bloom.

– Was denken Sie also?

– Worüber, Mr. Torrance?

– Über meine Aussichten, einen angemessenen Anteil des Erbes zu bekommen. Ich meine, bei den komischen Sachen, die damals passiert sind …

– Welche komischen Sachen meinen Sie?

– Na ja, *alles*.

– Was zum Beispiel?

– Na ja, zum einen war Maria mit Sheed zusammen. Ich halte das zufällig für verdammt komisch. Ein neunzehnjähriges Mädchen schläft mit einem Mann, der alt genug ist, ihr Vater zu sein? Ein Mann, der der Liebhaber ihrer Mutter war? Ein Mann, der ihr zufällig zwei Kilo *Dope* gibt, damit sie sie im Safe ihrer Mutter versteckt? Das kommt mir doch ziemlich eigentümlich vor, oder? Ich will damit sagen … na ja, wenn Maria so dumm sein sollte, meine zufällige Anwesenheit in Missouri zur Sprache zu bringen, können wir doch damit kontern, oder? Das Dope, sie schläft mit Sheed, will das Rauschgift verkaufen, und so weiter. Können wir sie damit festnageln?

– Wollen Sie wissen, was ich glaube, Mr. Torrance?

– Klar. Warum nehmen Sie an, ich …

– Ich glaube, Sie wissen verdammt genau, daß Sie und Willa rechtskräftig geschieden wurden …

– Was?

– und Sie nicht den geringsten Anspruch auf den Pflichtteil haben. Des weiteren glaube ich …

– He, hören Sie, Sie …

– daß Sie gelogen haben, was die Ereignisse in Rutherford betrifft.

– Was?

– Ich glaube, Sie haben den Safe gesehen, als Willa den Kühlschrank öffnete …

– Auf Wiedersehen, Kumpel.

– und sind zurückgekommen, um ihn zu stehlen. Sie haben das Koks gefunden, Mr. Torrance. Und dann haben Sie versucht, Willa zu erpressen …

– Raus hier, verdammt!

– Klar. War schön, sich mit Ihnen zu unterhalten.

»Sie kommen zu einem schlechten Zeitpunkt, Detective Bloom.«

Bloom fragte sich, ob es je einen guten gab.

Es war jetzt vier Uhr am Nachmittag des ersten April. Um genau 22 Uhr 15 am Freitag vor einer Woche war Matthew Hope vor einer Bar in Newtown angeschossen worden. Als die Zirkuskapelle nun die Musik für das Finale zu spielen begann, hatte die gesamte Truppe von S & R sich zur großen Kostümprobe eingefunden und wartete darauf, von Steadman – der Reithosen, Stiefel, die rote Jacke des Zirkusdirektors und einen schwarzen Zylinder trug – ins Zelt geführt zu werden.

»Warten Sie hier«, sagte er verdrossen und gab den bereitstehenden Arbeitern das Zeichen, die Zeltklappe aufzuschlagen. Im Zelt selbst schmetterte die Trompete einen Marsch, der einem römischen Kaiser angemessen gewesen wäre. Die Arbeiter zogen die Klappen weit zurück, und Steadmen trat hindurch. Wie durch Zauberei erhellte ein Lächeln sein Gesicht, als er ein imaginäres Publikum begrüßte. Seine rechte Hand hob sich zum Zylinder, den er zum Gruß abnahm.

Und nun bewegten sich, wie Bloom mit vor Staunen großen Augen beobachtete, hell und funkelnd die Künstler an ihm vorbei, eine mit Ziermünzen benähte Parade wie aus einem Film von Fellini, so nah, daß er sie berühren konnte. Hier wurden Pferde von schlanken, zierlichen Mädchen in fließendem Weiß geführt, und hinter ihnen sprangen und purzelten und hechteten die Artisten und kamen die Clowns und dann die Zwonkowas in waldgrünen Trikots, die auf dem Boden irgendwie kleiner aussahen als auf dem Hochseil unter dem Zeltdach. Die Familie Chen kam saltoschlagend in größer werdender Reihenfolge durch die Öffnung, und dann noch mehr Pferde, und Akrobaten und Tänzer, und dann die Seiltänzer in ihren hautengen rosa Kostümen, Marnie und Sam und die Fliegenden McCulloughs, und dann traten immer mehr Mädchen in schillernden, hochhackigen Schuhen statt der praktischen Ballettschuhe, die sie während der Vorführung trugen, in die Manege, und dann kam Davey Sheed in sternenbesäten Hosen, einer funkelnden, silbernen Weste über der nackten Brust und mit einem entsprechenden silbernen Band um die Stirn und ließ die Peitsche knallen, als er das Zelt betrat und sich verbeugte. Und es kamen immer mehr Mädchen, Mädchen, Mädchen, und Hunde, die kleine Karren zogen, und Jongleure und Ponys und ein Bauchredner mit seiner Puppe, und Clowns auf Fahrrädern, und schließlich donnerten die in Seide gehüllten Elefanten an Bloom vorbei, und eins der Elefantenmädchen grinste zu ihm hinab und blinzelte ihm zu, und die letzten Mitwirkenden der Parade verschwanden unter dem Schmettern der Kapelle und dem Blitzen der Lichter im Zelt, und zum Höhepunkt kam ein Tusch, und die Lampen erloschen, und im Zelt wurde es einen Augenblick lang dunkel, bevor die Scheinwerfer wieder aufflammten.

Nun war Showtime.

Nach seinem Marsch durch die Manege atmete Steadman schwer und schwitzte heftig. In dem Augenblick, da sie den Bürowohnwagen betreten hatten, hatte er den Zylinder abgenommen und warf ihn nun ungeduldig auf einen der Schränke. Sein weißes Hemd klebte unter der roten Jacke auf seiner Haut, sein feuchtes Haar am Kopf, sein Gesicht war gerötet und angespannt, und sein Benehmen machte offensichtlich, daß er im Augenblick lediglich daran dachte, morgen früh mit dem gottverdammten Zirkus endlich auf Tournee zu gehen. Des weiteren schien er verärgert, daß Bloom ihn belästigte, während er doch mit der größten Attraktion von S & R, dem König der Raubtiere, wichtige Dinge zu besprechen hatte. Sheed schien nicht weniger verärgert zu sein. Sein sonnengebräunter Körper glänzte vor Schweiß, kräuselte sich vor Muskeln und starrte vor Narben, die er wie Tapferkeitsauszeichnungen trug. Er schritt in seiner funkelnden silbernen Weste und den blauen, mit übergroßen Sternen besäten Hosen in dem Wohnwagen auf und ab und wedelte heftig die Rauchwolken beiseite, die Steadman erzeugte, als er seine Zigarre anzündete.

»Wie hat es dir gefallen?« fragte Steadman ihn.

»Die ganze Sache war zu lang«, sagte Sheed.

»Ich weiß.«

»Einschließlich meines Auftritts.«

»Na ja, ein wenig.«

»Sakti glaubt allmählich, *sie* sei der Star, und nicht ich.«

»Ist aber süß.«

»Und die Kapelle hat fast alle Einsätze verpaßt.«

»Ich weiß. Was noch?«

»Die Chens haben es furchtbar übertrieben. Wenn sie einen eigenen Zirkus haben wollen, sollen sie sich einen kaufen.«

»Hm.«

»Marnie hat den Dreifachen verpatzt. Sie hat sogar fast den verdammten *Doppelten* verpatzt.«

»Wem sagst du das?« meinte Steadman verdrossen.

»Einem der Elefantenmädchen ist fast 'ne Titte aus dem Kostüm gehüpft. Olga? Wer auch immer. Der Rotschopf.«

»Hab' ich nicht bemerkt.«

»Sag ihr, sie soll das Trikot enger nähen.«

»Was noch?«

»Sonst war eigentlich alles ganz gut … ach ja, was hat das Pferd scheu gemacht?«

»Keine Ahnung.«
»Der Einsatz der Kapelle?«
»Kann sein.«
»Mit der Kapelle mußt du mal reden, George.«
»Ich weiß.«
»Was hältst du vom Finale?«
»Nicht genug Anfeuerungsrufe.«
»Nicht nur die Anfeuerungsrufe. Es war viel zu sanft.«
»Ich spreche mit ihnen.«
»Sonst war die Sache wohl in Ordnung.«
»Ja, gar nicht übel.«
»Für den Anfang«, sagte Sheed und lächelte.

»Ja, für den Anfang«, sagte Steadman und erwiderte das Lächeln. Dann drehte er sich zu Bloom um. »Wie hat es *Ihnen* gefallen?« fragte er.

»Ich habe nur das Finale gesehen.«

»Das war am besten«, sagte Sheed und blinzelte ihm zu.

»Und wie war *das*?« fragte Steadman und paffte heftig an seiner Zigarre.

»Toll«, sagte Bloom.

»Ich lasse Sie beide jetzt allein«, sagte Sheed und ging zur Tür.

»Ich begleite Sie«, sagte Bloom.

Sheed sah ihn an.

»Ich möchte Ihnen ein paar Fragen stellen.«

»Klar«, sagte Sheed und öffnete die Tür. »Bis später, George.«

»Nicht zu spät!« warnte Steadman ihn und winkte beiden zum Abschied zu.

Auf dem Gelände drängten sich die Artisten und sprachen über ihre erste Probe in voller Bekleidung. Sie alle wirkten irgendwie gleichzeitig aufgedreht und erschöpft.

»Wollen Sie ein Bier?« fragte Sheed.

»Nein, danke.«

»Ich aber«, sagte er und führte Bloom zum Küchenzelt, in dem er eine Flasche Heineken kaufte. Der Bursche hinter der

Theke öffnete ihm die Flasche, und Sheed trank einen Schluck, während sie wieder hinausgingen. Die Dämmerung senkte sich schnell; so war das nun mal in Florida.

»Was haben Sie also auf dem Herzen?« fragte Sheed.

»Mein Freund hat ein paar Notizen gemacht …«

»Welchen Freund meinen Sie?«

»Matthew Hope.«

»Richtig, der Anwalt. Notizen worüber?«

»Notizen über Peter Torrance.«

»Jetzt hören Sie aber auf, ja? Zuerst Hope, und jetzt *er*? Glauben Sie etwa, ich würde durch die Stadt laufen und wahllos Leute abknallen?«

»Sie wissen also von Torrance?«

»Ich sehe fern«, sagte Sheed. »Genau wie alle anderen.«

»Wann haben Sie ihn zum letztenmal gesehen?«

»Vor Jahren. Als ich bei S & R anfing, schaute er dann und wann mal vorbei. Sprach mit seinen alten Kumpels, erzählte ein wenig Scheiße, trank ein paar mit uns. Ich dachte, er sei schon längst tot. Was er ja jetzt auch ist.«

»Sie haben ihn nicht zufällig in Missouri gesehen?«

»Ein- oder zweimal, glaube ich. Warum?«

»Ich meine, in letzter Zeit.«

»Was genau soll das heißen?«

»Am kommenden elften Mai vor drei Jahren.«

»Ach, jetzt geht *das* schon wieder los?«

»Wie bitte?«

»Das mit Willas Selbstmord.«

»*Haben* Sie Peter Torrance vor drei Jahren in Missouri gesehen?«

»Nein. Ich habe gehört, daß er dort war, ihn aber nicht gesehen. Er war pleite. Wollte sich von Willa Geld leihen. Sie hat ihn eiskalt abblitzen lassen.«

»Mein Freund glaubt, Torrance sei in Willas Wohnwagen eingebrochen und habe ihren Safe gestohlen.«

»Ihr Freund hat recht.«

Bloom sah ihn an.

»Torrance hat den Safe gestohlen, das Kokain gefunden, als er ihn aufbrach ...«

»Zwei Kilo«, sagte Bloom.

»Zwei Kilo. Und dann hat er versucht, Willa auszunehmen.«

»Woher wissen Sie das?«

»Maria hat es mir erzählt«, sagte Sheed und zuckte mit den Achseln.

»Wann?«

»Am Abend bevor Willa sich erschoß.«

Als Bloom nun lauschte, stellte sich bei ihm das entscheidende Gefühl ein, einen japanischen Film namens *Rashomon* zu sehen ... nun ja, nicht ganz, aber es kam ihm doch schon ziemlich nahe. Wenn er sich recht entsann, hatte in diesem Film niemand tatsächlich *gelogen*, doch die Wahrnehmung der *Wahrheit* war bei allen Charakteren unterschiedlich gewesen. Praktisch sah jeder ein und dasselbe Ereignis durch andere Augen, und man konnte einfach nicht feststellen, welche Wiedergabe der Geschichte die echte war. Torrance hatte bereits zwei verschiedenen Versionen seines Besuchs in Missouri vor drei Jahren erzählt, die eine Matthew, die andere Bloom. Bei beiden Fassungen war er der freundliche Exmann gewesen, der in einer Zeit der Schwierigkeiten Trost bot, doch diesmal war er – wenn man Sheed Glauben schenken konnte – der Bösewicht des Stücks.

»Keiner will gern glauben, daß ein Dieb bei einem Zirkus arbeitet«, sagte Sheed nun, »aber die Hälfte der ungelernten Hilfskräfte hat schon mal im Knast gesessen, und man weiß nie, wem man vertrauen kann. Es war am Abend nach dem Einbruch, und über was anderes hat sowieso keiner gesprochen. Es regnete ...«

... in Strömen, und das Zirkusgelände hat sich in ein Meer aus Schlamm verwandelt, und der Regen tropft ins Küchenzelt, sickert bis in die Knochen und fällt schräg in die Käfige, in denen die Raubkatzen ruhelos auf und ab gehen. Maria will an diesem Abend nicht mit Sheed schlafen. Nach dem

Einbruch fürchtet ihre Mutter sich davor, allein zu sein, und Maria ist der Ansicht, bei ihr bleiben zu müssen. Sheed sagt ihr, sie soll bei *ihm* bleiben, wohin sie auch gehört, in seinen Wohnwagen, was soll diese Scheiße mit dem heute ja, morgen nein? Ist sie seine Frau oder ein verdammter zickiger Teenybopper?

Dann spuckt sie alles aus, erzählt ihm, daß Torrance bei ihrer Mutter war und ihr erzählt hat, daß Kokain in dem Safe lag, genug, um auf einen Handel in großem Stil zu schließen, und er habe zwar nicht vor, sie zu verpfeifen, aber um der alten Zeiten willen wäre ein kleines Stück vom Kuchen doch ganz nett. Schließlich hat Winzling Willa Winkie ja mal mit einem Mann gevögelt, der an seinen Haaren am Zeltdach hing, während Torrance unterwegs war, um für seine Familie zu schuften, und da war es doch nur fair – falls diese treulosen *Minifotze* jetzt tatsächlich mit Dope handelte –, daß sie Einnahmen mit ihrem betrogenen Ehemann teilte, oder etwa nicht? So hatte Torrance jedenfalls sachlich argumentiert.

Willa wußte, daß das Dope nicht ihr gehörte. Sie wußte auch, daß ihre Tochter die Kombination des Safes kannte. Während der Regen und der Wind um Sheeds Wohnwagen tobte, erzählte Maria ihm, in Tränen aufgelöst, von dem Streit an diesem Nachmittag zwischen ihr und ihrer Mutter. Maria hatte ihr geschworen, sie habe das Dope lediglich für jemanden aufbewahrt …

»Für *mich*, Davey Sheed …«

… und würde nie wieder so eine Dummheit machen, ach, wie hatte sie nur so *dumm* sein können?

In Wirklichkeit machte Maria diese Dummheit mittlerweile schon seit über einem Jahr. Sie verkaufte Koks an die Hälfte der Hilfskräfte und Artisten des Zirkus und belieferte in großem Maßstab die eifrigen Straßenhändler der Städte, in denen der Zirkus gastierte. Torrance war schon wieder abgereist, hatte ihrer Mutter aber gesagt, er würde sich in Tennessee wieder bei ihr melden, und dann wolle er wissen, wie hoch sein Anteil war. Ansonsten würde er sich, obwohl er ein gutherziger Mensch war und sie noch immer mochte, vielleicht gezwungen sehen, die Behörden zu informieren.

Was soll ich nur machen, ach, was soll ich nur machen?

»Dann kam Maria auf die Idee, ihre Partnerin um Rat zu bitten«, sagte Sheed.

»Welche Partnerin?« fragte Bloom.

»Ihre kleine Freundin, die sie hatte, als sie siebzehn war.«

»Wen meinen Sie?«

»Was glauben Sie denn, wen ich meine? Jeannie Byrd.«

Di Luca und Kenyon – die beiden Detectives, die den Fall Matthew Hope ursprünglich bearbeitet hatten – verhörten Maria Torrance in einem Befragungszimmer im zweiten Stock des Polizeireviers. Im Nebenzimmer verhörte Bloom Jeannie Byrd. Keine der Frauen wußte, daß die andere ebenfalls festgenommen worden war. Man hatte ihnen erklärt, daß sie sich in Polizeigewahrsam befanden und Anspruch auf den Beistand eines Anwalts hatten, falls sie einen hinzuziehen wollten. Man erklärte ihnen ebenfalls, daß sie keine Fragen beantworten mußten, wenn sie es nicht wollten. Maria Torrance verlangte einen Anwalt. Jeannie Byrd entschied sich, die Fragen ohne Rechtsbeistand zu beantworten. Sie vermuteten, daß Jeannie sich als das schwache Glied erweisen würde, ganz einfach, weil sie so verdammt selbstsicher war.

»Miss Torrance«, sagte Di Luca, »wir möchten Sie bitten, sich etwas anzuhören, falls Sie ...«

»Ach? Was soll das denn?« fragte ihr Anwalt sofort.

Er hieß Howard Mandel und war einer der besten Strafverteidiger in Calusa, eine Tatsache, die Matthew als erster eingestanden hätte. Als Patricia erfuhr, daß Maria ausgerechnet ihn angerufen hatte, hatte sie vor Verzweiflung die Augen verdreht. Nun stand Mandel da, etwa einen Meter und achtzig groß, bekleidet mit einem leichten Anzug, einem maisgelben Hemd und einer dunkelgrünen Krawatte, die Hände trotzig auf die Hüften gelegt, den Rücken kerzengerade, das Kinn vorgeschoben, um Kenyon und Di Luca einzuschüchtern, die seit fast zwanzig Jahren Cops waren, schon alles gesehen und gehört hatten und sich durch keine noch so aggressive Körpersprache abschrecken ließen. Mit strahlenden Augen, einem kecken, aufmerksamen Ausdruck auf dem Gesicht, der roten Perücke auf dem Kopf und einem grünen Kleid mit dazu passenden hochhackigen Pumps bekleidet, saß Maria Torrance gelassen in der Überzeugung da, daß ihr auserwählter Fürsprecher sie vor jedem Schaden und allen Unannehmlichkeiten schützen würde.

»Herr Anwalt«, sagte Kenyon, »es handelt sich um eine Tonbandaufzeichnung, die Matthew Hope von einem Gespräch zwischen ihm und Peter Torrance gemacht hat.«

»Haben Sie ihn übrigens in letzter Zeit gesehen?« fragte Di Luca.

»Mr. Hope liegt im Krankenhaus«, sagte Maria.

»Augenblick mal …«, sagte Mandel.

»Ich meinte Ihren Vater«, sagte Di Luca.

»Nein, habe ich nicht.«

»Haben Sie in letzter Zeit mit ihm *gesprochen*?«

»Nein.«

»Sie haben also nicht gewußt, daß er hier in Calusa ist?«

»Das ist mir neu«, sagte sie und lächelte.

»Denn in seinem Terminkalender war ein Treffen mit Ihnen eingetragen, für ein Uhr am vergangenen Mittwoch«, sagte Di Luca, und dann: »Tut mir leid, Herr Anwalt, ich wollte Sie nicht unterbrechen.«

»Sind Sie jetzt fertig?« fragte Mandel.

»Ja, Sir, verzeihen Sie bitte.«

»Woher soll ich wissen, daß es sich bei diesem Tonband um das handelt, was Sie behaupten?« fragte Mandel.

»Tja, da müssen Sie sich schon mit meinem Wort begnügen. Aber ich bin überzeugt, Sie werden Ihre Klientin dementsprechend beraten, wenn Sie das Tonband für eine Fälschung halten.«

»Ich nehme an, daß Sie eine ganz bestimmte Anklage im Sinn haben. Ansonsten …«

»Wir glauben, daß es sich um Mord handelt, Sir«, sagte Kenyon. »Sowie um versuchten Mord und Verschwörung zum Mord. Und den illegalen Besitz einer Schußwaffe.«

»Für den Anfang«, sagte Di Luca.

»Wenn Sie also akzeptieren, daß auf diesem Tonband Mr. Hope und Mr. Torrance sprechen, und keine Schauspieler, die wir aus Burt Reynolds' kleinem Theater an der Ostküste geholt haben …«

»Welche Absicht verfolgen Sie mit dem Abspielen dieses Tonbands?«

»Wir möchten nur, daß Miß Torrance es sich anhört und uns dann einige Fragen dazu beantwortet.«

»Sie kann es sich anhören, aber was die Fragen betrifft, werde ich von Fall zu Fall entscheiden.«

»Natürlich, Herr Anwalt. Wie Sie wissen, kann sie dieses Gespräch jederzeit beenden. Darum geht es bei Miranda ja, nicht wahr?«

Mandel warf ihm einen bösen Blick zu.

»Dann können wir das Band also abspielen?«

»Nur zu, nur zu. Wenn Sie nicht wollen, müssen Sie keine Fragen beantworten«, sagte er zu Maria.

»Ich habe nichts zu verbergen«, sagte Maria.

Berühmte letzte Woche, dachte Di Luca.

»Einer Aufzeichnung Ihrer Anrufe zufolge, die ich von der Telefongesellschaft bekommen habe«, sagte Bloom, »hat Matthew Hope Sie am vergangenen Freitag morgen in Ihrem Haus auf dem Flamingo Key angerufen, und zwar um …«

»Ja, ich erinnere mich«, sagte Jeannie sofort.

»Können Sie mir sagen, worum es bei diesem Telefonat ging, Mrs. Byrd?«

»Er wollte mit meinem Mann sprechen. Ich habe ihm gesagt, daß Andrew noch in Mexiko ist.«

»Weshalb wollte er mit ihm sprechen?«

»Keine Ahnung. Ich mische mich nicht in die Angelegenheiten meines Mannes.«

»Ich dachte, Sie wären Geschäftspartner«, sagte Bloom.

»Das sind wir auch.«

»Aber Sie mischen sich nicht in seine Angelegenheiten?«

»Ich weiß nicht, warum Matthew Hope ihn angerufen hat.«

»Das war nach einem Gespräch, das er mit einem gewissen Peter Torrance geführt hat. Kennen Sie diesen Mann?«

»Nein.«

»Sie sind ihm nie begegnet, als Sie beim Zirkus waren?«

»Ich war nur eine Saison beim Zirkus.«

»Und Sie haben ihn während dieser Zeit nicht kennengelernt?«

»Nein. Ich habe Ihnen doch gerade gesagt, ich *kenne* den Mann nicht.«

»Kennen Sie Davey Sheed?«

»Ja.«

»Sind Sie bereit, sich zu einigen Dingen zu äußern, die Davey Sheed mir heute mitgeteilt hat?«

»Kommt drauf an, was er Ihnen gesagt hat.«

»Na ja, fangen wir mal damit an«, sagte Bloom und öffnete sein Notizbuch. »Davey Sheed behauptet, Maria habe Sie, einen Tag nachdem der Safe ihrer Mutter gestohlen wurde, um Rat gebeten. Haben Sie dazu etwas zu sagen?«

»Ich werde Sie nicht mit dem ganzen Tonband langweilen«, sagte Kenyon und öffnete den Deckel eines Diplomatenkoffers mit dem Monogramm W. C. darauf. »Ich habe es schon eingestellt … mal sehen … ja, hier ist es. Wenn Sie so weit sind, können wir anfangen.«

»Ich bin bereit, Detective«, sagte Maria und lächelte.

Kenyon drückte auf den Abspielknopf.

– hat es ja erst am Tag vor dem Einbruch entdeckt. Sie hat mir gesagt ...

– Wenn Sie sagen, sie hatte es gerade erst *entdeckt* ...

– Ja.

– Meinen Sie damit, sie hat einfach den Safe geöffnet und es drin *gefunden*?

– Ja. Und sich sofort gedacht, daß es Maria gehört.

– Warum Maria?

– Weil sie die einzige andere Person war, die die Kombination des Safes kannte. Was bedeutet, sie hat Kokain genommen. Vielleicht sogar damit gehandelt. Denn es waren ja nicht nur ein paar *Gramm* im Safe, sie hat einen richtigen Packen im Safe gefunden.

– Hat sie Ihnen gesagt, wieviel es war?«

– Etwa zwei Kilo, hat sie geschätzt. Sie hat mir gesagt, sie glaube, Maria *müsse* mit dem Zeug handeln. Sie hat Angst gehabt, wer auch immer den Safe gestohlen hat, würde sich bei ihr melden, um sie zu erpressen.

– Hat sie angenommen, er habe es im voraus gewußt?

– Ich kann Ihnen nicht folgen.

– Der Dieb. Daß Kokain im Safe war?

– Nein, nein. Sie hat gedacht, er habe einfach Glück gehabt. Und würde versuchen, einen Vorteil aus der Situation zu ziehen.

– Hmm ... was hatte *Maria* denn dazu zu sagen?

– Sie hat abgestritten, daß das Zeug ihr gehört.

– Wie ist es dann in den Safe gekommen?

– Ach, sie hat es *hineingelegt*, aber dann behauptet, es gehört ihr nicht.

– Wem hat es gehört?

– Davey Sheed.

Kenyon schaltete den Recorder aus.

»Mann«, sagte Maria.

»Verzeihung«, sagte Mandel, »aber ermitteln Sie hier ...«

»Ein tolles Märchen«, sagte Maria.

»… in einem *Drogenfall*?«

»Nein, Sir, das ist schon lange her. Das Ereignis, über das sie auf dem Tonband sprechen. Ich bin der Ansicht, Miß Torrance weiß von diesem Ereignis, und möchte sie fragen, ob sie bereit ist, mit uns darüber zu sprechen.«

»Von welchem Dope spricht er?« fragte Maria, die die Augen weit aufgerissen hatte. »Der Mann auf dem Tonband.«

»Das ist Peter Torrance«, sagte Di Luca. »Ihr Vater.«

»Von dem Dope, das im Safe Ihrer Mutter war«, sagte Kenyon.

»Wo ist dieses Dope?« fragte Maria. »Haben Sie dieses Dope?«

»Nein, Miss, ganz bestimmt nicht.«

»Ich auch nicht«, sagte Maria und lächelte wieder.

»Wenn Sie Fragen bezüglich eines Mordes und eines versuchten Mordes haben«, sagte Mandel, »oder einer Verschwörung zum Mord, oder was auch immer noch auf Ihrer Wäschereiliste stand, möchte ich Sie bitten …«

»Er muß sich das alles ausgedacht haben«, sagte Maria und hielt einen fast unmerklichen Augenblick lang inne. »Und jetzt ist er tot, nicht wahr?« sagte sie.

»Davey Sheed bestätigt seine Geschichte«, sagte Di Luca.

»Davey hat meine Mutter getötet. Er würde alles bestätigen.«

»Augenblick mal«, sagte Mandel. »Sie wissen, daß Sie keine dieser Fragen beantworten müssen, nicht wahr, Maria? Fragen, die sich auf ein anderes Verbrechen beziehen als das, was …«

»Ja, das weiß ich.«

»Was hat Jeannie Ihnen geraten, als Sie sie angerufen haben?« fragte Di Luca.

»Jeannie wer?«

»Byrd.«

»Wann war das?«

»Am Tag nach dem Einbruch.«

»Nach welchem Einbruch?«

»Jetzt hören Sie aber auf. Hundert Leute haben uns bereits bestätigt ...«

»Ach, *dieser* Einbruch.«

»Miss Torrance«, sagte Mandel, »ich möchte Ihnen einen Rat geben. Die Straftaten, die man Ihnen ...«

»Keine Sorgen«, sagte Maria ruhig.

Allmählich gelangten sie zur Ansicht, daß *sie* sich selbst ein Bein stellen würde.

»Mrs. Byrd?« sagte Bloom. »Irgendein Kommentar?«

»Davey Sheed ist ein verlogenes, völlig unmoralisches Tier mit schlechten Umgangsformen, das alles sagen oder tun würde, um sich aus einer gefährlichen Lage zu winden. Ich vermute, Sie haben ihn wegen des Mordes an Willa Torrance verhört ...«

»Um ehrlich zu sein, nein ...«

»... von dem übrigens noch immer *jeder* glaubt, er habe ihn begangen. Deshalb überrascht es einen nicht, daß er lügt, um sich zu schützen ...«

»Wer ist ›jeder‹?« fragte Bloom.

»Jeder, der die Umstände ihres Todes kennt.«

»Kennen *Sie* die Umstände ihres Todes?«

»Ich werde jedes Jahr um diese Zeit von Journalisten angerufen, die alles über Willa wissen wollen. Ja, ich bin mit dem Fall vertraut.«

»Wer hat Ihnen gesagt, daß Davey Sheed sie ermordet hat?«

»Das mußte mir keiner sagen. Ich kenne Davey.«

»Worüber haben Sie und Willa gestritten?«

»Wann?«

»Sie wissen, was ich meine. Sie waren doch nur eine einzige Saison beim Zirkus. Welchen Streit kann ich da schon meinen?«

»Ich dachte, Warren Chambers arbeitet mit Ihnen zusammen.«

»Das tut er auch.«

»Dann fragen Sie *ihn*. Ich habe ihm alles darüber erzählt.«

»Ich frage *Sie*«, sagte Bloom.

Jeannie seufzte schwer.

Bloom wartete.

»Sie hat gedacht, ich würde die beiden kleinen Mädchen *belästigen*, die mit ihr auftraten.«

»Sheed zufolge haben Sie nicht deshalb gestritten.«

»Ich habe es Ihnen doch gesagt. Davey ist ein ...«

»Er glaubt, Willa habe wegen ihrer Tochter mit Ihnen sprechen wollen.«

»Ich kannte Maria kaum.«

»Über Sie und ihre Tochter.«

»Warum sollte sie ...«

»Darüber, daß Sie und Ihre Tochter ein Liebespärchen waren.«

»Wie gut kennen Sie Jeannie Byrd?« fragte Di Luca.

»Nur flüchtig«, sagte Maria.

»Aber Sie kennen sie?«

»Wie ich gerade sagte ...«

»Ja, flüchtig«, sagte Kenyon. »Wie gut haben Sie sie gekannt, als sie beim Zirkus war? Als sie noch Jeannie Lawson hieß?«

»Flüchtig.«

»Damals flüchtig, heute flüchtig.«

»Genau.«

»Haben Sie sie, einen Tag nachdem der Safe Ihrer Mutter gestohlen wurde, angerufen?«

»Nein. Warum hätte ich das tun sollen? Woher sollte ich überhaupt *wissen*, wo sie gerade war?«

»Sie haben also nicht gewußt, wo sie war?«

»Nein. Na ja, in Calusa, vermute ich. Ich hatte gehört, daß sie nach Calusa zurückgekehrt ist und geheiratet hat ...«

»Haben Sie gewußt, wen sie geheiratet hat?«

»Damals nicht.«

»Aber jetzt wissen Sie es?«

»Ja, sicher.«

»Was hat Jeannie gesagt, als Sie sie angerufen haben?«

»Ich habe sie nicht angerufen.«

»Sie hat Ihnen bereits *gesagt*, daß sie sie nicht angerufen hat«, sagte Mandel.

»Das habe ich mitbekommen. Davey Sheed ist der Ansicht, daß Sie sie angerufen haben.«

»Haben Sie dazu etwas zu sagen, Mrs. Byrd?«

»Davey hat eine lebhafte Phantasie. Das kommt davon, wenn man mit Katzen schläft.«

»Also entspricht seine Behauptung nicht der Wahrheit, Sie und Maria wären ...«

»Nicht im geringsten.«

»Sie waren *kein* Liebespaar.«

»Das waren wir nicht.«

»Damals nicht, heute nicht ...«

»Nie.«

»Und doch hat Sie sie angerufen, um Sie um Rat zu ...«

»Sie hat mich niemals angerufen und um Rat gebeten.«

»Unter Tränen, behauptet Sheed. Sie wollte wissen, was sie wegen des Dopes machen sollte.«

»Was für Dope?«

»Das Dope, das Torrance im Safe ihrer Mutter gefunden hat.«

»Ich weiß nicht, von welchem Dope Sie sprechen.«

»Sie wissen, daß zwei Tage vor dem Mord an Willa in ihren Wohnwagen eingebrochen worden ist?«

»Ja, das weiß ich.«

»Sie wissen, daß ein Safe aus ihrem Wohnwagen gestohlen wurde ...«

»Ja.«

»Aber Sie wissen nicht, was in diesem Safe war?«

»Nein.«

»Sie wissen nicht, daß in diesem Safe zwei Kilo Kokain lagen?«

»Woher soll ich das denn wissen?«

»Weil Maria Sie deshalb angerufen hat.«

»Maria hat mich deshalb *nicht* angerufen!«

»Maria hat Sie angerufen, um Ihnen zu sagen, daß Torrance von dem Dope wußte ...«

»Nein, das hat sie *nicht* getan!«

»... und ihre *Mutter* ebenfalls ...«

»Hören Sie, Detective ...«

»Maria hat Sie angerufen und gefragt, was sie jetzt *tun* sollte! Nicht wahr? Ist es nicht so gewesen?«

»Maria hat mich nicht angerufen«, sagte Jeannie nachdrücklich. »Sind wir jetzt fertig?«

»Noch nicht ganz.«

»Ich schon«, sagte sie.

Womit sie sich schließlich doch ausschließlich an Maria Torrance halten mußten.

»Sprechen wir noch einmal über den Abend, an dem der Safe Ihrer Mutter aus dem Kühlschrank gestohlen wurde, ja?« sagte Kenyon.

»Klar«, sagte Maria.

»Weshalb?« fragte ihr Anwalt.

»Um einige Punkte zu klären«, sagte Bloom.

Er hatte sich ein paar Minuten zuvor zu ihnen gesellt. Nun hielten sich drei Cops in dem Raum auf. Drei Cops waren natürlich beeindruckender als zwei, besonders, wenn ein Anwalt anwesend war. Maria saß am Ende des Tisches, die Beine übereinander geschlagen, mit einem Fuß wackelnd. Blomm hielt dies für ein Anzeichen von Nervosität. Entweder das, oder sie mußte pinkeln.

»Wissen Sie zufällig, wo Ihre Mutter an diesem Abend war?« fragte er.

»Sie ist aufgetreten. Sie war schließlich beim Zirkus.«

»Sie ist also zum Wohnwagen zurückgekommen und hat festgestellt, daß der Safe verschwunden ist?« fragte Kenyon.

»Anscheinend. Ich habe erst am nächsten Tag davon erfahren.«

»Als Ihre Mutter Ihnen von dem Kokain erzählt hat?« fragte Di Luca.

»Ich weiß nichts von Kokain.«

»Wie sie es Ihnen bereits mehrfach gesagt hat«, warf Mandel ein. »Wenn Sie noch irgendwelche *neuen* Fragen stellen wollen ...«

»Dazu kommen wir noch, Herr Anwalt«, sagte Kenyon.

»Wann? Meine Klientin ist bereits seit einer Ewigkeit ...«

»Niemand verstößt gegen ihre Rechte, Herr Anwalt«, sagte Di Luca.

»Ich schlage vor, daß Sie sie entweder anklagen oder gehenlassen«, sagte Mandel.

»Können Sie es nicht abwarten, daß wir Anklage erheben?« fragte Di Luca.

»Nein, aber ich erkenne, wann jemand im Trüben fischt«, sagte Mandel. »Sie graben hier eine uralte Geschichte aus, weil Sie kein einziges verdammtes Indiz haben ...«

»Diese Ausdrücke«, sagte Bloom kopfschüttelnd.

»... das sie in Verbindung mit den Schüssen auf Matthew Hope *oder* mit dem Mord an Torrance bringt. Kein einziges. Also haben Sie sich eine absurde Geschichte über einen gestohlenen Safe ausgedacht ...«

»Der Einbruch ist aktenkundig«, sagte Bloom. »Wenn Sie wollen, können Sie sich in Missouri erkundigen.«

»Und was ist mit dem Kokain? Ist das auch aktenkundig?«

»Nein, aber ...«

»Ich bin nicht der Ansicht.«

»Peter Torrance hat mir gesagt, daß Kokain in dem Safe war«, sagte Bloom.

»Mein Vater ist tot«, entgegnete Maria trocken.

»Ich lebe noch. Und das hat er mir nun mal gesagt.«

»Mein Vater ist ein Lügner«, sagte Maria. »War einer.«

»Worüber haben Sie mit ihm gesprochen, als Sie ihn sahen?«

»Ich habe ihn seit Jahren nicht mehr gesehen.«

»Weshalb hat er Sie gestern angerufen?«

»Er hat mich nicht angerufen.«

»Darf ich ihr etwas zeigen, Herr Anwalt?«

»Was denn jetzt schon wieder?« fragte Mandel.

Bloom holte einen zusammengefalteten Computerausdruck aus seiner Jackentasche und breitete ihn auf dem Tisch aus, so daß sowohl Maria als auch ihr Anwalt ihn sehen konnten.

»Erkennen Sie irgendwelche dieser Nummern?« fragte er.

»Was ist das überhaupt für ein Dokument?« fragte Mandel.

»Eine Auflistung der Telefonnummern, die vom Apparat auf Zimmer Siebenunddreißig im Shelby Arms angerufen wurden. Wir nehmen an, daß Matthew Hope Torrance am Morgen des Fünfundzwanzigsten gegen elf Uhr verließ. Ein paar Minuten später tätigte Torrance einen Anruf. Erkennen Sie die Nummer, Miss Torrance?«

»Ja, das ist ...«

»Maria ...«

»... meine Privatnummer.«

»Maria, ich glaube, es ist an der Zeit ...«

»Ganz ruhig, Howard«, sagte sie gelassen.

Da wußte Bloom, daß er sie hatte. Die Art und Weise, wie sie ›ganz ruhig‹ sagte.

»Haben Sie Detective Di Luca nicht gesagt, Sie wüßten nicht, daß Torrance in Calusa ist?«

»Das stimmt.«

»Sie hätten ihn weder gesehen ...«

»Richtig.«

»... noch mit ihm gesprochen ...«

»Stimmt.«

»Und doch ist hier ein Anruf in Ihrem Haus auf dem Fatback Key aufgeführt, um 11 Uhr 7 am 25. März ...«

»Ich war gestern um diese Zeit nicht mal zu Hause.«

»Dann muß er mit jemand anderem in Ihrem Haus gesprochen haben.«

»Ich habe keine Ahnung«, sagte sie.

»Sie haben ein Dienstmädchen, oder?«

»Ja und?«

Jetzt lag ein Anflug von Vorsicht in ihrer Stimme.

»Also hat er vielleicht mit ihr gesprochen. Wäre das möglich?«

»Das ist durchaus möglich. Ich weiß nur, daß er mit mir nicht gesprochen hat.«

»Dann muß er mit ihr gesprochen haben, oder?« fragte Bloom und holte mit dem großen Hammer aus. »Fünfundvierzig Minuten lang, nicht wahr?«

Maria sah ihn an.

»Das sagt der Hotelcomputer. Fünfundvierzig Minuten. Ein gewisser Muhammad Azir hat uns die Information zur Verfügung gestellt, falls Sie ihre Echtheit überprüfen möchten, Herr Anwalt. Das Gespräch, das Torrance von *seinem* Zimmer aus mit Miss Torrances Anschluß führte, dauerte fünfundvierzig Minuten.«

»Wer ist dieser Muhammad Sowieso?«

»Der Tagesportier vom Shelby Arms. Worüber haben Sie so lange gesprochen, Miss Torrance?«

Maria atmete tief ein.

»Wollen Sie es uns sagen?« fragte Bloom.

»Klar«, sagte sie, »warum nicht? Er hat versucht, mich zu erpressen. Er hat mir gesagt, er habe gerade mit einem Anwalt namens Matthew Hope gesprochen, und während dieses Gesprächs sei ihm in den Sinn gekommen, alles zu enthüllen, was er über den … na ja, den Einbruch wisse, sollte ich Widerspruch gegen seine Forderung einlegen.«

»Was wollte er über den Einbruch verraten?«

»Daß Kokain im Safe war. Das hat er zumindest behauptet. Es ist natürlich Unsinn. Es waren nur Schmuck und …«

»Dann haben Sie also *doch* davon gewußt, was?« sagte Kenyon. »Von dem Kokain.«

»Erst nachdem wir am Telefon darüber gesprochen haben.«

»Aber als ich Ihnen das Tonband vorspielte …«

»Was für ein Tonband?« fragte sie, die Augen weit geöffnet, der Tonfall spöttisch.

O ja, jetzt haben wir dich, dachte Bloom.

»Das Tonband, das Hope von dem Gespräch zwischen ihm und Ihrem Vater …«

»Ach, *das* Tonband.«

Klar, dachte Bloom, plustere dich nur auf, Schätzchen, jetzt werden wir dich *festnageln*.

Kenyon klappte sein Notizbuch auf.

»Nachdem ich das Band abgespielt hatte, haben Sie gesagt: ›Mann, tolles Märchen, von welchem Dope *spricht* er, wo *ist* dieses Dope, *haben* Sie dieses Dope, er muß sich das alles ausgedacht haben.‹ Haben Sie das nicht gesagt?«

»Kann schon sein.«

»Es kann nicht nur sein, es ist so, denn ich habe mitgeschrieben. Sie wußten also die ganze Zeit über von dem Kokain, denn Sie und Ihr Vater haben am Telefon darüber gesprochen, nicht wahr?«

»Na und?« fragte Maria.

»Miss Torrance«, sagte Bloom, »haben Sie nach dem Telefonat mit Ihrem Vater zufällig Jeannie Byrd angerufen?«

»Nein, habe ich nicht.«

»Ich glaube doch. Und ich kann mir jederzeit einen Gerichtsbeschluß besorgen, der die Telefongesellschaft anweist, alle Informationen bezüglich …«

»Na schön, ich habe sie angerufen.«

»Wie Sie es auch in Missouri getan haben?« fragte Bloom.

»In Missouri habe ich sie nicht …«

»Um ihr zu sagen, daß Ihr Vater von dem Dope wußte?«

»Ich habe sie nicht …«

»Wie Sie es am Fünfundzwanzigsten getan haben?«

»Das reicht Maria. Beantworten Sie keine …«

»Sind Sie wegen des Dopes wieder in Panik geraten?«

»Nein!«

»Maria!«

»Das ist doch ausgemachter *Quatsch*, Howard!«

»Sie haben von diesem Koks in Missouri also nichts gewußt?«, sagte Bloom.

»Wie oft soll ich noch …«

»Was ist mit dem Koks *hier*? In Florida?«

»Was?«

»Miss Torrance, ich werde jetzt einen Durchsuchungsbefehl für Ihr Haus beantragen. Ich vermute, daß sich Kokain darin befindet.«

»Aus welchem Grund?« sagte Mandel sofort.

»Aufgrund von Informationen …«

»Was für Informationen?«

»Informationen einer lizensierten privaten Ermittlerin namens Toots Kiley, daß Miss Torrance auf dem Patio ihres Hauses auf dem Fatback Key um oder gegen sechzehn Uhr am vergangenen Sonntag … das wäre der Siebenundzwanzigste … daß Miss Torrance sie jedenfalls gefragt hat, ob sie etwas trinken möchte, und als Miss Kiley ablehnte, hat sie gefragt: ›Wie wäre es statt dessen mit Toot?‹ Miss Kiley hat dies ebenfalls abgelehnt, und darauf sagte Torrance: ›Ich glaube, ich gönne mir was‹, und ist ins Haus zurückgegangen. Stimmt das nicht, Miß Torrance?«

Maria sagte nichts.

»Darf ich kurz mit meiner Klientin sprechen?« fragte Mandel sanft.

Kapitel 7

... war es schrecklich.

Patricia war in ihrer anderen Eigenschaft aktiv.

Stellvertretende Staatsanwältin, Zwölfter Gerichtsbezirk von Florida für die Stadt und den Bezirk Calusa. Diesmal hatte Jeannie Byrd sich entschlossen, einen Anwalt hinzuziehen. Vielleicht lag es daran, daß ihr eine ganze Reihe von Kapitalverbrechen vorgeworfen wurden, ein-, aber nicht ausschließlich der Mord an Peter Torrance und der Mordversuch an Matthew Hope.

Ihr Anwalt hieß Benny Weiss.

Er war eine ziemlich kleine Person – höchstens eins siebzig – mit schmächtigem Körperbau, einem schmalen Gesicht, den treuen braunen Augen eines Cockerspaniels und widerspenstigem braunem Haar, durch das er alle drei oder vier Minuten mit den Fingern fuhr. In Gerichtskreisen hieß es, er sei nun, da er zu rauchen aufgehört habe, ein noch besserer Anwalt. Patricia war noch nie gegen ihn angetreten. Aber jetzt war er hier. Benny Weiss. Zweifellos der beste Strafverteidiger im Staat Florida. Was interessiert mich Howard Mandel, was interessiert mich Matthew Hope, hier kommt Benny Weiss. Aber Patricia Demming war auch da, und zwar nicht zum Golf spielen.

»Ich habe meiner Klientin geraten, keine Fragen zu beantworten«, sagte Benny sofort.

»Ich habe nichts dagegen«, sagte sie. »Aber derweil ...«

»Nicht derweil, Pat«, sagte Benny.

Der erste Fehler.

Auf der Brown University hatte Patricia Demming einem Quarterback des Footballteams, der sie ständig mit Pat statt mit ihrem vollen und ehrenwerten Namen ansprach, die Nase gebrochen.

»Es heißt Patricia«, sagte sie nun zu Benny, und ihre Augen

waren so kalt und unheilvoll wie die eines Hais. Nicht umsonst hatte man sie die ›Böse Hexe des Westens‹ genannt, als sie in Los Angeles noch in einer Kanzlei praktiziert hatte. Benny hätte es wissen müssen, aber er hatte es nicht für nötig gehalten, ihren Hintergrund kurz zu überprüfen. Statt dessen stand er, offensichtlich ahnungslos, vor seiner sitzenden Klientin, überzeugt, in fünf Minuten wieder draußen zu sein, und des weiteren überzeugt, Jeannie Byrd in dem Augenblick freizubekommen, in dem er bei einem Richter Kaution beantragen würde.

»Ich habe verstanden, daß Mrs. Byrd keine Fragen beantworten möchte«, sagte Patricia, »aber ich hatte gehofft, sie wäre bereit, sich ein paar Dinge *anzuhören*, die ich zu sagen habe.«

»Zum Beispiel?« fragte Benny.

»Zum Beispiel, warum ich der Auffassung bin, sie auf den Stuhl bringen zu können«, sagte Patricia freundlich.

Benny lächelte. »Warum sollten wir daran interessiert sein?« fragte er.

»Tja«, sagte Patricia und zuckte mit den Achseln, »zumindest könnte Ihnen das helfen, Ihren Fall vorzubereiten.«

»Vielen Dank für das Angebot, Pat, aber ich möchte mit allem Respekt …«

»Das war jetzt das zweite Mal«, sagte sie ruhig.

»Was?«

»Es heißt Patricia.«

»Patricia, Pat, wie auch immer Sie es wünschen.«

»Patricia. Niemals Pat. Immer Patricia.«

»Schön. Patricia. Schön. Derweil …«

»Nicht derweil, Herr Anwalt. Stets.«

»Na schön, stets.«

»Wollen Sie mir also zuhören?«

»Ich sehe darin keinen Sinn. Wenn Sie beabsichtigen, meine Klientin einzuschüchtern …«

»Nicht im geringsten.«

»Welchen Sinn könnte dann …«

»Ich möchte es gern hören«, sagte Jeannie.

»Danke«, sagte Patricia. »Mrs. Byrd ...«

»Sie können es sich anhören«, riet Benny, »aber sagen Sie kein Wort.«

Jeannie nickte.

»Maria Torrance hat vor keiner halben Stunde eine Aussage gemacht, die sie belastet ...«

»Augenblick mal, Augenblick mal, immer mit der Ruhe«, sagte Benny, »wo ist diese Aussage, was für eine Aussage, worum geht es hier?«

»Ich habe sie hier vorliegen«, sagte Patricia. »Um Zeit zu sparen, wollte ich zusammenfassen ...«

»Vielen Dank, ich kann lesen. Und ich habe alle Zeit der Welt. Lassen Sie mich bitte sehen.«

»Natürlich«, sagte Patricia und gab ihm eine Fotokopie von Maria Torrances unterschriebener Aussage.

»Wie haben Sie die bekommen?« fragte er.

»Detective Bloom hat sie mir gegeben«, sagte Patricia.

»Wie hat *er* sie bekommen?«

»Er hat erwähnt, er wolle einen Durchsuchungsbefehl für ihr Haus beantragen und – je nach dem, was er dort findet – einen zweiten für ihre Büroräume. Eins führte zum anderen ...«

»Zum Beispiel?«

»Ich dachte, Sie könnten lesen, Herr Anwalt.«

Benny warf ihr einen wütenden Blick zu.

»Zum Beispiel *wußte* sie, daß sich eine beträchtliche Menge Kokain in ihrem Haus befindet ... etwa einhundertachtzig Gramm ... und des weiteren wußte sie, daß das Rauschgift sich in einer Jiffytasche mit ihrer Geschäftsadresse darauf befindet. Nach einem kleinen Gespräch unter vier Augen mit ihrem Anwalt war ihr klar, daß dieser Tatbestand Anlaß zu der begründeten Vermutung gibt, das Rauschgift sei von ihrem Büro in ihr Haus *transportiert* worden. Ihr Anwalt hat ihr erklärt, damit habe Bloom alle Handhabe, die er braucht, um auch einen Durchsuchungsbefehl für Hair and Now zu beantragen. Das ist der Name ihrer Firma. Hair and Now. Sie verschickt Perücken – *und* Rauschgift – in alle Teile des Landes. Anscheinend fließt *eine Menge* Rauschgift durch diesen kleinen alten Perückenversand, Herr Anwalt. *Viel mehr* als die einhundertundfünfzig Kilo, auf die sich Paragraph 893, Absatz 135 bezieht. Sie verschicken es in den hohlen Polymerköpfen, auf die sie die Perücken setzen. Bloom ist im Augenblick mit den Rauschgifthunden dort, die ein wenig herumschnüffeln.«

»Meine Klientin hat nicht das geringste mit Marias Geschäft zu tun.«

»Tja, vielleicht nicht. Auf jeden Fall entspricht ein Kilo zwei ...«

»Ich weiß, was ein Kilo ist, vielen Dank.«

»... Pfund«, fuhr Patricia fort. »Der Paragraph führt aus, daß jede Person, die wissentlich im Besitz von dreihundert Pfund Kokain oder mehr ist ...«

»Ich kenne den Paragraphen, vielen Dank.«

»... oder diese Menge wissentlich verkauft, erwirbt, herstellt, ausliefert, in den Bundesstaat bringt«, fuhr Patricia ungerührt fort, »das Kapitalverbrechen ersten Grades des Rauschgifthandels betreibt. Dieser Handel mit Kokain wird bestraft mit ...«

»Ich kenne die Gesetzeslage«, sagte Benny.

»Mrs. Byrd vielleicht aber nicht«, sagte Patricia freundlich und fuhr ungerührt fort: »Mit einer lebenslänglichen Haftstrafe ohne die Möglichkeit der bedingten Entlassung oder Begnadigung. Maria hat gestanden, daß sie und ihre Partner mit den im Gesetzbuch genannten Mengen Kokain Handel getrieben haben.« Patricia hielt kurz inne. »Übrigens, Mrs. Byrd«, sagte sie dann, »hat sie Sie und Ihren Gatten als ihre Partner genannt.«

Benny hatte Marias Aussage überflogen. Nun blickte er scharf aus.

»Ich konnte ihr einen Handel anbieten«, sagte Patricia. »Für die Aussage, daß Sie und Ihr Gatte seit vier Jahren –

genaugenommen seit sie noch mit dem Zirkus reiste und Koks in jedem kleinen Kaff verkaufte, in dem der Zirkus gastierte – ihre Geschäftspartner waren ...«

»Das ist ihr Wort gegen ...«

»Nein, nicht ganz, Herr Anwalt. Maria hat Geschäftsunterlagen über sogenannte *Perückenbestellungen*, und Frachtbriefe, und Bescheinigungen über Bargeldeinzahlungen, und Telefonate mit Personen, die noch jede Menge Haare auf dem Kopf haben. Da wir gerade von Telefonaten sprechen ... sie behauptet ebenfalls, sie habe Sie, an dem Tag bevor ihre Mutter ermordet wurde, aus Missouri angerufen, worum es sich doch um einen ziemlich seltsamen Zufall zu handeln scheint ...«

»Willa hat Selbstmord begangen«, sagte Jeannie.

»Ja, das habe ich gehört. Aber ich kann auch diesen Fall vor Gericht bringen ...«

»In Missouri?« sagte Benny. »Machen Sie sich doch nicht lächerli...«

»Nein, in Florida, im Einklang mit den Gesetzen Floridas. Keine gesetzlichen Beschränkungen bei Mord, nicht wahr, Herr Anwalt? Das Telefongespräch mit Mrs. Byrd hier in Florida, fast unmittelbar gefolgt von Willas geheimnisvollen Tod in Missouri? Das stellt doch eine Verschwörung zum Mord dar, meinen Sie nicht auch? Wenn ich ein Motiv aufzeigen kann, das im Zusammenhang mit der Drohung auf Enthüllung steht? So würde ich jedenfalls argumentieren. Aber wie ich schon sagte ...«

Benny betrachtete sie nun aufmerksam.

»Maria ist in Panik geraten und hat Sie am vergangenen Donnerstag erneut angerufen, nachdem ihr Vater gedroht hat, wieder mal auszupacken ...«

»Steht das in der Aussage?«

»Ja. Und wir haben bereits einen Antrag für eine bestätigende Liste der Anrufe von der Telefongesellschaft gestellt. Sie sind erneut zur Rettung herbeigeeilt, Mrs. Byrd. Zuerst haben Sie versucht, Matthew Hope aus dem Verkehr zu ziehen, der Ihnen näher kam, als Ihnen lieb war, und dann ...«

»Das steht *bestimmt nicht* hier«, sagte Benny und raschelte mit der Aussage.

»Das stimmt, Herr Anwalt, es steht nicht in der Aussage. Es ist alles in meinem Kopf.«

»Das habe ich mir gedacht«, sagte Benny und gab ihr die Aussage zurück. »Ich sehe hier nichts, worüber ich mir Sorgen machen müßte«, sagte er zu Jeannie. »Wenn Sie also nichts dagegen haben, Frau Staatsanwältin ...«

»Ich habe Maria Torrance vorgeschlagen, wenn sie sich des Besitzes von vierhundert Gramm für schuldig erklärt, werden wir die vorgeschriebene Mindeststrafe beantragen und keinen Widerspruch gegen die Begnadigung einlegen, nachdem sie die fünfzehn Jahre abgesessen hat. Dann käme sie mit achtunddreißig Jahren aus dem Gefängnis, statt den Rest ihres Lebens dort verbringen zu müssen. Als weiteres Eingeständnis haben wir uns bereit erklärt, alle Anklagen wegen Verschwörung zum Mord und versuchten Mord fallenzulassen. Ihr Anwalt hat die Vorteile dieser Vereinbarung eingesehen ...«

»Wer ist ihr Anwalt?« fragte Benny.

»Howie Mandel.«

»Dieser blöde Heini würde sogar seiner eigenen Mutter raten, sich schuldig zu bekennen.«

»Und wie ist es bei Ihnen?«

»Sie hauen doch nur auf den Putz, Patricia.«

»Vielleicht haben Sie nicht richtig zugehört. Miss Torrances Partnerin hat bereits gestanden, und Ihre Klientin hat eine Anklage wegen eines Drogenvergehens mit lebenslanger Haftstrafe am Hals.«

»Nicht, wenn ich Maria in den Zeugenstand rufe und sie wegen des kleinen Handels befrage, den Sie abgeschlossen haben.«

»Klar, tun Sie das. In der Geschichte unseres Rechtswesens hat sich noch nie jemand schuldig bekannt, um mit einer geringeren Strafe davonzukommen, oder? Aber ich sollte Mrs. Byrd noch einmal erklären, Herr Anwalt, daß eine Person, die hundertfünfzig Kilo Kokain oder mehr transportiert …«

»Bitte ersparen Sie mir das.«

»… und dann den absichtlichen Tod eines Menschen herbeiführt …«

»Mrs. Byrd hat niemanden getötet …«

»… damit ein *Kapitalverbrechen* begeht. Wir sprechen hier vom elektrischen Stuhl, Herr Anwalt.«

»Sie hauen noch immer auf den Putz.«

»Ich habe zwei Anrufe von der in Panik geratenen Maria, denen zwei Morde folgten.«

»Das nenne ich fadenscheinig.«

»Sie mögen es fadenscheinig nennen. Ich nenne es ein Motiv.«

»Schwach, Patricia, sehr schwach. Wenn das alles ist, was Sie haben, freue ich mich schon auf den Prozeß.«

»Ich habe des weiteren eine Zeugin, die den Wagen identifizieren kann, den die Person gefahren hat, als auf Matthew Hope geschossen wurde. Wir wissen, daß Sie einen roten Mercedes fahren, Mrs. Byrd, aber Blooms Leute überprüfen bereits die Leihwagenfirmen. Vielleicht finden sie ja heraus, daß Sie an dem Tag, an dem die Schüsse abgegeben wurden, einen schwarzen, zweitürigen Mazda gemietet haben?«

»Antworten Sie nicht, Jeannie«, warnte Benny.

»Des weiteren war die Telefongesellschaft schon sehr kooperativ, *bevor* wir unseren Gerichtsbeschluß beantragt haben. Zum Beispiel können wir beweisen, daß Sie um siebzehn Uhr am vergangenen Freitag von Ihrem Haus am Palm Drive …«

»Antworten Sie nicht«, warnte Benny erneut.

»… bei Matthew Hope angerufen haben. Warum haben Sie ihn angerufen, Mrs. Byrd? Um ein Treffen im Centaur Bar & Grill zu vereinbaren? Damit Sie ihn erschießen können?«

»Nein, ich habe ihn angerufen …«

»Jeannie!«

»… um ihm zu sagen, wann Andrew nach Hause kommen wird.«

»Ach? Und warum haben Sie das getan?«

»Weil er wissen wollte, wann mein Mann nach Hause kommt, als wir Anfang der Woche miteinander gesprochen haben.«

»Ich verstehe. Also haben Sie ihn angerufen, um ihm zu sagen ...«

»Daß Andrew heute nach Hause kommen wird.«

»Ich verstehe. Sie hielten es also für nötig, Mr. Hope eine Woche im voraus anzurufen, um ihm diese Information zu geben?«

»Es schien wichtig für ihn zu sein«, sagte Jeannie und zuckte mit den Achseln.

»Es ist auch wichtig für Detective Bloom. Vielleicht möchte er Ihren Mann sogar am Flughafen abholen, um ihn in Calusa willkommen zu heißen.«

»Ist das hier eine harmlose Plauderei, oder was?« fragte Benny.

»Sie haben mich gefragt, was ich habe«, sagte Patricia. »Ich sage Ihnen, was ich habe.«

»Was allerdings nicht sehr viel ist.«

»Wenn wir die Waffe nicht einbeziehen«, sagte Patricia und lächelte freundlich. »Wir haben auch die Waffe.«

»Was für eine Waffe?« fragte Benny. »In der Aussage steht nichts von ...«

»Der stubsnasige Revolver der Marke Iver Johnson Trailsman, 22.er Kaliber, den Ihre Klientin in Peter Torrances Zimmer neben das Bett gelegt hat«, sagte Patricia und lächelte erneut. Irgendwie verstärkte das Lächeln ihr derzeitiges haiähnliches Aussehen.

Benny sah Jeannie an.

»Ein netter Versuch, Mrs. Byrd«, sagte Patricia.

»Ich glaube, wir haben genug gehört«, sagte Benny.

»Sie wischen die Waffe ab, legen sie auf den Boden, legen dann eine Schachtel Munition in Torrances Reisetasche und hoffen, wir würden auf den Gedanken kommen, die Waffe ...«

»Ich nehme an, *das* ist auch alles in Ihrem Kopf«, sagte Benny.

»Leider ja.«

»In diesem Fall sehen wir uns vor ...«

»Aber die Quittung nicht«, sagte Patricia.

»Welche Quittung?«

»Die beim Kauf der Waffe ausgestellt wurde.«

Benny sah seine Klientin erneut an.

»Die Waffe wurde am 15. Oktober des vergangenen Jahres bei der Firma F&G Arms am South Tamiami Trail gekauft«, sagte Patricia. »Das Geburtsdatum großer Männer«, fügte sie hinzu, ging aber nicht weiter darauf ein. »Wir haben den Händler durch die Seriennummer gefunden. Die Waffe wurde an einen gewissen Andrew Byrd verkauft, der seine Adresse mit 1220 Palm Drive in Timucuan Acres angab. Dort wohnen Sie doch, nicht wahr, Mrs. Byrd? Andrew ist Ihr Gatte, nicht wahr?«

»Andrew war in Mexiko, als ...«

»Ja, aber Sie nicht. Sie werden mit sicher zustimmen, Ben, daß die Tatsache ...«

»Ich heiße Benny.«

»Entschuldigung. Sie werden mir sicher zustimmen, daß die Tatsache, daß ihr Mann der Besitzer der Mordwaffe ist, sie in Verbindung mit dem Mord bringt, *besonders*, da ihr Mann zu dem Zeitpunkt, da beide Anschläge verübt wurden, außer Landes war – wahrscheinlich, um Rauschgift zu kaufen, falls ich eine weitere Vermutung wagen darf.«

»Vermuten Sie, was Sie wollen«, sagte Benny, »aber bleiben Sie bei dem, was Sie haben, ja?« Er runzelte nun die Stirn. Patricia hielt dies für ein gutes Zeichen.

»Ich habe eine Verbindung zu der Waffe«, sagte sie, »und ich habe ein Motiv ...«

»Motiv, Motiv. Was für ein Motiv?«

»Die Drohung der Bloßstellung. Nach Paragraph 893, Absatz 135 ...«

»Hören Sie auf damit, mir Paragraphen aufzuzählen.«

»Sie haben mich gefragt«, sagte Patricia. »Ich habe auch ein gemeinsames, praktisch identisches Vorgehen bei den beiden Morden, bei dem hier und dem in Missouri. Sie wissen wahrscheinlich, daß der Beweis eines ähnlichen Verbrechens sehr starker Tobak ist, Herr Anwalt. Zugegebenermaßen nachteilig, aber trotzdem sehr stark. Das Schöne daran ist, daß ich die Beweise für den einen Mord auch als Beweise für den anderen verwenden kann. Selbst wenn ich bereit wäre, den *Mordversuch* zu vergessen …«

»Augenblick mal, Augenblick mal«, sagte Benny und hielt wie ein Verkehrspolizist die Hand hoch. »Wer sagt denn, daß wir hier einen Handel abschließen wollen?«

»Entschuldigung, ich dachte, wir wollten einen Handel abschließen«, sagte Patricia.

»Selbst wenn ihrem Mann die von Ihnen beschriebene Waffe gehören sollte, beweist das noch lange nicht …«

»Ich bin da anderer Ansicht.«

»Vielleicht hat er sie verloren …«

»Natürlich.«

»Oder sie ist ihm gestohlen worden.«

»Klar doch. Aber ich bin der Ansicht, daß sie von Ihrer Klientin benutzt wurde, um damit auf zwei Menschen zu schießen, und einen davon hat sie zufällig getötet.«

»Sie haben keinen Beweis für diese Vermutung«, sagte Benny. »Aber ich will mir Ihren Handel trotzdem anhören. Nur aus Spaß an der Freud.«

»Ich will keinen *Handel*!« sagte Jeannie und drehte sich zu Patricia um. »Sie haben lediglich Marias Wort dafür. Warum sollte sie Ihnen so was sagen? Ist sie verrückt geworden?«

»Nein, nur wütend.«

»Worüber denn, um Gottes willen?«

»Tja, vielleicht hat sie nicht damit gerechnet, daß Sie ihre Mutter gleich erschießen.«

»Ich war in *Florida*, als Willa …«

»Oder sie erschießen lassen. So oder so – es war Mord.«

»Ich hatte nichts mit Willas Tod zu tun.«

»Dann müssen Sie sich ja auch keine Sorgen machen, oder?«

»Kann sie die Sache mit Missouri wirklich wieder hervorzerren?«

»Ja, das kann sie«, sagte Benny.

»Dann scheiß der Hund drauf! Soll sie es doch versuchen.«

»Oh, das werde ich«, sagte Patricia.

»Nur zu, Sie haben nichts in der Hand, und das wissen Sie auch.«

»Tja, ich gestehe ein, ich bin über die Beweislage auch nicht allzu begeistert. Aber andererseits würde ich auch nicht mein Leben darauf setzen. Wenn Sie sich meinen Vorschlag anhören möchte, werde ich gern ...«

»Nein, ich habe Ihnen doch gesagt, ich will keinen gottverdammten Handel abschließen.«

»Na schön. Dann lassen Sie es darauf ankommen.«

»Vielleicht sollten Sie sich den Vorschlag anhören«, sagte Benny. Jeannie sah zu ihm hoch.

»Ich würde ihn mir an Ihrer Stelle anhören.«

Patricia wartete.

»Na schön, lassen Sie hören«, sagte Jeannie.

»Wie ich es sehe«, sagte Patricia, »könnte ich den Mord in Missouri und den Mordversuch an Matthew Hope vergessen ...«

»Vergessen Sie auch den Mord an Torrance«, sagte Benny.

»Ist nicht drin.«

»Bieten Sie ihr denselben Handel, den Sie Maria geboten haben.«

»Nein. Ich biete ihr für den Mord an Torrance lebenslänglich.«

»Machen Sie uns ein vernünftiges Angebot«, sagte Benny. »Wenn Sie die Höchststrafe von dreißig Jahren vergessen, gestehen wir vierhundert Gramm ein. Wir nehmen die vorgeschriebenen fünfzehn Jahre, keinen Widerspruch bei einer Begnadigung ...«

»Nein. Der Stuhl erwartet sie, Benny. Das kann in zwölf

Jahren sein, oder in drei Jahren, je nachdem, welchen Erfolg Sie mit Ihren Berufungen haben. Aber sie wird mit Sicherheit jung sterben. Ich biete Ihnen lebenslänglich. Ich lasse nicht mit mir handeln.«

»Machen Sie zwanzig Jahre ohne Begnadigung daraus.«

»Danke, ich werde die Todesstrafe beantragen.«

»Na schön, wir gestehen den Mord an Torrance ein, wenn Sie sich bereit erklären, nach fünfundzwanzig Jahren keinen Widerspruch gegen die Begnadigung einzulegen.«

»*Lebenslänglich*, Benny.«

»Patricia, fünfundzwanzig Jahre ist die *Mindeststrafe* bei einem Kapitalverbrechen?«

»Warum sollte sie die Mindeststrafe verdient haben?«

»Dann machen Sie vierzig Jahre daraus. Wir bekennen uns bei Torrance schuldig, wenn Sie nach vierzig Jahren keinen Widerspruch gegen die Begnadigung einlegen.«

»Nein, Benny.«

»Dann wäre sie sechzig, fünfundsechzig Jahre alt!«

»Ich wäre lieber tot«, sagte Jeannie.

»Sie wird es darauf ankommen lassen«, sagte Patricia zu Bloom. Sie saßen in seinem nicht gekennzeichneten Polizeiwagen und waren auf dem Weg zum Krankenhaus. Es war jetzt 9 Uhr 37. Seit Matthew angeschossen worden war, war bis auf die Minute fast eine Woche vergangen.

»Ich hatte gehofft, sie würde auf den Handel eingehen«, sagte Patricia zu ihm. »Unsere Beweise sind nicht besonders stark.«

»Außer wir finden den Wagen.«

»Wie sieht es aus?«

»Wir arbeiten noch daran.«

»Wenn es sein muß, gebe ich mich mit Begnadigung nach vierzig Jahren zufrieden«, sagte Patricia. »Aber nicht, wenn wir beweisen können, daß sie diesen Mazda gemietet hat.«

»Wir werden sehen.«

»Was haben die Hunde gefunden?«

»Ach, sie waren sehr, sehr fleißig. Als Warren gestern dort war, ging gerade eine Ladung raus. Aber die neue Lieferung ist schon eingetroffen. Es war sehr klug von der kleinen Maria, einen Handel abzuschließen.«

»Wer wartet am Flughafen auf Byrd?«

»Kenyon und Di Luca.«

»Wird *der* aber überrascht sein.«

»Vielleicht auch nicht. Wissen Sie, auch in Mexiko gibt es Telefone. Vielleicht hat seine Frau ihn erreicht, bevor er in das Flugzeug stieg.«

»Das will ich nicht hoffen. Er könnte der Nagel zu ihrem Sarg sein.«

»*Halali*. Eins habe ich in diesem Beruf gelernt. Wem man einen guten Handel anbietet, der haut seinen Partner sofort in die Pfanne. Und es gibt niemanden auf der Welt, der zehn Sekunden auf dem elektrischen Stuhl einem Leben in einer Gefängniszelle vorziehen wird.«

»Sagen Sie das mal Jeannie.«

Dr. Spinaldo war müde und hungrig und wollte nach Hause fahren, doch die fünf hatten ihn im Korridor vor der Intensivstation in die Enge getrieben. Die Tochter war die Aggressivste von ihnen, wollte wissen, *wann* ihr Vater aufwachen würde, was sie taten, um ihm beim Aufwachen zu *helfen*. Die Frau von der Staatsanwaltschaft war die nächste in der Hackordnung, schoß die Fragen ab, als würde er auf dem Zeugenstand aussagen. Wie sieht die Prognose aus, Herr Doktor? Was für eine Bedeutung hat es, daß er gelegentlich spricht? Ist das ein Zeichen dafür, daß sein Zustand sich bessert?

Na ja, natürlich, wenn der Mann vorher *überhaupt nichts* gesagt hat, und jetzt murmelt er ein oder zwei unzusammenhängende Worte, könnte man mit der gebotenen Zurückhaltung sagen, daß sein Zustand sich in der Tat mäßig zu verbessern scheint, ja, das könnte man vielleicht sagen.

Sie wollen, daß ich Gott spiele, dachte Spinaldo.

Sie wollen, daß ich sage, ob er leben oder sterben wird, ob er sich völlig erholen oder so bleiben wird, wie er jetzt ist, bis …

»Können wir denn nichts tun, um ihm zu helfen?« fragte die Tochter.

Bete für ihn, dachte Spinaldo.

In den Augen des Mädchens standen Tränen, und es sah ihm bittend ins Gesicht. Die fünf warteten, sie alle warteten. Der große Detective von der Polizei und die blonde Staatsanwältin und die beiden anderen, der Schwarze und die andere Blondine, sie alle warteten auf das Wort Gottes, sie alle wollten, daß er ihnen versprach, Matthew Hope würde auf jeden Fall wieder zu sich kommen.

»Wir beobachten ihn genau«, sagte er, »überwachen seine Fortschritte, tun alles, was in unserer Macht steht, damit sich sein Zustand nicht verschlechtert. Aber verstehen Sie …«

Was kann ich ihnen sagen? fragte er sich. Was kann ich ihnen nur sagen?

»Ich weiß es einfach nicht«, sagte er.

UWE ANTON

ED-McBAIN-MAGAZIN

6. Folge

INTERVIEW MIT ED McBAIN (2. Teil)

Im ersten Teil von Russell Wm. Hultgrens Interview mit Ed McBain (in: LANGE NICHT GESEHEN, einem Roman um das 87. Polizeirevier, Bastei-Lübbe 13716) lasen Sie über die Jugend des Autors und die Entstehung der Serie um das 87. Polizeirevier. Nun äußert der Autor sich über seine neueren Romane und auch über seinen Anwalt Matthew Hope.

F: Im Gegensatz zu Ihrem ursprünglichen Konzept schien Carella in den späten siebziger Jahren die Hauptrolle zu übernehmen, besonders in Romanen wie LANGE NICHT GESEHEN. EIS schien eine bewußte Anstrengung zu sein, zu dem Konzept des Teams als Held zurückzukehren. Hatten Sie das so geplant?

A: EIS war die Bemühung, die Charaktere erneut einzuführen. Der Verlag Arbor House hatte mit EIS große Pläne, die aber nie so ganz verwirklicht wurden. Der Verlag wollte mit dem Roman die alten Leser der Serie erreichen, gleichzeitig aber einen ganzen Haufen neuer Lesen einfangen. Das hatte ich im Hinterkopf, als ich fast alle Cops des Reviers ausführlich beschrieb. Ich arbeitete ihre Lebensgeschichten ein und rückte sie gleichzeitig ein Stück vorwärts.

F: Immer wieder wird behauptet, die Figur des Carella beruhe auf Ihnen selbst.

A: Nein, das stimmt wohl nicht. Eine Menge Leute sind zwar dieser Meinung, doch Carella handelt nicht so wie ich, besonders nicht, wenn ich über ihn schreibe. Ich sehe ihn als einen der zahlreichen Charaktere in meinen Büchern, wenn auch als einen sehr ausgeprägten. Er unterscheidet sich in vielerlei Hinsicht von den anderen Cops. Er wird im Lauf der Jahre etwas älter – wenngleich sein Alter auch ziemlich eingefroren ist – und ein wenig verschrobener, etwas ungeduldiger mit der Bürokratie. Aber er ist ein sehr hingebungsvoller und *mitfühlender* Polizist. Ich glaube, er bringt den Fällen, die er bearbeitet, und den Menschen, denen er begegnet, wirklich Gefühle entgegen. Vor allem den Angehörigen der Ermordeten.

Manchmal überrascht mich die Reaktion der Leser. Wenn ich von den Briefen ausgehe, die ich bekomme, scheint es beinahe so, als wären einigen Leuten die Krimi-Elemente der Romane gleichgültig. Sie wollen nur wissen, wie es mit ihren Lieblingscharakteren weitergeht. Eigentlich seltsam, denn wenn diese Leser kein Interesse an Kriminalromanen hätten, würden sie gar keine lesen. Aber viele Leser bringen den Jungs vom 87. Revier wirklich Sympathie entgegen; es ist, als gehörten sie zur ihrer Familie. Die Leser kehren immer wieder zu ihnen zurück und wollen wissen, wie es ihnen ergangen ist. Für sie sind sie nicht nur Cops, die ein Verbrechen aufklären müssen.

F: Die meisten Leser, die ich kenne, erinnern sich an die Romane, weil sie wissen, was den Seriencharakteren darin jeweils zugestoßen ist. Das liegt wohl daran, daß Sie so starke Charaktere erschaffen haben.

A: Ich mag sie, und ich bin gern mit ihnen zusammen. Darum schreibe ich wohl auch immer so wohlwollend über sie. Ich mag sogar Fat Ollie Weeks. Er ist ein schrecklicher Mensch, aber ich mag ihn. Ich mag auch Andy Parker.

Da wir gerade von Parker sprechen, ich habe neulich eine Story über das 87. Revier geschrieben. Sie trägt den Titel ›Revier 87, Heilige Nacht, Sergeant Speaking‹ – eine Weihnachtsgeschichte. (1) Sie spielt am Heiligen Abend und ist eine Parabel auf die Geschichte von Josef und Maria. Eine nette kleine Geschichte … Ich schrieb sie, während ich lernte, mit meinem neuen Computer umzugehen. Als ich sie schrieb, hatte ich eigentlich vor, einen ganzen Zyklus von Weihnachtsgeschichten zu schreiben, die alle in der gleichen Nacht spielen sollten. Eine davon sollte die andere Seite von Andy Parker zeigen, die erklärt, warum er bei der Arbeit so ist, wie er ist. In PUPPE habe ich über die andere Seite von Parker geschrieben; er reißt in diesem Roman eine Nutte auf und trauert auf seine Art um Carella.

Die Idee mit den Weihnachtsgeschichten habe ich dann aufgeben müssen, weil mein Arbeitspensum zu groß wurde. Obwohl es mir Spaß gemacht hätte … (2)

F: Wie paßt Cotton Hawes eigentlich in die Gruppe?

A: Pocket Books bekam schließlich wohl doch Bedenken wegen des Teamkonzepts. Die Leser konnten sich nicht mit einem Helden identifizieren. ›Wir brauchen einen richtigen Helden‹, hieß es. Herb Alexander hat diesen Wunsch allerdings nicht geäußert – dazu war er zu clever. Es war irgendein beschränkter Typ aus der Direktionsetage. ›Wir brauchen einen *echten* Helden‹, meinte er. ›Carella ist *verheiratet* und hat Kinder. Wer interessiert sich schon für ihn?‹ Carella sei nicht der Held, entgegnete ich. ›Jaja, ich kenne den ganzen Scheiß von wegen, das Team ist der Held und so weiter, aber wir brauchen einen echten Macho, einen männlichen Helden.‹ Also bekamen sie Cotton Hawes.

Kaum war Cotton dabei, entfernte sich die Serie allmählich von meinen ursprünglichen Konzept. Ich stellte ihn in DIE ZEHN GESICHTER DER ANNIE BOONE vor, und in KILLERS LOHN und VERSTECKSPIEL MIT DAMEN stahl er den anderen die Show. Aber dann dachte ich: ›Das habe ich eigentlich doch gar nicht vorgehabt. Ich will Cotton Hawes nicht zum Helden dieser Serie machen.‹ Also habe ich ihn etwas in den Hintergrund gedrängt, auch wenn er noch immer seine Auftritte bekam, etwa in DIE LÄSTIGE WITWE oder SELBSTMORD KOMMT VOR DEM FALL. In DER BLITZ SCHLÄGT ZWEIMAL ZU ist er auch wieder dabei.

Er ist ein interessanter Charakter. Er spielt eine wichtige Rolle, weil er flirten und den Mädchen nachstellen kann, was Carella natürlich nicht darf. Um Gottes willen, Carella als Schürzenjäger! Man würde mich erschießen! Das ist mein voller Ernst. Wegen MORDGESPENSTER erhielt ich von einer Frau einen Brief: ›Nie im Leben hat sie ihn geküßt! Vielleicht hat Teddy ihm das abgekauft, aber mir können Sie das nicht erzählen, *und er läßt das in Zukunft besser sein!*‹ Carella mag zwar manchmal in Versuchung sein, aber er gibt ihr nie nach. Das verspreche ich. Die Leser würden mir die Tür einschlagen.

F: Aber dieser Zwischenfall mit Hillary Scott im Hotelzimmer, nach dieser Spukerscheinung, bleibt so geheimnisumwittert, daß sich der Leser fragen muß: Hat er, oder hat er nicht?

A: Aber zumindest habe ich nicht behauptet, daß er *hat.* Diese Lady ließ sich nicht narren. *Sie* wußte, daß er *hatte,* damit aber Schluß war, vielen Dank!

Manchmal bekomme ich Briefe wegen Kling. ›Wird dieser arme Junge jemals glücklich sein?‹ fragen die Leser. Jetzt hat er Eileen Burke, seine Freundin aus DER BLITZ SCHLÄGT ZWEIMAL ZU. In diesem Roman leben sie mehr oder weniger zusammen. Aber wenn es jemals eine Gelegenheit gegeben hat, jemanden umzubringen, dann doch wohl eine Frau, die Polizistin ist, oder nicht? Ich denke darüber nach. Sie wird noch eine Zeitlang dabeisein – sie ist eine gute Figur – aber ich bin mir nicht so sicher, daß sie für alle Zeit mit Kling zusammenbleiben wird.

Meinem Sohn Mark – oder war es Richard? Es sind Zwillinge – ist aufgefallen, daß die anderen Cops physisch verletzt wurden; sie wurden angeschossen, verprügelt, was auch immer. Kling jedoch wird psychisch verletzt. Soweit ich mir erinnere, wurde er noch nie angeschossen. (3) Auch in SADIE IM LETZTEN MOMENT ging es noch einmal gut. Kling erleidet psychische Schäden. Ich dachte darüber nach und kam zum Schluß, daß das ein gutes Konzept für Kling ist. Wenn er je das große Glück finden sollte, ist er nicht mehr Kling. Er wäre ein anderer, ein Cotton Hawes oder ein Steve Carella.

Übrigens gefiel mir in SADIE IM LETZTEN MOMENT, wie Cindy Forrest Kling den Laufpaß gab und er am Weihnachtsabend jemanden erschießen mußte. Frohe Weihnacht, Bert. Ich fand das fantastisch.

F: Was halten Sie von Meyer Meyer?

A: Oh, er ist eine gute Figur. Er hat sich im Lauf der Jahre wirklich entwickelt. Am Anfang war er wegen seines Namens nur eine Witzfigur. Das war alles, was man von ihm wußte.

Aber eine Menge Freunde von mir sind Juden, und sie denken wie Meyer über das Judentum. Es ist riskant, über einen Juden zu schreiben, der über Weihnachten einen Tannenbaum zu Hause stehen hat. Aber ich kenne so viele Juden, die das ebenso halten und deswegen kein schlechtes Gewissen haben. Im Gegenteil, sie finden es gut.

Meyer ist eine gute Figur – er ist stark, schlau und hat Humor. In der Kurzgeschichte ›Der Feiertagsmörder‹ (4) spielt er die Hauptrolle; da steckte er wirklich in einem Konflikt: ein Junge untersucht den Mord an einem Rabbi. Das fiel ihm nicht leicht, und ich glaube, ich habe das ganz gut herübergebracht.

Da wir gerade über die verschiedenen Angehörigen des Teams sprechen: Ich wollte von Anfang an, daß die Detektive Angehörige eines Reviers waren, das den Mikrokosmos einer Stadt darstellte. Und ich wollte, daß das Revier eine ähnliche ethnische Mischung aufweist, wie man sie in New York oder einer anderen Stadt findet. Deshalb ist Carella Italiener, Meyer Meyer Jude, Kling der typische Amerikaner, Hawes auch, aber eher der Frauenheld. Arthur Brown ist ein Farbiger, und Lt. Byrnes Ire. Das Team besteht aus der gleichen Mischung, die es tatsächlich in New York gibt. Das funktioniert sehr gut im 87. Revier; es ist eine sehr lebhafte Mischung.

Gleichzeitig aber auch eine sehr homogene, die bei den Cops und den Büchern gut funktioniert.

F: Sie stellen Ihre Charaktere sehr plastisch dar …

A: Ich versuche es zumindest. Wenn die Cops jemanden verhören, stelle ich mir vor, es würde im Rampenlicht auf einer Bühne geschehen. Die Cops treten in den Hintergrund, und der Verhörte übernimmt die Hauptrolle. Diese Person hat wohl auch ein Anrecht darauf. Sie wird nur in einem Roman dabeisein. Ich überlasse diesen Randfiguren die ganze Bühne und stelle die Cops in den Hintergrund.

In DAS UNSCHULDSLAMM habe ich es natürlich ins Extrem getrieben. Aber niemanden gefiel der Roman. ›Wo sind die Cops?‹ fragten die Leser. ›Das soll doch ein Roman um das 87. Polizeirevier sein? Wer ist denn dieser Bursche?‹

F: Wie lange brauchen Sie, um einen Roman um das 87. Revier zu schreiben? Verfassen Sie vorher ein Exposé?

A: Für einen Roman um das 87. Polizeirevier brauche ich etwa zwei Monate. Meine Exposés könnte man als Überschriftenexposés bezeichnen. Manchmal entwerfe ich die groben Umrisse der gesamten Handlung, manchmal auch nur fünf Kapitel. Ich weiß immer, wer die Leiche sein wird, aber nicht immer, warum sie ermordet wurde oder wer der Täter ist. Das ist schöner so, weil ich zusammen mit den Cops den Tatort betrete. Beim nächsten Kapitel weiß ich, wie der Mord begangen wurde. Bei einer Kugel zwischen den Augen weiß ich es natürlich sofort. Aber die Cops kommen unbelastet zum Tatort, und ich mit ihnen. Ich weiß nicht mehr als sie, bis sich die Handlung entwickelt und ich am Ende herausfinde, wer der Mörder war.

Manchmal weiß ich auch von Anfang an, wer der Mörder ist, aber dann fällt mir die Arbeit schwerer, weil ich gegen den Verdächtigen anschreiben und Informationen zurückhalten muß. Meistens fange ich also mit dem Titel an und mache von da aus einfach weiter.

Meine Exposés sind wie Briefe, die ich mir selbst schreibe. Ich bespreche die Probleme der Handlung mit mir auf einem Notizblock und zerlege die Geschichte dann überschriftenweise Kapitel für Kapitel. Ich arbeite gern auf diese Weise, weil mir solches Vorgehen die Freiheit gibt, die ich beim

Schreiben brauche. Außerdem erlebe ich auf diese Weise bei der Arbeit noch einige Überraschungen. Es würde mich tödlich langweilen, schon jedes verdammte Wort des Buches im voraus zu kennen.

Wenn man ein Buch schreibt, geschehen seltsame Dinge. Sie haben sicher schon von anderen Autoren gehört, ein Buch würde sich von selbst schreiben. Manchmal tut eine Figur etwas, das eigentlich nicht vorgesehen war, und wenn man ein Trottel ist, fesselt man die Figur an das, was das Exposé festgelegt hat. Aber wenn man schlau ist, und die Figur drängt einem etwas auf – eine Handlung, oder einen Dialog –, das einen in eine andere Richtung führt, entwickelt sich eventuell eine falsche Spur daraus, die sich schließlich so gar als wichtiger Bestandteil entpuppt. Läßt man seinen Charakteren *Platz,* hat man *selbst* Platz, um sich zu entfalten. Und das macht Spaß. Engt man sich jedoch ein ... Stellen Sie sich vor, Sie säßen jeden Tag wie ich von morgens neun bis abends fünf an der Schreibmaschine, und Sie arbeiten etwas aus, daß Sie im Exposé festgelegt haben, von Seite 1 bis Seite 250 oder so. Das ist kein Schreiben mehr, das ist reines Tippen. Wenn man sich Platz für Überraschungen läßt, die dann wie ein Feuerwerk kommen, macht die Arbeit auch Spaß.

Bei DER BLITZ, DER ZWEIMAL KOMMT wußte ich vorher, wie sich die Handlung entwickeln sollte; ich hatte schon einige Zeit darüber nachgedacht. Und auch bei ACHT SCHWARZE PFERDE hatte ich mich festgelegt, zumindest was den Titel betrifft. Als ich den Roman anfing, wußte ich noch nicht, was darin passieren würde. Ich erinnere mich noch daran, woher die Idee für den Titel kam. Als ich mit meiner Frau in Neapel war, erzählte uns ein Taxifahrer von den großen Mafiabegräbnissen, bei denen der Sarg immer von acht schwarzen Pferden gezogen wird. Das hörte sich nach einem guten Titel und einem guten Bild an, wenngleich im Roman selbst die acht schwarzen Pferde eine ganz andere Bedeutung bekommen sollten.

F: Warum liest man in den Romanen um das 87. Polizeirevier kaum etwas über innerbehördliche Politik und Korruption der Polizei?

A: Keine Ahnung. Ich habe nie daran gedacht, ›Druck von oben‹ oder innerbehördliche Korruptionsuntersuchungen einzubringen. Es ist mir einfach noch nicht in den Sinn gekommen. Ich glaube nicht, daß das die Thematik des 87. Polizeireviers sein sollte.

Ich weiß, daß eine Menge Leser diese Polizisten für eine Art Familie halten und ihnen die Charakterisierung wichtiger ist als der Plot. Doch meine erste Verpflichtung gehört der Kriminalgeschichte. Das ist meine Aufgabe; mir ein Verbrechen auszudenken und dieses bis zum Ende aufzuklären. Das ist meine erste Verpflichtung, wenn ich einen Kriminalroman schreibe. Es ist wunderbar, daß einem die Charaktere im Lauf der Jahre ans Herz gewachsen sind; aber ich glaube nicht, daß die Leser das Buch kaufen würden, wenn sich die Charaktere darin die ganze Zeit über in einem Restaurant unterhalten würden. Diese Charaktere sind nicht um ihrer selbst willen wichtig; sie sind für den Job wichtig, den sie erledigen.

Ich nehme an, ich könnte schon einen Krimi schreiben, in dem jemand ›Druck von oben‹ bekommt. So könnte man auch andere Charaktere einführen, aber ich bin mir nicht sicher, ob ich das überhaupt will. Denn in gewissem Sinn hat der Erfolg der Romane um das 87. Polizeirevier natürlich damit zu tun, daß die Charaktere eine Art Familie in einem großen Haus sind. Und ich weiß nicht, wie weit ich aus diesem Haus hinaustreten sollte. Um diese Metapher auszuweiten: ich bin mir nicht sicher, ob ich ›einen Onkel aus Ontario‹ vorstellen sollte, der zufälligerweise der Polizeichef dieser Stadt ist. Ich weite diese Familie schon aus, wenn die Polizisten wie in ALLES FÜR GELD eine Brandstiftung in Fat Ollies Revier verfolgen. Manchmal lasse ich sie den Fluß überqueren. Aber ich weiß nicht, inwieweit ich andeuten will, daß es da einen ›großen Patriarchen‹ dieser Familie gibt – wie den Polizeichef etwa – und er unsere kleine Familie beherrscht. Ich weiß nicht, ob ich zeigen will, daß die Cops jemandem weiter oben Rechenschaft ablegen müssen – oder jemand weiter oben schmutzige Dinger dreht. Vielleicht wäre das ein Fehler.

F: 1961/62 wurde eine Fernsehserie um das 87. Polizeirevier gedreht. Besteht die Möglichkeit, daß das Revier demnächst wieder auf der Mattscheibe erscheint?

A: Es gibt Pläne, mehr aber auch nicht. Da sich das *Polizeirevier Hill Street* sozusagen der Rolle des 87. Polizeireviers bemächtigt hat, wird mein Revier in nächster Zeit wohl kaum den Weg auf den Bildschirm finden.

F: *Polizeirevier Hill Street* ist eine gute Serie. Schade nur, daß sie dem 87. Revier den Platz wegnimmt.

A: Die Serie *ist* gut, aber es stören mich ein paar Dinge daran. Offen gesagt: Die haben bei mir abgekupfert. In DER BLITZ SCHLÄGT ZWEIMAL ZU habe ich ein paar Worte darüber fallenlassen. Ich fand, es war an der Zeit, damit aufzuhören, ein schüchternes, zurückhaltendes Pflänzchen zu sein, und sagte mit den Worten des 87. Reviers einfach, was ich davon halte. Ich sage nichts über die Qualität der Serie, sondern etwas darüber, was sie dem 87. Polizeirevier vielleicht verdankt.

F: Kommen wir abschließend auf Ihre zweite Serie zu sprechen, die um Matthew Hope ...

A: Allmählich gefällt mir Matthew Hope. Wissen Sie, der erste Band der Serie, ES BLEIBT IN DER FAMILIE, sollte eigentlich gar kein Krimi werden. Ich wollte einen Roman über Ehe und Scheidung schreiben, mit einem brutalen Mord, der das Thema des Buches verdeutlicht; nämlich daß eine Scheidung eine Art Mord ist. Es funktionierte nicht. Es wollte einfach kein ernsthafter Roman um Ehe und Scheidung daraus werden. Das Ding war weder Fisch noch Fleisch. Mein ursprünglicher Verlag lehnte das Buch zu Recht ab; es war nicht das, was er unter Vertrag genommen hatte. Dann veränderte ich den Titel, stellte das Krimi-Element ein wenig in den Vordergrund und setzte den Namen Ed McBain darauf. Der Verlag Arbor House akzeptierte es. Es war immer noch nicht als erster Band einer Serie gedacht. Doch dann kaufte der englische Verlag Corgi Books die Taschenbuchrechte, und ich bekam einen Brief: ›Wir wissen, daß Ihre Romane um das 87. Polizeirevier beim Verlag Pan erscheinen, aber könnten Sie sich für uns nicht eine andere Serie einfallen lassen?‹ Und ich antwortete: ›Wie wäre es mit einer Serie um Matthew Hope? Und bei jedem Buch benutze ich als Titel den eines Märchens.‹ (5) Und was Matthew Hope betrifft, habe ich mittlerweile seine Freundin abgeschafft. Ich will, daß er Junggeselle – wenn auch geschieden – bleibt und in jedem neuen Buch eine andere Freundin hat. Ich friere auch sein Alter ein. Er wird jetzt 38 Jahre alt bleiben, und seine Tochter 14. Anfangs haben die Leser und Kritiker Matthew Hope übrigens nur sehr zögernd aufgenommen, als wäre ich dem 87. Revier untreu geworden. ›Laß uns mit diesem Burschen in Ruhe, gib uns das echte Zeug!‹ hieß es. Jetzt erkennen sie allmählich, daß Hope sich als Charakter entwickelt und seine Kriminalfälle auch nicht ohne sind. Ich werde also noch eine Weile bei Matthew Hope bleiben.

F: Mr. McBain, ich danke Ihnen für dieses Gespräch.

Anmerkungen

(1) In Deutschland erschienen im *Playboy*, Dezember 1984.

(2) Andy Parkers Heiligen Abend hat McBain schließlich in den Roman ACHT SCHWARZE PFERDE eingebaut.

(3) Hier irrt McBain: Im ersten Roman der Serie, POLIZISTEN LEBEN GEFÄHRLICH, bekam er einen Schuß in die Schulter ab.

(4) Die deutsche Erstausgabe der Sammlung DIE LEEREN STUNDEN mit drei Novellen um das 87. Polizeirevier ist bei Bastei-Lübbe in Vorbereitung.

(5) In Deutschland wurde diese Titelgestaltung bislang teilweise schlicht ignoriert. Aus GOLDILOCKS wurde z. B. ES BLEIBT IN DER FAMILIE.

Das Interview wurde übersetzt und für den deutschen Leser eingerichtet von Uwe Anton.

Band 13 668

Ed McBain

Mary, Mary

Deutsche Erstveröffentlichung

Matthew Hope, erfolgreicher Anwalt aus Florida, erhält einen Anruf von der reichen Melissa Lowndes: Sie hat in der Zeitung gelesen, daß ihre ehemalige Lehrerin Mary Barton unter Mordanklage steht. In ihrem Garten wurden die vergrabenen Leichen dreier Schulmädchen entdeckt.
Die Beweise gegen Mary scheinen erdrückend. Doch Melissa ist von ihrer Unschuld überzeugt und möchte, daß Hope die Verteidigung übernimmt.
Hope ist zunächst unschlüssig, da Mary, eine starrsinnige alte Frau, ihm bei einem Besuch im Gefängnis völlig ablehnend begegnet.
Erst als er ihren liebevoll angelegten Prachtgarten sieht und bei einem Treffen mit Melissa erfährt, daß Mary einst ganz anders war und mit ihrem schillernden Wesen jedermann bezauberte, erwacht sein Interesse für einen äußerst bizarren Fall . . .

BASTEI LÜBBE

Sie erhalten diesen Band im Buchhandel, bei Ihrem Zeitschriftenhändler sowie im Bahnhofsbuchhandel.

Band 13 650

Ed McBain

Solange ihr zwei noch lebt

Den Himmel auf Erden verspricht sich Bert Kling, Detective beim 87. Polizeirevier, als er die schöne Augusta heiratet. Erwartungsvoll öffnet er in der Hochzeitsnacht die Tür zum Schlafzimmer. Das Bett ist leer, die Braut verschwunden. Ihr Mantel hängt noch am Haken, ein umgekippter Schuh liegt auf dem Fußboden. Und in der Luft der süßliche Geruch von Chloroform. Es sieht ganz so aus, als gäbe es für Bert Kling und seine junge Frau erst im Jenseits ein Wiedersehen.